Heinrich von Pfolsprundt

Buch der Bündth-Ertznei

SALZWASSER
VERLAG

Heinrich von Pfolsprundt

Buch der Bündth-Ertznei

1. Auflage | ISBN: 978-3-75251-428-5

Erscheinungsort: Frankfurt am Main, Deutschland

Erscheinungsjahr: 2020

Salzwasser Verlag GmbH, Deutschland.

Nachdruck des Originals von 1868.

Buch

der

Bündth-Ertznei.

Von

Heinrich von Pfolſprundt,
Bruder des deutschen Ordens.

1460.

Herausgegeben

von

H. Haeser und **A. Middeldorpf,**
Professoren zu Breslau.

Berlin.
Druck und Verlag von Georg Reimer.
1868.

Ihrem Freunde

Adolf Bardeleben

die Herausgeber.

An Adolf Bardeleben.

Wer hätte ahnen können, mein theurer Freund! dass mir obliegen sollte, dem voranstehenden Blatte noch diese ferneren Worte hinzu zu fügen! Vor wenigen Stunden meldete ich Ihnen, dass ein unerwarteter schmerzensvoller Tod unsern Freund Middeldorpf in der Blüthe des Lebens, in der Fülle der Kraft dahin gerissen; an demselben Tage, ja in derselben Stunde, in welcher der Schluss dieser Arbeit, das vorstehende Blatt, zum Druck gelangte! Die letzten Schriftzüge, auf denen des theuren Todten nun gebrochene Augen ruhten, waren Ihr Name!

Die seltene Begabung Middeldorpf's haben Viele gekannt; nur Wenige haben gleich Ihnen vermocht, seine ungewöhnliche allgemeine Bildung, seine gediegenen medicinischen Kenntnisse, seine glänzenden Eigenschaften als Wundarzt und Lehrer, die grossen Bereicherungen, durch welche sein Name in der Geschichte der Wissenschaft fortlebt, vollständig zu würdigen. Wie die Ihnen gewidmete Arbeit ihn noch in seinen letzten Augenblicken beschäftigte, so mag dieses Blatt wehmüthiger Erinnerung das erste seyn, welches von Freundes Hand auf sein frühes Grab gelegt wird!

In alter Liebe und Treue

Ihr

Am 30. Juli 1868. H. Haeser.

Vorwort.

Ueber die Geschichte der abendländischen Chirurgie während des Mittelalters bis zu der Wiederherstellung der Wissenschaften im sechszehnten Jahrhundert ist in neuester Zeit durch eine Reihe wichtiger Arbeiten, z. B. durch die von Henschel zu Breslau entdeckte, von Salvatore de Renzi herausgegebene *Collectio Salernitana,* durch die von Broeckx veröffentlichte *Chirurgie* Jehan Yperman's, vielfältig Licht verbreitet worden. Das älteste bekannte Werk der deutschen chirurgischen Literatur war bis jetzt die *Hantwirkung der Wundartznei* des Strassburgers Hieronymus Brunschwig. Es ist durch einen Zeitraum von fast zweihundert Jahren von der ältesten derartigen Schrift der niederdeutschen Literatur, der *Chirurgie* des Flamänders Yperman (Anfang des vierzehnten Jahrhunderts), getrennt.

Unter solchen Umständen bedarf die Herausgabe eines neu aufgefundenen oberdeutschen Wundarztes aus der Mitte des fünfzehnten Jahrhunderts keiner Rechtfertigung.

Die im Nachstehenden abgedruckte Handschrift gelangte durch Schenkung aus den Händen ihres letzten Besitzers, des Herrn Dr. Heuser, Arzt der Brüdergemeinde zu Gnadenberg bei Bunzlau in Schlesien, in die des Jüngeren von uns (M.). Dr. Heuser hatte dieselbe in einer Kiste vorgefunden, welche aus dem Nachlasse seines Vetters, des Dr. med. Heuser zu Ottstedt bei Weimar („Ottstedt am Berge"), herrührte. Dieser Letztere war nach langem Dienst in Polen, den er noch in chursächsischer Zeit begonnen, in hohem Alter zu Ottstedt zur Ruhe gelangt. Ueber sein tüchtiges Wirken sprechen Zeugnisse, die sich in den Händen eines in Amerika lebenden Bruders des Dr. Heuser zu Gnadenberg befinden.

Dr. Heuser in Ottstedt, ein gelehrter, wunderlicher Junggeselle, hatte bestimmt, dass die versiegelte Kiste dem Dr. Heuser in Gnadenberg, aber erst nach vollendetem vierzigsten Lebensjahre desselben, übergeben werden solle. Länger als zehn Jahre blieb die Kiste unberührt. Bei ihrer Eröffnung im Jahre 1858 fand sich in ihr die Handschrift des Pfolsprundt'schen Werkes nebst einigen andern seltenen Druckwerken, einer Menge interessanter bis zum Jahre 1638 zurückreichender Familienpapiere und den in Kupferstich ausgeführten Bildnissen sämmtlicher Vorfahren der Familie Heuser. Ferner enthielt die Kiste einige im Jahre 1531 geschriebene, von Würmern zerfressene und defekte Bogen, betitelt: „Charakter (?) und Lebensschicksale des M. Haans Gersdorfen, Wundarztes und Bürgers in Strassburg.“ Dieses letztere Schriftstück lieh Dr. Heuser dem damals in Kattern bei Breslau, später in Breslau lebenden, vor einigen Jahren gestorbenen Wundarzte Gründer, der dasselbe aber angeblich bei seinem Umzuge verlor. In Gründer's Nachlasse wurde es nicht gefunden. Dr. Heuser erinnert sich, in diesem Schriftstück gelesen zu haben, dass Gersdorf „Schylhans“ genannt wurde, weil er schielte, und dass er aus Schlesien stammte. Noch jetzt existirt in Schlesien diese adlige Familie, welche ihren Namen von einem Gute bei Görlitz herleitet.

Wie die Handschrift Pfolsprundt's in den Besitz des Dr. Heuser in Ottstedt gelangte, ist nicht zu ermitteln. Möglicher Weise stammt sie aus der Bibliothek der Universität Erfurt, welche nach Aufhebung der letzteren zerstreut wurde. Zwei Vorfahren des Dr. Heuser in Gnadenberg waren Professoren in Erfurt; eben so der Grossvater des Ottstedter Heuser, der zugleich Urgrossvater des Dr. Heuser in Gnadenberg war.

Die auf Papier geschriebene Handschrift befindet sich in einem allem Anschein nach gleichzeitigen saubern Einbande. Die vordere Innenseite des Deckels zeigt in der Mitte das Wappen der Herren von Greussen, welches gegen Ende des Buches (in den Nachträgen) nochmals unvollständiger wiederkehrt. Es besteht aus drei rothen Ochsenköpfen im blauen Felde, darüber ein Helm, und zu oberst ein vierter, von zwei Sceptern (oder Morgensternen) umgebener Ochsenkopf.

Unter dem Wappen steht in deutscher Current-Schrift (anscheinend dem sechszehnten Jahrhundert angehörig), nicht von der Hand des Abschreibers: „Dises Buch hat Henrich von Pfolsprund, Bruder des deutschen Ordens 1460 zu schreiben angefangen.“

Ueber dem Wappen finden sich von späteren Besitzern folgende, zum Theil unleserliche, Notizen.

„Hunc librum Dono accepi a honoratiss. Dno. Hospite Ch .... Lipsiae, ao. 1703 d. 28. Julii.“

Ferner (von einer andern Hand, anscheinend aus dem achtzehnten Jahrhundert) zur Seite:

J. O. Chr. Pietzl.

S. L. M. St.*)

Ferner:

„C. Oldendorp 1793.

ab eodem accepi 1842 Dr. Heuser.“

„Das derbe Papier der Handschrift zeigt in schlecht erkennbarer Wassermarke den bekannten Ochsenkopf, und zwar in der vielverbreiteten Form, dass zwischen den Hörnern sich ein von einer Schlange umwundener Stab erhebt, ähnlich der Gestaltung, welche aus dem Jahre 1527 die von A. Rauter nachgebildeten Wasserzeichen der ältesten Leimpapiere in Schlesien unter Nr. 155 auf Tafel 13 zeigen (Bericht des Museums schlesischer Alterthümer. Nr. 6. 1866.).“ **)

Jedes Blatt der Handschrift führt in der Mitte des obern Randes die betreffende Blattzahl in lateinischer Schrift; ausserdem sind die Seiten an den Ecken von späterer Hand mit arabischen Zahlen (zum Theil nur mit Bleistift) bezeichnet.

Die Schrift ist in gothischen Buchstaben mit Tinte geschrieben, die Blattzahlen mit drei Linien von rother Farbe eingefasst; die mit grösseren Charakteren geschriebenen Ueberschriften, in der Regel auch die ersten Worte der Kapitel, sind mit rother Farbe unterstrichen. Eben so finden sich im Texte vielfach

*) (Saxo-Lusatus Medicinae Studiosus?)

**) Gütige Mittheilung des Herrn Provincial-Archivar Prof. Dr. Grünhagen in Breslau.

Kommata von rother Farbe; ferner sind die Anfangsbuchstaben der ersten Worte der Sätze mit rother Farbe durchstrichen.

Das Werk Pfolsprundt's endet mit S. 341 der Handschrift. Hierauf folgen etliche „Addicionen;" grösstentheils Recepte zu Arzneien, Speisen, Getränken, Confekt, Hausregeln über Säen und Dreschen u. s. w., wie sie in vielen Schriftstücken der früheren Zeit sich finden. *)

Hierauf folgen fernere Zusätze des Abschreibers, als welcher sich Heinrich Hentze, gebürtig aus Sondershausen, Kaplan des Herrn von Greussen auf Schynstedde bei Greussen (einem Städtchen des Fürstenthums Schwarzburg-Sondershausen) zu erkennen gibt. Hentze fügt hinzu, dass er die Abschrift auf Befehl seines Gebieters im Jahre 1519 ausführte. Ob er hierbei das Original oder nur eine Copie benutzte bleibt völlig im Dunkeln. — In einer Reihe fernerer Mittheilungen bespricht Hentze wichtige Begebenheiten seiner Zeit, namentlich auch die durch Luther herbeigeführte kirchliche Bewegung, (welcher er Beifall zollt), und Ereignisse in der Familie des Herrn von Greussen. — Das letzte Blatt der Handschrift ist lose und bricht mitten in einem Satze ab. Zwischen den Blättern finden sich zahlreiche vor sehr langer Zeit eingelegte Pflanzen.

Unsere Handschrift zeigt alle Eigenthümlichkeiten ihrer Zeit, besonders eine in hohem Grade schwankende Orthographie. Die Schreibart gehört sogar zu den incorrectesten und inconsequentesten, die sich finden lassen. Es bleibt aber durchaus ungewiss, ob die angewendete Orthographie die des Textes, welcher dem Copisten vorlag, oder seine eigene ist. Das letztere ist, mit Ausnahme der technischen Ausdrücke, das Wahrscheinlichere, denn die im Werke befolgte Schreibart kehrt auch in den von Hentze beigefügten Notizen wieder.

Nichts schien näher zu liegen, als das Werk durch eine gründliche Ueberarbeitung von diesen Fehlern zu befreien. Gewichtige Auctoritäten, welche die Handschrift einzusehen die

*) Vergl. z. B. das „Mittelalterliche Hausbuch," eine Bilderhandschrift des fünfzehnten Jahrhunderts. Herausgegeben vom Germanischen Museum zu Nürnberg. Leipzig, 1866. fol.

Güte hatten, riethen entschieden zu diesem Verfahren. Dagegen machten andere nicht minder bewährte Sachverständige geltend, dass zwar die grosse Fehlerhaftigkeit der Handschrift feststehe, dass es aber unmöglich sey, irgendwie die Grundsätze anzugeben, nach denen bei einer etwaigen Verbesserung zu verfahren seyn möchte, ohne die grösste Willkür eintreten zu lassen, da weder im Jahre 1460 (zur Zeit Pfolsprundt's), noch auch im Jahre 1519 (zur Zeit Hentze's), irgend eine feste Regel in Betreff deutscher Rechtschreibung Statt gefunden habe. Es sey deshalb, um einen wichtigen Zweck der Veröffentlichung derartiger Schriftwerke, die Darlegung der Schreibart ihrer Entstehungs-Periode, nicht zu verlieren, am gerathensten, die Arbeit Pfolsprundt's so wenig zu verändern, als möglich, d. h. sich auf die Verbesserung offenbarer Schreibfehler zu beschränken.

Diesen Grundsätzen gemäss ist bei der Feststellung des Textes verfahren worden. Der für den Druck bestimmten Abschrift des Originals unterzog sich ein mit derartigen Arbeiten durch vieljährige Beschäftigung im hiesigen Provincial-Archiv völlig vertrauter Mann, Herr Gründler.

Während auf diese Weise für die treue Wiedergabe des Textes gesorgt wurde, glaubten wir um so freier in Betreff einiger Aeusserlichkeiten verfahren zu dürfen, welche bestimmt sind, den Gebrauch unsres Schriftstellers zu erleichtern. Mit Ausnahme der Eigennamen und der auch im Original nach Satzpunkten sich findenden grossen Buchstaben haben wir durchgängig nur kleine Buchstaben angewendet. Die im Wesentlichen von uns herrührende Interpunction ist der Einfachheit wegen auf Kommata und Punkte beschränkt worden. Von beiden, namentlich den letzteren, haben wir einen sehr ausgedehnten Gebrauch gemacht. In der Handschrift finden sich Punkte fast nur am Schlusse von Hauptsätzen, auf welche dann ein mit einem grossen Buchstaben anhebender Satz folgt. In allen diesen Fällen haben wir uns genau dem Original angeschlossen. An allen übrigen Stellen, wo unser Abdruck Punkte mit nachfolgendem kleinen Buchstaben hat, finden sich im Original nur Kommata oder gar keine Interpunctionszeichen. So ist es leicht, die von dem Urheber der Handschrift und die von uns herrührenden Satz-Abtheilungen zu unterscheiden.

Ferner ist zu bemerken, dass die Handschrift sich für unser u und o sehr häufig der Zeichen ü und ö bedient. In der Regel ist in solchen Fällen u und o gesetzt worden. — Sehr schwankend und ohne alle feste Regel ist in der Handschrift der Gebrauch der Doppel-Consonanten cz, tz und zc. In der Mitte der Worte haben wir stets tz gesetzt (— nutzen, artznei —), am Anfang (namentlich auf den späteren Bogen), ebenfalls in der Regel tz, besonders in dem sehr häufig vorkommenden Worte tzu (— tzw —). Unendlich häufig verdoppelt die Handschrift Consonanten, wo jetzt ein einfacher Laut gebräuchlich ist (— habbenn, ssäenn, lernnenn —); hierin ist keine Aenderung eingetreten. Dagegen finden sich im Druck da, wo sich die Handschrift sogar den Luxus von drei gleichlautenden Consonanten gestattet (— sssäen, meisssselnn —) deren nur zwei.

Die am Rande befindlichen römischen Zahlen weisen auf die Paginirung des Originals hin. Die nach je fünf Zeilen sich findenden arabischen Zahlen sind bestimmt, das Auffinden der im Folgenden citirten Stellen zu erleichtern. Die unter den Text gesetzten erläuternden Anmerkungen bedürfen keiner Rechtfertigung. Bei Stellen und Worten, welche durchaus unverständlich waren, ist in der Regel auch der Versuch, sie zu enträthseln, unterlassen worden. Nahe liegende Verbesserungen des Textes sind in Klammern [ ] eingeschaltet.

An mehreren Stellen der Handschrift finden sich rohe mit Tinte gezeichnete Abbildungen, deren Hauptumrisse ausserdem mit rother Farbe nachgezogen sind. Die Unvollkommenheit dieser Figuren ist so gross, dass selbst Pfolsprundt sie entschuldigen zu müssen glaubt. In unserm Abdrucke sind diese Abbildungen des Raumes wegen auf die halbe Grösse des Originals reducirt worden (65. 66. 67. 68. 78. 82. 85. 86). — Die angehängte alphabetische Uebersicht der bei Pfolsprundt vorkommenden Heil- und Arzneimittel endlich wird als eine nicht unwillkommene Zugabe erscheinen.

Der Verfasser unserer Schrift nennt sich selbst „Henrich von Pfolsprundt, Bruder des deutschen Ordens.“ In Betreff aller übrigen persönlichen Verhältnisse desselben sind wir lediglich auf Vermuthungen beschränkt. Mehrere Umstände sprechen dafür, Pfolsprundt für einen Thüringer zu halten. Zunächst sein Name, welcher sofort auf das sehr alte, noch jetzt vorhandene Weimarische Dorf Pfuhlsborn, unweit der Saale, zwischen Dornburg, Sulza und Apolda, hinweist. Dasselbe ist durch Jacob Grimm zu einem klassischen Orte der deutschen Mythologie geworden, insofern es einen Hauptbeleg dafür liefert, dass der germanische Gott Balder mehrfach den Namen Phol führt. Die eigenen Worte des grossen Forschers sind folgende:

„Hier zieht uns an, dass Balder mit einem bisher unerhörten namen zugleich Phol genannt wird. — Beachten des unbeachteten hat ergeben, dass von diesem gott Phol in ortsnamen noch wichtige spuren vorhanden sind. In Baiern lag ein Pholesauwa, Pholesouua, etwa vier stunden von Passau, es ist das heutige dorf Pfalsau. — — Wenig verschieden davon wird Pholespiunt sein, — das heutige Pfalzpoint an der Altmühl zwischen Eichstädt und Kipfenberg. piunt drückt einen eingehegten acker oder garten aus. — — — In den fuldischen Traditionen bei Schannat s. 291 no. 85 begegnet die merkwürdige stelle: Widerolt comes tradidit sancto Bonifacio quicquid proprietatis habuit in Pholesbrunnen in provincia Turingiae. Auf dieses pholesbrunno hat nun nächsten anspruch das dorf Phulsborn unfern der Saale, von den städten Apolda, Dornburg und Sulza gleich weit entlegen. Urkunden des mittelalters schreiben Phulsborn und Pfolozborn.“ *)

Die Vermuthung, dass unsres Verfassers Heimath das Dorf Pfuhlsborn sey, wird dadurch bestärkt, dass in seiner Schrift nicht wenige Thüringische (zum Theil auch in dem stammverwandten Schlesien begegnende) Provincialismen vorkommen, die, wie der Aeltere von uns (H.), welcher gleichfalls Thüringen seine

---

*) J. Grimm, Deutsche Mythologie. 2te Ausg. Gött. 1844. I. 205. — Derselbe in Haupt's Zeitschrift für deutsches Alterthum, zweiter Band. Leipzig 1842. 8. S. 252.

Heimath nennt, bestätigen kann, in der Gegend von Weimar und Jena noch jetzt gebräuchlich sind. *)

Wäre gegründet, dass Pfolsprundt aus Thüringen stammte, wo bis auf die neueste Zeit zahlreiche Comthureien des deutschen Ordens bestanden haben, so würde sich um so leichter erklären, dass er in die Dienste des Ordens trat und dass seine Schrift in den Besitz der Familie von Greussen gelangte.

In Betreff seiner Lebensschicksale erzählt Pfolsprundt selbst (1: 8), dass er nach ausgedehnten Reisen „in deutschen und welschen Landen“ als Bruder des deutschen Ordens seine Kunst in dem „grossen Kriege“ des Ordens mit dem Könige von Polen auszuüben reiche Gelegenheit gefunden. Die Bezeichnung dieses Krieges als des „grossen,“ der Zusatz, dass derselbe „gleich“ (d. h. „bereits“ oder „beinahe“) sechs Jahre gewährt habe, und der Umstand, dass Pfolsprundt sein Werk im Jahre 1460 verfasste, machen es sehr leicht, die Periode, in welcher derselbe dem Orden seine Dienste leistete, zu bestimmen. Dieselbe umfasst die Jahre 1454—1460, während Ulrich von Lentersheim (Grossmeister von 1454—1479) an der Spitze des Ordens stand. Der „grosse Krieg“ des Ordens mit Polen begann im Jahre 1454, und hatte demnach, wie Pfolsprundt angibt, als er sein Werk schrieb, bereits sechs Jahre gewährt. Er erreichte aber sein Ende bekanntlich erst nach dreizehnjähriger Dauer, im Jahre 1467. Die „schweren und grossen Seuchen“ deren Pfolsprundt gedenkt, sind unzweifelhaft dieselben, von welchen nach andern Nachrichten das bei Marienburg aufgestellte Ordensheer gleich im ersten Jahre (1454) des „grossen Krieges“ heimgesucht wurde. Im Jahre 1457 nahmen die Polen in Folge einer mit den von Geldnoth bedrängten

*) z. B. 85, 14 „es erth dich“ = es irrt, hindert dich. — 86, 2 „so wüscht das knie wider an sein rechte stadth“ = so wischt, schlüpft, gleitet (verwandt mit entwischen) das Knie wieder an seine rechte Stelle. — 89, 1 „adermenig“ S. den Anhang. — 96, 7 „born“ = Quellwasser. — 96, 9 „butte,“ ein in ganz Thüringen gebräuchliches Gefäss, um Wasser auf dem Rücken zu tragen. — 115, 23 „sossen“ = sass ihm. — 116, 1 „zcogen“ zog ihm. — Vergl. auch H. Rückert, Entwurf einer systematischen Darstellung der schlesisch-deutschen Mundart im Mittelalter. (Zeitschrift f. Gesch. u. Alterthumsk. Schlesiens. Bd. 8.)

Orten abgeschlossenen Verpfändung das Schloss Marienburg in Besitz; die Besatzung räumte dasselbe indess erst nach einer Belagerung. Unzweifelhaft ist es diese Belagerung, von welcher auch Pfolsprundt an zwei Stellen seiner Schrift (114, 34; 115, 20) spricht. Allerdings hatte Marienburg früher und später noch mehrere Belagerungen zu überstehen, z. B. im Jahre 1410, in welchem König Wladislaus von Polen zwar der Stadt, nicht aber, trotz achtwöchenlichen Kampfes, des Schlosses sich bemächtigte. Eine zweite Belagerung im Jahre 1420 schlug ebenfalls fehl. Dass Pfolsprundt eine dieser beiden Belagerungen gemeint habe, ist schon deshalb unwahrscheinlich, weil er in diesem Falle, als er sein Buch schrieb, mindestens im Alter von 70, resp. 60 Jahren müsste gestanden haben. Die dritte für uns in Betracht kommende Belagerung ist die des Jahres 1457, die vierte die des Jahres 1460, in welchem Pfolsprundt sein Werk verfasste. Da er von derjenigen Belagerung, welche er selbst durchlebte, als von einer früher stattgefundenen spricht, so geht hieraus hervor, dass die letztere kaum eine andere als die des Jahres 1457 gewesen seyn kann. *)

Eine fernere Frage richtet sich auf die Quellen, aus denen Pfolsprundt seine Kenntnisse schöpfte. Der Inhalt seiner Schrift spricht, wie unten näher gezeigt werden wird, unzweifelhaft dafür, dass Pfolsprundt seinen ersten chirurgischen Unterricht in der Barbierstube erhielt, dass er aber auf vielfachen Wanderungen „in deutschen und welschen Landen“ die Unterweisung erfahrener „Meister“ genoss. Mehrere von diesen werden S. 8, 25 ff. genannt, nämlich „Johann von Birer“ (auch Bires, Biris, Birris), Christoph von Münster und München, Hans von Baireuth, Conrad von Nürnberg, Linhardt von Basel, Hans von Halberstadt, Otte von Heideck zu Weissenburg. Als der bedeutendste dieser „Meister“ erscheint Johann von Birer, welcher in Lothringen, nicht weit von Metz, sesshaft war, eines weit verbreiteten Rufes genoss (8, 8 ff.), und selbst eine chirur-

*) Vergl. Conr. Henneberger, Erklärung der grossen Preussischen Land-Taffel oder Mappe. anno 1595. fol. — J. Voigt, Gesch. von Preussen, von den ältesten Zeiten bis zur Reformation. 1827—1841. 8. 5 Bde.

gische Schrift „die Kunst“ verfasst hatte (90, 3). Näheres über Johann von Birer zu erfahren, hat ungeachtet vielfacher Bemühungen, die sich bis auf Nachforschungen in Paris und Metz ausdehnten, nicht gelingen wollen. Ob ein Zusammenhang dieses Namens besteht mit geographischen Benennungen ähnlichen Klanges (z. B. Birs, ein Fluss im Canton Bern, Birr und Birrhard im Aargau, Birresborn und Birresdorf in Rhein-Preussen) bleibt völlig ungewiss.

Die wichtigste Frage ist: welche wissenschaftliche Stellung ist unserm Verfasser anzuweisen, und für welche Klasse von Lesern war sein Werk bestimmt? Diese Frage ist am leichtesten zu beantworten, wenn wir einen Blick auf die Verhältnisse des ärztlichen Standes zur Zeit Pfolsprundt's werfen.

Es ist längst anerkannt, dass die allgemeine Bildung während des Mittelalters, auch in den von den Centralpunkten der Kultur entfernteren Ländern, auf einer weit höheren Stufe stand, als früher angenommen wurde. Auch auf dem Gebiete der Medicin hatten sich die Kenntnisse des Alterthums in nicht geringem Umfange fortgeerbt; weniger durch die Original-Schriftsteller, als durch zahlreiche Sammelwerke und Auszüge. Seit dem zehnten Jahrhundert, wo nicht noch früher, wurden die wichtigsten Schriften des Hippokrates, einzelne des Galen u. A. m. in das Lateinische übersetzt; selbständige Schriften, welche namentlich aus der Salernitanischen Schule hervorgingen, überlieferten den Inhalt der griechischen Medicin dem Abendlande. Sehr bald traten zu denselben naturwissenschaftliche und medicinische, in den Landessprachen verfasste, für das Volk bestimmte Schriften.

Inzwischen hatte ein wichtiger Theil der Heilkunde, die Chirurgie, einen Entwickelungsgang eingeschlagen, welcher von dem des Alterthums gänzlich verschieden war. Durch das Christenthum war ein neuer Stand, der geistliche, ins Leben gerufen worden. Er wurde in vieler Beziehung der Hüter und Erhalter der alten Gelehrsamkeit; auch der medicinischen. Sehr viele gelehrte Aerzte gingen aus dem geistlichen Stande hervor, namentlich die Mehrzahl der Professoren an den Universitäten; die Ausübung der Medicin dagegen lag vorwiegend in den Händen von

Laien, unter denen Juden nicht die geringste Zahl bildeten. Diese Aerzte aus dem Stande der Laien erhielten ihre Bildung grossentheils in medicinischen Schulen, welche seit alter Zeit in fast allen Ländern bestanden, und zum Theil die Ausgangspunkte der Universitäten bildeten, oder neben diesen gegründet wurden, hauptsächlich, um gerade das zu lehren, was die Universitäten vernachlässigten, die Chirurgie. Aus diesen Schulen entsprangen vor der Gründung der Universitäten Männer wie Roger, Roland, Lanfranchi u. A. Durch den letzteren, welcher zuerst einen eigentlich klinisch-chirurgischen Unterricht einrichtete, und damit zahlreiche Schüler an sich zog, gelangte das schon vor ihm bestehende Collège de St. Côme in Paris zu hoher Blüthe. Die Schriften dieser und anderer Wundärzte (später namentlich Guy's von Chauliac) beruhen auf den Ueberlieferungen der Griechen, zum Theil der Araber, am meisten aber auf eigener Erfahrung. Sie waren es, welche auf den Universitäten und in den chirurgischen Schulen die Grundlage des Unterrichts bildeten.

Neben diesen Chirurgen im eigentlichen Sinne des Wortes war schon seit langer Zeit eine dritte Kategorie von Wundärzten aus den ursprünglich getrennten Zünften der Bader und Barbiere hervorgegangen. So wenig aber in Betreff der Ausübung der Chirurgie eine feste Grenze zwischen den gelehrten Aerzten der Universitäten und den Zöglingen der chirurgischen Collegien besteht, so wenig findet sich eine solche zwischen den letzteren und den Genossen der Barbierer- und Bader-Zunft. Jahrhunderte lang führte der Weg zur Chirurgie vorzugsweise durch die Barbierstube und durch die Plagen einer handwerksmässigen Lehr- und Wanderzeit. Die grössten Chirurgen des sechszehnten und siebzehnten Jahrhunderts, Paré, Fabriz von Hilden u. A., haben diesen Weg zurückgelegt; noch bis zu unsern Tagen ist eine nicht kleine Zahl von tüchtigen Wundärzten aus dieser Schule hervorgegangen. Den ursprünglichen Wirkungskreis der Barbier-Chirurgen bildete die niedere Chirurgie, das Aderlassen, Schröpfen u. s. w. Sehr bald vermassen sie sich aber, auch solchen Kranken beizustehen, deren Zustand eine Operation im engern Sinne nicht erforderte. Ihr Wirkungskreis verbreitete sich auf die Behandlung von Wunden, Luxationen, Fracturen und sonstigen äusseren „Schäden," besonders Geschwüren (Syphilis) und Hautkrankheiten. Sie hiessen „Wundärzte," und waren dadurch von den „Schneidärzten," denen allein zustand, blutige Operationen vorzunehmen, scharf getrennt. Ein Unterschied, der schon in der Geschichte des Archagathus uns entgegentritt, den die Römer priesen und ehrten, so lange er sich auf die Dienste des „Vulnerarius" beschränkte; den sie „Carnifex" schalten und vertrieben, als er sich blutiger Operationen erkühnte. Auf eben diese Unterscheidung bezieht es sich, wenn Kaiser Friedrich II. den Chirurgen das Studium der Anatomie empfiehlt, „sine qua nec vulnera curari, nec incisiones salubriter fieri possunt." Die gebildeteren dieser Wundärzte machten sich nach Möglichkeit mit den gangbaren chirurgischen Werken bekannt; die grosse Mehrzahl von ihnen hatte weder den Drang noch die Gelegenheit, sich mit literarischen Studien zu befassen. Ihr Wissen und Können pflanzte sich fast ausschliesslich nur durch Tradition fort, und so gestaltete sich allmählig eine von dem Kreise der eigentlichen Chirurgie völlig losgetrennte empirische Wundarzneikunst.

Hiernach ist es leicht, den Charakter der Schrift Pfolsprundt's fest zu stellen. Für Barbiere ist sie nicht bestimmt. Sie enthält Nichts von der kleinen Chirurgie, namentlich Nichts vom Aderlasse. Eben so wenig schrieb Pfolsprundt für „Schneidärzte." Sein Werk enthält, abgesehen von zwei Ausnahmen, keine Anweisung zu blutigen Operationen, namentlich nicht zur Trepanation, zur Amputation; selbst die Paracenthese des Unterleibes wird nicht erwähnt. Dass vom Stein- und Bruchschnitt, von Augen-Operationen Nichts vorkommt, ist selbstverständlich. Diese Fächer waren und blieben in den Händen der Specialisten.

Die Schrift Pfolsprundt's ist, wie schon ihr Titel: „Bündth-Ertznei" sagt, für „Wundärzte" bestimmt. Es ist eine Anweisung zum „Verbinden" im weitesten Sinne dieses Wortes, in demselben Sinne wie Paré „panser" gebraucht. „Je le pansai et Dieu le guarit." Sie beschränkt sich demgemäss, wie Pfolsprundt selbst sagt, auf „Schäden und Wunden." Ausserdem finden sich, namentlich gegen das Ende des Buches, allerlei rohe Kurvorschriften für innere Krankheiten, Seuchen u. s. w.

Pfolsprundt's Schrift erhebt sich in keiner Weise über die Bildungsstufe des „Wundarztes," aus dem einfachen Grunde, weil ihr Verfasser selbst nur diese Bildungsstufe einnimmt. Pfolsprundt ist ein durchaus ungelehrter, mit den alten Sprachen völlig unbekannter, selbst in dem Gebrauche seiner Muttersprache ungeübter Mann. Von wissenschaftlich-medicinischer Bildung ist bei unserm Autor Nichts anzutreffen; er erwähnt ausser Birer und den übrigen „Meistern" nicht einen einzigen älteren oder neueren Arzt, namentlich nicht einen einzigen chirurgischen Schriftsteller; jedenfalls aus dem einfachen Grunde, weil er selbst sie nicht kannte. Er besitzt sogar nicht die mindeste anatomische Kenntniss, auch nicht in denjenigen Gebieten, welche er täglich übte, in denen der Luxationen und Fracturen. Pfolsprundt ist eben ein durchaus handwerksmässiger, empirischer Wundarzt. In diesem beschränkten Kreise aber bewegt er sich mit aller Sicherheit eines verständigen und erfahrenen Mannes, dem sein Beruf am Herzen liegt, und der, weit entfernt von der Gedankenlosigkeit des rohen Routiniers, bei jeder Gelegenheit daran erinnert, wie nöthig es sey, auch der „Vernunft" zu gebrauchen (z. B. 5, 9).

Mit diesen Eigenschaften verbindet Pfolsprundt ferner einen achtungswerthen sittlichen Charakter. Er verlangt von dem Wundarzte die Tugend der Nüchternheit (1, 20); er fordert, dass der Wundarzt, ehe er sich anschickt schwierige Fälle zu behandeln, Messe höre (1, 25), dass er in Fällen, denen er selbst nicht gewachsen ist, den Kranken „williglich" an andere erfahrene Meister verweise. Fast komisch freilich sind die sofort folgenden Vorschriften, vor dem Besuche Verwundeter nicht Zwiebeln zu essen und keinen verdächtigen Beischlaf zu üben, wegen der Gefahr, durch die hieraus entspringende Vergiftung des Athems Verderbniss der Wunde zu erzeugen (2, 17). Dass Pfolsprundt von dem Fehler der Charlatanerie nicht frei ist, darf ihm nicht zu sehr zum Vorwurfe gereichen, wenn wir uns in seine Zeit und in die Lage der Wundärzte des fünfzehnten Jahrhunderts versetzen. Indess tritt das Bemühen, die wichtigsten

„Künste“ und „Meisterstücke“ geheim zu halten, doch nur bei der Rhinoplastik und bei der Entfernung fremder Körper aus Wunden hervor. Bei der ersten geschieht Alles im tiefsten Geheimniss. Der Kranke sowohl als die unerlässliche Bedienung desselben müssen unverbrüchliches Schweigen geloben. (29, 10) Im zweiten Falle werden die wunderthätigen Instrumente (unschuldige Haken und Bohrer) sorgfältig vor dem Kranken und seiner Umgebung verborgen. (64, 26; 65, 13) Bei Gelegenheit der Hernien wird empfohlen, eine Salbe roth zu färben, denn „das steht meisterlich“ (88, 17). Die zu Bähungen angewendete Sanicula europaea soll „klein gehauen“ werden; „so kennet man sie nicht.“ (88, 22) Dennoch scheint Pfolsprundt es zu missbilligen, wenn die „grossen Meister“ durch auffallende Färbungen von Salben und dergleichen bemüht sind, „den Leuten die Augen zu füllen.“ (z. B. 109, 29.)

Hieran schliesst sich die Frage, welchen besonderen Zweck Pfolsprundt bei Abfassung seiner Schrift im Auge hatte. Dass sie, ungeachtet der häufigen Anrede in der zweiten Person, nicht für den Gebrauch eines oder weniger Leser bestimmt war, geht aus mehreren Stellen hervor. S. 34, 1 beweisen die Worte „Bist du ein Arzt“ offenbar, dass Pfolsprundt zunächst für Laien schrieb, aber auch den Fall, dass Wundärzte seine Schrift benutzen möchten, im Auge hatte. Noch bestimmter zeigt dies die Stelle „willst du dich als wundarzt nerenn“ (100, 13). Uebrigens geht aus S. 1, 19 hervor, dass Pfolsprundt seine Kenntnisse bis dahin Niemand mitgetheilt hatte, als zwei Brüdern seines Ordens, welche S. 64, 9 nochmals als „Ritter Brüder“ vorkommen. Indess enthält auch das vorliegende Buch nicht alle „Künste“ Pfolsprundt's, denn es fehlen die „zwei grossen Meisterstücke“ Birer's (10, 26).

Ein eigentlicher Plan wird in der Schrift nicht befolgt. Es findet sich zwar ein Inhaltsverzeichniss (S. 8 ff.), es wird aber auf dasselbe so gut als keine Rücksicht genommen; wahrscheinlich weil sich der Plan des Verfassers während der Ausarbeitung der Schrift beträchtlich erweiterte. Es ist selbst zweifelhaft, ob die Ueberschriften der einzelnen Kapitel von Pfolsprundt herrühren. Eine Stelle (15, 7) deutet darauf hin, dass die Kapitel ursprünglich numerirt waren. Indess könnten die Worte „bei den sechsten“ auch auf Seite 6 der Handschrift und die daselbst genannten Pflaster sich beziehen.

Inhalt der Schrift.

Wunden und Contusionen.*)

Die von den Wunden handelnden Abschnitte sind gleich den übrigen planlos durch das ganze Buch zerstreut. — Zunächst theilt Pfolsprundt alle Wunden in frische (nicht „faule“) und alte, „faule,“ Wunden. Die ersteren erfordern im Allgemeinen „gelinde,“ die letzteren „scharfe“ Mittel. (5, 1; 6, 10.)

Zur Untersuchung der Wunden dienen, wo es nöthig ist, Sonden von Messing (59, 30). — In Uebereinstimmung mit seinem Lehrer Birer huldigt Pfolsprundt dem Grundsatze, frische Wunden in der Regel durch Eiterung zur Heilung zu bringen. (8, 7; 12, 14; 31, 9). Indess ist Pfolsprundt im Ganzen weniger gegen die unmittelbare Vereinigung eingenommen, als der Erstere.

Zunächst soll in alle frische Wunden Terpentinöl eingegossen, in „Schäden“ und Knochenwunden aber nur eingestrichen werden.

---

*) Eine gelehrte Zusammenstellung über die Waffen der Deutschen im Mittelalter, so weit sie als verwundende Werkzeuge und Schutzwaffen auch hier in Betracht kommen, findet sich bei San Marte (A. Schulz): Zur Waffenkunde des älteren deutschen Mittelalters. Quedlinburg und Leipzig 1867. — Der Preussischen „Freien“ Hauptleistung war der Kriegsdienst zu Ross in leichten Waffen „nach der Preussen Gewohnheit.“ In den Urkunden finden sich „arma Pruthenicalia,“ „Dienst secundum morem Pruthenicorum;“ andrerseits „secundum terrae Culmensis consuetudinem.“ Den Unterschied zu bezeichnen ist schwer. Der Rossdienst mit leichten Waffen ist so gut Preussisch als Kulmisch. Der Orden liess ihnen, so weit es anging, meistens ihre Gewohnheiten, Gerichtswesen, Bewaffnung u. s. w. Diese war die „Brunnin,“ welche, nicht specifisch Preussisch, Preussische und Kulmische Freie trugen (Cod. Wermeland. I. 345). „Brunnin“ ist ein ursprünglich deutsches Wort, Harnisch bezeichnend. Der Ausdruck „Platen, Platendienst“ scheint nur von dem Kulmischen Rossdienst in leichten Waffen angewandt zu werden. Im Zinsregister von Osterode wird der Platendienst dem Preussischen Dienst ausdrücklich entgegengesetzt.

Bei den späteren Verbänden tritt an die Stelle des Terpentins „Rosenöl von Leinöl gemacht.“ (12, 14). Demnächst wird ein aus Honig, Staubmehl, Butter und Bolus bereitetes, auf Flachs oder Werg gestrichenes „Wundpflaster“ aufgelegt (10, 31). Eine andere für jede Art von frischen Wunden bestimmte Vorschrift findet sich S. 21, 11; ferner ein Kühlpflaster aus Leinsamen S. 22, 21. Am meisten wird ein auf sonderbare Weise aus geschlagenem Eiweiss bereitetes Kühlpflaster gerühmt (23, 30). Dasselbe wird mit Löchern versehen, um dem „Dampf“ und dem „Gliedwasser“ Ausgang zu verschaffen (3, 2), und dadurch „Stockung des Geblütes“ und dessen Folge, „Lähmung,“ zu verhüten. So bald das Pflaster trocken wird, muss es erneuert werden.

Der Gebrauch der „Meissel und Wieken,“ aus Flachs gedreht und mit Rosenöl bestrichen (60, 18), deren sich die Wundärzte jener und noch viel späterer Zeit, namentlich bei Schusswunden, (deren unser Verfasser nirgends erwähnt) im Uebermasse bedienten, verwirft Pfolsprundt durchaus, ausser in dem Falle, dass sich in der Nähe der Wunde eine „Beule“ (Drüsengeschwulst) befindet, welche in Eiterung versetzt werden soll. (12, 30.)

Obschon Pfolsprundt das Heften frischer Wunden im Allgemeinen verwirft, so gibt er doch eine sorgfältige und von reicher Erfahrung zeugende Anweisung zur Ausführung der blutigen Naht (28, 10; 55, 10). Er gebraucht die Knopf-Naht mit grün-seidenen Fäden, welche sieben Tage liegen bleiben. Als eine besondere Art der Naht werden die „Selbhefte“ geschildert; wie es scheint, Nichts als Heftpflaster-Streifen (58, 10). Ausserdem gedenkt Pfolsprundt des Verfahrens eines „Hofmanns“ (Hof-Wundarztes), „der sonst nicht viel wusste.“ Er brachte die Wundränder vermittelst aufgelegter Bretchen in Berührung (58, 32). Ferner beschreibt Pfolsprundt die Vereinigung durch Pflaster, welche mit Bändern versehen sind (58, 31). — Wunden an den Extremitäten sollen niemals geheftet werden. Im Uebrigen warnt Pfolsprundt wiederholt vor zu fester Anlegung des Verbandes. (z. B. 5, 20.) Später soll die Vernarbung durch eine „Heilsalbe“ aus Brotkrume, Zucker, Rosenöl, armenischem Bolus (19, 30) u. dergl. herbeigeführt werden.

Die gefürchtetsten Zufälle frischer Wunden sind, ausser den

Blutungen (S. unten) das „wilde Feuer“ (die Entzündung) und das „Gliedwasser.“ Ersteres bekämpft Pfolsprundt mit Umschlägen aus Flores Althaeae roseae, mit kaltem Wasser und mit milden aromatischen Mitteln. (36, 18.)

Eine noch grössere Rolle spielt bei Pfolsprundt, wie bei den deutschen Wundärzten der späteren Zeit, das „Gliedwasser.“ Es ist schwer zu sagen, was man darunter sich zu denken habe. Wahrscheinlich wurden Name und Besorgniss durch die Beobachtungen der Verletzung grosser Gelenke (z. B. des Knie's) verursacht. Später nannte man „Gliedwasser“ die seröse Absonderung, welche in offenen, mit Terpentin u. dergl. behandelten, Wunden reichlich genug sich ergoss, man schrieb ihm die oedematösen Anschwellungen im Umkreise der Wunden zu, u. s. w. — Die wichtigste (häufig wiederholte) Regel bei der Behandlung des Gliedwassers geht dahin, demselben eine Zeit lang freien Lauf zu lassen. Namentlich aus diesem Grunde wird die Naht verworfen (3, 32; 54, 13). Erst später soll das Gliedwasser „verstellt,“ d. h. die Absonderung desselben beschränkt werden. Diese Kunst des „Verstellens“ schildert Pfolsprundt als eine der wichtigsten Aufgaben des Wundarztes. Zu ihrer Verwirklichung dienen Adstringentien, Salben aus Aloë, Alaun, Krebs-Augen, Gerstenmehl, Bolus und Rosenwasser.

Bei der Abhandlung der Verwundungen der einzelnen Theile wird eine bestimmte Ordnung eben so wenig befolgt, als bei den übrigen Gegenständen, obschon die Schrift mit der Lehre von den Kopfwunden beginnt (2, 20). Zur Heilung derselben dient hauptsächlich ein Pflaster aus Hirschtalg, Veilchen- oder Rosen-Oel, mit etwas Kampher, Mastix, armenischem Bolus u. dgl. (49, 18). Später wird empfohlen, bei klaffenden Schädelwunden Eiweiss trinken zu lassen und einen festen Verband anzulegen. Um bei Schädelwunden mit Substanzverlust die blosliegende „Leiss“ (die harte Hirnhaut) zu schützen, soll ein reines Stück grüner Seide auf die „Leiss“ gebracht und über dasselbe „Nothwerg“ (Charpie) gelegt werden (50, 23). Bei grossem Umfange der Verletzung soll das Seidenstück in der Wunde verheilen! (51, 3). — Wunden der Nase sollen ohne blutige Naht vereinigt werden. (27, 25). — Bei Verwundungen der Hände und Finger besteht die Hauptaufgabe darin, die letzteren in der Beugung zu erhalten, um „Lähmung“ (Nichtvereinigung der getrennten Muskeln und Sehnen) zu verhüten (80, 10). — Die Verwundungen des Knie's werden (ihrer Häufigkeit wegen) gleich nach den Kopfwunden abgehandelt (5, 10). — Zur Heilung von Knochenwunden dient ein „Beinpflaster,“ welchem grosses Lob gespendet wird (13, 15).

Unter den penetrirenden Wunden treten hauptsächlich die des Unterleibes hervor, jedenfalls deshalb, weil der Harnisch penetrirende Brustwunden selten machte. (7, 20). — Bei penetrirenden Bauchwunden (56, 9) sollen zunächst (wo nöthig, nach vorheriger blutiger Erweiterung der Wunde (57, 1) die Gedärme vermittelst warmen Oeles zurückgebracht werden. Ist der Darm verletzt und „krank“ („weidewund“) so soll die betreffende Darmschlinge durch den Schnitt entfernt und eine silberne Kanüle an deren Stelle eingefügt werden. Pfolsprundt versichert, dass Kranke dieser Art noch 40–50 Jahre nach der Verletzung lebten. (57, 12.)

Gegen zu starke Absonderung in Wunden, Caro luxurians u. dergl. werden allerhand trocknende Mittel („Dörre-Pulver“) z. B. gebrannte Muscheln, Gold- und Silberglätte (z. B. S. 39), so wie die milderen, auch zur Verstellung des Gliedwassers und gegen Blutungen dienlichen, Styptika empfohlen.

Blutungen.

Geringfügig sind die Hülfsmittel, über welche Pfolsprundt bei grossen Blutungen gebietet. Von der Ligatur der Gefässe, welche bei den hervorragenden Wundärzten niemals ganz ausser Gebrauch kam, findet sich nicht einmal eine Andeutung. Pfolsprundt gebraucht bei Blutungen aus grösseren Gefässen den mit styptischen Mitteln imprägnirten Tampon, den er vermittelst eines Spans befestigt, bei Blutungen aus engen Wunden die Compression vermittelst einer auseinander geschnittenen Nussschale! (32, 24.)

Die grosse Zahl der ausserdem empfohlenen Styptika liefert den sichersten Beweis dafür, dass sie sehr oft ihren Dienst versagten. Pfolsprundt führt unter andern folgende an: Ein Pulver aus Zunder (verbrannter Leinwand), Schweine- und Eselskoth, Moos von Todtenbeinen u. s. w. (34, 30). Ein sehr kräftiges Stypticum ist Schwefel mit armenischem Bolus, zu welchem Schwarzwurzel, Sandelholz, Drachenblut, Mastix, Weihrauch, Galläpfel, Colophonium, Eselskoth u. s. w. zugesetzt werden können (35, 6). Auch die Kälte in Verbindung mit Stypticis, Schweinekoth mit Essig (35, 15) werden angeführt. Blutungen aus der Nase sollen selbst im schlimmsten Falle durch dreimal wiederholte Tamponade sicher beseitigt werden (34, 9).

Bei grossen Blutungen aus Wunden des „Leibes“ (des Rumpfes) hegt Pfolsprundt weit geringere Besorgnisse wegen des Blutverlustes, als wegen der Gefahr, dass das Blut sich nach innen ergiesen und gerinnen („geliefern“) könne (32, 18). Er gibt deshalb den Rath, den Kranken mit der blutenden Stelle nach unten zu legen, so lange bis das Blut aufhört, wie aus einer „Röhre“ (Brunnen-Röhre) zu fliessen, ohne die eintretende Ohnmacht zu berücksichtigen. („Ob er krank wird, da kehre dich nicht an.“) Um so sorgfältiger ist Pfolsprundt bemüht, das „gelieferte“ Blut aus dem Körper zu entfernen (58, 1).

Wundtrank.

Eine sehr grosse Rolle bei allen Trennungen des Zusammenhangs in weichen und harten Theilen (Fracturen [4, 20], Hernien [11, 4]) und inneren „Schäden“ spielt der „Wundtrank.“ Der Gebrauch derartiger Mittel verliert sich in die ältesten Zeiten. Schon die Homerischen Helden reichen den Verwundeten ein Gemisch aus Wein, Honig und (wahrscheinlich frischem) Käse. In den Vorschriften Pfolsprundt's zur Bereitung des Wundtranks spielt der Beifuss (Artemisia vulgaris) die Hauptrolle. Wiederholt finden sich genaue Anweisungen über die beste Zeit, ihn einzusammeln und aufzubewahren (16, 19), mit Rücksicht auf klimatische Verschiedenheiten, z. B. den späteren Eintritt des Frühlings in Preussen (90, 6; 92, 15), den Einfluss des Mondes (92, 18) u. s. w. — Im Nothfall genügt es, den Beifuss allein mit Wasser, Bier, am besten mit Wein gekocht, zu reichen. In der Regel wird Schwarzwurzel, Masslieb (Bellis perennis) zugesetzt (17, 13; 89, 30; 90, 3 [eine von Pfolsprundt verbesserte Formel Birer's] 92, 28). Grosse Wirksamkeit wird auch einem aus Regenwürmern bereiteten Wundtranke zugeschrieben, welcher zugleich gegen kurzen Athem Hülfe bringt (18, 22).

Faule Wunden.

Im Gegensatze zu frischen Wunden bedürfen „alte, faule" Wunden und Schäden eines im Allgemeinen reizenden Verbandes und der Anwendung „scharfer," austrocknender und ätzender Mittel (105, 1). Die Zahl der diese Zwecke erfüllenden Substanzen ist sehr gross. Die wichtigsten sind Alaun, „Kupferwasser," (wahrscheinlich eine Auflösung von schwefelsaurem Kupfer,) Gallitzen-Stein, Grünspan (40, 21), Arsenik, Drachenblut, Aetzkalk mit Zusätzen von Weiden-Asche, Colophonium, Essig, Branntwein, Knoblauch, Zwiebeln u. s. w. (41, 9). Ein besonders kräftiges („fast starkes") Aetzmittel ist aus Arsenik, „Wassergallen" und Salpeter zusammengesetzt (46, 4). Einzelne Aetzmittel erfordern einen Schutz der gesunden Theile durch ein Emplastrum fenestratum (43, 11). Die Dauer der Einwirkung der Aetzmittel wird nach einer noch jetzt für verschiedene Zwecke im Volke gültigen Methode nach der Dauer eines Gebetes (z. B. dreier Pater noster, [42, 3]) bestimmt.

Krankheiten der Haut.

An die Lehre von den fauligen Wunden und Schäden schliessen sich am besten die gleichfalls durch das ganze Buch zerstreuten Bemerkungen über Krankheiten der Haut. Von den Entzündungsformen wird der „Wurm" (das Panaritium) erwähnt. Dieses Uebel besteht in der Anwesenheit eines Parasiten, welcher durch eine Salbe aus Schierling, „Büchsen-Pulver," Kupferschlacke, Honig und Pfeffer getödtet werden soll. Auch bei anderen örtlichen Uebeln der Haut spielen reizende und ätzende Mittel, zu denen sich Vorschriften in grosser Zahl finden, die Hauptrolle. Hühneraugen z. B. sollen blutig geschnitten und dann geätzt werden. Gegen hartnäckige Hautgeschwüre werden gleichfalls Aetzmittel empfohlen (94, 22). Ein Lupus-artiges Leiden scheint S. 43, 29 beschrieben zu werden. — Ein eigenthümliches, aber gewiss sehr wirksames Verfahren, um rothe Flecken an einzelnen

Hautstellen, im Umkreise von Narben u. s. w. zu beseitigen, wird S. 113, 19 gerühmt: Scarification der kranken Stellen und Erzeugung von Eiterung durch eine fein gestossenes Glas enthaltende Salbe.

Von besonderem Interesse sind mehrere Stellen, welche sich unzweifelhaft auf syphilitische Affectionen beziehen, z. B. die „wilden Warzen“ (ein bei dem Auftreten der Syphilis zu Ende des fünfzehnten Jahrhunderts in Deutschland allgemein gebräuchlicher Ausdruck) (43, 31). Vielleicht auch die in Thüringen noch jetzt unter dem Volke vorkommende Bezeichnung einer, jedenfalls unreinen, Krankheit, welche durch den Urin von Ratten und Mäusen entstehen soll (43, 32). Wahrscheinlich gehört hierher auch ein guter Theil der hartnäckigen Hautkrankheiten und „Seuchen,“ welche durch Bäder von Malz, Kupfer, Salz und Alaun, oder durch mit Ameisen bereitete Bäder (in welchen der Kranke Petersilie mit Fett verzehren muss) und nachfolgendes Schwitzen geheilt werden sollen (95, 27). — Am unzweifelhaftesten deuten auf syphilitische Uebel die Affectionen der Aftergegend und der Geschlechtstheile, welche S. 124 ff. beschrieben werden: „Faule Blattern und Schwämme“ am After (Condylome), gegen welche eine hauptsächlich aus Kampher und armenischem Bolus bestehende Salbe empfohlen wird, von welcher Pfolsprundt versichert, dass er „alle in drei Tagen damit vertrieben“ habe. Ferner die „Karoffel der Nieren“ (Orchitis); am meisten aber die „Löcher“ (Geschwüre) des Penis (125, 9), bei denen im Wesentlichen milde erweichende Umschläge und örtliche mit Gerbsäure-haltigen Rinden bereitete Bäder (128, 3) empfohlen werden. Alaun soll nur angewendet werden, wenn keine „Löcher“ vorhanden sind. Auch solche Kranke erhalten Wundtrank (126, 19). — Wie grossen Umfang derartige Geschwüre oft gewinnen, zeigt S. 127, 6, wo gegen ausgedehnte Fäulniss des Penis Umschläge von Kupferwasser und Alaun gepriesen werden, unter Anführung eines besonders bedenklichen, glücklich geheilten, Falles. — Ob Pfolsprundt's Erfahrung in diesem Gebiete eine umfangreiche war, ist schon hiernach zweifelhaft. Es kommt hinzu, dass er dem Leser unter den drei als Kurvorschlägen mitgetheilten „Meinungen“ die Wahl lässt (128, 31).

Zu den äusseren Schäden rechnet Pfolsprundt auch das „Schwinden" (51, 29). Der Zusammenhang zeigt, dass hierunter Lähmung der Extremitäten mit Atrophie zu verstehen ist. Pfolsprundt leitet diesen Zustand von Gerinnung des Blutes in den Adern ab (53, 3) und wendet, um diese zu heben, Einreibungen, Urtication und Geisselung an. Wie hartnäckig jene Uebel diesen Mitteln widerstanden, zeigt die naive Aeusserung: „Es will gearbeitet seyn."

Fremde Körper.

Den wichtigsten Theil der Lehre von den fremden Körpern bildet die Ausziehung von Pfeilen (7, 1 ff.). Schusswunden durch Feuerwaffen werden auffallender Weise nirgends erwähnt.

Die Hauptvorschrift Pfolsprundt's bei der Verwundung durch Pfeile besteht darin, dieselben (nach vorheriger Beseitigung des über die Haut hervorragenden Holzschaftes durch Säge oder Messer), zwölf bis vierzehn Tage stecken zu lassen, um keine Blutung, namentlich keinen Bluterguss in die etwa verletzte Körperhöhle und die so sehr gefürchtete „Gelieferung" (Gerinnung) des ergossenen Blutes zu verursachen (7, 35; 23, 6; 61, 19). Inzwischen wird eine „Zugsalbe" aufgelegt, um den Pfeil durch Eiterung zu lockern. Die Ausziehung des Pfeiles wird erst vorgenommen, wenn sich „gute Zeichen" einstellen (64, 1). Anstatt des gewöhnlichen Verfahrens, die Pfeile durch blutige Erweiterung der Wunde und Zangen zu entfernen, lehrt Pfolsprundt eine „Kunst," für deren Mittheilung er 50 Gulden bezahlte. Zuerst wird die Wunde sondirt; zeigt sich hierbei, dass noch ein Theil des Holzschaftes in der „Tülle" (der röhrenartigen Hülse des Pfeiles, welche zur Aufnahme des Holzschaftes dient) steckt, so wird eine einfache Schraube angewendet. Führt dieses Verfahren nicht zum Ziele, so soll ein an einem Weidenholz befestigter Widerhaken in den Rest des Schaftes eingeführt und mit einem Riemen die Ausziehung bewirkt werden. Ist die Tülle dagegen leer, so kommt ein etwas gebogenes „Eisen" zur Anwendung, welches vorn mit einer scharfen Schneide versehen ist. Dasselbe wird in die Tülle eingeführt, festgeklemmt, und der Pfeil auf diese Weise ausgezogen. Pfolsprundt versichert, dass bei seinem Verfahren kaum Einer von Hunderten sterbe, während die vorzeitige Entfernung der Pfeile 70—80 von Hunderten das Leben koste.

Luxationen.

Die Lehre von den Luxationen wird hauptsächlich an der Luxatio humeri erörtert (82, 10). Von einer Unterscheidung der verschiedenen Arten der Luxation ist nicht die Rede. — Die Einrichtung soll so bald als möglich geschehen (82, 14). Verrenkungen, die über ein Jahr alt sind, gelten als unheilbar (84, 2); solche, welche seit fünf Wochen bestehen, sind misslich (82, 24); sie erfordern die sechs- bis zwölfmalige Wiederholung eines den ganzen Tag hindurch fortgesetzten Bades, erweichende Umschläge u. s. w. Bei alten Luxationen soll vorher ein Bad genommen werden (82, 19). Wie grosse Schwierigkeiten die Einrichtung veralteter Luxationen machte, geht auch daraus hervor, dass Pfolsprundt dem Wundarzte den Rath ertheilt, vorher Messe zu hören (83, 31). Das sehr undeutlich beschriebene Verfahren bei der Einrenkung scheint sich vorzüglich auf Luxationen nach aussen und hinten zu beziehen. Nach erfolgter Reposition wird zur Fixirung des Oberarm-Kopfes eine hölzerne in Charpie gehüllte Kugel in die Achselhöhle gebracht.

Bei der Luxation des Knie's oder des Ellenbogens (85, 20) wird die Einrichtung vermittelst einer in die Beugeseite des Gelenks gelegten Kugel bewerkstelligt. Aehnlich soll bei der Verrenkung der Hand oder des Fusses verfahren werden.

Die Angaben über die Verrenkung des Unterkiefers haben nur die einseitige Luxation im Auge. Behufs der Einrichtung wird der Daumen der einen Hand in die Mundhöhle gebracht, der andere aussen angesetzt und durch entsprechende Druckbewegungen die Reposition bewirkt (86, 15).

Fracturen.

Am gediegensten erscheint Pfolsprundt in der Lehre von den Fracturen. Hier zeigt jedes Wort den erfahrenen und umsichtigen Wundarzt, welcher selbst auf die kleinsten Neben-Umstände und jeden möglichen Zufall achtet.

Die Untersuchung und Einrichtung der Fracturen wird unter dem Beistande von zwei Gehülfen (74, 25) je nach ihrem Sitze in sitzender oder liegender Stellung vorgenommen (69, 24). Hierauf wird der Verband angelegt (14, 21), welcher aber nicht zu fest seyn darf. (73, 10). Zunächst auf die Bruchstelle wird „Heilsalbe“ oder „Beinpflaster“ gelegt, je nach Umständen von gelinder oder reizender Beschaffenheit (69, 4). Zur Befestigung des Gliedes dienen Schienen von Holz, Filz, mit Leinwand gefüttert, oder von Pappe, welche am kühlsten sind, oder auch Filze, welche nicht um das ganze Glied herumgehen und durch Schnüre befestigt werden (70, 24). Wiederholt warnt Pfolsprundt vor zu fester Anlegung des Verbandes „damit die Schienen ihn [den Kranken] nicht wund fressen.“ (102, 17.) Um die Geschwulst zu verhüten, soll die Extremität von den Fingern oder Zehen an mit einer langen schmalen Binde umgeben werden (102, 30). Ausserdem erhält der Kranke Wundtrank. Der Verband wird zuerst nach sechs Tagen, dann nach drei Tagen, zuletzt täglich erneuert.

Bei Fracturen mit Geschwulst wird entweder nur ein einfaches Pflaster, oder, wenn sich bedeutende Entzündung einstellt, ein Umschlag von Leinkuchen mit „Kühlwasser“ oder „Kühlpflaster“ angewendet, welche durchlöchert werden, um der Hitze Ausgang zu verschaffen (69, 15). Ein sehr complicirtes, überhaupt als Universalmittel dienendes „Beinpflaster“ findet sich S. 99, 27. Indess wird doch vor erhitzenden „Beinpflastern“ gewarnt, und deshalb auch eine Vorschrift zu einem „kühlen“ Mittel der Art mitgetheilt (101, 13). — Bei complicirten Fracturen wird die Bruchstelle zugänglich erhalten (71, 21). — Von Fracturen mit Zerschmetterung der Knochen wird nur ganz kurz gehandelt; wahrscheinlich, weil sie in der Regel tödtlich waren (72, 4).

Nähere Bemerkungen finden sich nur über die Fractura femoris (72, 11), deren Neigung, mit Verkürzung des Gliedes zu heilen, Pfolsprundt sehr gut kennt. Um diese zu verhüten, empfiehlt er eine Art von Hagedorn'schen Verband. Fracturen des Unterschenkels erfordern eine solche Vorsicht nicht (72, 33). — Kranke mit Fracturen der unteren Extremitäten nehmen am 15ten — 16ten Tage ein Bad. Pfolsprundt ertheilt hierbei mit musterhafter Umsicht die Vorschriften, deren Beachtung nöthig ist, um die Trennnng der in der Vereinigung begriffenen Bruchenden zu verhüten (74, 35).

Bei der Fractura claviculae (81, 3) wird nach der Reposition ein (S. 82 abgebildetes) der Form des Schlüsselbeins entsprechendes Stück Holz aufgelegt, damit kein „Knorren“ entstehe (81, 28) und mit Binden befestigt, welche über die kranke Schulter, die Brust und unter dem gesunden Arme hinweg gehen, und mit einer Naht befestigt werden (82, 1).

Bei der Seltenheit tüchtiger Chirurgen gehörten schlecht, besonders krumm geheilte Fracturen zu den häufigsten Vorkommnissen. Desshalb bildet die „meisterliche Kunst Bein zu weichen,“ welche aber nur dann Erfolg verspricht, wenn die Fractur nicht früher als vor einem Jahre erfolgte, einen der wichtigsten Abschnitte (75, 13). Das Verfahren hierbei ist folgendes: (75, 24) „Sarat“ (mit Wachs und Harz getränkte Leinwand) wird zunächst auf die Haut, darüber ein Stück „sämisch“ (weich gegerbtes) Leder gelegt, das Ganze mit Pflastern und Salben bedeckt, Oele aufgegossen u. s. w. Von diesem Verfahren verspricht sich Pfolsprundt binnen vierzehn Tagen sicheren Erfolg (76, 30 ff.). Er sagt sogar, dass bei dieser Behandlung der Knochen zuweilen von selbst wieder breche (77, 5). In hartnäckigen Fällen werden erweichende Bäder angewendet, in denen der Kranke drei Tage und vier Nächte ununterbrochen verweilt (77, 10). Zu demselben Behufe dienen eiserne Apparate. Dem wieder gebrochenen Gliede wird absichtlich eine gebeugte Stellung gegeben, weil dadurch der Gebrauch desselben erleichtert wird, und weil es leichter ist, krumme Glieder gerade zu machen, als umgekehrt.

Hernien.

Die Lehre von den Hernien wird S. 86, 24 ff. abgehandelt. Sie beschränkt sich auf die Reposition der Scrotalbrüche und das die dauernde Zurückhaltung des Bruches bezweckende Verfahren, welches aber nur bei Personen unter vierzig Jahren gelingen soll. — Pfolsprundt hält, wie alle Aerzte der früheren Zeit, für den Grund der Hernien [Ruptura] eine Zerreissung des Bauchfells. Nächst der Reposition, bei welcher das Becken möglichst hoch gelagert wird, gilt als Hauptmittel zur Verheilung der

„Ruptur" ein mit Springkraut (Euphorbia Lathyris) präparirtes Oel. Die Vorschriften in Bezug auf das Verhalten des Kranken, welcher vor allen Dingen vierzehn Tage lang auf dem Rücken liegen und jede heftige Bewegung, z. B. beim Stuhlgange, vermeiden muss, sind äusserst genau und dem beabsichtigten Zwecke (Verhütung des Wieder-Zerreissens des sehr dünnen „Felles" oder „Schleimes" [89, 21]) durchaus entsprechend (88, 5 ff.). Zur Unterstützung dienen allgemeine Bäder, Dampf- und Sitzbäder mit Sanicula europaea (88, 18), so wie der auch in diesem Falle unvermeidliche Wundtrank.

Blutige Operationen.

Die von Pfolsprundt beschriebenen blutigen Eingriffe beschränken sich (abgesehen von der blutigen Naht) auf die Erweiterung bereits vorhandener Wunden, z. B. der Bauchwand, behufs der Reposition vorgefallener Därme (57, 1) auf die Operation der Hasenscharte und die Rhinoplastik.

Dass Pfolsprundt in einem nicht für „Schneidärzte" bestimmten Werke die Hasenscharte abhandelt (116, 29 ff.) erklärt sich theils aus deren häufigem Vorkommen und der Geringfügigkeit der Operation, theils dadurch, dass dieselbe gewissermassen als Entfernung eines fremden Körpers betrachtet wird. Denn dieselbe hat nach Pfolsprundt's Auffassung nur den Zweck, die verunstaltende „Kerbe" (Einziehung) zu beseitigen. Uebrigens ist das von Pfolsprundt beschriebene Verfahren durchaus zweckmässig.

Rhinoplastik.

Die Beschreibung der Rhinoplastik, unstreitig der interressanteste Abschnitt des ganzen Werkes, widerspricht ebenfalls nicht dem Charakter des letzteren als eines Wundarznei-Buches. Die Besitzer des Geheimnisses überliessen dasselbe an Jeden, der ein Interesse daran hatte. Ein solches Interesse hatten aber die Wundärzte in höherem Grade als die „Schneidärzte." Der Verlust der Nase ist ein Substanz-Verlust, die Rhinoplastik das Mittel, demselben abzuhelfen; gerade wie Geschwüren u. dergl. von dem Wundarzte durch Mittel abgeholfen wird, welche die

Vernarbung herbeiführen. Dass das Mittel, den Substanzverlust zu ersetzen, in einer blutigen Operation besteht, ist von nebensächlicher Bedeutung. Dazu kommt, dass die Operation in den Augen jener Wundärzte keineswegs als eine schwierige erschien, noch weniger aber irgend eine Gefahr mit sich führte.

Als die älteste Nachricht über plastische Operationen pflegt die im Ayur Veda des Susruta sich findende bezeichnet zu werden. *) Indess ist das früher angenommene hohe Alter dieser Schrift neuerdings bekanntlich sehr zweifelhaft geworden; es ist sogar wahrscheinlich, dass dieselbe jünger ist als unsere Zeitrechnung, dass sie möglicher Weise nicht über das Jahr 1000 n. Chr. hinaufsteigt. Das hohe Alter der Rhinoplastik in Indien wird aber noch verdächtiger dadurch, dass in einem Berliner Codex des Susruta, welcher anscheinend dem achtzehnten Jahrhundert angehört, die betreffende Stelle in der Ueberschrift das Wort „xepa," d. h. unächter Zusatz, aufweist (Zeis, S. 212). **)

Die Stelle lautet in der von Roth in Tübingen nach dem Sanskrit-Original (Calcutta 1835. 1836. 8.) gegebenen, von Zeis mitgetheilten Uebersetzung folgendermassen:

Susruta I. p. 56. — „Demjenigen, der kein Ohrläppchen hat, kann der Arzt eins machen, indem er (den Stoff dazu) aus der Wange nimmt, mit lebendigem, noch anhängendem, Fleisch, nachdem er zuvor (die Stelle) wund gemacht hat." — Susruta I. 60. „Nun werde ich das Verfahren der Ansetzung einer abgetrennten Nase angeben. Der sorgsame Arzt nimmt ein Pflanzenblatt von der Grösse der Nase, schneidet nach dem Maasse des aufgelegten (Blattes ein Stück) aus der Wange, aber so, dass es (an einer Stelle) noch anhängt, und setzt die Nase, nachdem er (die Ränder) aufgeritzt hat, rasch auf, fügt sie mit guten Bindemitteln gehörig an, befestigt in derselben mit Sorgfalt zwei passende Röhrchen, richtet sie in die Höhe, und bestreut sie mit rothem Sandel, Süssholz und Antimon. Darauf bedeckt er sie mit einem weissen Tuche und begiesst sie öfters mit Sesam-Oel. Den Kranken muss man zerlassene Butter (Ghee) trinken lassen.

*) Susrutas Ayur Vedas ed. Fr. Hessler. Erlangen, 1844. 8.

**) Zeis, Die Literatur u. Geschichte der plastischen Chirurgie. Leipzig, 1863. 8. S. 59. No. 453.

Ist diese verdaut, dann muss er mit Oel eingerieben und ordnungsmässig purgirt werden. — Ist das eingesetzte Stück angewachsen, so schneidet man auch den Rest (die Brücke) durch. Ist die Nase zu klein, so suche man sie wachsen zu machen; hat sie zu viel Fleisch, so bringe man sie auf das richtige Maass. — Wer das Verfahren für Ansetzung der Oberlippe — (nach Art des Verfahrens bei der Nase ohne Anwendung von Röhrchen) — eben so versteht, der verdient Könige zu behandeln."

Die Kunst der Rhinoplastik hat sich in Indien fortwährend erhalten; namentlich wurde man in Europa durch die im J. 1792 ausgeführte, von Wales bekannt gemachte, Operation mit Benutzung der Stirnhaut neuerdings mit derselben bekannt (Zeis, 208 ff.). Deshalb ist unmöglich zu entscheiden, ob den indischen Aerzten das Verdienst zukommt, die plastischen Operationen erfunden zu haben, ob die Kenntniss derselben schon im Alterthum aus Indien nach Europa gelangte, oder ob das Umgekehrte der Fall war.

Die zweite Nachricht über plastische Operationen findet sich in der berühmten Stelle des Celsus (VII. c. 9 und 25). Mit Sicherheit ist anzunehmen, dass nicht Celsus (wie Zeis glaubt) der Erfinder derselben ist, sondern dass dieser seine Kenntniss auch in diesem Punkte früheren Aerzten, namentlich den Alexandrinern, verdankte, welche mit Indien in naher Verbindung standen, deshalb sie eben so gut von dort erhalten, als den indischen Aerzten überliefern konnten.

Bekanntlich indess ist Das, was Celsus beschreibt, nicht eigentlich zu den plastischen Operationen zu zählen, sondern es beschränkt sich auf die Heranziehung beweglicher gesunder Hauttheile an defekte Stellen der Lippen, des Ohres, der Nase, von geringerem Umfange. Das wichtigste Erforderniss, die Ablösung der zum Ersatz bestimmten Hautpartie von ihrer Grundfläche, findet sich nicht. Wie denn auch Celsus sagt: „Neque enim ibi creatur corpus, sed ex vicino adducitur."

Deshalb bleibt das Verdienst von Branca, Wundarzt zu Catania in Sicilien, zuerst in Europa, und zwar in der ersten Hälfte des fünfzehnten Jahrhunderts, die Rhinoplastik ausgeführt zu haben, ungeschmälert. Wahrscheinlich machte

Branca die Operation nur in Fällen, wo durch traumatische Ursachen die Nase verloren gegangen war. Das zum Ersatz bestimmte Stück nahm er „ex ore,“ was eben so gut die Wange als die Stirn bedeuten kann. Sein Sohn Antonio dagegen bildete die Nase aus der Haut des Oberams, und fügte der Rhinoplastik die Cheilo- und Otoplastik hinzu. Ob Branca, wie aus der Stelle von Facius (S. unten) geschlossen werden könnte, durch eignes Nachdenken auf die Rhinoplastik kam, ob er sie Andern entlehnte, ist ungewiss. Die Möglichkeit, dass er sie auf langen Umwegen aus Indien erhielt, ist bei der lebhaften Verbindung, in welcher sich Europa, namentlich Sicilien, das ganze Mittelalter hindurch, vorzüglich seit den Kreuzzügen, an denen viele Aerzte Theil nahmen, mit dem Orient befand, nicht zurückzuweisen.

Die älteste Nachricht über Branca's Erfindung ist wahrscheinlich die, welche sich bei Barth. Facius (gest. 1457) findet*). Facius war Historiograph des Königreichs Neapel, und, wie sein eben angegebenes Todesjahr zeigt, Branca's Zeitgenosse, von dessen Erfindung er in Neapel sehr leicht Kenntniss erhalten konnte. Die Stelle bei Facius (p. 38) ist folgende:

„Branca pater et Antonius Branca filius, Siculi. — Singulari quoque memoria dignos putavi, et in hunc numerum referendos, Brancam patrem et filium, Siculos, chirurgos egregios, ex quibus Branca pater admirabilis ac prope incredibilis rei inventor fuit. Is excogitavit, quonam modo desectos mutilatosque nares reformaret suppleretque; quae omnia mira arte componebat. Antonius hujus pulcherrimo patris invento non parum adjecit. Nam praeter nares quo modo et labia et aures mutilatae resarcirentur, excogitavit. Praeterea quod carnis pater secabat pro sufficiendo naso ex illius ore qui mutilatus esset, ipse ex ejusdem lacerto detruncabat, ita ut nulla oris deformitas sequeretur, in secto lacerto et in eo vulnere infixis mutilati nasi reliquiis usque arctissime constrictis, adeo, ne mutilato commovendi quopiam capitis potestas esset, post quintum decimum, interdum vicesimum, dum

*) Barth. Facius, De viris illustribus liber. Nunc primum in lucem erutus. Recens. Laur. Mehus. Florent. 1745. 4.

carunculam, quae naso cohaeserat, desectam paulatim, postea cultro circumcisam in nares reformabat, tanto artificio, ut vix discerni oculis junctam posset, omni oris deformitate penitus sublata. Multa vulnera sanavit quae nulla [Zeis hat multa] arte aut ope medica sanari posse videbantur."

Die Nachricht, welche ein anderer Zeitgenosse Branca's, Peter Ranzanus, Bischof von Lucera, in seinen angeblich handschriftlich zu Palermo verwahrten „Annali del mondo" gibt, und welche zuerst von Vincenzo Auria*) (Zeis p. 1) veröffentlicht wurde, ist weit kürzer, stimmt grösstentheils wörtlich mit der von Facius überein, und ist deshalb höchst wahrscheinlich dem Letzteren entlehnt.

Die beiden Branca's selbst haben eben so wenig wie irgend ein anderer bis jetzt bekannt gewordener ärztlicher Zeitgenosse derselben eine Aufzeichnung über ihr Verfahren hinterlassen. Um so grösser ist der Werth des bei unserem Schriftsteller sich findenden Kapitels über die Rhinoplastik, in welchem ein Zeitgenosse Branca's, und zwar ein Arzt, eine bis in das Kleinste gehende Beschreibung derselben mittheilt. Diese Umstände werden eine kurze Besprechung des bezeichneten Kapitels (S. 29) rechtfertigen.

Dasselbe bildet die Ergänzung des früheren (27, 25), „Eine verwundete Nase zu heilen," in welchem gelehrt wird, eine zum Theil abgetrennte Nase wieder anzuheilen. Ist die Wunde von mässigem Umfange, so soll die Vereinigung nur durch einen einfachen Verband (mit dem „ersten Band" [10, 3; 21, 30]) aus Eiweiss, Honig u. s. w. mit Flachs oder Hanf, bewirkt werden. Bei grösserem Umfange der Trennung sollen „Selbhefte," d. h. Heftpflaster, benutzt werden. Obschon durch diese nach Pfolsprundt's Meinung der Zweck sicher erreicht wird, so gibt er doch auch an, wie bei der Anlegung der blutigen Naht verfahren werden soll.

Das Kapitel von der Rhinoplastik führt die Ueberschrift: „Einem eine neue Nase zu machen, die ihm ganz ab

---

*) V. Auria, La Sicilia inventrice con li divertimenti di Dr. Mongitore. Palermo, 1704. 4.

ist, und sie halt die Hunde abgefressen." Die Deutung der letzten Worte ist schwierig. Wahrscheinlich aber ist nicht von dem Verlust der Nase durch Hundebiss die Rede, sondern vielleicht von Fällen, in denen die durch einen Hieb gänzlich abgetrennte Nase zu Boden fiel und eine Beute jener gefrässigen Thiere wurde. Ausserdem zeigen die gleich darauf folgenden Worte: „Kommt dir einer zu, dem die Nase abgehauen ist," dass die Operation vorwiegend, wo nicht ausschliesslich, nur bei traumatischem Verlust der Nase vorgenommen wurde. Hierauf folgt die bereits oben besprochene Bedingung der Verschwiegenheit, welche der Kranke und die zu seiner Bedienung nöthigen Personen angeloben mussten.

Die Operation schildert Pfolsprundt folgender Massen: Zuerst soll aus Pergament oder Leder ein Modell der zu bildenden Nase, von der Grösse der verloren gegangenen, geschnitten werden. Dieses Modell wird auf diejenige Stelle des Oberarms gelegt, welche nach öfteren Proben (durch Erhebung und Annäherung des Arms an das Gesicht (30, 18), sich als die geeignetste gezeigt hat, und mit Tinte oder anderer Farbe die Umrisse auf die Haut aufgetragen. Die so bezeichnete Haut-Partie wird mit einem „Schneide-Messer" oder Rasir-Messer von oben nach unten abgelöst, so dass für die untere, als Brücke dienende, Partie zwei Querfinger breit oder noch mehr über die Linien des Modells hinausgegangen wird. (Die Beschreibung dieses Theils des Verfahrens ist ziemlich dunkel.) Der untere (dem Vorderarm zugekehrte) Theil des Lappens bleibt ungetrennt. Hierauf wird der Arm über den Kopf gelegt, der Hautlappen durch (blutige) Hefte mit dem Reste der Nase vereinigt, und der Arm durch Tücher und Binden mit dem Kopfe unverrückbar befestigt. Am achten oder zehnten Tage, wenn die Vereinigung erfolgt ist (wenn die Nase „gestossen" und „in der Heil" ist), wird die Brücke getrennt, doch so, dass ein hinreichendes Stück des Lappens übrig bleibt, um zur Vereinigung mit der Oberlippe und zur Bildung der Nasenlöcher zu dienen. Diese wird nach zweckmässiger Zurichtung der betreffenden Hautpartie durch Anfrischen der Oberlippe, Anheften derselben an die Brücke, Einlegen von zwei mit Flachs umwickelten Federkielen in die

Nasenhöhle bewirkt. Schliesslich wird die Nase durch äusserlich aufgelegte Säckchen in die gehörige Form gebracht. — Im Uebrigen soll Alles geschehen, um dem Kranken während der Befestigung des Armes am Kopfe seine Lage zu erleichtern. Wesentlich trägt hierzu bei, dass der Hautlappen in hinreichender Länge genommen wird.

Pfolsprundt fügt schliesslich hinzu, dass auch bei bereits eingetretener Vernarbung der Nasenwunde die Rhinoplastik ausführbar sey, nachdem die erstere wieder in eine frische Wunde umgewandelt worden. Die von Pfolsprundt beschriebene Methode ist die des jüngeren Branca (Antonio), da dieser zuerst die Haut des Oberarms zur Ergänzung der Nase benutzte. Höchst wahrscheinlich verfuhr Branca so, wie es Pfolsprundt beschreibt, mit Ausnahme des Zeitpunktes, in welchem er die Brücke trennte. Branca that dies am 15—20sten Tage, Pfolsprundt schon am 8ten bis 10ten Tage, benutzte also eine höchst wesentliche Verbesserung.

Pfolsprundt verdankte die Kenntniss der Rhinoplastik einem „Walen," d. h. einem Wälschen (Italiener), welcher „viel Leuten mit derselben geholfen und dadurch viel Geld verdient hatte." Den Namen dieses Arztes verschweigt Pfolsprundt. Branca selbst scheint es nicht gewesen zu seyn, da Pfolsprundt von diesem wahrscheinlich auch etwas über künstliche Lippen- und Ohrbildung erfahren hätte, deren er nicht gedenkt.

Die von Pfolsprundt beschriebene Methode der Rhinoplastik erscheint bereits in einem sehr hohen Grade der Vervollkommnung. Ja sie unterscheidet sich von dem Verfahren Tagliacozza's, welches dieser 123 Jahre später (zuerst 1583, dann 1585) bekannt machte, nur in einem wesentlichen Punkte. Tagliacozza löste die Hautstelle des Armes bekanntlich nur in ihrer Mitte (indem er sie in eine Falte erhob und diese durchstach), liess sie an beiden Enden ungetrennt und führte zunächst durch untergeschobene Binden u. s. w. eine Ueberhäutung der unteren Fläche des Lappens herbei. Bei diesem Verfahren musste nicht blos die Ernährung des Ersatz-Stückes eine ungleich bessere seyn, sondern die Nase erhielt auch eine sofort dauerhafte innere Oberfläche.

Krankheiten der Zähne und des Mundes.

Einige Kapitel widmet Pfolsprundt den gewöhnlichsten Krankheiten der Zähne und des Mundes (46, 13 ff.). Die empfohlenen Mittel sind zwar sehr energisch, aber von äusserster Rohheit. Gegen Zahnschmerzen jeder Art und zur Conservirung der Zähne wird ein Pulver aus „Wasser-Gallen" (Stalaktit) oder „Cristall" (Berg-Krystall), oder Sandstein mit Pfeffer empfohlen (47, 1). — Eine andere Formel zu Zahn-Pulver enthält Bimsstein, gebrannten Ofen-Lein, Mastix (47, 12). — Ferner wird für „böse Zähne" ein Wasser aus Gold- oder Silberglätte, Alaun, Weinstein, Schlehdorn-Wurzel, Ochsenzungen-Wurzel, Bertram-Wurzel mit Essig, oder ein mit Zwiebeln und Schlehdorn-Wurzel destillirtes Wasser gerühmt (47, 26). — Uebelriechender Athem, welcher nicht von „bösen Zähnen" kommt, wird von einer gänzlichen Verschwärung des Magens abgeleitet („szo ist im der mage gantz erschworen"). Das Mittel dagegen sind Dämpfe aus Meerhirse (Festuca fluitans?), Anis, Weizen, welche eingeathmet werden, warme Umschläge über den Magen aus denselben Substanzen, Bäder, und Brot, welches mit dem Harn des Kranken gemischt und sieben Tage lang nüchtern verzehrt werden soll.

Innere Krankheiten.

Der Erbsucht der Wundärzte, auch bei nicht-chirurgischen Krankheiten ihr Glück zu versuchen, vermag auch Pfolsprundt nicht zu widerstehen. Dass hierbei, wenige scharf ausgeprägte Uebel ausgenommen, von einer einigermassen genauen Diagnose keine Rede ist, versteht sich von selbst. Die verschiedensten Uebel werden unter dem allgemeinen Namen „innere Schäden" zusammengefasst, und demgemäss nach einer und derselben Schablone, hauptsächlich mit Bädern, Einreibungen, Wundtrank u. dgl. behandelt. Dieser Mittel bediente sich z. B. Birer bei Gicht, inneren „Flüssen," bei der „Sucht," grossen Schmerzen, überhaupt bei allen „Schäden und Gebrechen des Menschen inwendig im Leibe. (15, 3; 19; 96, 30; 97, 10; 122, 17.)

Bei der Ruhr und anderen „Flüssen" soll dem Abgang von Blut u. s. w. erst nach vier bis fünf Tagen gewehrt werden. Unter den hierzu empfohlenen Mitteln finden sich Hirschhorn,

Pulver vom getrockneten Penis des Ochsen, Hecht-Kinnbacken u. dgl. (37, 15). — Andere innere Mittel sind gegen Spulwürmer (38, 11) und gegen Dysurie (38, 23) heilsam. Indess zeigt die Schrift, dass die Wundärzte in einem Punkte ihrer Weisheit nicht genug vertrauten, in der Harnschau. Die Wirkung des Bades, des Universalmittels bei allen inneren Krankheiten, soll durch die wiederholte Besichtigung des Harns ermittelt werden. „Hast du aber keinen solchen Meister, so bade ihn im Namen Gottes ungefährlich, so lange bis es besser wird!" (98, 32).

Den Schluss der Schrift bilden Anweisungen für einzelne häufig vorkommende Zufälle, z. B. Verstopfung, Durchfall, Ischurie, Pest-Bubonen u. dgl.

Aus mehreren Stellen geht hervor, dass Pfolsprundt hin und wieder auch als Rossarzt Dienste leistete (z. B. 38, 20; 121, 25).

Die Heilmittel Pfolsprundt's.

Die Heilmittellehre Pfolsprundt's ist sehr umfangreich, und enthält Stoffe aus allen Reichen der Natur. Da die Kenntniss derselben nicht ohne historisches Interesse ist, so haben wir die von Pfolsprundt erwähnten Heilmittel in der am Schlusse dieser Schrift folgenden alphabetischen Uebersicht zusammengestellt. *)

Die Mehrzahl der aufgezählten Substanzen gehören dem Pflanzenreiche, viele dem Mineralreiche, nicht wenige dem Thierreiche an. Eine wichtige Rolle unter den letzteren spielen Fette verschiedener Thiere, welche bis auf die neueste Zeit das Vertrauen des Volks geniessen.

Charakteristisch für die isolirte Stellung, welche die Wundärzte zur Zeit Pfolsprundt's einnehmen, ist, dass in der Schrift von dem Beistande eines Apothekers nirgends gesprochen wird. Der Wundarzt verschafft sich die Arzneistoffe im rohen Zustande;

---

*) Mit den Pflanzen-Namen Pfolsprundt's sind zu vergleichen die in den bekannten Schriften von Kunrad von Megenberg, Ortolff von Beyerlandt, Tollat von Vochenberg u. A. vorkommenden Benennungen Vergl. E. Meyer, Geschichte der Botanik. Königsberg, 1854 ff. 4 Bde. (bes. Bd. III. p. 402. 492 u. a. a. O.)

nicht selten findet sich eine Anweisung, Pflanzen u. s. w. selbst einzusammeln. Jedenfalls geschah dies, theils um die angewendeten Mittel geheim zu halten, theils um einen höheren Gewinn zu erzielen. An Abergläubischem ist kein Mangel. Dem Krötenpulver (37, 5), ja den Excrementen von Menschen und Thieren (z. B. 36, 5) werden grosse Heilkräfte beigemessen.

Auch die Zubereitung der zusammengesetzten Arzneisubstanzen geschieht durch den Wundarzt selbst; sie war gewiss nicht die geringste von den Beschwerden der Lehrzeit. Die Methoden derselben sind meistens äusserst roh, und dennoch sehr umständlich. Sie nehmen den grössten Theil des Buches ein. Als Beispiele besonders umständlicher Proceduren dienen die Bereitung des „linden Oeles“ (24, 23), die rohe Art Terpentin („anders genannt gloriet“) zu destilliren (26, 27), die Bereitung einer Salbe, welche drei Tage lang täglich „eine gute Weile“ gerieben werden soll (114, 23), die Darstellung des Fettes von jungen Hunden, bei welcher diese mit Haut und Haaren ausgekocht werden sollen (119, 33), die Bereitung eines austrocknenden Mittels aus Kalk und Honig, welches im Backofen so lange erhitzt wird, bis es sich pulvern lässt (121, 15). Die wichtigsten Heilmittel führt der Wundarzt in einem Köcher oder dergleichen mit sich.

Von allen den zahlreichen Heilmitteln Pfolsprundt's hat nur eins wahrhaft geschichtliches Interesse: die Anwendung narkotischer Inhalationen, um bei schmerzhaften Operationen oder bei Schlaflosigkeit Schlaf herbeizuführen (21, 1). Die Vorschrift ist folgende: Opium, Bilsenkraut-Samen (Hyoscyamus niger), Alraun-Blätter (Atropa Mandragora), unreife Maulbeeren (Morus alba), Kraut und Wurzel der Thalm-Pflanze (?), Schierling, Epheu (Hedera terrestis), Lattich-Samen (Lactuca virosa), und Kellerhals-Samen, von jedem ein Loth, sollen ausgepresst und damit Schwämme getränkt, diese aber in verschlossenen Töpfen an der Sonne oder in der Stuben-Wärme getrocknet werden. Vor dem Gebrauche wird der Schwamm eine Stunde lang in warmes Wasser gelegt, und alsdann dem Kranken so lange an die Nase gehalten, bis er einschläft. Der Schwamm wird wieder getrocknet und zu fernerem Gebrauche aufbewahrt.

Durch Zapfen aus Baumwolle oder „Nothwerg" (Charpie), welche mit Essig, Fenchelsamen und etwas Baumöl getränkt sind und in die Nase gebracht werden, wird alsdann der Kranke wieder zu sich gebracht.

Dass dieses Verfahren bereits den Aerzten des Mittelalters bekannt war, ist bereits früher aus Guy von Chauliac nachgewiesen worden*). Die Stelle Chauliac's ist folgende:

„Nonnulli vero ut Theodoricus [de Cervia] medicinas obdormitivas, ut non sentiant incisionem, dictant. Velut est Opium, Succus Morellae, Jusquiami, Mandragorae, Hederae arboreae, Cicutae, Lactucae. Et imbibunt in eis spongiam novam et permittunt eam in sole exsiccari. Et quando erit necesse mittunt illam spongiam in aqua calida, et dant eam ad odorandum, tantum usque quo capiat somnum. Et ipso obdormitato faciunt operationem. Et postea cum alia spongia in aceto infusa naribus applicata expergefiunt." Chauliac fügt hinzu, dass er dieses Verfahren dem innerlichen Gebrauche des Opiums vorziehe.

Dass die Aerzte zur Zeit Chauliac's zur Anästhesirung von Kranken sich auch eines Trankes aus Mandragora bedienten, geht aus einer Handschrift des vierzehnten Jahrhunderts hervor, von welcher Snellaert**) Nachricht gibt.

Aus welcher Quelle die Chirurgen des Mittelalters die Kenntniss der anästhesirenden Inhalationen schöpften, ist völlig dunkel. Inzwischen hat sich gefunden, dass sogar die Hervorrufung örtlicher Anästhesie behufs chirurgischer Eingriffe schon im Alterthume bekannt war. Plinius (Hist. natur. XXXVII, 7) erwähnt den „Lapis memphiticus," eine fette Substanz, welche gepulvert und in Salbenform angewendet, Körpertheile, welche dem Messer oder dem Glüheisen ausgesetzt werden sollen, unempfindlich macht. Interessant ist auch die schon im Liber Kiranidum, dann auch bei Jacobus de Dondis***) sich findende Bemerkung,

*) H. Haeser, Lehrbuch der Geschichte der Med. 2te Aufl. Jena, 1853. S. 355.

**) Snellaert, Annales et Bulletin de la societé de med. de Gand, 1855. p. 54. — Vergl. H. Haeser, Leerbock van de geschiedenis der geneeskunde door A. H. Israels. Utrecht et Amsterdam 1859. 8. p. 370.

***) J. de Dondis, Enumeratio remediorum simplicium ed. Uffenbach. Francof. 1610 f. p. 1032 [„Dolorem incisionis vel ustionis mitigantia"].

dass die trockene pulverisirte Krokodilhaut, über ein Glied ausgestreut, welches man schneiden oder brennen will, oder eine Salbe aus dem Fette des gebratenen Krokodilfleisches den Schmerz benimmt. *)

Nach dem Schlusse des Werkes: „das ende der bündis artzney meister Johannis von Bires: mith fleiss kortzlichen beschlossenn etc. Finis. (S. 163) folgt noch das Nachstehende:

„Hir noch folgen itzliche adicionen vnd stücke czu szamnen colligirth vnd gesatzt, wilche auch tzu nutzen vnd auch tzu gebrauchen sint, in gemeyn als den es noch folget.

Das erste blath. Hier noch folget noch das register.

Anfangk.

Wiltu einem den ftein im libe tzu brechen. — Vor den fchleim im magen. — Wan einem die fprache vorgehet. — Ein frawe die ir seuch [sach?] tzu vil ader tzu weinigk hat. — Vor die geele seuche. — Vor das fliefsende blueth. — Szo einer fzinlos worde. — An welchem ort man lofsen szal in der tzeyt der peftelentz. — Ein tinten tzu machenn die guth ist. — Sigelwachs tzu machen. — Vor die blottern. — Wem der harm nicht gehen wil. — Einem das bluth tzu befprechen. — Einem gefchofsen den pfeil tzu czehenne. — Ein kosparliches krefftiges czygel öll. — Die crafft des czygels oley. — Wie man das czygel olei machen szal. — Wer nicht gedawen kan. — Vor die fchofsen vnd ftechen des hertzen. — Was den menfchen gefund mach vnde frysch vm das hertz. — Den nebel der augen tzu vortreiben. — Vor die vnreynigkeit der bruft. — Vor den harm ftein. — Vor die worm im magenn. — Wan einem der leip czu fchwollen wehr. — Vor die drüfsenn. — Einen pfeil aufs tzu zcihenn. — Wer das blueth hat. — Vor den worm. — Vor den blueth gangk. — So

---

*) Ueber den sehr alten Gebrauch innerlicher Betäubungsmittel handeln Salverte, Des sciences occultes, Paris, 1856. p. 253 ff. — Perrin et Ludger Lallemand, Traité d'anésthésie chirurgicale. Paris, 1863. 8. (p. 2. Compression der Halsgefässe. — p. 3. Stein von Memphis. — p. 5. Mandragora und Schlafträнke. — p. 11. Ma-yo der Chinesen u. s. w.)

einer ein fchlangen in dem bauch hette. — Szo ein weibes bilth eins kindes nicht konde genesen. — Szo einem der wein szeygher wirth. — Ein wein der do nith farbbe halden wil. — Szo einem der wein faul worden wehr. — Einen wein szufse tzu machenn."

Damit ist aber der Inhalt der Handschrift noch nicht erschöpft. Wie in unzähligen ähnlichen Fällen haben theils Hentze, theils Andere die noch übrigen leeren (zum Theil losen) Blätter zur Aufnahme von allerhand Recepten benutzt, deren Inhalt ohne Interesse ist.

Die Herausgeber.

IN nomine domini amen. Dieszes nachgeſchrebben buch angehoben der bündthertznei. als man tzalt nach geburt chriſti Mº. cccc. vnd jm lx jar, hab ich Henrich von Pfolſprundt, bruder deutsch ordens, dieſses buch auſs meyner kunſth getzogen, dy besten vnd nutztten trefflichſtenn stuck dar eyn geſatzt tzw allen ſcheden vnd wunten, new vnd alt, do mit tzw heylenn. I

Vnd will keynem ratten, daſs her ſunſt vill kunst, nuttz adder do mith ertznei, wen er macht sich do mit fer . . r ſchwach. dan ich hab dy tzwſammen gebrocht vnd geholtt auſs deütſchen vnd welſchen landen, von den allèrhochſten vnd beſtenn meyſtern, dy auff dy tzeyt yn denn landen lebten. Mit ſolcher kunſth ich denn jm lande tzw Preuſſenn, jn dem groſsen kreigk zcwiſchenn dem deuſchen ordenn vnd dem könige von Polen, auff die tzyt waſs, vnd heth gleich vi jar gewerth, do mit hab ich mher dan iii ader iiii thauſenth menſchenn geheylt, dy dan ſchwerlich mith schiſſsen vnd stechenn vnd ſchlaenn gewondt geweſt ſeyn, vnd auch ſunſt vil ſwerer vnd aller groſſsenn ſewchen, alſso dan ym lande tzw Preuſſsen vff dy tzyt geweſt iſt. Vnd habbe ſolche kunſt niemandt szo gruntlichen gelerth, wan zcwenn brodern meynes ordens, in maſsen wy ernach volgth. |

Hyr lernt der meyſter, wy sich eyn wontartz kegen gewonten halden sall, vnd was er, ehe dan er tzw on gehet, thon sall. II

Item am erſten szo ratte ich eym jedder manne, der mith diſſer kunſt erbeiten will vnd heilen, das her morgens tzw keynenn bunden adder gebrechen hafftigen menſchenn gehe, adder jn binde, her hore dan vor meſſse ſso ferne erſs anders gehabenn magk, denn es thete ſso groſse nodt, szo sall er doch vnſserm liben hern v. wunden tzw löb betten v pater noſter vnd .v. aue maria vnd eyn glawben, dor vmb das jm got crafft vnd synne gebbe, dy menſchen tzw heylen, dy her vnder handen hath. Vnd huthe sich auch vor trunckenheyt, wan er dy leuthe binden ſsall, dan do mit werden dy leuth balde vorwarluſt, vnd an dem iſt der artz schuldigk vnd müſs von godt büſſsen. Vnd beſſunder huthe er sich, das er der ſselbyghe nacht zcwiffell adder erbeſs geſſsen het, adder bey eyner vnreynenn wyben geſchloffen, das er des morgenſs keynenn ynn dy wunden addem. Auch szal er mith reynen weiſſsen tocherin binden, wente, szo nicht reyn ſeynt, dor von kumth ſchade. Auch szal er seyne hende vor waſſsen eher er en bindt. Auch szall eyner gerne vmb goteſs willen heylen, szo ers vormagk: auch szo sich der artz vnreyne worſte [1]) ſsall er nicht haſtigk yn dy wonden szeen, auch keyn ander vnreyn menſs, wente vill vnrath vnde schade dar tzw ſchlecht, vnd brenget jnn · vil leycht von leeben. vnd halt dy leuthe yn huth, adder du muſt ſie vor gotte büſſsen, haſtu schult dor an. |

III Hyr vorbüth der meyſter eym jddern, nicht yn dy wonden tzw szeen.

Auch vor ſich dich gar ebenn, ab dir eyn schod tzw queme vnd du vorſtundes des nicht tzw heylen, salt du en williclich von dir tzw eynem andern erfarnenden meyſter wyſſen, vff das du den menſchen nicht vorterbeſt, wente [2]) das vfft geſchicht von geringen meyster, dy dan vill menſsen von leben tzwo thodt vor warluſſsen.

Das hewbt tzw binden.

Non wil ich anhebben tzwo lernenn am erſten am hewbt. Kumpt dir eyner vor dy handt, vnd iſt dorck das heupt gewundt vnd dorck das beyn biſs vff dy leiſs [3]) adder vff das feell, szo lege jm keyn züheplaſter dor vbber adder keyn starcken zcuck dor vmb, eſs zceucht jm tzw vill eitter tzw, den das heüpt ſüſt von natur wegen ſehr e(ite)rlich, vnd das ſelbig eitter rün jm auff dy leiſs, vnd faület ym dar vnder entzwey, szo möſs er sterben. Auch szo zcwget jm das zuge plaſter adder eyn jdder stargk plaſter dy lieſs entzwey: dor vmb das gehyrn von natur ſteſt vbber ſich, so tzeucht das plaſter auch mit, vnd iſt die leiſs auch an ſich vaſt dunne, vnd bricht gerne, vnd bedorff gluckes, das es nicht breche. Auch lege keyn dempff plaſter dor vbber, mit solchem brengſtu jm vil hittze vnd stirbet balde, dan die leiſs magk nicht vil vbberryger hitz leyden. |

---

1) „worſte“ = wüſste. 2) „wente“ = sintemal, denn.
3) leiſs (auch lieſs) = die harte Hirnhaut, dura mater.

Wylcs eyn dampf pfhlaſter heyſt. IV

Du legſt im am erſtenn eyn plaſter vff dy wünden, dor noch legſtu jm eynes dor vber, das heiſt eyn küell plaſter, es sey was vor eyn plaſter es ſei, vnd vormeyneſt im villicht dy hitz do mit tzw vor tribenn, szo wyrth es balde dorre, vnd trewgeth auff der wünden, szo kan der dampff durck dy zcwei plaſter nicht wol aüſs gehnn. Villicht haſtu jm ittlicher tucher auch dorvmb gebunden, do mit dempſtu dy wundenn vnd brengeſt jm dy hitz jnn das heupt, vnd wert nicht langk, du totdeſt in do mit. Vnd du salt jm mit keynem andern plaſter adder ſalben binden, den du hie nach eyniclich geſchribbenn vindeſt. wente dy ſalbe dy dor tzw nicht gehörte, dy rünne jm jn das heupt vnd erfeülte jm das leiſs. Dor noch wiſſe dich tzw richtu.

Wunden durch glide, arm adder beyne, wy man dye ertzney ſall.

Item wyrt eyner wundt adder gehawenn dorch eyn glide, es sey arm adder bęyn, szo hefft jm vff keynem glide. Geschicht das ſso lemeſtu jn, wente du vordempſt jm das glidwaſſser, das es nicht luffth hath, vnd leufft jm tzw rucke, und wyrth jm faſt heiſs, vnnd vorbrenndt vnd vorlembt jm das geodder, vnd dy odder fawlen dor von, vnd machendt jm allenthalbnn schaden vnd weethumb an den enden | do das glidewasser hinn leufft, es ſey geheft adder nicht. szo sich V auch ebben vor vnd vordempfft vnd vorſtopfft jm das nicht, villicht mit böſsenn püluer, das dor tzw nicht gehördt. Wente theteſtu jm tzw vill .aſchenn dor jn, es möcht nicht herauſs lauffenn, vnd legeth jm villeicht auch eyn kuelplaſter dor vbber, als ſie dan gemeynlichen thun, vnd vormeyndt ym dy hitz vnd wetage [1]) do mit tzw benemen, szo leufft jm das glide waſſer tzw ruck, vnd das plaſter heldt ſich vaſt tzw der haudt, vnd kan nicht adder magk gantz keyn hitz adder braden [2]) von der wunden ghehen, szo wyrt dy wytag abber groſſser, vnd brength jm das fewr adder den toth. dor vmb das glidewaſſer will nicht alſso baldt verſtalt ſeyn, wen es mit gewalt kümmeth.

Wy lange eyn artz am glide waſſer ſal vorstellen vnd es laüffen laſſen.

Szo müs eyn guth artzt v. vi adder vii taghe dor an vorstellenn

---

[1]) „wetage" = Schmerz. [2]) „braden" = brodem, Dampf.

vnd das tzw tzeytnn lauffen laſſen vnd jm lufft loſsen, will er anders nicht das es tzw ruck lauff, vnd mueſs es mit zceügk vorstellen, des das glide waſſer all dyweill auch mith ab dir, vnd müſs das ſelbige, vormüſchenn mith denn dingenn die dor ztw gehorn, vnd auff plaſter machen, vnd streychen am erſtenn dünne, das es dennacht eyn weynigk dicker, vnd am letztenn wol dick auff streychen, szo leüfft es nicht mher faſt vnd vorſtelt dyr an ſchaden, vnd iſt guth tzw vor ſtellen, als du hyrnach geſcrebben vindeſt. |

VI Glid waſſer ꝛc. Schneit eyn loch dürck das küll pfflaſter.

Vnd schneidt durck das kuellplaſter eyn loch vff der wünden, das der dampff vnd dy hitz dor dorck mochte ghen, szo blibbe mancher geſsundt, vnd theth jm mith glidwaſſer auch alſso.

Wy langk küll phlaſter auff den wunden nutz sinth.

Keyn küelplaſter nicht mir[1]) vnd lengher vff der wunden nutz iſt, den alſso langk es feucht iſt. dor nach iſt es schedlich denn nüttzer. Wen es dorre wyrt szo muſtu es wydder vor newen, mit dem friſchenn zceughe, vnd jm das wydder vbber leeghen, vnd altzeyt eyn loch dor durck ſchnydenn. wente eyn wünde dy do hitzich iſt die vormagk nicht vil dempffungk liden.

Wen eyn wünde vberfluſsyge hittze hetthe.

Vnd hette eyn wunde alſso vil hittz, szo mageſtu wol eyn schnidth durchs vnder plaſter thon, dor vmb das der dampff deſter bäſser auſs mochte geenn. wente ich hab vill geſehen, das ittlich ertz dy luth mit ſolchem vorgeſſsen vnd vnwyſſsenn gethoth habbenn, vnd weyſs das es alleſs gerecht vnd guth iſt, dortzw hab ichs ſselbes vorſocht.

Hir lerneth der meyſter, das man wundt trangk ſall gebruchen.

VII Doch szo leere ich euch, das du des nicht vorgeſſst, es kome dir eyn wunde adder ſchaden, szo groſs | adder kleyn, szo fleyſs dich alwegk, das du jm wundt trangk gibbeſt, alſso langk bis her heyleth, vnd hab dor auff acht mit fleiſs.

---

[1]) „mir“ = mehr.

Alt schaden dy nicht fawl sindt, adder fawl vnreyn schaden.

Sinth es aldt schaden vnd nicht fawl, szo binde jm dor noch mit ſalben vnd plaſter dy nicht ſcharff ſyndt. seyn sy abber fewll vnd vnreyn, szo nym eyn ſcharffe ſalbe vnd pleſter, der vindeſtu gnügk in dem büch, vnd moſt auch eygentlich ſehen, ab dy ſelbygen ſchaden [n]icht bandes bedorffen adder ander dingk. alſso muſs man sy all heilen, vnd muſs des buches vnd seyner vornüfft auch faſt mith gebruchenn.

Hir fint man wunden vbber dem kny, in das kny, vnder das tzw binden.

Wu dir eyner tzw kumpt, der wundt adder ſchadenhafftig an eynem beyne, beſſunder vnder dem knye, den muſtu binden mit eyner langen binden biſs an das knye, kan er anderst gehen. Thuſtu das nicht, szo ſinckt jm das blüth vnd dy geſuchte[1]) oben hinab, vnd heyleth nicht gern.

Wan eyner vff dem kny wünt ist.

Iſt er abber obenn dem knye wundt, szo muſtu jm biſs von der wunden tzw lieb[2]) hinauff binden, szo heylet dy wunde balde.

Wan eyner ym knye wündt iſt.

Iſt er hart jn das knye wündt vnd kan dennacht geen, szo binde ynn vnder knye vnd dor ob vnd das knye nicht hart. es iſt nicht guth daſtu | dy binden tzw harth bindeſt, es ſey eyn beynbrugk adder VIII
eyn ander bruch adder wunde, wenn[3]) du bindeſt woll mith forteyll, vnd mit ſchmalen binden, adder mit fyltzen, adder dor noch der schade iſt, das es mit bequeemlikeyt gebunden werde. wente es eher dor vnder heyligeth, dan das du es tzw ſsere bindeſt.

Eyn exempel waſs harth binden schadet.

Wente nym eyn exempel. Szo du dir eyn geſundt gleid adder beyn hart bundeſt, vnd szo es szo iii tag, es worde dir vaſt wehe thon, vnd wyrt dir mercklich ſchaden brengen. alszo vil mir szo du

1) „geſuchte" = Seuche, Krankheit. 2) „lieb" = Leib.
3) „wenn" = auſser.

das vor wunte beyn tzw ſseere tzwſsamen wordest reytelln.[1]) dor nach wyſs dich tzw richten.

Wünden dy vbberkutigk[2]) ſint, wy man dy szal binden.

Eyn wunde dy do vberkötigk iſt, dy muſs man itwaſs vaſt binden, doch mit forteyll, als du hirnach bey denn ſelbygenn geſchrybben wyrſt fynden.

Vor schwynden adder tzw vortorben addern szal man nith kalt szalben ꝛc.

Auch saltu wyſſsen, das keyn kalt plaſter adder kalte salben tzw vortorbben adernn adder vor ſwinden nicht guth iſt. das als wil heyſse materien habben. Das kalde bringht jm ſchaden, als hundis vnd beren smaltz, vnd deſs gleychen. den das were, daſtu gemecht ſuſt, das heyſs ann jm ſelbſt were, das es dor üon geſtreckt wurde. du findeſt hyr nach im buch wy du ſalt jm helffen.

Wer vbber dy hinder, innenn ader awſſsen den henden gewundt wirt.

IX Wer vbber dy hende gewund wyrth.

Auch saltu keynen der vber dy hende ader hinder die hende innen ader auſsen dy hende keyn zceghe plaster legen, der do vaſt wundt iſt vnd vill adern abgehawen seynt, du vorlemeſth jn anders, alſso du hyr nach woll geſchrybnn vindeſt. wente an den stucken leith vaſt groſs macht vnd nodt, vnd wer das nicht eygentlich kan, der tödt vill leuth.

Item das synth dy meyſter stucke.

Das wylde fewr ztw leſchenn, vnd das glide waſſer abdirren vnd vorſtellen vne schadenn, vnd das bluth vorſtellenn an schaden inwenigk hinnen lauff, vnd auch, wyr das blueth hynnen gelauffenn, das gerünnen vnd geliffert wydder auſs eynn brengen vnd schwynden weeren kan, an lenden vnd an allen glider vnd henden, vnd zcihen vnd richten.

---

[1]) „reytelln“ = knebeln. [2]) „vbberkutigk, vbberkötigk“ (überkötig) = übermässig eiternd.

Auch wy lange man sal eynen gefchoffenden pffheill stecken loffen vnd tzeen.[1])

Wye man dem gefchoffenden pffhiel tzeen sall. Es kümpt wol, er mofs den pffhiel xii adder xiiii tage ftecken lafsen, vnd tzwe er in ee, fso muft er fterben. Dorvmb gefchicht das vfft, das eyner gefchoffen wyrth, villeicht kawm eines halben glides tieff, adder enwenigk durch dy haudt, ader enwenigk in das fleifch, szo lebt er wol eyn will, vnd ftyrbt doch dorvon. Dor vmb szall eyn ittlicher artz harren vnd beythen, bifs das eyn guth tzeych entsthee. wente efs lieth vaft feere an dem guthen tzeychen. wan der gewonte mit dem schofse szal genefsen, ift von nothen eyn guth tzeychen. Vnd lafs keynen aufs tzeen, szo balt er gefchoffsen, do wyffe dich nach tzw richten. |

Vorbeuth eynen gefchoffen den phiell nicht balde aufs-tzwtzien, vnd wy langhe dy wunde, dorynne eyn phyell fteckt, we thut. X

Auch szo thut der pfeil yn der wunden nicht lenger vehe, dan ii tag, dan villicht müher eyn tagk, dan eyn ander wunden dy vnder dem plafter das du dor vbber leift, das ift eyn roth fsalbe, vnd mit den röfsen oell vorgefalbeth, al[s] du hirnach fyndeft.

Wan eyne[r] dorch den holen leip gefchoffsen ift, wy der artz den pffiell szal aüfszcihen.

Kumpt dir eyner tzw vnd durch den hölen liep gefchoffsen, gantz durch adder nicht, szo lafs den pffiell auch ftecken vnd schneith [den] fchafft ob eyner wünden ab mit eyner dunnenn segenn, adder schlag eyn meffser voll scharten, vnd szege jn do mith ab, vnd lafs den fcafft gar en wenigk aufs dem libe ghehen, vnd fchneidt eyn ritzt mitten durch das plafter, vnd das holtz lafs do durch hiraufs gehen, vnd fsalbe en vfft mit der öll falbenn, vnd geus das oell yn dy wünden, vnd gyb jm wundt traugk, von beiüofs [2]) gefotten. Ift tzw vil bluttes yn im, szo gib jm das puluer dor vor, daftu hirnach gefchribben fyndeft. adder der beiüofs jn wyn gefottenn treibt jm das auch tzw guther mafs hiraufs. Vnd lofs in fso lange ftecken, wis es woll vmb den phiell fawleth, das her sich vaft wackeln leeth. Szo zceüftu jn heraufs, als balde her gefchoffsen ift, szo wyrt das plueth vaft heraufs lauffen,

---

[1]) „tzeen" = ziehen. [2]) „beiüofs" = Beifuss, Artemisia vulgaris.

vnd villicht vill ader nicht ynwenigk jn jen.[1]) daſs brengeth jm gruſſsen XI ſchaden vnd tödt | manchen man. Wyltu jm den pfeyl io am erſten zcihenn, ſso laſs das blueth woll eeer auſs laüffen vnd ſtopfft im das nicht, adder es leufft jn in vnd wyrth als balt dicke, vnd geliffert[2]), vnd tötteſt jnn domith.

Nün will ich eyn regiſter der plaſter, ſalben, waſſser vnd ander der ertzny hyr noch settzenn.

Vnd anhebben von meyſter Iohan vonn Birers kunſt, jn Lottringen geſeſſsen, nicht fern von Mettz. das iſt vaſt eyn nutzparlich kunſt, bey .iiii. adder .vi. szalbenn, vnd eyn trangk vnd eyn badt, vnd suſt enwenig ander stugk tzw wunden ertznei. vnd heylt all schaden do mith, nwe[3]) vnd alt, vnd wyrdt szo weyt vnd ferne mit dieſſer kunſt geſuchet, als ich von keynem artz nie gehort hab. vnd [der] szelbige hat mich dy tzeychen auch gelerth, wen eyner geſchoſſsenn wyrth, das er ſehen kan, wen er jm den pfeyll tzehenn szall adder nicht, ab er sterbe ader nicht. vnd hat mich gelerneth, wo mith man dy phil tzeen sal, vnd worumb dy wonde nicht gehefft ſsal werden, vnd hat mir auch tzw keynerr wünden nie miſſselungen. auch hefft ich der wünnden keyne, vnd iſt mir nie keyner lam wordenn. Doch szo will ich der ander meiſter kunſt all tzw ſammen ſettzen, vnd wil der meyſter eyn theyl ſettzen, dor vmb ab inderth[4]) diſſe kunſt eynen guthen man[5]) worde, das er got vor mich vnd vor ſie bitten wolde. vnd wil an hebben an dem genanten meyſter, dor noch dy andern alle ſettzen. |

XII Dar woren
meyſter Iohan von Birris kunſt vnd vill der ander meyſter.

Meyſter Criſtoffel von Münſter vnd Monchen.
Meyſter Hans von Berrewth.[6])
Meyſter Conradt von Norinbergk.
Meyſter Linhardt von Baſsell.
Meyſter Hans von Halberſtadt.
Meyſter Otte von Heideck tzw Wiſſenburgk.

Die vorrede diſſes buches.
Meyſter Iohan von Byres kunſt. des szall dy kunſt nach dem regiſter geen, vnd wil nun der ander meyſter kunſt settzen.
Item wy man eynen schloffen macht, den man schniden sal.
Item blueth tzw vorſtellenn.

---

[1]) „jn jen“ = in ihn. [2]) „geliffert“ auch „gelebbert“ = geliefert (gerinnt). [3]) „nwe“ = neue. [4]) „inderth“ (in durch?) [5]) „man“ (nam?). [6]) „Berrewth“ = Baireuth.

Item vor das geleffert blueth auſs eim.

Item den bluethgangk tzwuorstellen.

Item das erſte bandt.

Item die kuell plaſter tzw machen.

Item wy man das heub binden szal.

Item das glidtwaſſer tzw uorſtellen.

Item gueth dierre tzw machenn.

Item gueth etzpüluer tzw machenn, vaſt ſcharff.

Item pülüer vor den schanthſchwer.

Item vor den worm in den fynger ader handt.

Item vor den mündtſtangk.

Item vor dy wörm, menſses adder vihe.

Item vor dy naſse tzw heylenn.

Item eynem eyn nwe naſse tzw machenn.

Item guth leere, ſselbb hefft tzw machen.

Item eyn ler pfeil tzw tzehenen. |

Wie man beynbruch binden sal.

Item eynem tzw brochen tzw heilen das gemecht.

Item etzlich gutte wund trangk.

Item ettzlich guth bad.

Item itliche guthe beyn plaſter.

Item eyn rodtplaſter hynden dy wunden.

Item itlichen szalbe tzw alden schaden.

Item ittlich tzückſalbe.

Item eyn brüawen plaſter tzwmachen.

Item vor dy geſwolſt itliche szalben.

Item eyn guth ſwebpandt vb̈ber dy wunden.

Item eyn guth szalbe tzw hewth.

Item eyn guth bopolin,[1]) eyn heylſsalbenn.

Item eyn leere, dy haſsen schartten heylenn.

Item faſchgo ſalbe genandt.

Item itliche dialdia [2]) linde ſalbe vnd auch ſunſt lindingk czw machen, vnd vor dy leheme der glidder.

Item itliche salbe vor eitter floſs.

Item eyn gicht ſalbe.

Item itliche plaſter hindenn dy wunden.

Item eyn beſsundern bopoliüm tzw beynbruchen.

Item eyn szalbe vor fawl blot- XIII
ternn.

Item itliche salbe vor dy geſwolſt des gemechtes vnd tzw der heill.

Item auch eyn karoffel tzw den neeren.

Item eyn leuſse ſalbe.

Item eyn grindtſalbe.

---

[1]) „bopolin, bopolium" etc. = Unguentum populeum, Pappel-Salbe

[2]) „dialdia" = Unguentum Althaeae, Eibisch-Salbe.

Item tzwhu brandtſalbenn.

Item etliche froſt szalbe.

Item vor das büchſsenpülüer aufs den wünden.

Item wen dy sproche vorleith vnd vorgeth.

Item vor mündſawl eyn kunſt.

Item vor ſawl blottern der frawen.

Item tzw den ſrawenbruſten.

Item hor vor treybben wo du wyldt.

Item itzlich kunſt wem eyn nagel yn wechſt.

XIV Item eyn wolrichende ſeiffen.

Item eyn wol richende lawen.

Item eyn guth kunſt, gleichet dem amer.

Item ein plaſter vbber den magen.

Item etzlich püluer vnd trang tzum magen.

Item eyn plaſter das auch tzucht yn den wündenn, szo itwas dor yn iſt.

Item itliche kunſt vor den steynn.

Item vor wundtſucht.

Item wy man eyn wünden weiter macht.

Item eyn bawm öl tzw reynigen.

Item vor das vngnanth ader vor ſeihentte eyn kunſt.

Item das har baldt wechſt.

Item tzw den aügen eyn plaſter vnd ein waſſer.

Item eyn grüne farb tzv machenn.

Item diffsc kunſte alle sin vaſt guth vnd ſalt dich fleyſſigenn, ob d[i]r dy kunſt tzw erkeinem nodt geſchee szo so..he ſie eygentlich hirnach, vnd hilffet eynen menſsen das, das ander nicht hilfft. Dor vmb haſtu vil kunſt, dy du alle vor ſuchen mageſt. vnd wylch dir am beſten gefeltt tzw der heyll, mith der magſtu heilen, es sey von plaſter adder vonn salbenn, püluern vnd von waſſern: Das ſaltu auch wol vbber leeſsen, das du eygentlich weyſt, was von kunſten dor inne ſtehe, dor nach wyſſse dich tzw richtenn.

XV

Meyſter Iohan von Bires kunst.

Item das ist meyſter Iohann von Bires kunſt, do mith er heyleth gantz, was her do mit heylen will, aüſs genommen die groſſsen zcwei meyſter stugk, dy ich nicht yn das buch geſattzeth hab. vnd will an hebben das erſte bandt.

Meyſter Iohann von Biris lernnet das erſte bandt.

Nim woll gereinigeth eiers weiſs, die durch eyn kleydder swam gereniget seynt adder ſunſt faſt woll geclopffeth, vnd wyrff den schäwm [1]) doruon, vnd dor tzw nim enwenigk honigkſam adder ſunſt

---

[1]) „schäwm" = Schaum.

güth honigk, vnd en wenigk ſwartz wurtz durch eyn ſiep geſchlagenn, vnd röſsen öll von lein öl gemacht, vnd wegebreythwaſſser ader antiſy waſſer[1]), das schlagk als wol tzw sammen, vnd vormiſchen das mit reynem flachs adder hanff, vnd mache dor auſs eyn plaſter, je breyter je beſſer, vnd leg das vff alle wunden, sie ſein geſchoſſsen adder gehawen, voll warmer terpentin, vnd das plaſter dor vbber. Salt an ztweiffell ſein, das nicht gerne vnrath tzw den wunden schlecht, ich weyſs das gantz gewiſs iſt.

Vorbewt hir terpentin jn dy wunden tzw giſſsen des heüpten ader beyn.

Dan szo eyner in das heupt adder beyn gewundt were, szo güeſs im keyn terpentini dorein. Nimm eyn wyſſse fedder, dy mache näſs jnn dem warmen terpentin, vnd zcewch jms durch dy wunden szo rinth jm das nicht vff die leiſs, alſso thu jm mit dem öll all tag auch, doch bedarffts du des nicht wermen, vnd leg jm das erſte plaſter dor auff, das aufs dem flachs mit ſampt andern dingen gemacht iſt, vnd laſs dor vbber ligen eyn tag vnd nacht, den ander tagk biſs vff den abent, | szo thü das plaſter hirab. Alſso thü allenn wunden mit solchem zceügk XVI der do zw gehordt, in maſſenn als hir nach geſchrebben ſteth.

Meyſter Iohan heylſsalbe.

Nun will ich ſettzenn sein heylſsalbenn, dor mit er all wunden heylt, vnd macht seyne salbenn tzw, als ich hirnachmals leeren will. vnd iſt dy beſte wundt szalbe tzw friſchenn wunden all tag tzw nuttzenn, dy ich yn diſſsem buch. vnd macht nicht vil eitters, vnnd heyleth alle ſcheden, vnd ie breiter du dy plaſter machst io beſſer vnd nuttzer ſie den wunden ſyn. vnd sie heyſſst dy rote heylſsalbe. dy ſalbe mit dem wundtrangk werth dem glidewaſſer vnnd dem buchſsenpuluer.

Rothe gemeyn heill salbe.

Nym guttenn friſchen honigſeim adder ſuſt guth friſs honnigk, ie nwr ie beſſer, das tzw laſs, vnd mach das nicht heiſs, ader ſetz es vff den vffen ader an dy ſonne, vnd laſs tzwgehen, vnd nim guth ſtawbmel, von korn gemacht, das kere in der mölen abe, vnd butel das

[1]) „antiſy waſſer“ = Aqua Endiviae.

durch ein enngelbewtel, vnd rore das vnder das tzw laſsenn honig, alſso digk, das eſs nicht yn dy wunden rindt. dor nach nim friſs vngeſaltzenn botter deſs vierden teils, szo vil als der andern ſtuck eyns angeverlich, mir adder winner, das ſchneide dunne, vnnd ſchlahe dy mit eyńem holtz vnder dy szalbe, bis ſich dy botter dor in zceucht. dor nach nim boloſsermenes [1]) wol kleyn dorch eyn ſip geredenn, denn ſelbygen ſchlae ſso vill im dy ſalbe woll roth wyrth. iſt sy tzw dunne,
XVII szo rore des ſtaübmels mir dor in, jſt sy abber tzw zcehe; ſso | thu meher butter dor vnder. Alſso mache ſie allewege vngeverdde.

Wy man die salbe tzw denn wunden gebrauchen szall.

Item dy salbe lege eynem gewonten alle tage eynſt [2]) vber, eſs wer denn, das eyner alſso vil hittze dor innen hette, ader wehr im szomer, das dy tage faſt langk weren. vnd in der groſſsen hittze, ſso mochſtu in zcwer binden, wen du wolleſt das gern thun. vnd als vfft du in bindeſt, szo thu jnn dy wonde allwegk voll roſsenn oel, von lein öll gemacht.

Vorbeut wunden tzw wickenn vnd tzw meyſſselnn.

Auch bedorffeſt du jm nichs meyſſeln adder wicken, wen das öll vnd dy salbe vnnd der wundtrangk laſsen dy wunden nicht tzw heylen, den dy wünde ſein vonn grunde aufsgeheylt. Aber am erſten etzlich tage eitterth dy wunde nicht vnder der szalbe, sie thuth sich auch nicht szo balde auff, daſtu meinſt, ſy wölle tzw heilenn. des bedorffs du nicht erschreckenn. wen dy recht tzyth kümpt, szo thut ſich dy wunde auff ſelbs, vnnd bleybt vffenn, als langk biſs ſie von grunde auſs heylet.

Zcegt hir an sicherunck, wann beülen bey eyner wunden wirn.

Wer eſs abber, das eyn groſs peullen vnder der wunde adder ſunſt ethwo fern dor von were, vnd blebbe langk herth, vnd swr [3]) all dy wil mith der wunden nicht tzw gleich, vnd wen dy wunde vor ſich ſelbs heylen woll, vnd der beul dennacht harth blieb, ſso machſtu dy wunden meyſſselnn, ſso langk biſs das sich der beull auch tzw

---

1) „boloſsermenes" = Bolus armena. 2) „eynſt" = einmal.
3) „swr" = schwäre, eiterte.

schwerungk gebbe. dor vmb dorffeſtu keyn wunden meyſſeln, szunder bewar ſy alleyn vor der hyttze ꝛc. |

Ein vaſt szere guthe zcuck salbe, kompt aüſs der obern. XVIII

Item ein guthe zcuck salbe. Iſt holtz, eiſsenn, pantzerringk adder peyn jn eyner wunden, das anders loſs iſt odder los leith, adder nicht tzw feſt in den beynen ſteckt, das zceügeth diſſse ſalbe adder plaſter alls hirauſs. das iſt die nehſt ſalbe vbben der geſchriben, den daſtu ſie nicht roth ferbeſt. wan ſy iſt vbber geſwer guth, vnd alles, das aufſtzehens bedorfft. vnd io dicker vnnd breyter dy plaſter sint, ie beſſer sy zcehenn. vnnd diſſe zcwen szalben, geferbt vnd vngeferbt, weren nicht lenger das ſy guth ſynt tzw der heylungk, dan ym sommer xııı tage, yn dem wynter xx. doch io offt du dy new machſt, je mir die heylen. dor nach wyſſe dich tzw richten.

Ein beyn plaſter vnd auch ſuſt tzw vil sachenn guth.

Item eyn beyn plaſter, vnd auch tzw vil sachen guth iſt vnd alle alt vnnd new ſcheden, dy alle meyſter Iohann mit geheylt hat, vnd mit wundt trangk vnd mit eynem bade, als du den wol leſsen wyrſt. das als tzw szamen gehort mit [zu] der heyll, vnd vber tregt gleych vbber eyn, vnd heylet vaſt alle ſchaden, vnd iſt guth vor alle lem, auch des gleychen tzw dem geſchwollen bundt adder gehefft, vnd vor treybt alle ander geſuche [1]) wo ſy jn denn geliddern ligenn mochte. ich hette es szelbeſt nym mandt gegleubet, ader ich weyſs furwar.

Beyn plaſter.

Item nim guth friſch wachs vnd szo vil guter lewtter friſs hartzt, das zcwlaſs tzwſamen | vnd laſſ wydder kuell werden, das es ſchir XIX geſteheth. vnd nim eyn new leinen toch, adder eyn aldes, das dennach wol starck iſt, vnd breith das vff eynen tiſch, vnd streich des ſelbigenn zceuges dor auff mit eym ſpatel, alſo daſtu es dor mith vberzceügſt. vnd vbber zceügk der tocher vill, eyns dicker dan das ander, etzliche eyns schillings dicker, etzliche dunner, alſso vff das aller dunſt, dy behalt dennach. ſso mache jr nicht tzw vil, das ſy nicht alt werden. io newr du ſie vff ſtreicheſt, ie beſſer ſie ſint, doch ein wochen adder .x. [2]) machſtu ſie behalden. Auch kan nicht eyn idder dicke plaſter

[1]) „geſuche“ = geseuche, Krankheit. [2]) Fehlt: tage.

lidenn. dor noch dy ſchaden sint, müſtu jm am irſten deſter dunner plaſter vff legen. Auch wan du plaſter nuttzen wilt, szo schnidt ſie breyt gnugk. vnd nim bolofermes wol kleyne, den lege vff das plaſter, vnd gens roſen oell von lein oel dor vnder, vnd mache dar auſs ein dün tochelein, do mit betzug das plaſter, eins schillinges ader eins groſſsen dick, vnd mache das wol roth, vnd leg es eim vbber den schadenn.

Wan das plaſter tzü starck iſt.

Iſt das plaſter tzw starck, vnd zceuget jnn tzw vaſt vnd thuth im wehe, szo streich im eyn dunnes von wachs vnd hartz auff. adder villicht haſtu vor dicke adder dunne auff geſtrichen, szo mach das wachs vnd hartz nicht gantz heyſs, adder es ſchlecht gantz dorch das leinen toch, vnd wyrt dan tzw dicke. Dor noch wen jm dy groſſse wetage vorgeth, szo lege im wydder ein dicke plaſter dor vff vnd wolgeferbt mit dem boloſser, vnd mith dem heyl in alſso. vnd thu jm
XX das plaſter alle tage eins hirab, | vnnd streich das mit eyner spatel auff, vnd lege es wydder vbber, vnd alwege nutz öl [1]) dor vnder geſalbet, vnd gib im den wundtrangk. das treib ſso langk biſſ das er heyleth.

Wan eyner eyn beyn gebrochen hette, wy man sich sal halden.

Item het eyner eyn bein gebrochen, vnd wen du im am erſten do mit gebunden haſt, vnnd dor vbber geschynndt, szo laſs im das bey .vi. tagen dor vbber ligenn. vnd dornach thu das herabb vnd streich das wydder auff, vnd schmere denn bruch mit dem röſsenöl, vnd lege das wydder vbber, vnd loſſ das toch .iii. tage lighen vnnd streichs wydder, vnd binde in als vor dor mith. dor nach vbber .ii. tage szo binde in aber als vor. dor nach alle tage. vnd ob jm das bein faſt vnder dem juckt, szo laſſ im das recht woll iücken, eins ader zcwir. wan du in vff gebunden haſt, szo gib im wundtrangk. vnd hirnach in der ander meyſter kunſt wil ich zcwei guthe bein plaſter ſettzenn, dy mir dan vaſt vil gutes gethan habbenn, vnd synt vaſt guth. vnd wil dich lernen eigentlich, wy du eyn iddern beinbroch binden salt, vnd

---

[1]) „nutz öl" — Nuſs-Oel?

wy du eyn itlichen schaden dor mith vormiden salt. dach szo moſſ ich mir von dem plaſter setzen, wo tzw es guth iſt.

Item kumpt eyn menſs tzw meiſter Iohan, vnd hat dy gicht adder floſs inwenigk, adder dy ſucht, adder groſſse alde wetag jn dem ruck, adder in den gliddern, adder wo es ſey, ſso mocht er im diſſe plaſter bey den ſechſten, vnd legt im eins vbber, vnd macht dy wol breyth, |
vnd schmert in vor mit roſsen oel, vnd ſagt das er alltage eins herob XXI
thon, vnd streiche das waſſer widder erauff, vnd schmirt sich vor mith öl. vnd szo langk der tzugk vff dem plaſter bleibt, szo iſt es guth. vnd gibt im eyn wundtrangk mit, den er tringk obendt vnd morgen warm, vnd lernet jn ein bath machenn, als hir nach ſolget. vnd der wundtrangk liſst das glide waſſer nicht gerne vbber .vi. tag laüffen, vnd tribet das püchſsen puluer auſs den wünden.

Der trangk dinth tzw seynem plaſter vnnd salben, vnd ſunſt tzw allen schadenn vnd sichtum des leibes, auſſwendigk vnd jnwenig. aüch tribet er tzw guder maſs das gerunnen vnd gelefferdt bludt auſs eynem, wan das es in eynem geloffen iſt, gibt er jm anders den drangk in tzeytenn, wan er am jrſten wundt wirt adder gefallen hath. Auch vor treybt er das puluer auff den wünden, das von puchſsenn puluer iſt, vnd vor ſtellet das glide waſſer tzw guther maſs nach vi tagen ader jm vii.

Eyn wündtrangk.

Item nim beiuoſs, das iſt das crawt das man an ſant Iohannes nacht vmb gurth [1]) vnnd yn das fewr wurfft, das nim durck einander, wy du es findeſt. vngeüerde nim ſein als vil, als du des bedarffeſt, vnd kloppe den hindenn an den stendell auſs mith eynem holtz, vnnd beug in tzw szamen, vnd stoſs jn ein topff, der wol groſs ſey, eben voll, vnd thu dor tzw swartzwürtz. haſtu ein krawt heiſt maſslibigen, |
thü auch dor tzw, vnd voraüſs mache den frawen denn trangk dorvon. XXII
man heyſs auch dy selbige maſslieb dy klein beinwellen, dy schwartzwurtz nennent man auch dy groſſse beinwellen. die maſſlib hath roth vnd weiſs blumen gehalbirth, vnd wechſt vff den dorren wiſsen gern. vnd nach dem meihen vorgehen dy selbigenn blumen ſchir. daſs krawth iſt kleyn, vnd bleibeth alwegk auff der erden lygen. das alles tzw szamen, vnd geüs bir, daſs wol alth ſey, adder ſuſt guth bir dor

1) „vmb gurth" = umgürtet. (?)

an, das der topff ſchyr voll ſei. vnd nitz ein tuch vaſth woll, jnwendigk vnnd aüſswendigk, vnd trugk das ein wenigk auſs dem waſſer, vnd stoſs oben vor den topff, das der braddem nicht auſs möge, vnd ſewt [1]) das norn halb yhen vngeverde, vnd wende den topff vff am ſieden vmb, vnd gib im do von abend vnd morgens tzw trinckenn eyn guten trungk. vnd den szelbygen trunck mache vor allweghen warm, jr du jnn trinckes. vnd wen nymmer traugk am krawt iſt, szo thu mir trangk doran, bir adder wynn, vnd sewth das als vor. dor nach wen er nymmer iſt, szo trügk das selbyghe krawth wol aüſs, vnd gibb im das szelbige auch tzw trinckenn. Das iſt vaſt stargk. vnd würff daſs krawt enweck, es iſt vorbaſs nümmer guth. dor nach ſeuth wydder ein newen alſso vor.

Auch nimpt er selden mehr zcum wund trangk, den beiuoſs, swartzwurtz vnd maſslieb. |

XXIII Item in der ander meyſter kunſt hirnach geschribben wil ich auch eigentlichen auſs setzen: wy du alle wundtrangk ſiden vnnd machen szalt, den vnd andern. wente ich hab jn itzlich tzwſattz mith dem ſidenn gebenn.

Wan man den beiſwſs sall yntrage: das er am krefften iſt.

Item nach vnnſer frawen würtzwei, [2]) szo bricht dieſer meyſter den beiuoſs, vnnd bindt jnn an buſchel, vnd hengt in vff, vnd leſt in dorren, doch nicht tzw heiſs, an der lofft, vnd behelt in vbber wynter. vnnd wen du es nüttzenn wylt, szo thu der buſchell ein vff, vnnd schlae den staüb dorüon, vnd zceüg den biüos dornach durch ein waſſer, vnnd swing das waſſer wider dorüon, vnd klop jn, vnnd ſewt das alles, wie obenn geſchriben ſteth.

Item iſt eyner jm weinlande ertzogenn, szo sewth jn mith weine, iſt er im birlande ertzogenn, szo sewt jn mith bier, iſt einer mit waſſer ertzogenn, szo sewt jm [mit] waſſer, adder mith geringen bir, adder mith koüendt. [3])

Item iſt einer gewündt adder gefallen ader siech, das macht, das gerünnen adder geliffert bludt in eynem bliben iſt, vnd trücket eynen vbbell, das er nicht woll öddem kan, vnd wil vmb dy brüſt erſticken.

---

[1]) „sewt“ = siede.

[2]) „vnnſer frawen würtzwei“ = Mariae Himmelfahrt, d. 15. August.

[3]) „köüendt“ = Kofent, Nachbier.

vnd kanftu jm das nicht büffsen, szo stirbt er villeicht, adder bleibt fein lebetagk krangk.

Für gelebberth blüedt.

Item nim grün beiuofs, den stoefs mith wein | vnd sewth das zcw XXIV
samen, dornach druck es durch ein tüch, vnnd gib im des tages drei mall dor von tzw trincken, des morgens, mittag vnnd vff dem obenth, alweg ein guttenn trunck, wol warm. defs winterfs gib jm von dem beiüos gepüluerth vnd in wyn gereibben, vff ein fart [1]) szo fwer als eyn reinifch gulden, auch dor in gesotten, vnnd getrunckenn als oben stett. vnd gib im funft den wundtrangk auch von beiüos, alfso funft eynem gewünten.

Eyn anders für das geliffertte blüedt.

Item dy beftenn vnnd gewiftenn kunft vor das gelіffertt blüdt do ich ie vonn gehortte ift die: Nim mümia, rebarbaram, wol rott, mith müfcaten blüde, das alles stos adder reibes wol kleyn, vnd nim das vff ein moll altzw szamen gemengeth mith gleychem tzw satzt, vngeuerlich alfso fwer vnnd szo vil, als ein reinifch gulden gewegen kann. vnd thu das in guthen wyn adder in guten effigk adder funft in getrengk, vnnd rib das wol tzw szamen. vnd dornach mache das wol heyfs, doch lafs nicht sydenn. dor nach rib es mihr vnd gib es einem vff dy nacht tzw trincken, als warm er es getrincken kan, vnd los en nicht balde dorvff effenn adder trincken. alszo thu ym vff den morgen, biff das bluth von ym kümpt.

Wen das blut im eynem vor alt [2]) wire. XXV

Item ift das bluth in eynem vor alt vnnd will von dem nicht gerne wychenn, szo bade denn krangken vfft in eyner wannen. haftu bappeln, batonig [3]) vnd toft [4]) das ift wol gemüth, vnd andere guthe kruthere, dy sewt vnd bade in vfft do mith. vnd leghe es jm wol vmb den leib, szo weicht es defter beffer, ift er anderft alfso stargk, das ers erlyden magk. szo aber nicht, szo mache jm das bath nicht tiffer, bifs tzw dem nabell, szo leidt her das vill bas. wen im der magen

---

[1]) „uff ein fart" = auf eine Fahrt, d. h. jedesmal, pro dosi.
[2]) „vor alt" = veraltet [3]) „batonig" = Betonica.
[4]) „toft" = Doft, Origanum vulgare.

vnd das hertz auſſsem vbber dem bade iſt, szo wirt her nicht vnkreff-ligk szo bald. vnd nettz eyn toch, vnd lege im das tzw tzeyten vff dy bruſt: iſt er szo ſtarck, szo lege jm tzw tzeyten des krawtes auch vff dy bruſt. das treib szo langk. bis das er das bad erliden woll magk, adder biſs es hilff. du magſt inn all tage badenn, eyn stunde adder lenger, kan er es anders erleidenn.

Hir pit der meiſter ein krancken, der geleffert blot hat, dy nacht tzü baden.

Auch das badt hilff[t] vff dy nacht mehr vnd baſs den des tages. dorvmb wan du vff dy nacht badeſt, vnd dich von stundt an dor vff |
XXVI nidder legſt, szo bleibeſtu wol warm. dorvmb halt dich adder eynen andern menſchen vaſt warm nach dem bade, wiltu adder, das es wol hilfft. das bad vnd das pulüer tzw szamen treybbenn alles bluth auſs eynem menſchen. nach dem bade dich warm, vnd szo erweycht das bluth deſter baſs. Auch wern sie vaſt krangk nach dem trangk, wente er tribet das blüth mit groſſser krafft. vnd szo balde das bluth be-gint tzw weichenn, szo wyrt es dornach balde beſſer, vnd gantz ge-ſundt von dem.

Item das puluer, szo es tzw bitter wehr, vnd der menſch mocht das nicht woll trincken, szo machſtu das mith tzücker woll vorſüſſsen am wermen, szo kan hers deſter baſs trincken. haſtü der stücker nicht aller, szo nim jr szo vill du gehaben kanſt, es iſt dennacht guth. ich hab das vff das beſte geſattz wol bewerth.

Ein ander gemeyn güte kunſt vor das geleffert blueth.

Nym eyn guth teyll regen wörm, vnd stoſs die mith eſſsigk, vnd druck das dorch eyn tüch, vnd nym dor tzw ſenumgrecüm geſtoſſsenn, vnd mirre, wol roth, biwergeill, aniſs, linden koln, weiſs hündeſsdreck,
XXVII wol gederret vnd gepuluert, vnnd enn | wenig saffaran, dy ander stucke gleich vill. vnnd seüth es inn dem eſſigk, dor ynne du die regen worm geſtoſſen haſt, aüch vff eyn möll eynes gulden swer gleich, als das ober. haſtu der stücke nicht, aber szo nim ir als vill dü ör gehabenn kanſt. es iſt eyn guthe gemeyn kunſt vnd hilfft, wo eyner tzw wenigk adem hath. es iſt off bewirt.

Meyfter Iohann bade.

Item nun will ich meyfter Iohann bade settzenn. vnd nuttzet das tzw allen kranckenn vnd vortorbbenn geliddern, vnnd vor dy gycht vnnd allen wunden, vnd tzw allenn gebrechen vnd schaden des menfchenn, inwendig jm leib, vnd weherth auch dem schwynden mith, vnd wo aldt vnd new wetage ligen, sy fein im ruck adder anders wue, die badeth er alle do mith.

Item dy arm aüs eyner mülden, dy beyn aufs eynem feflein, das nicht vill weitter ift, dan das beyn hinnein moge kome. vnd ift es jm in dem ruck, szo bat innen auff eyner wannenn, adder jn eyner butten. vnnd leget im feynn ftarck pein plafter dor vbber, vnd gibt im seynen wundtrangk tzw trincken. do mith heyleth her all schedenn vnnd vortreibt dy wetagenn.

Eyn badt tzw machen.

Nim sigrim,[1]) anders genanth berwingk, vnd eppe, anders genandt eppich ader ebich, neffelwurtz, tramilben blumen, anders genandt romer. haftu | der neffelwürtz nicht szo vill, szo nim dy neffel. das XXVIII
alles magftü vbber winter behalden. vnd nim dor tzw tzwü hendtvol gerftenn. dy gerften vnd dy neffeln, adder die wurtz, binde tzw szamen in eyn tuch, vnd bindt eyn stein dor tzw, das es ken boden fengk, vnd thu das tzw den kreütten jn ein keffel, vnd guff jnn voll waffers vnnd lofs dor vff iii ftundt fiedenn. vnd am fieden lofs nicht jnn sieden. geus alweg waffer zcw, szo vill das es alwegk voll bleybt, szo feüt es gleich vnd wirth guth. Nach dem sieden szo thu das gebundt mith der gerften vnd niffeln hiraus, vnd lafs dy andern krenter jm bade. vnd mith dem bade dich adder eyn andern all tage ein stundt, szo lang du das bedarffeft. vnd behalt das szelbyge bad, das werdt iiii wochen. adder als langk es nicht stingk behalt es in eynem keffel.

Aber ein heilfalb vnd heilleth vaft.

Item nim dy kromen vom rücken broth, vnd thu dor tzw zcucker vnd röfsen öl vnnd bolofermenes. das alles stofse durch einander, szo ift dy szalbe gerecht. mache dy nicht tzw harth. fy heyleth gar woll.

[1]) „sigrim“ = Singrün, Vinca minor.

Vor hüner öügen.

Wyltu hünner augen vortreiben, szo laſſ einen tzw dem bade gehen, vnd settze im den füſſ in eyn warm waſſer. dor nach schnyd im
XXIX das | biſs es bluth, szo mache jm hir nach geſchribbenn szalben dor fur.

Item nim guthe scharffe weidt aſchenn vnnd scharff vngeleſtenn kalck, denn miſch tzw szamen, vnd geuſs waſſer dor an, vnd loſs es en tag adder ii ſteen, vnd rore es vſſt dornach. iſt es nicht vaſt ſcharff, szo ſeüdt das ein will, vnd nach dem sieden szo rore es aber. vnd loſs es szo langk stehen, biſſ es wider leuter wyrdt, szo geuſs der szelbigen laügen herab. vnd nim scharffen kalck, wol kleyn durck gebewtelt, vnd mache mit der szelbigen laügen eyn dünne müſichen[1]) vnd mith dem kalck vff das aller dunſt. vnnd settz im ein troppen adder zcwen vff das hünner aüge, vnd loſs es nicht langk dor üff, kaüm szo langk biſs tzw .ii. vater vnſer vnd ii aüemaria vnd .ii. glavbbenn. dor nach wyſſch herab, vnd settz wydder ein nawes dor vff, das treib szo langk, biſſ es das hüneraüg beiſt das es schwartz wyrdt, szo hat es des gnüg. Wil das nicht scharff gnüg ſeyn, szo nim szalmiackel vnd galittzen ſteyn, sewt das mith den scharffenn waſſer, das von der weytaſchenn geſotten iſt, vnd mache das an mit den kalche, vnd settz jm das vff, als vben geſchrebben iſt ꝛc. vnd wen es schwartz iſt, szo thu den eyn ander szalbe dor vbber. Nim knobbloch vnd guthe ſeiffenn
XXX vnd gestoſſsenn sweffell, das stoſſ tzw | szamen. von dem leg all tag ein new plaſter vbber, szo langk biſſ es gantz auff dorreth, szo heil es dornach als ein wunden. das iſt bewerdt.

Hir lerneth her der andern meyſter kunſte.

Item nun wil ich der andern meyſter kunſt nacheinnander settzenn vff das aller beſt, vnd sindt vaſt vill güther meyſter stück, dor inne eyner alle tage nuttzen muſs, dy fyndeſtu vff das aller beſte. vnd hab vil stuck alle meyn tag nie ſso guth geſehenn, als den in dem regiſter faſt berurth iſt. vnd will anhebben am erſten tzw schreyben, wy man eyn schloffen macht, den man schniden wil. vnd wil auch dornach das erſte plaſter ſettzen, wie wol das forne auch geſchrebben stadt, vnd dor nach dy andern kunſt.

---

[1]) „müſichen" = Müschen, Dimin. von Mus.

Dy erſte künſt, wie man einen schlaffen macht.

Wye man eynen schlaffen macht, den man schneiden wolde, ader ſünſt gerne schloffenn machen, der krangk were, vnd nicht schloffen kunde.

Item nim saffte von swartzen mohen, ader schwartz olemag, der wechſt do in india, den findeſtu in der apoteken, den heyſs man opium, vnd den ſafft von | pilſenſsamen, vnd den safft von alrawenn bletter,[1]) XXXI
vnd den safft von maülperen, dy noch nicht zceytigk sein, vnd nim den safft vonn thalm krawth, vnd von der wurtz, vnd denn safft von butzerling, anders genannt schirbingk,[2]) vnnd den safft von eppe, vnd nim lactükenn szamen, vnnd kellerhals kornern. vnnd dy stücke nim all gleych, ittzlichs eyn loth, vnnd stos dy szamen vnd den safft. vnd zcwing das dürch eyn toch, vnd laſs den swam dy materien all tzw sich zcihen. adder nim zcwen adder drei swem, de den zceüg in sich zcihenn, vnd thu dy swam jglichen in eyn gleſsen topff, vnd vor kleyb oben woll, vnd settze den topff an dy szonne, adder jn dy werm in eyne stobbenn, vnnd laſſ das szo langk ſtehenn, bis dy materie in denn swam dorre. Dornach behalt den swam, vnd wen du ehn nüttzen wilt, szo lege den schwam in eynn warm waſſer eyn stunde, vnd dornach szo lege den schwam dem menſchen alſso langk vor dy naſsenn, biſſ er schloffen wyrdt. vnd laſſ in den wydder dorre werden, jn maſſsen als vor. vnnd wan du ehn nüttzen wilt, szo thu jm wy zcuvorn.

Item wyltu jnn wydder wachenn,[3]) szo nim fenchel szamenn mith eſſig gemengt, vnnd wolgerybben | vnd geüſ ein wenigk bomöll dor- XXXII
tzw. vnnd nim bomwoll adder nodtwergk[4]) vnd mache das wol naſs in dem, vnd mache zcapffenn daraüſs, vnd stoſs im dy in dy naſsenn, doch nicht groſs, das her do durch odem holen mag. vnnd tzw tzyttenn mache im wydder friſch zcapffen in dy naſsenn. das treib szo langk, biſs er wider erwachet, das geſchicht baldt dornoch.

Das erste bandt eynem gewüntenn.

Nim wol gereinigeth eier weiſs, das durch eynn kleyder swam gereynigeth ſie, adder ſuſt vaſt wol geklopfft vnnd geſchlagenn, vnnd ——— wurff dor von, vnnd nim honnigk dortzw, ader honigſeim, vnnd

---

[1]) „alrawenn bletter“ = Alraun-Blätter, Folia Atropae Mandragorae.
[2]) „schirbingk“ = Schierling, Conium maculatum.
[3]) „wachenn“ = erwecken. [4]) „nodtwergk“ = Werg, Heede.

geſtoſſen swartzwürtz vnnd wegebreith waſſer, adder antyſy waſſer, roſsenn öll von lein öll. wiltu gerne szo nim ein wenigk enyſs [1]) auch dortzw. des alles schlagk zcw szamen, vnnd vormiſch das mith reynem flachs adder hamff. das leghe vff alle wünden, geſchoſſsen, ader gehawen, ader gestochen. ie breiter das plaſter iſt, ie beſſer vnnd nüttzer. — — — der wünden voll warmer terpentin.

Hir thut der meyſter warnüng, wan eyner in das heübt vor wündt iſt durch den hirn scheddel biſs vff dy leiſs.

Auſs genomen ab eyner in das heüpth biſs vff dy leiſs, adder vff
XXXIII das fehel,[2]) szo geüs | kein terpentin dorein. nim eyn weiſſse feder, dy
mache in dem warmen terpentin naſs, vnnd tzeüch es im durch dy wünden, szo rinth im das nicht vff dy leiſs. alzo thu im dornach all tage mith dem öll, doch dorffeſtu es nicht wermen. vnnd lege im das erſte plaſter, das vom flachs vnd eiweis mith ſampth andern plaſtern gemacht, das loſs dor vber ein tag vnd ein nacht. vnnd den andern tagk biſs vff den abenth, szo thü es herab. alzo thu mith allen wünden mith dem erſten bandt, vnnd bindt itzliche wunde mith solcherm zceüg, der dor tzw gehördt, vnnd als hirnoch geschribben ſtehet. vnnd auch forn im buch haſtü der materien itliche auch angetzeyget. dor vmb das wyſſeth, was dor tzw gehorth.

Ein guth kuel plaſter.

Item nim leinſamen klein geſtoſſen, vnd durch eyn sip gelauffen. den lein müſtu vor jnn eyner pfannen bornen [3]) vnd röſten, vnd woll rören, das er nicht vorbren, ſünſt leth er ſich nicht ſtoſſsen. adder nim leinkuchen doüor, die ſein guth kleyn geſtoſſen vnnd durch ein sip gelauffen. das vormiſch, szo vill du es nüttzen wilt vff ein mol, mith wegebreith waſſer, ader mith ſekann [4]) waſſer, adder nim der waſſer tzw ſammen, ſso meiſtu mageſt. wegebreith waſſer iſt das beſte dor tzw. szo du wilt das beſſer machen, szo thu gereinigeth eiweiſs dortzw. iſt
XXXIV dy hittze | szo groſs, szo mageſtu fenümgrecüm mel auch dor tzw thon.
vnd vormiſch es mith einander zcw ſzamnen in einen dönen brei, vnd ſtreich das wol dicke vff ein toch, vnnd mach das plaſter breith gnüg, vnd ſchnide mitten ein loch durch, das der tampff do durch hirauſs

---

[1]) „enyſs" = Anis. [2]) „das fehel" = Fell, die Arachnoidea? — Fehlt „gewundet wäre" oder dergl. [3]) „bornen" = erhitzen. [4]) „ſekann" = Nymphaea.

mag komen, vnd lege das vff dy wünden, adder vbber das, do dy hittz inne ift. vnd als vfft es dorren wyrth, szo leghe ein newfs an dy stadt. das treib szo langk, bifs dy hittze vnnd gröfte wetag gantz weg gehe. du magft es auch wol vor dy geschwolft vnd vor dy roth[1]) szo langk ligenn laffsen, bifs es gantz guth wurdt.

Eyn güthe vnderweifunge, wan etwas in einer wunden were, dor vmb sye nich heilen wolte.

Item keme dir ein wünden tzw, dy tieff were, sie gefchoffsenn ader gehawen, ader wie fie wehr, vnd wolde lang nicht heilen, vnd du bift in meinüngk, das bein adder ander ding dor ynne der wünden mochte feyn, nicht kundeft finden, das saltu bie dem erkennen, ab itwafs dor inne fie. das eitter ift dünne als kefsewaffer.[2]) szo kanftu nicht bafs thun, du dempffeft jm dy wunden, das keyn eitter hiraüfs mag. vnd lofs das plafter tach vnd nacht dor vbber ligen, dornach lege widder | eyn news vff, szo kan das eiter nicht hiraüfskomen, vnd XXXV frift vmb sich dy bein von den ander beinen, auch von dem fleyfch, vnd flyffsen mith dem eitter aufs.

Vorbeüt die wunden tzü dempffen, es sie dan die groffe hitz vnd wetage her awfs.

Doch szaltu keynen tempffen, den im sie dy groffe hittz vnd der groffse wetage vorgangenn, du mochteft im funft das wilde fewr tzw brengen. dor nach szo lege im das dempffplafter vber. nim leinküchen, vnd von eirweis, vnd enwenig wegebreithwaffer. haftu gerften mel, nim auch enwenig dortzw. vnd mach dor aufs ein plafter, wol dicke, das lege im dor vbber, in mafs als forne ftehet. das treib fso langk bifs es hilfft. dor nach leghe tzw tzeyten ein plafter dor vbber, das vaft zceügth, fso zceüght es die bein mith aüfs. vnd in das plafter schneide kein loch.

Eyn ander güth küelplafter.

Item nim ein criftall dy aüfs dem fchne wachs, dy findet man vff den gebergen, als vmb Ifsbrück[3]) adder anderswo im geberge. die fzelbigen kriftall dy reib vff einem stein vff eyner feiten wol breith. vnd

---

[1]) „roth“ = Rose. Erysipelas? [2]) „kefsewaffer“ Käse-Wasser, Molken. [3]) „Ifsbrück“ — Innsbruck.

nim den der szelbigen criſtall, szo vill du ir haſt, vnd ſewt dy in
XXXVI waſſer, dor inn vor allawn vnd | saltz geſotten ſein, vnnd dorinne laſs ſie wol ſiedenn. dor nach, wan du es nüttzen wilt, nim eierweis in einem holtzen schoſſsell [1]) vnd rieb ſie wol mith der ſelben criſtall, mith der ſelben seiten, do ſie am breittſsen iſt. vnd rieb sie szo langk, szo wirt das eieſsweiſs dicke als eyn ſalbe, vnd wyrt weiſs. das streich vff ein toch, vnd lege eynem das vbber, do dy hittz inne iſt. vnd als vff [2]) das dorre wyrth, szo mache wydder ein news. das treib szo langk, biſſ das jm der wetag vnnd die hittze vorgangen iſt. Ich gesach nie beſſers vor die hittze vnnd vor dy wetagenn. das vff bewerth.

Wer den worm im finger adder anders wo hat, menſch ader vihe.

Item nim die würtzell von den büttzerlingk, adder schirling anders genanth, die schneid kleyn. hath der schade ein loch, szo stecke im dy würtz dor ein. vnd nim der szelben wurtz, vnnd stoſs sie mith den buchſenn puluer, vnnd mith kupper ſchlack, vnnd mith ein wenig honige, vnnd bindt es eim vff dy stadt, do der worm iſt, vnd vormache den wol, das keyn dampff do von gehen mag, mith dem binden. das thü eins adder zcw driemal, er stirbt. Auch sterbeth er wol von der roten heyll szalben. abber das iſt gewyſſser mit dem pulüer. dor vnder magſtu auch wol einn weinig pfeffers miſchenn. |

XXXVII Hir nach findeſtü die öll, dy do lindenn vnd külenn.

Item von dem hirnachgeschriben macht man diſſse öll. was von roſsenn adder von blümen gemacht wirth, do macht man eins gleich als das ander. was adder von romey adder kamilben gemacht, vnnd von materien, do nüttzt man dy knöff mitten in den blumen [3]) ader ſuſt roſsenn gebrochen haſt, szo lege ſy vff ein breth, das ſy en wenig trewgen,[4]) als vff ein nacht, vnd ein tagk. doch das ſy nicht zcw heiſs von der sonnen ſtehenn, das benehm im dy krafft. dor noch szo thü in ein groſſse kannen gefüldt, miher den halp gefuldt mith den blumen, dornach geüs das leinöll adder bawm öll in dy kannen vff dy blumen, das sie schir vol werde, vnd mache dy kannen feſt tzw, vnnd lege

---

[1]) „holtzen ſchoſſsell" = hölzerne Schüssel. [2]) „vff" = oft.
[3]) Das Folgende ist unverständlich. [4]) „trewgen" = trocknen.

ein klein holtzle zcwiſſsen das lieth [1]) vnnd dy kannen, das der dampff hiraüſs möge, vnd settz dy kann in ein sieden waſſer in eynen keſſel, vnd doch das das waſſer nicht in die kanne kümme am sieden. vnd las es dor inne stehenn, biſs szo langk das öll in der kannen ein mall vff sewt. szo thu es den jnn ein glas, vnnd settze das ann die ſonne, als mith den blumen, ader roſsenn. vnd vormach das glas oben woll. vnd las es xx tage an der sonnen ſtehn. dornach behalt das vbber iaer. wiltu das szelbige stercker adder krefftiger machen | den es vor iſt, nach den xiiii tagen, szo drücke dy szelbige roſsenn XXXVIII adder blumen aüs dem szelbenn öl, vnnd thu wydder friſs roſsen vnd blumen in dy kanne, als vor, vnnd geüs das ſelbig öl wydder dor an, vnnd sewd das im waſſser aber als vor, vnd settze es dornach aber xiiii tag [an] die sonnen. dor nach behalt das vber iaer. vnd bleibt dir des öles vbber nach den iar, szo muſtu das abber vorfriſchen mith newenn zceüg, vnnd dy alden blümen adder röſsen heraüſs thün, vnnd wydder mith dem newn siedenn als vor zcw iare. thuſtu des nicht, szo iſt das öll bis iar mith dem erſten zceug nich vaſt meher krefftig. du moſt es vonn nodt wegen vor newenn.

Was roſen adder blümen tzu dem öl gehornn.

Nun wil ich dir dy roſsenn vnnd blümen nennen, dy tzw dem öll gehorn. dy erſten roſsenn hellffen gantz vor das wilde fewer vnd alle hittze, vnd was ein onrath auſs dem leib schlecht. Item hoch pappel roſsenn, dy sint roth, als man weis. garten roſsenn, feldt roſsen, roth korn roſsenn, linden blüth, lilium conualiüm blumen,[2]) violen blumen, kamilben adder romey knöff.[3]) dy muſtu vor ehe du ſy in | das öll thuſt enwenig XXXIX dorren vnnd tzw reiben. des gleich holünder blüth, vnd mater,[4]) nachtschadten blüth, weiſſse ſekannen blumen, wachſſen in dem waſſer, mith kolben von der hauſswürtz vnnd dem fetten ſteynkrawth, von denn weiden das kraüth mith der blüth, weiſſse lilgen blumen, pappel knopff, lübſtückblüeth, brunellen. aüs diſſsen dingen macht man solch öll in obgeschribbner maſs.

Hir berorth der meiſter was togent dy öll in sich haben.

Dieſe öll külen vnd linden. vnd qüem dir eyn groſſse schade zcw,

---

[1]) „lieth" = Deckel? [2]) „lilium conualiüm" = Convallaria majalis.
[3]) „romey knöff" = Kamillen-Knospen. [4]) „mater" = Mutterkraut, Pyrethrum Parthenium.

der vill hittze nette, szo mochſtü der öll vnder dy waſſer giſſen. szo sint ſie auch guth tzw, do du das kuellplaſter aufs machſt. Sie sinth auch guth mith waſſern, inn tücher vff hittzige schadenn geleith. sie sinth auch guth tzw der heill vnder dy plaſter, vmb den schaden gestrichenn. vnd meyſter Hans von Bires macht alle blomen vnnd roſsenn des meiſt mith leinöll, vnd meynet das lein öl sie das beſte.

Hir lobt der meiſter das lein öll vor das bomöll.

XL Das leinöl iſt das beſte tzw aller heil, vnnd | lindeth auch bas den das bomöll, vnd lofs auch dy wünden nicht tzw heilenn, wer jm dy alle tag voll geuſt, ehe das her von grunde vff heileth, vnd bleibeth langk offenn. Ich gebrauch auch das leinöll mith den roſsen ader andern blümen ann meiſtenn. doch szo iſt das bomöll güth auch dor tzw tzwmachen, vnd iſt tzw vill dingen tzw nüttzenn.

Ohel dy do hittzenn.

Auch sint sunſt vil öl dy vill hittze brengen, als kellerhals, hals öl korner, vnnd dy bluth douon. du magſt auch den paſt dor tzw nemen. vnd senff öl, auch von langenn pfeffer öl, vnnd von andern gewurtzen. die öl sint gudt tzw den erlemten adern adder glydder adder vor das schwyndenn. lor öl[1]) vnd wacholder öll dy dienen auch dortzw.

Wiltu ader die andern öl noch sterker adder hittziger machen, szo nim der szelbigen blümen, vnnd laſs sie einwenig dorre werden, dornach szo lege sie in einen guthen gebranten wyn vbbernacht, der vonn wein gebrandt iſt. vnnd dornach thu die widder aufs, vnd loſs es wider trockenn werden, doch nicht tzw heiſs, vnd mache das als vorne stehet. szo iſt es abber hittzyger, dan vor. Auch rawten knopff vnnd von neſſsell szamen, der von der blüth von bibergeil, die öl hittzen alle vaſt. |

XLI Das wacholdern öll tzw machenn.

Das wacholdern öll, anderſt genandt einbir öl[2]) adder krabeth öl, muſtu alſso machenn: nim des aller dorſtenn holtz von dem das du gehaben magſt, das spalde klein, vnd laſs dir starcker groſſer töpff

---

[1]) „lor öl" = Oleum Lauri, Lorbeer-Oel. [2]) „einbir öl" wahrscheinlich corrumpirt aus Oleum Juniperi.

machenn, vnd in einen locher als in einem langen töpff, vnd stoſs sie beide vol des gespaldenn holtz, vnnd stortz ſie beide vol holtz vber einander. vnd las ſie alzo machen, das sich einer vben enwenig in denn andern fuge, vnnd vorkleibe sie mith mel das nicht geredenn iſt. vnnd nim noch ein vbber gleſſsen topff, den grab in dy erdenn, der erden woll gleich tieff, vnd settze dy tzwene vorkleibtten topffe in den dritten, vnder der erden begrabenn, vnnd vor kleib in auſsenn vmb woll, do sie in einandern stehen. vnd mache ein feür dor vnder, das laſs bey tzweien stunden bornen,[1] szo leufft das öll auſs dem holtz vnnd in den topff der vnnder der erden iſt, vnnd vor borneth nicht. dor nach szo thu jm alszo. thü die vbbern tzwen herab, vnd brich sie vff, vnd thu das vorbrente holtz herauſs, vnd thu widder friſch an die stadt, vnd vorkleib ſie widder um den tritten topff, alſso vor, vnnd borne das in moſſen als vor. das | treib alſo lange, bis das XLII
du des öles gnug haſt. wiltu gerne szo grabe der topff iiii alſso vorcleibeth neben einandern, szo kümeſtu diſter[2] ee doüon.

Terpentin alſo tzu machen.

Nim tannen ader fichtenn opffell, anders genanth thanzcapffenn, vnd nim sie, die weil sie nicht dorre ſein ader gartzeitigk, dy borne in topffen, als das vorige angetzeyget iſt, in der erden. Item du magſt auch wol terpentin auſs den thannen bornen. welche thannen ader vichten aller gruſt[3]) iſt, do nim die vetten kolben vorne an den eſten do von, vnd born ſie auch in topffen, als das ober. aber vonn thannen wirth es beſſser dan von fichten.

Ein vorwünte naſsenn tzü heylenn.

Wer inn dy naſse wundt wirt, vnnd hengt im ein teill hirab, szo hebe jm die wider auff, vnd füge im die wol ebenn, als ſie vor geweſt iſt, hinnan, vnd tzeüg im das bluth mith einem kleider swam woll dorvon. hath ſich die naſsen alſso wol wider tzw szamen gefügeth, szo roth ich dir nicht, das du sie hefftest, szünder bindt ſie mith |
dem erſten bandt, wie vorgeschreiben hab, vnnd heil sie dornach mith XLIII
der roten heilſalben vnnd mith der öl dor vnder, vnd mith dem wundtrangk.

---

1) „bornen" — brennen. 2) „diſter" — desto. 3) „gruſt" = gröſst?

Szo einer hart wündt wiere in die naſse, der tzu helffen.

Were aber der schade als gros: vnd wolleſt die naſsenn ie hefftenn, szo hefft sie mith ſelbhefftenn, als hirnach geschribben steth von dem hefften. dortzw bedarffeſtu keiner nadeln. wiltu ſie aber mith der nadeln hefften, wen du durch die haudt ſtichſt, szo stich tief gnug inn das fleiſch tzw beiden seiten, alſso das du fleiſch gnugk mithvaſt,[1]) szo kümpt dy naſse adder ein wünden deſter baſs tzw szamen, vnnd die heffte reiſsenn nicht balde aus, vnd heileth deſter baſs. Stichſtü ader durch die hawth, vnd nicht wol in das fleiſch, szo·reiſt es am erſten auſs dem fleiſch, vnnd bleibth nur mith der hawth gehefft, szo lauffen die adernn mith dem fleiſch in der hawth tzw rucke, ſso heileſtu inn nicht, als ſso gewiſs, vnnd önn lem, als hetteſtu inn wol tief ins fleiſch geheffth. vnd wen du einem das plaſter von der naſsenn nemen wilt, szo heb im das am erſten vnnden auff vberſich alſso hirab, ſso thuſtu der wünden nicht schaden. vnnd halt inn mith der |
XLIV handt die naſsenn stete, ſso nimeſtu an der heile kein ſchaden.

Wy lang ein artzt die hefft an einer wunden szal gantz loſsenn wirt angetzeigt.

Du salt keinen hafft an keiner wunden vber viii tage [laſsen], szunder schneide ſie alle am ſibende ader .viii tage vff. Es were dan das die wunden ſso gar merckglichen vaſt gros vnd weith wer, ſso mochſtu die heffte lenger laſſsen sthen. ader ich hefft szelden ein wunden, ich heil ſie meiſt all vngehefft, auch szo stecke im röre adder federkiell in dy naſen locher, von genſsenn, adder von trappen, adder von ander gefogelln, das groſs iſt, ader vmbwindt ſie mith flachs ſso vil das ſie die naſsen aüs follenn,[2]) vnnd vornew ſie all tag eins mith newen flachs. vnd mache die kil nicht vil lenger, das ſie im enwenigk vor die wunden inn die naſsenn gehen. doch mache ſie nicht tzw groſs mith dem binden, daſtu im die gerawm[3]) jn die naſse locher stoſſsenn magſt, er hath adems gnug do durch. doch ſso ſölle denn kiel inn der naſsenn wol auſs mith flachs, ſso bleibenn die locher gleich weith. ſuſt mith
XLV den binden wirth eins weiter den das andern. vnnd | wan er wundtrangk trinckt, szo laſs in denn adem vber ſich in die naſse bloſsenn, auch inn die heupt wunden, szo heilen ſie balde.

---

[1]) „mithvaſt“ = mit fassest. [2]) „aüs follenn“ = ausfüllen.
[3]) „gerawm“ = geraum, bequem.

Eynem eine nawe nafse tzw machen: die im gantz abe ift: vnd sie halt dy hunde abgefreffenn.

Item ein meifter kunft, ift gerecht. kumpt dir einer zcw, dem dy nafse abbe gehawen ift, vnnd wilt im wider ein naw nafsen machen, szo lafs niemandt tzw sehen, vnnd heis dirs vorlobbenn [1]) tzw vorfweigen, wie du en heilen wolleft. vnnd nach dem gelobnifs fso sage im die meinung. wil er das mith dir wagenn, vnnd den schmertzen liedenn, szo gehe inn mith vornufft an, vnd sage jm, wie du en schniden vnnd auch binden muft, vnnd vie langk er ligen mofs. vnnd dorümb wolleft du niemandt tzw fehenn lafen, vff das er dir dy kunft nicht ablernen mochte. den [2]) ab du ader her einen vorfwigenn menfchenn wufteth, der dir auch gelobenn wolde, die fache tzw vorswigen, dem magftu folchs fehenn laffsenn, dorumb das er dir hantrechüngk thünn, vnnd im tzw | thun handrechungk, vnnd tzw effsen vnd tzw trincken XLVI vnnd auch andere nothdorfft brecht. vnnd das gemache, do her inne leid, das mufs auch vorschloffen fein. vnnd das des niemanndt gewaldt hab, den du, vnd der dir vnd öm handtreichungk thon fall.

Die kunft.

Nim ein bergament ader ein leder, vnnd muft das gleich nach der nafsen wunden machen, vnnd schneiden, fso weith vnd fso langk als die forige nafsen geweft ift. ynd muft das enwenig bigenn oben vff der nafsen, dor vmb das die nafsen oben nicht breith werde. dornach nim das felbige bergemen ader leder, vnnd lege das hinder den elbogenn enweinig vff den arm, do er dicke ift, vnnd streich dorvmb mith einer dinten ader funft mith farb, als weit vnd langk das felbige flecklein geweft ift: vnd nim ein guth scharff schnedemeffser, ader ein fchermeffer, vnd do mith streich adder schneidt dürch die hawt, vnnd nim des fleifs enweinigk mith. vnd schneidt nicht weiter, wan [3]) du das mit der dinten ader farb gemergt haft. vnd hibb | hinden an zcw XLVII schnidenn herfurbatz. vnnd wie du die mofse eben getroffen haft mit dem schniden, szo schneid nach mir er furbas. das thuftu wol mith einem fchnidt, vmb ein zcweren finger adder mehr. vnd lafs denn felbenn fleck, den du gefchnitten hast, am arm hengenn, vnd schnide den nicht abe. vnd hebe jm den arm vff das heüpt, vnnd hefft im den

---

[1]) „vorlobbenn" = geloben. [2]) „den" = denn, es wäre denn.
[3]) „wan" = als.

ſelben fleck gleich auff die naſsen, jn maſsenn als ſie vor geweſt iſt. vnd dorvmb muſtu den fleck deſter lenger schneiden, das du dester bas tzw der naſsenn kommen kanſt. den du muſt jm den arm vff das heüpt binden, vnd hinder den elbogenn, vnnd muſt en alſso mith bendernn bewaren, das im der arm diſter ſteter ligen möge vnde diſter weniger müde werde. mache derr binden von tochern deſter meher. den er muſs ſso langk gebunden ligen, biſs das dy naſse mith fleck geſtoſſsenn ſei. das werth tzw tzeitenn .viii. ader x tage. adder alſso langk biſtu ſichſt, das es geſtoſſsen ſie vnd in der heill iſt, szo ſchnide den lappen ader flecke abe, doch nicht tzw kürtz, alſso das er dennacht ein wenigk vor dy naſse gehe, szo hat dy naſse newr ein loch. dornoch ſchneid den lappen adder den fleck in ſolcher lengk vnd
XLVIII breite, das dü en vnden widder hef- | ttenn magſt. alſso muſtu die hawth ein wenigk weg ſchneidenn, aber ſunſt roe fleiſs aldo machen,[1] vnd den ſelbigen lappen vnden hintzw hefftenn, do er roe fleiſch iſt, szo wirt die naſsen auffsenn widder zcwiſlicht[2]) aber innen nicht. szo heil ſie denn mith dem wundtrangk vnd mith dem öl, vnnd mith der rothen szalbenn. doch ee du in schnideſt, szo lege im den arm vfft vff das heüpt hocher vnnd nidder, ſso siehſtu woll, wo du jnn schneiden ſaldt. vnnd wan du en ſso gantz gehefft haſt, vnnd wilt jnn heilenn, vnnd all die weil du inn heileſt, ſso richt öm die naſsen, vnnd binde im die, vnnd vorſorge ims alſso mith ſolchenn gebende, do von ſie ſchmal, hoch ader nider wirth. iſt enn die naſse tzw breith, szo binde jm kleine secklein tzw beidenn ſeiten neben vff die naſse. doch muſtu jm gebunden fedderkell mith flaſchs in die naſse ſtoſſsenn, vnd die forne in der naſsen wol auſs föllen, szo werden die naſsen locher nicht tzw enge, vnd bleiben gleich weith. her wirt aber müde am ligenn, szo muſtu jm tzw tzeitenn helffen am bette mith küſſsen vnnd mith tochern. die muſtu alſso binden vnd legen, das ſie im tzw holffe |
XLIX komen, vnnd rwe do durch gehabenn kan. vnnd muſs tzw tzeiten lehenen im bette, alſso das es hoch tzw heü[p]ten ſei. tzw tzeitenn ſittzet er, zcw tzeiten gehet er vmb inn dem gemache, do er leith. vnd wo von ader wie er jn beſtenn rwen magk, tzwm ſselbigen hilff jm. vnnd iſt vorwar gerecht, gehe einer mith dem schneiden nwr recht vmb vnnd mith vornünfft, vnnd schneid im den fleck lang gnug, szo mach-

---

[1]) „roe fleiſs machen“ = rohes Fleisch machen, die Wundränder anfrischen. [2]) „zcwiſlicht“ = doppelt.

ſtu diſterbaſs mith im vmb gehen, vnnd rwet diſterbaſs, vnnd schadt im nicht vorwar. Ich rathe einem ittzlichenn gantz, wen er der naſse nicht habbe. ein wall[1]) hath mich das gelernth, der gar vil leüten do mith geholffen hath, vnnd vill geldes do mith verdieneth. Queme dir einer tzw, vnnd wir im die naſse abgehawen, vnd wer im geheilet, szo schneid im die hawth wol vnnd weid gnug vff bis vff das roe fleiſch, vnnd mache das alſso das forder.[2]) dor nach heile das auch alſso. es gehet antzweiffell tzw. es iſt vfft bewerth.

Wie dü einen hefftenn salt: wo: vnd wü nicht.

Item wirth einer gehawen durch ein glied, es ſei arm ader bein, handt ader ander glides, szo | heffte im auf keinem glide, ader du er- L
lemeſt in do mith, ader brengſt im das wilde fewr ader den todt do mith. dann mith dèm ſso brenget er einen ſolchenn geschreibben ſchedenn, als die leme, das wilde fewr, vnd den todt. vnd ſchneidt ein loch mith durch das kuel plaſter, das der tampf herauff mocht. vnd als vfft das plaſter dorre vnd trewge wirdt, szo vfft lege wider ein news dor vff. vnnd wan du das thuſt, szo bewarſtu dich vor solchenn ſchedenn. wen[3]) kein kuelplaſter lenger guth iſt, den die weil es fücht vnd naſs iſt. vnnd alweg ein loch dordurch, als weith eins schillings breith. vnnd mache das plaſter wol breith. kumpt dir einer tzw vnnd im leufft das glidewaſſer szere, szo vor stelle im das nicht ſso balde, ader du brengeſt im do mith groſſsen schadenn.

Wie lange ein artzt das glidewaſſer sal laüffen loffen.

Ein guth artz szal .v. vi. ader vii. tage ader mehr dor an vorſtellen. es iſt beſſer, es lauffe ein tag zcwen lenger, wan das tzw frwe ader tzw balde vorſtellet wurde. den es geredt nicht gerne woll. vnd wenn du es vorſtellen wilt, szo muſtu im das tzw | zceitenn lauf- LI
fen laſſsen vnd im lufft gebenn. thuſtu des nicht, szo leüfft es tzw rücke vnd brengt im schaden. vnd muſs das mith getrencke vnd mith szolchem zceüge vorſtellen, dor mith es all die weil auch abe dorre, vnd das es alein nicht von stopffen vorſtelleth werde. wan[4]) das pülúer mus aus ſolchem zceuge gemacht ſein, das mith abdorre.

---

[1]) „ein wall" = ein Welscher.

[2]) „alſso [alſs?] das forder" = wie das Frühere, wie oben.

[3]) „wen" = wenn, sintemal.

[4]) „wan" = denn.

Vor das glidewaſſer.

Item nim epaticüm[1]) vnd alawn gleich, beide gebrandt vnnd geſtoſſenn, vnd auch krebs aügen geſtoſſenn, vnnd schön gerſtenn mel vnnd boloſermenes. das alles mache mit roſsenn waſſer an, szo vill du es vff ein mal bedorfſft. dor auſs mache einen dicken brei, doch nicht gar tzw dicke, vnd das streich auff das röte heilplaſter, dicker den eins schillinges ader groſſsenn dick, vnd lege im das vff die wünden. adder streichs im das ſuſt vff ein zcihe plaſter, haſtu des roten nicht. vnd las es ein nacht vnd ein tag dor vber ligenn. vnnd den andern tag, binde des aber alſso. den dritten, den vierden, den funfften tag, auch alſso. vnnd all tag newr eins[2]) gebünden, vff den abend. vnd dornach nim gereinigeth eierweis tzw dem roſsen waſſer, vnnd LII mith mache denn zceügt an. vnd mache das plaſter breiter | vnnd dicker, den eins halbenn fingers dick. das lege im all tage einſt vbber, szo langk bis das es vorſteheth. vnd hath einer hittz, szo lege im ein kuelplaſter dor vbber, vnd schneid ein loch dorein, vnd bindes en,[3]) als vorne geſchreiben steheth.

Diſſer tranck gehorth auch dor tzw. nim beiüoſs vnnd buch spittze vnd schwartzwurtz, anders genandt beinwel, vnnd die groſſsen lattichwürtz, kanſtü die gehabenn. ſeüd das alles [wie] ein andern wünthtrangk. es iſt gantz guth dortzw. es vorſtelleth das glide waſſer. aleine kanſtu der eberwurtz nicht gehabenn, ader der lattigh wurtz, szo iſt das ander dannach guth.

Das blüth tzü üorſtellen.

Es kompt zcw zceiten, das eim das blüth von allenn odernn vnnd gelidernn tzw lewfft. das heiſsenn itzlich meiſter das ferchblüth. das saltu alſso erkennen. Es leüfft aüs einer wünden, als aus einer rörenn von einem bronnen, vnnd rindt nicht gemachſam als ander bluth aus den wunden. wiltu im das vorſtelleun, szo nim das waſſer von der swartzwurtz gebrandt, ader vonn dem szelbigen krawth, vnnd nim ein LIII guth teil bomwoll, die mach innen | vnnd aufsen naſs, das die des waſſers vil in ſich getzogen habe. das szelbige lege im vbber, vnnd haldt im das ein weil vaſt hinan. dor noch szo mache mher ein ſolchs als gens.[4]) vnd alſso balde du das vff der wunden herab thuſt, szo

---

[1]) „epaticūm" = Aloë hepatica? [2]) „eins, einſt" = einmal.
[3]) „en" = ihm. [4]) „als gens" = als jenes.

gedenck, das es ander vor bereith ſein, vnd ſchlag das vonn stundt an wider vff die wundenn. vnnd bindt ein dünnen ſpan vbber die bomwol, das es die vaſt wol nider drückt, szo helth es das bluth in der wunden. du magſt auch wol ein plaſter vonn flachs vnd vonn eier weis oben vff die bomwolle mith dem ſpon vorbinden. vnnd mache das szelbige plaſter wol breith, vnd laſs das alſso tag vnd nacht dor vberligen. vnnd binde es nicht auff bis auff denn szelbigenn abendt, den er wer ſso ſorglich,[1]) szo mochſtu es die ſselbige nacht auch gebunden laſsen bis an den dritten tag. dornach bindt es als ein ander wunden.

Alſso muſtu auch mith denn puluer thun, die hirnach geſchribben ſtehn. des puluers muſtu in die wunden wol werffen, vnnd ein guth teil vff bomwoll setzen, vnnd vff dy wunden binden, als das öber. were es aber ein stich, ader ein stoſs ader schöſs, das das loch enge were, szo bindt ein halbe schale von einer welchſſen nuſs obenn vff die woll, vnd das die das loch ebenn bedecketh mith der noſſschal. iſt beqmem dortzw. |

Wan einer in den leip gesſchoſſsen wurde. LIV

Item queme dir einer zcw vnnd wehr in den leip geſchoſſsenn, ader wundt bis in die hoel des leibes, vnnd das bluedt lieff hirauſſser vaſt mith macht, vnd es lang bis es vaſt herauff röreth adder leufft, szo vorſtelle im das die selbigen weil mith nichte, ader du todeſt inn do mith. denn vorſteldeſtu das, die weil szo es vaſt leufft, es im als inn den leip lewfft, das wirth vonn ſtundan geleberth. vnnd kanſt im das nicht bald hiraus bringe, szo thoteſtu ön do mith, ader er gewinth ſein lebtag nummer gutten odem, vnnd bleibeth alweg krangk. ker dich nicht dorann, ap es faſt leufft, vnnd die leute bitten dich, daſtu du es vorſtellen ſalt, ader er ſterbbe. er stirbt dorumb nicht. vnd iſt im vil beſſer hiraus, denn inn leip. vnnd laſs öm das szo lang lauffenn, bis das es nummer rört, vnnd ſunſt auch nicht vaſt lauff. szo es gemache rinth, szo ſolleſtu es denn öm vorſtellenn vnd vorbinden, vnd nicht ehe. du magſt auch ein des gebranten waſſers von der swartzwurtz ader von dem krawth, al die weil er bludt, tzw trinckenn geben.

[1]) „ſorglich" = bedenklich krank.

Biſtu ein artz, szo laſſ dir das szelbigen waſſers nicht ferne von LV dir, wue du biſt. auch die weil er bluth, szo magſtu im die | wol inn ein kaldt waſſer legen die weil, ador do mith netzenn, auch die hende vnd fuſſse. das zceigeth des bluttis auch ein teill tzw rucke. vnd wenn ein man inne hoel wundt wirth, szo magſtu im woll vff die wunden legen, dorumb das bluth diſterbas hiraus lauff. ab er krangk wirth das schadt nicht, er wirth dornach deſter ehr gefundt.

Item das vorgnanth waſſer von der swartzwurtz ader von krawth gebrandt das vorſteldt das bluedt, das aus der naſsen leufft. dem thon alſso.

Das bluedt, das aus der naſen leufft, tzu vorſtellen.

Item blueth einer vaſt aus der naſsenn, szo nim bomwolle, die mache wol naſs inn dem waſſer, vnnd mache ein tzapffen doraufs, alſso gros, das er im die naſse fölle, vnnd stecke im den in die naſsenn, vnnd laſs im ein klein will dor inne ſteckenn. dornoch zceug in hiraufs vnnd stecke ein andern hinein an die ſtadt. will es von dem nicht vff hören, ſso ſteck im aber ein newen an die stadt. das treib ſso lang, bis es auff hörth. Szunder ich hab ir noch nie vber drei in die naſse geſtacket, es hath doruone auff gehörth. vnd mache die tzapffen wol naſs. |

LVI Puluer die das bluth vorſtellenn.

Item das ſein die puluer die das pludt vorſtellen. do habe ich auch manchem mith geholffenn, ee das ich das waſſser lernth machenn. Auch magſtu vor das puluer jnn ſolchen waſſer wol naſs machenn, wiltu dor mith vorſtellenn das bluth, vnd das mith der bomwoll auff settzenn, vnnd dor vbber bindenn, als vorne ſtedt. vnnd mache newr die plaſter breid gnug. das küelplaſter bind oben vber, geus für die hitz vnnd vor die röeth.

Das sinth die puluer.

Item nim leinen tuch, wie das sie, boſſe ader guth. das pren in ein topff zcw puluer, vnd nim swein dreck vnnd eſſel dreck, des thu gleich vill tzw szamen, vnd bren das auch tzw puluer in einem topff. vnd ſtos alle drei ſtücke klein, vnnd miſch glich vill tzwſsamen. doch ap ein teil mehr werden, das ander das ſchadt an dem nicht. mith dem vorſtelt man das bluedt.

Item wilt du das puluer beſſernn adder für ſich selbs laſsenn, das magſtu thun. nim moeſs der vff den todenn beinen wechſt, anderſt genandt miſs, ader der moeſs vonn | erlenn holtz, ader von bu- LVII
chenn holtz. den ſewd in eſſig, vnnd mache in dorre, vnnd ſtoeſs den, vnd vormiſch inn das öber, ader nütze inn alleinn.

Ein ander kunſt das bluth tzu vorſtellen.

Nim swefell vnnd ſtöſs den ſso kleinn, vnnd mache in wol roth, mit bolofermenes, das vorſtelt das bluth alein. du magſt auch tzw dem sweffel gepuluert swartzwurtz nuttzenn, vnd geſtoſſenn ſsandeln, vnd tracken bluth, maſtix, wierauch, eichopffer,[1]) polei, krauſsmintz vnd krigiſch bech, das alles gleich vil gepuluerth. vnd vor miſch vnder das puluer mith dem eſſel treck, szo haſtu ein guth puluer. auch teſſel krawth [2]) gepuluert iſt auch guth tzw diſſenn puluern.

Ein ander kunſt.

Item etzlich kleine kunſte tzw den nötenn vor das bluth. Nim galitzenn ſtein, ader einn criſtall, ader alawnſtein, die wol breith, der drück einem vff die wunden vonn der ſtein ein wilchen, die du gehaben kanſt. kanſtu zcwen, szo leg den andern auch ein weil dor vbber, wen der erſte warm dorvff wirth. alſso thu im auch mith guthen bluth ſteinen. |

Item nim ſew miſt, das ſeudt in eſſig vnnd schlach das eim alſso LVIII
wol warm vff die wunden. vnd mache vor ein plaſter mith flachs, das lege vber den sewdreck, vnd las es tag vnnd nacht dor vber ligenn. Alſso haſtu die stucke die alle guth ſindt, vnnd nütz sie wie obenn ſteth. es hilff.

Item das wilde fewer zcu vorſtellenn.

Item einem das wilde ſewr tzw vorſtellen vnnd leſchenn, ader ſunſt vaſt groſs hittze, szo iſt das die beſte kunſt dortzw. nim der hochenn pappelnn roſenn,[3]) die ſein roth, die stengel haben kleine keſſeill gleich als die pappeln hoben, vnd oben von den roſsenn bornne waſſer. vnnd wen das wilde ſewr [oder] die hittze leſchenn wilt, szo nim ein zcwiſſach tuch, das woll breiter ſei, den der schade, das nettze in dem

---

[1]) „eichopffer" = Eichäpfel, Gallae. [2]) „teſſel krawth" — Thlaspi bursa pastoris. [3]) „hochenn pappelnn roſenn" — Althaea rosea.

szelbigen pappeln roſsenn waſſer durch auſs, vnnd druck das ein weinig auſs, das es nümmer rinne, vnd lege im das tuch vff den szelbigen schadenn. vnd als balde es treuge wirth, szo nettze das tuch widder in dem waſſer als vor, vnd lege im das wider vber. vnnd als vfft das tuch truge wirth, szo thu im alſso, bis das das tuch vff den ſcha- LIX den | naſs bleibet, vnd nimer alſso balde truge, szo iſt das fewr geloſchenn. Auch greffeſtu[1] das wol, wen es nimmer hittze hath. das iſt die erſte leſchungk des wildenn fewers.

Ein ander kunſt.

Item ich wil hirnach settzenn die aller beſtenn waſſer, do mith man auch leſchen kann jn obgeſchribenn maſs. der thu drei ader fünff, ader szo vill du ör gehaben kanſt, tzw szammen gemiſcheth, auch mith einem tuch vffgelegeth, als obenn. Auch ſein ſie guth wen du ſie vormiſcheſt mit geſtoſſsen leinkochenn, vnd tzwuorauſs vor groſſse hittz. das thu vfft. vonn dem mache ein plaſter vff ein leinen tuch, vnd mitten ein loch do durch, vnnd vber gelegt, wo wetagung der hittze iſt. das zceugt es aus, es ſie bei wunden ader anders, wue es noth iſt.

Ein waſſer do für tzw machenn.

Nim lilium conuallium, wegetreth, hauſwurtz vnd das vech ſtein krawth. ſyth auch alſso hauſswurtz, vnd prunellenn, die rotenn korn roſsenn, wege breith waſſer, antiſy, sekau mith den weiſſsen kolben, LX feldtroſsenn vnnd weiſs garten roſsenn, ritterſporn, wilder kres, | ertper waſſer. wen ſie vff die weidt im ſommer gehen, szo borne in aus, vnnd die krüter bornn auch aus, im brochmond. den in dem meihenn habenn die krewter nicht folle krafft, den die landt nemen abe, vnnd ſein kelder den vor zceiten. linden blüth, holunder blüth waſſer gebrandt ſein guth tzw aller leſchung vnd kulung, vor die ſwulſt vnnd tzw der heilung.

Ein ander kunſt für das wilde fewer.

Item los dir ein wenig irer vnreinigkeith gebenn, wen ſie ir kranckeit ankompth. das laſs ſie fahenn in ein leinen tuch, vnnd loſs alſso inn dem tuch ein trewgen. vnd wen es dir nodt tuth, szo waſch das tuch auſs dem abegeſchribbenn waſſer, vnnd geus tzwſammenn.

---

[1] „greffeſtu" = griffest du, fühltest du.

vnnd tzw den szelbigen waſſer netz ein zcweffach leinen tuch, vnd
nüttz es als obenn ſtedt. das hath die natur von rechter vnreinikeit,
ſso thodt es das wilde fewer.

Ein ander kunſt.

Dötte ittliche kröten vnnd spiſs ſie an einem ſtab, vnnd las sie
an der lufft dorre werden, vnd dornoch szo vorkleib ſie in einem topff
vnd born ſie tzw puluer, vnnd stos das klein. | vnnd nim silbern- LXI
ſchawm, magſtu die materien haben, die von dem wolcken hirab fal-
lenn, des geſtirns reinigung, vnd durch einander geſchlagen. vnd geus
der gutten kuelwaſſer eins adder zcwei dortzw, vnnd nettz es in dem
einem leinen tuch, vnd nutz es in maſs vnd alſso vfft, wie forn ſteth.
das iſt auch ein guth ſtück dortzw. du magſt im auch wol des krütten
puluers auch in die wunden ſchotten, iſt er anders wundt. es hath
kein vnreinikeit mehr nach dem brennenn.

Die rure ader bluethgangk zcu uorſtellen.

Hette ein menſche denn bluthgang, ader die rotenn rure inwen-
dig inn dem leibe, wiltu die vorſtellenn, ader vortreibenn, szo gib im
die hie hernochgeſchribben waſſer, puluer, inn wein ader in anderm
aldem mete, ader bier. des nim vff ein mol ſso ſwer als ein reiniſch
gulden gewicht vngeuerde. das thu inn der getrenckt eins, vnd ſettz
es vber das fewer, vnnd mach das wol warm, auch las es nicht ſiden.
vnnd reib es mith einem breiten holtze ader mith einem leffel vaſt
tzw ſsammen, vnd gib im das wol warm tzw trincken, morgens, vff
die nacht. iſt es ſere nodt, ſso gib es im vff den mittagk auch. des
gleichen in dem eſſen, als | er iſt, es ſie in dunen ader dickenn eſſen, LXII
szo iſt es guth. vnnd ſso es tzw ſere vorſtalt were, ſso nüttze des for-
dern puluers, das das bluth austreibeth. doch ſaltu die rure ader kei-
nen flüs vorſtellen, her habe den vor iiii ader v tage gelauffen. Auch
wen es ſchir vorſtehen wil, ſso gib im des puluers nicht vil mher,
alſso vor, ader es wirth altzwſere vorſtoppen. vnnd muſt dor noch
villeicht ein purgacion nemen, doruon geſchege dir wehe.

Das puluer dor czw.

Nim gefeileth ader abgeſchabeth hirſchhornn, das mache in einer
pffannen wol heiſs, ader inn einen becken, vnd rür das mith einem

holtze vor woll durch einander, vnnd vorborn des nicht, vnnd ſtoſs es tzw puluer. vnd nim ein ochſsen zcahell,[1]) do mith er kelber macht, der nim ſso vill du ir gehabben magſt. die dorre inn einem backoffen mith dem holtz, vnd vorborn der nicht, das ſie nicht swartz werdenn. derre ſie ehe diſter offter. vnd auch gepuluerth hainbutten, anders genandt hiffen,[2]) vnd gepuluerdt termentilwurtz, die groſse, auch eberwurtz, als gepuluerth, vnd hecht kinbacken gepuluerth. vnnd alles durch einander gemiſcht. auch staupmel von korn dortzw, als vngeuerlich zcw ſammen gemiſcht vnd obgeſchreibner moſs genützt. das iſt gantz guth vnd gerecht.

LXIII

Vor die spolworm.

Item nim chriſt wurtz, ader meiſter wurtz, ader ſeneth bletter, ader holunder wurtz, die ſchale doruon, ader blaw lilgen wurtz, anders genandt ſwertell wurtz. nim der ein stück ader zcwei, welcher du am beſten haben magſt, vnd puluer das. vnd schabe hirſch horn, vnnd mache das in einer pfannen heis, vnd rüre es wol, das es nicht vorborn. vnnd stos tzw puluer gepuluerth eyer ſchalen, geſtoſſen pfeffer, als gleich tzwſamen gemiſcht. vnnd nim das ſso vill du mith den tzweien fordern fingern vff hebben kanſt, vnd ſewdt es in wein eſſigk. vnd tring das warm morgens vnd vff die nacht, es hilfft. dem pferde gib es vff ein moll als ein tawbeney gros, vnd gib im des mher. die kunſt hath mir nie kein moll gefelth.

Wer das waſſer nit gelaſſsenn kann.

Item nim blaw kornblumen, puluer die. krebs augen, vnnd pfirſch kern, eicheInn, vnd kern von kürbiſs, vnd von erdt oppel, als gepuluerth, vnnd in weyſſsen wein, adder in aldem bier, ader in iungen
LXIV meth gewermeth, vnnd nicht ſieden laſsen, vnd woll | dorinne geribben, vff einmol szo swer des puluers, als ein rinſch gulden wigeth. vnd das als szo warm aufsgetrunckenn, des morgens, des mittags vnd vff den abendt. das treibb ſso lang bis das hilff. kanſtu der stück nicht aller haben, die blumen thun das alein. auch die pfirſkern, eicheln vnd krebſaugen thun es auch alein gepuluerth. vnd benemen denn wunden den vberigenn flus, vnd ſüchtikeith eins teils, vnnd dorren die wunden.

---

[1]) „zcabell" = Zagel, Penis. [2]) „hainbutten, hiffen" (thüringisch: „Hiften") = Hagebutten, Fructus Rosae caninae.

Ein guth derre puluer.

Item [nim] honig vnd tzw loſſe das vff dem fewr, vnnd nim vngeleſchen kalck, vnd röre den lanckſam dorein, wol dick als ein brei. vnnd vorkleib den topff oben wol, vnd las es ſidenn als lang, bis es tzw puluer bornth. ſso ſtoſs das, durch das kreud sib geſchlagen. das würff in die wunden. es dorreth vnd treugeth die wunden woll. kanſtu nicht baſſ, szo thu eier weis dortzw. vnd vorstelle das glide waſſer do mith an den nötenn.

Ein puluer das auch derret.

Muſcheln die bei dem waſſer ligen waſch die wol rein, vnnd zceuge in die hawth oben vnnd innen abbe, haſtu anders der will. vnnd laſs dir ein dicken topff machen | vnnd verkleip enn oben mith LXV mel, das nicht gebeutelt iſt, vnd las das ein nacht vnd tag, ader lenger, trücken. dornoch ſetzze den szelbigen inn eins topffers ofen, vnd las das als lang dorinne bornen, als die topff. ader borne das in einem backoffenn, doch tzw drei mal. wend, szo es lang brendt, szo wurdt es faſt guth. vnd dornoch szo stos das durch ein sip geschlagen, vnd das ſelb ſtraw in die wunden. es beiſt gantz nicht, es trewgeth wol. vnd wo die wunden rodt ſein, ader tzw vil fleiſch wechſt, dor ein ſtraw das ader ein ander puluer.

Noch ein guth derre puluer.

Klein geſtoſſsen gold gledt iſt vaſt guth inn die wunde tzw trewgen. geſtoſſsen silber gledt treugeth auch. Auch loe aniſs der loemol trewgeth wol. geſtoſſsen kopper ſchlack treugeth auch wol. Item geſtoſſsen eier ſchall iſt auch ein guth puluer. Item gebrandt offenleim, vnd in eſſig geſotten, wider gedorreth vnd klein geſtoſſen. der puluer thu ittzliche tzwſsammen, vnnd miſche sie wol vnder ein andern, vnd mache eins daraus. vnd nütz es tzw den wunden, die ferig[1]) ader roth werden, ader vil naſſsen, ader das fleiſch zcw hoch wachſsenn wolde, dor ein würff das puluer zcw zceiten. Iſt aber ein wündt | ſso ferig, LXVI vnd thuth im szo we, das er der puluer dorinne nicht liden magk, szo puluer jn allein mith dem muſcheln pulver. das iſt vaſt ſemfft vnnd beiſst auch nich.

[1]) „ferig" wahrscheinlich zusammenhängend mit versehren, versehrt = beschädigt, schlecht beschaffen.

Ein etzpuluer, das fawl vnd wilde fleifch aus beiffseth.

Item du muft dich dornach richten, wer das fawl fleifch, vnnd das wilden in den wunden ader in den fchaden hath, szo muftu difter ein scherffer etzpuluer nemen. Wiltu hüner augen ader fuft itwas abetzenn, das alles muftu vor abfchneiden, das es enwenig bludt, ader das puluer kunde fuft nicht tzw dem lebendigen fleifch komen. vnd wen er vffhorth mith dem blutten, szo wurff im das puluer in die wunden, die du gemacht haft. vnd ein plafter von der roten heil szalbe, dorvber geleith, vnnd mith solchen plafter all tag ein mall gebunden. vnd las das puluer fso lang in den wunden ligen, bis es felbs hiraus fellet mit dem fawl fleifch. fso gefchicht es wol, das es erft am andern tag ader am drittenn mith dem fawln fleifch aufs felth. vnnd wen es hiraufs kumpt, szo fihe. ift den des bofsen fleifch noch dor inne, LXVII szo thu im mir wie vor. das thu fso vfft, bis das die wunden | rein wirdt. wer es aber, das die wunde an einen ende rein were, vnnd am ander nicht, szo lege nodt werck vff das teil, das do rein ift, vnd vormache das wol, das das puluer nicht dor vnder moge kommen, vnd thu puluer vff das fawl fleifch. das treib szo lang, bis es wol rein. die puluer beiffsenn drie ader iiii. stunde ader lenger, dornach fie scharff fein, vnnd dornoch nümmer.

Ein gemein etzpuluer.

Item nim kupper waffer vnd alaum, gleich vil. stos, vnnd thu das in ein newen topff. vnd geus fcharffen effig fso vil dor an, das er vber das puluer gehe. sewth das bis trucken wirth, szo geus mehr doran, als vor. vnnd sewdt das aber, das es gar ein trewge. alfso thu jm tzw acht ader tzw ix mal. wiltu das stercker machenn, szo sewth das mith gebranten win, vor den effig. dor nach stos es tzw puluer vnnd durch ein sip. wiltu das puluer nicht zcw ftarck machen, szo born der stücke eins allein. bornftu du das kupper waffer alein, szo decke das am fieden wol tzw, szo wirth das puluer roth. vnd nutz es als forn fteth. |

LXVIII

Ein ander stercker etzpuluer.

Nim salarnnacken[1]) vnd galittzenftein vnnd spraüfgrun,[2]) das borne in gebranten wein ader in effig, als das ober. vnd am lettzenn brandt,

---

[1]) „salarnnacken" = Sal ammoniacum? [2]) „spraüfgrun" = Grünspan?

szo thu dor tzw thorian,[1]) vnnd tracken bluth, vnnd boloſermenes, szo wirth es roth vnd gantz guth.

Aber ein guth etzpuluer.

Ein vaſt guth etzpuluer das weherth dem wilden fleiſch, vnnd druckt es nider. aber es iſt nicht alſso starck, als der forder ein. Nim ii loth torian, ½ loth kampffer, iii loth boloſermenes, iiii loth gebranten alawen, vnnd mach das als das vber. vnnd lethſsen brandt thu iiii loth trackenblüdt dorvnder. das iſt koſtlich vnnd guth.

Aber ein etzpuluer.

Nim vi loth arſenicum, vnd thu dortzw ein handt vol ſaltz, vnd ii handt vol vngeleſchten kalck, vnd vi loth galittzen stein, ſso vil alawn. das alles in eſſig ader gebranten win tzw puluer gebrandt, doch tzw iiii ader funffmol dorinne abgeliſcheth, vnd gebrandt. vnd nim xii loth knobloch, vnd geus dorvff | ein pfundt bomöl, ader szo LXIX
vil das es wol dorvber gehe, vnnd loſs es siden ein guth wil. vnnd nim ein ½ ℔ geſtoſſsen bornſtein, vnd los den allein tzw gehenn, vnnd geüs die ander stücke al vnder das, vnd ½ firdung[2]) alpaticum.[3]) haſtu des nicht, ſso nim swartz bech dorvor, vnd rör es vaſth wol dorcheneander, vnnd las ſieden, als lanngk bis es tzw puluer wirth. wiltu gerne, das es ein szalb bleib, szo las nicht ſso lang ſieden, ſso bleibet es ein szalben. vnnd wo du die hinnen ſtreichſt, szo etzt du mith. aber den knobloch vnd die andern stuck muſtu klein ſtoſſsen, ee du das in bawmöl ſüdeſt. do mith etzt du ab alles was du wilt. Es etzt auch die roten muter mol vnder den augen, ader wo ſie steen, do mith einer geborn iſt worden. Auch die groſſsen wartzen, ader wildt fawl fleiſch, ader hüner augen. Nim vngeleſchen kalck vnd weithaſchen[4]) vngeuerlich tzw szamen, vnd geus dor an scharffen eſſig ader gebranten win, in einen topff, vnd der gleſſsen iſt. vnd rürs vff durch einander. vnd las es ii tag ſtehen. dornoch ſsewdt das durch einander, vnd röre das wol. vnd nach dem sieden, las das wider gefallen. vnd geus dy szelbige lauge vom kalck, vnd der weithaſchen, als vil ir lewter iſt, von der geuſz ein wenig. vnd nim vngeliſchten | kalck, der klein ge- LXX
ſtoſſsen iſt, vnd rür jn in die lauge, vnd mache einen dünnen brei dor

---

[1]) „thorian“ = Theriak? [2]) „firdung“ ein Gewicht. [3]) „alpaticum“ = Aloë hepatica? [4]) „weithaſchen“ = Weiden-Asche.

aus. je dünner je beſſer, doch nicht tzw dunne, das es tzw vaſt flyſse. das ſetz vff das, daſtu ettzen wilth, alſso weith ſettze es einem vff das ſelbe. vnd las ſso lang ſtehen, bis du drie ader iiii pater noſter geſprechen magſt vngeuerdt. dornoch wüſch das hirab, vnd setz ein newes dor vff. das treibe ſso lang, bis es ettzens gnug hath. Das erkenſtu bei dem, wen der schade en wenig ſwartz wirth, ſzo hath es ettzens gnug. Es muſs gar ein groſſser ſchade ſein, du ettzt jn in einer stundt. vnnd was der swartzen wurtzen iſt, die vol bluth iſt, das muſtu vor picken[1]) laſſen mith einer flitthen,[2]) dornach mith dem tzeuge ettzen. vnd wer die wortze ſso hoch vnd szo dicke, vnnd wolde ſich nicht szo balde ettzen laſſsen bis vff den grundt, das kanſtu nicht wol erkennen. wen die wartz vor ſich ſselbeſt swartz iſt. szo ſtirbt es doch vben itzwas ferhinein. vnd bindeth das nümmer, ſo ſchnide im das töde hirab, ſso vil, daſtu schir vff das lebende kummeſt. dornoch ettze im mir, vnnd scheid aber hirab. das thu ſso vfft, bis du der
LXXI hawdt gleich kummſt, das es nicht hocher bleibet | den das geſunde fleiſch, vnd dich duncketh, das du wol vff dem grunde ſiſt. das empfindeſtu wol, es wirth in harth beiſſsen. vnd thu im dornach nicht mir. vnnd lege im ein schlecht tzihe plaſter dorvff, do mith bindt in all tag eins, szo langk bis es hirauff kumpt vnd felth. Auch iſt es beſſer, du ettzt es tzw vil, dan tzw wenig.

Honer augen czu etzenn.

Wiltu huner augen ader ſunſt schlecht wartzenn mith ettzen, szo settze im die fuſse ader fürhin in ein waſſer, vnd las vor ein weil weichen. dornach ſchneid im die huner augen vnd wartzen oben ab, ſso das es bluth enwenig hirauſs leufft, ader her durchdringeth. vnnd wen es nummer bluth, dor nach ettz es inn maſsen als forne ſteth, szo lang bis eyn teil ſwartz wirth. ſso hath ettzens gnug. wiltu gern, ſso ſneidt das die weil ab, vnd etz es dornach mehe: Dornach lege altage ein plaſter dorvbber einmal, ſso lang bis das tode fleiſch hiraus felth. das plaſter mache von ſeiffen vnnd von knobloch vnnd zcwöbeln. die iii ſtucke stos durch einander, vngeuerlich ader glich vil, vnd das ſtreich wol dick vff ein tüchlein, vnd lege das einem vb-
LXXII ber. | vnnd ab dir ſunſt ein alt fawl schade tzw queme, vnnd wolleſt

[1]) „picken" = stechen, Einstiche machen. [2]) „flitthen" = Fliete, Lanzette.

in ettzenn, mith dem andern, vnnd der schade iſt vffen, vnd iſt ein teil fawl, vnnd ein teil nicht, szo mache im das mith nothwergk, das nicht fawl iſt, vnnd ettz im das fawl ab. Alſso thu öm mith allen wunden vnnd scheden. Ich hab vil scheden mith geetzt, vnd iſt guth. du bedarffeſt des zceugs nicht machen, den wenn du en nuttzen wilt. wente er vortzert ſich szelbeſt in einander ab, vnd bleibt nicht lang scharff.

Vnnd wen du ettzen wilth, wiltu gern, szo mache du ein zcighe plaſter, dor ein schneid ein loch, szo weith als du es ettzenn wilth, vnnd lege das oben vff das, daſtu ettzen wilth. vnd ettz das durch das ſelbig loch, szo beiſt es ſunſt nicht weiter vmb ſich. wiltu aber nach mith scherffer materienn ettzen, vnd hetteſt szorge, das vnrath dortzw schlaen würde, vnnd wiltu das bewarenn, das es nicht geſchege, ſso mache ein plaſter.

Ein plaſter vor ſchaden in der etzen.

Nim guthen eſſig, vnd gereinigeth eierweis, vnnd fenumgrecum mel, vnnd geſtoſſsenn boloſermenes, das wol durcheinander geſchlagen, vnnd vff einen leinen tuch geſtrichenn | das mitten auch ein loch habe, das LXXIII
lege auſerhalb der ettzung. vnnd das plaſter vff die ettzung. wen es geetzt iſt, das dortzu gehorth. als die roten heilſalbe, ader ein ſchlecht zcie plaſter von eier weiſs gemacht, breith gnug, als vonn dem eſſig, vnnd boloſermenes. das weherth der hittz, vnnd leſt nicht gifft noch vnroth tzw der wunden noch von der wunden ſchlagen. vnd als vfft, als dorre ader trewge wirth, szo mache wider ein friſchs an des ſtadt. das treib ſso lang, bis daſtu erkenneſt, das im die groſte wetagen vorgangen ſei, vnd auch die hittze. ſso ſchlecht im vorbas nicht dortzw. vnnd heil es dornach als ander wunden.

Meher ein etzpuluer.

Ein gewiſs puluer das heilt die zcyr, das iſt die fawl, die einem mundt: augenn: naſsen ab friſt. vnnd etz mith dem denn krebs, die ſwem, vnnd alle andere fawl vnnd alle wilde wertzen, auch huner augen, vnd was die meuſse vnd ratten beſeicht habenn. vnnd das puluer beiſt ein nacht ſer, vnd geſwilt die ſselbe nacht ſere. vnnd dornach beiſt das puluer nicht mehr, vnnd geſwildt auch nimmer, vnnd wirth wider klein. vnnd wen du das puluer nuttzenn | wildt, szo LXXIV ſehe [1]) es einem in die scheden, als weith der schade vnnd die fawl iſt, vnnd dick als ein ſtrohalm iſt, vnnd lege ein zcihe plaſter obenn dor vber. vnnd binde es alltag eins mit dem zcige plaſter, als lang bis es hiraus feldt. seheſtu den, das der wurtzeln ein teil dor inne gebleibben wern, szo wurff im des ſuſſsen puluers wol in die wunden, ausgenommen do die wurtzeln ſtehen. vnd lege das vol nothwerck oben dorvff, vnnd vormache die wunden wol, bis an das, do die wurtzeln bliben ſindt, sehe mir ettzpuluer. vnd ein zciheplaſter, das las als langk dorvbber ligen, bis es hirauſs felleth. doch alle tage lege in zcige plaſter dor vff. vnnd wen das fawl hirauſs iſt, szo heil es wy andern wunden. das plaſter hab ich am neſten hirforn geſchribben, wie man das machen szal.

Wie man das puluer machenn szal.

Item nim galittzen stein, den borne tzw ix mall in guttem scharffen wineſſig, adder inn andern eſſig, haſtu des erſten nicht, adder inn branten wein. das wirth scharff. vnd geus allweg an das puluer, bis dor vbber ghe. vnnd laſs alwegen ein ſsiden, bis das es trewge
LXXV gnug | wurdt. dornoch ſtos ein klein, vnd durch ein ſip geſchlagenn. vnnd nim waſſer gallen, die findeth man in den hochen bergen, in den tieffen löchern. vnnd ie tieffer die locher ſein, ie eher man ſie dorinne findeth. ſie wachſsen vff den kalden waſſer, das in den lochern aus den felſchen treufft. dor aus wachſsen tzapffen, als das eiſs, ader als der salpeter. vnnd wen das langk vnd vil iare hengt, szo werden denn ſtein doraus. das heiſsen waſſer gallen. die moſs man tzw puluer stoſſsen. das iſt den von kalter natur. so iſt der gallittzen von heiſser natur. vnnd wen ſie tzwſsammenn gemiſch werden, das todt den die fewle. vnnd wen du die puluer tzwſsammen miſchen wilt, szo nim gallittzenn ſtein iiii loth vnd des waſſers galn ii loth, ader vngeuerlich gallittzenſtein iiii teil, vnd der waſſer galn ii teil, szo iſt es gerecht. vnd thu im als obenn ſteth. vnd wer der waſſer galn nicht gehaben mag, szo nem ich criſtallen an des ſtadt, die aus ſchne in dem berge gewachſsenn ſein, ader ſsalpeter, der vaſt guth vnd gerecht were. doch habe ich es mith dem nicht vorſucht, als mit genen. dor nach wiſſse dich tzw richten.

---

[1]) „ſehe" = säe, d. h. streue.

Aber ein guth etzpuluer. vnd gehoren gifftig ding dortzw, als er nachfolget. |

Item das puluer heiſt citrinum, das mache alſso. nim weis arſe- LXXVI
nicum, vnnd auch gell, vnnd gallus, der nicht vaſt alt iſt, geſtalt als
laup opffell, vnnd auripigmentum vnnd alawn, vnnd deplymya, itz-
lich ii loth, vnnd stoſs das. vnnd vorbinde dich wol, das der ſtaup
nicht in dich gehe. vnnd das alles sewd in weineſſig, als lang, bis ſie
irer macht gelofsenn. szo druck das durch ein tuch, vnnd rür vnge-
leſchten kalck dor vnder. das szall alſso vil ſein als der andern ſtuck.
vnnd noch dem, als du das in einem becken wol durch einander ge-
mengt hast, ſso trewge ader dorre das vff einem offenn in der stu-
ben, doch nicht tzw heis, ader an der sonnen, auch das ſie nicht vol-
len ſchein dorvff habe. vnud wen es dorre gnug iſt, szo stos das tzw
puluer. das iſt vaſt einn starck ettzpuluer, vnd etzt vaſt wol. ettz do
mith, als mith dem andern. vnnd die plaſter auch alſso dorvmb. vnnd
doraus genützt, als fornn ſteth.

Mer ein bewerth gut etzpuluer.

Item nim ein keſſsel mith waſſer, mer den halp, ader wol gros ſei,
vnnd thu dorein scharffenn weithaſch, vnd vngeleſchten | kalck ein LXXVII
guthteil. vnnd los ſtehen zcwentage ader iii. vnnd rüre das vfft durch
einander, das es wol scharff werde. dornach geus die lauge hirab, vnnd
thu die wider in einen keſſseln. vnd thu ein pfundt galittzen ſtein dor-
tzw ader mir, dor nach der laugen vil iſt. vnnd ſewt das als lang, bis
es gantz ein side vnnd trucken wirth. szo wirth enwenig puluers dar-
aus, das findeſtu in dem keſſel. daſ thu hiraus, vnnd ſtos es klein,
vnnd durch ein sip geſchlagenn. vnnd das auch vormiſche mith der
galle, ader criſtall, ader salpitter. des etzpuluers iiii loth, vnnd des
andern ii tzwſsammen gemiſcht. das macht ſunſt alein tzw vil hittze,
vnnd brecht villicht schadenn, wen das kewl nicht do bei were. vnd
settz es vff die fawlen schaden, als das fordern. vnd das zcihe pla-
ſter dor vber, vnnd das ander von dem bolofermenes vnd mith eier-
weiſſ, vnd eſſig, vnnd fenugrecum mel oben dor vber, mith einem
loche. doch das zciheplaſter szal frei ligenn, das es das ander nicht
bedecketh, vnnd ſal wol breith auſsen vmbligen. vnnd ettze mit dem
als mit dem forrigen. auch vorbrendt der keſſsel mith, das er nicht
vil nütz iſt dor nach.

LXXVIII Aber ein starck etzpuluer von | gifftigen dingen. das muſt du wol vorſorgen mith einem dicken plaſter aufsen dorumb, als vfft es dorre wirth. auch von bolofermenes mith andern dingen gemacht.

Item nim arſenicum des weiſsen iiii loth, vnnd waſſer galn, vnnd der criſtallen ader szalpeter, ii loth durcheinander geſtoſſsen. vnnd das würff einem konlichen[1]) in den ſchaden. vorſorge es newr mith dem kuelplaſter aus dem bolofermenes, als forne ſteth. do mith [...] in des tages tzw driemall, dor vmb das es nicht geſwelle. vnnd das zcihe plaſter dor vbber. vnud halth es gleich mith als mith dem andern. vnd schwe[2]) dich nicht, ob gifft dorinne iſt, es thuth im keinen ſchadenn. den den erſten tag thuth es im vaſt wee, vnd geſchwilt. dor noch wirth es wider guth.

Ein guth [puluer] vor den wetagen der czeene.

Item wer das vber bluth in den tzenen hat, ader die geſwulſt, das iſt wen eim das tzanfleiff vaſth roth iſt, vnnd im jückt, vnd im die tzene itwas wehe thun, szo benimpth im das hirnach geſchriben puluer diſſsem ſchaden alein, wen er das puluer iſt nutzen vfft. Auch LXXIX bedorff er keinen kopff[3]) ſettzen doruor. wenn | er enpfing, das im der tzan wetag wil ankomen, szo nütz er diſs puluer all tag einst, als lang das er geſundt werde. Es mag auch einer tzw tzeiten auch wol nuttzen, wen ſie im nicht wee thun. wente es macht die tzene harth vnnd friſch. vnd wem die tzene stinckenn, do iſt es beſundern guth, vnd benimpt in des ſtengs vil. vnd vortreibt den gellen vnd schwartzen an den tzenen, vnd werden ein teil weiſs do von. nim es in den mund. vnd lege es vff die tzene zewuſſsen den lebſen.[4]) vnnd halt die tzene vnnd den mund vaſt tzw. vnd haldt das szo lang dor innen. bis es nümmer beiſst noch hitzt. dor noch szo waſchs mith einem waſſer auſs dem munde. vnnd halth die tzene vaſt vffenander. das dir der schlewms[5]) do von nicht in denn mundt gehen. das benimpt dir ſulchen wetagung, vnd das vberige bluth vor schwindt vnd vorgehet dorvon.

---

[1] „konlichen" = kühnlich. [2]) „schwe" = schene. [3]) „kopff" Schröpfkopf. [4] „lebſen" = Lefzen. Lippen. [5]) „schlewm" = Schleim.

Das puluer mache alſo.

Nim waſſer gallen. haſtu der nicht, ſſo nim criſtall dor vor. haſtu
den nicht, szo nim ſanthſtein, der iſt auch guth. ader nim diſſer ſtück
zcwei gleich tzw ſamen mith dem ſtein. du magſt auch woll enwenig
dortzw nemenn. dor auſs mache ein puluer. dor noch | nim geſtoſſen LXXX
pfeffer, vngeuerde auch szo vil, als der vberen puluer aller, vnnd zcw-
ſamen gemiſcht, vnnd nuttzes wie forne ſteeth. Iſt aber das ein menſch,
das pulver nicht geliden mochte, vnd wer im tzw starck, szo nim es
alſſo. des steins puluers ii teil, vnnd des pfeffers den dritten teil szo
vil, ader enwenig mehr ader minner, dor nach es der menſch erli-
den kan.

Ein ander zcaen puluer. iſt guth nach dem tzv nüttzen, vnd auch vor swartz vnd gele zcene.

Mith diſſem puluer gele ader swartz zcene weis tzw machenn, als
ferne, das ſie nicht daraus swartz ader gel ſein. vnnd das ober iſt
auch guth tzw nuttzenn, ader noch vor diſſsem puluer. Nim painpes,[1])
das iſt der ſtein, do mith man die bucher reibeth, den ſtos klein, vnd
gebrandt ouenlein[2]) auch kleinn. vnnd maſtig ader maſtix, geſtoſſsenn,
meng auch dorvnder alltzwſsamen vnnd wen du das ober puluer ge-
nutz haſt, dornoch szo reibe die tzene mith dieſſem puluer. Auch
sunſth an das[3]) im tag vſſt vnd tzw tzeiten reibe die tzene mith maſtix.
vnd geſtoſſsen, vnnd | kew inn zcwiſſsen den zcenen. doch szo schling LXXXI
in nicht in dich. vnnd tzw tzeiten waſche die tzene des morgens frwe
mith geſaltzen waſſer, domith reibe ſie wol. vnnd des maſtix roth[4]) iſt
dir geſundt.

Das waſſer gehorth auch zcw boſen zcenen.

Nim goldt gledt ader szilber gledt dor ein i ℔, ii loth alwen,
szo vil winſtein,[5]) vnd die rinden ader die schel von der schleen wurtz
auch .ii. ader mir. du magſt ſie wol derren vnd den winter behalten.
doch szo nim der schleen wurtz, vnnd ochſsenn tzungen wurtz, anders
genanth strupſſenn wurtz, der beider ein teil von einem ℔ geſtoſſen,
vnnd gepuluerth. machſtu ader das aus grunen wurtzeln, szo haw ſie

---

[1]) „painpes"? = Bimsstein? [2]) „ouenlein" = Ofen-Leim?
[3]) „an das" = ohne das (ohne daſs das Pulver gebraucht wird).
[4]) „roth" = Rath. [5]) „winſtein" = Weinstein.

klein, vnd stos fie. vnd thu das in ein gleffsen töpffen mith anderm puluer, vnd .ii. loth geftoffen bertram. vnd geus doran ii stoff ader mafs wein effig ader funft guthen effig, vnd mith dem las den dritten teil infiden. vnnd deck es oben nicht tzw, ader es leufft aus. dornach las kalt werden. vnnd geus ein wenig abe von dem, vnd las
LXXXII in den mundt nemen, vnnd einweil dorinne halden. dornach | las aus dem munde lauffen, vnd nim ein anders dorein, vnd thu im aber als vor. das thu tzw iii malle nocheinander ader mehr. vnd wen des trancks nümmer ift, fso geus meher ii ftoff effig doran, vnd fewth das als vor oben gefchriben. was moglich ift tzw heilen das heileth es.

Item nim iunge zcwöwelnn vnd schleen dorn würtz, die fchell doruon. die ftofse. vnnd ftos die zcwibweln aüch. vnnd borne das aufs, als ander waffer, in einem rofsen hudt. das nim auch vfft in mundt.

Vor den mundt ftangk.

Stinckt einem der mundt von kranckheyt, ader das einer das fiber gehath hat, vnd das im das effen nicht fmeckt, szo nim ein new gebacken broth, vnd ein kalth waffer. das faltz wol. vnd is es des morgens nuchtern mith dem brote, szo vil du magft. treib das fso lang, bis du wider effen wirft, szo vorgeeth dir der ftangk.

Ein tranck vor den mundtstanck.

Ift ein menfch iungk, szo nim ein tranck im sommer. ift er alth,
LXXXIII szo neme her trang in winter. kumpth der stangk nicht | von den bofsen tzenen, vnd in dorfteth fere, vnnd im fein die lebfam[1]) trucken, szo ift im der mage gantz erfchworen. wiltu im helffen, szo nim mir szamen, ader mir hirfch,[2]) gut gleich den anis korner, gar enwenig weifser. das felb ftos in einem morfer, vnd geufs weichwaffer daran, nicht born waffer, vnd las das sieden. doch szo las nicht einfeiden. geus alweg mehr tzw, vnnd deck das wol oben tzw, das kein brodem doruon gehe. vnnd fettze das menfch in eine vordeckte butten ader wannen, vnd geus das waffer vonn dem merfsomen dor vff, vnd las sich mith dem munde wol vber den dampff halden, vnd das der wol

---

[1]) „lebfam" = Lefzen, Lippen. [2]) „mir szamen" (unten Z. 31 „merfsomen") = Möhren-Samen, Semen Dauci Carotae. — „mir hirfch" = Meer-Hirse, Festuca fluitans?

in inn gehe. vnd in das vberige waffer nettze leinen tucher, wol warm
vmb den leip. vnd wen es kalth wirth, szo fchlae im ein warmes wi-
der vmb. das treib ein weil. vnnd szal gefcheen nach dem nacht-
effsen, vnd von ftundt an nider ligen, vnnd warm tzw gedackt. vnnd
wen er aufs dem bade wil gehen, szo binde öm vmb dem leib wol
warm broth. die rinden ader koffsen genant, thu dor von, vnd las in
alfzo die nacht ligen. vnd des morgens, szo nim heffern mel,[1]) vnd we-
gebreith gros, szewth das mel dorinne vnd is das nüchtern. alfso | thu LXXXIV
im siben mol des morgens, siben tag nochennander, vnnd bade doch
tzw iiii mol dor twoschen als dan fteth in den siben tagen, szo wirth
her gefundt. her mag auch woll warm broth tzw tzeiten vor den
mundt halden, vnd dornach die broffsem[2]) heraus thon, vnd folle fie
mith guthem honige, den spreng vor mith faltz, vormache das broth
wider. doch der brofsem ein teil vormifch mith dem honige wider vnd
folle das in das broth. dornach lege das ein weil vff die gluth, vnd
las das ein weill ligen, vnnd bornen des morgens. szo iffse das mith
deinem harm nüchtern, das benimpt dir vil ftancks vnd ift guth.

Ein heupt plafter.

Item nun wil ich settzenn ein heupt plafter, vnnd wie du die
wunden des heupts binden faltt, ab du der roten salbe nicht nüttzen
wilt. sie fein beide guth dortzw.

Item nim tzw dem plafter hirfchen vnfloth[3]) ein weinig veill[4]) ader
rofsen öll, vnd ein wenig kampffer, szo du den haft, vnd ein wenig
maftix, ein wenig honigfzeim. die puluer mache klein, vnd die stücke
küel las vff koln zew gehen, vnnd lofs nicht fieden. vnd thu das von
den koln. vnnd | wenn es schir gefteen wil, szo nim ein gefmeidigk LXXXV
new leinen tuch, als gros du wilth, vnd rure den zeeug wol durch-
einander mith einer spateln, vnnd vberzeeug das tuch do mith eins
fchillings dicke, szo ift es gemacht. vnd wen du den tzeug heifs vff
das tuch ftreichft, szo rinth der tzeug durch das tuch vnd wirth tzw
dicke. das das nicht gefchee, szo mustu en küel vfffreichen. das pla-
fter machftu behalden. vnnd wen du es nuttzen wildt, szo fchneith fen
breith hirab, als du vber die wunden legen wilth. vnnd nim gefuß-

[1]) „heffern mel" = Hafer-Mehl. [2]) „brofsem" — Brosamen, Brod-Krume. [3]) „vnfloth" — Unschlitt, Talg. [4]) „veill-öl" — Veilchen-Oel.

fsen bolofermenes als vil daftu das felbige plafter domith vberczehen magft, vnnd lege jnn vff das szelbige plafter, mitten vber ein heuffelein, vnd geus rofsen öl von lein öl gemacht doran, vnd rüre das durcheinander, vnd vber zceüg das plafter do mith als eins schillings dicke. vnd fchneid ein fchlechten schnidt in das plafter bis vber die mith, vnnd lege im das vff heupt, vber die wundenn. dodurch leufft die hittze vnnd der dampff heraus. vnd mache alltage ein news dorvber. vnd .x. ader xii tag dor nach heil in mith der roten heilfsalbenn, vnnd sunft mith keiner mehr. vnd altage mith dem rofsen öl die wun-
LXXXVI den gefsalbeth, | vnnd do durch mith einer feddern geftrichenn. vnnd die fedder nicht tzu nafs fei vom dem öl, das es im nicht vff die leifs rinne. auch machftu in mith den obern plaftern wol allein heylenn.

Ein gute kunft einem gewunten in das heupt, szo im das gebein nicht wider tzv szammen gehe wil.

Item quem dir einer tzw, der szo harth in das heupt gewundt were, das im der hyrnfchedel vonn einander ftunde, vnd kunft im die gebein nicht wider tzwfammen fugen, szo mache gereinigeth eiweis, vnd von dem gib im vff die nacht an dem bette einen guten trungk. des morgens des gleichen. des thu ein tag ii, iii, szo geheth im das gepeine wider zcw fsamen. Auch muftu öm das heupt die szelbigen tzeith defterbas vnnd vefter binden.

Szo einem ein stuck vom heupt bein ab gefchlagen wer.

Item quem dir ein solcher tzw, dem das heupt gewundt were,
LXXXVII das im ein ftuck | vom heuptpeine weggefchlagen were, vnd sichft im vff die liefs, szo nim ein grüne fieden tuch, das fchnide dornach, das es fich eben dor einfuge, vnd lege das in die wunde, das es die wunde vnd die leis wol decke. vnd fihe das du die leis vnd die wunden nicht domith vorserft ader tzw brichft. vnd fleifs dich, das du habeft rein nodtwergk, von einem leinwebber. des fselbigen nodtwercks lege im vff das feiden tuch, das es genaw das plafter obenn an rüre.

Thogent des nothwercks.

Das nodtwergk nimpt das eitter an sich, auch der hittze vnnd böfsenn dampffs ein teil, vnnd das im die leifs defter weniger dor vnder fawll. wen es werth tzw guther maffse. vnnd das grofte ift ein widerſtendung, wen die gruſſsen wetagen in das heupth komen, vnnd in das gehirn vaſt vber ſich ſicht, vnnd stoſt vnd vaſt dobt, szo helt das die leis, das nicht bricht.

Szo ein bis vff die leis verwunth wirth.

Szo ein vff die lyſs wunth wyrth, | den muſtu altag zcwir bin- LXXXVIII
den, vnd alweg new plaſter ader szalben mith newen friſchen nodtwergk an die stad legen. vnnd ab das tuch ſeidenn ſtuck, vnd alſso vnfletig vnnd vnfawr[1]) wurde, machſtu das mith fuge gewinnen, szo lege im ein nawes an die ſtadt. Iſt der schade alſso gros, wiltu gerne, szo los im das tuch dorinne vorheilenn, iſt es anderſt rein. vnnd gib im guthen wundtrangk zcw trincken, doch noch dem als er wundt wirth, dor noch vber .iii. tag, szo gib im den wundtrangk al tag zcwirth.[2]) vnnd ob einer vil hittze im heubt hette, szo lege im das plaſter vber, do mith du alle erſte wunden bindeſt, mith dem eierweiſs, mith ſampth andern dingen. vnnd mache mitten durch das plaſter ein loch in den flachs, als weyth vnnd lang die wunde iſt. Iſt der hittze szo vill, szo ſchneid in das plaſter ob der wunden auch ein klein loch ader ſunſt ein schnid, szo mag die hittze ader dampff dor durch heraus gehenn. ader lege ein kuelplaſter von dem leinkuchen dor vber, auch mith einem ſolchen loch. vnd die weil du im dem | kuelplaſter LXXXIX
bindeſt, szo mache im die plaſter uheſt vff der wunden, vff das aller schnelſth vff, das im die kuelplaſter diſter neher bey der wunde ligen. mache ſie breith gnug, ſso kulen ſie vaſt wol. vnnd bind im dor vber mith einem einfachen tuch, szo wirth der hittze diſter weniger. vnd als vfft die kuel plaſter trewge werde ader dorre, szo lege im alweg ein friſch dor vff. ſso vorgehet die hittze balde dor nach. wen im die hittze nümmer wehe thuth, szo binde in wider mith dem breiten plaſter, in maſsen wie vor oben geſchreibbenn ſteth.

Vor das swinden.

Item quem dir ein menſch tzw, dem ein bein ader ein arm ſwinde, vnnd wiltu öm gewiſlich helffenn, szo thu wie hir nach geſchribben ſteth. auch muſtu dein vornuffth vaſt mith gebrauchen. queme dir ein ſchade tzw, szo muſtu der eiſsenn ſtuck deſter mehr machen, vnd öm diſter offter vnnd lenger reibenn.

[1]) „vnfawr“ = unsauber. [2]) „zcwirth“ = zwier, zweimal.

Das ift die kunft.

XC Nim ein ftoff ader ein mafs gebrantenn | wein, der von wein ge-
brandt ift. haftu des nicht, szo muftu funft gebranten wein nemen, der
von bier gebrandt ift. vnnd nim v. loth langen pfeffer, szo vill biber-
geil, szo vil fenfföl. haftu das nicht, fso nim fenffmel, wol klein, szo
vil neffsel famen klein geftoffen, szo vil kellerhals korner, ader die
schall vom fselbigen holtz, fso vil barifs korner.[1]) haftu aran wurtz,[2])
nim auch fso vil. machftu der stuck nicht aller haben, szo nim ir als
vil du ir gehaben magft, es ift dennacht guth. vnnd fchneidt die bi-
bergeil vaft klein, vnnd ftofs das wider, vnd thu das in ein keffsel,
vnd geus den gebranten wein doran. vnnd laff denn keffsell oben wol
wan, das er nicht vol werde. vnnd sewdt das vff koln, vnd hute des
wol, das der flam nicht dor inn fchlagen kan. vnd las ein mal adder
zcwene vff fiedenn, vnnd rors wol vff den koln. vnnd fewd es funft
bey keinem anderen feure, ader es vorbrendt. vnd nach dem fieden,
szo zcwinges durch ein tuch. vnd thu das alles in ein glas ader in
XCI ein glefsen gefeff, ader in ein flafch, vnd vormache | das obenn tzw
wol, das der dampff nicht doraus moge. vnnd wen du es nuttzenn
wilth vor das schwinden, szo geus enwenig in die handt, vnd reib
es in dem arm ader in das bein, do er fchwindt als abartz,[3]) vnnd
nicht vber fich, szo geth das guth mith hirab vnd tringeth das vor-
torben hinweck. vnd wen das gefchicht, szo geneheft er balde vnd
wirth guth. vnnd wen dir die handt nümmer nafs ift, szo geus mir
dorein. das treib vff vnd reib, es hilfft wol. das thu allweg in der
werm, vnnd in dem baden, wen er aufsgehen wil, ader balde nach dem
bade, als abartz.

Wiltu im balde helffenn, szo reib im den zceug das tages tzw
iiii moln in den fchadenn. vnd haw im den schaden vor tzw tzeitenn
mith neffeln ader mith gerten, dor mith erhittzftu den schadenn. vnnd
noch dem bade, szo reib im die materien offt dorein. vnnd lege im
das rote peinplafter, von den gewürtzen gemacht, alwege dor vber.
dor bey findeftu gefchreiben, das es auch tzw diffsem schaden gehordt
XCII vnd dieneth. Das treib fso langk bis er | genewft. Auch findeftu hir-
nach gefchriben das vor schwinden guth ift, vnnd szalt das auch le-

---

[1]) „barifs korner“ = Semen Paris quadrifoliae? [2]) „aran wurtz“ = Radix Ari maculati? · [3]) „abartz“ = abwärts.

ſsenn. ſso daſtu das bedurffeſth, szo nuttze das tzw dem obern. wen es ſteth mith dem nerſten geſchriben.

Wovon schwindenn kümpth.

Item nun will ich dir szagenn, wo von schwinden kümpth. wen einer harth wundt wirth, ader ſunſt mith trewgen schlegen geſchlagen wirth, vnd wen man im nicht plaſter dor hinder ader dor vff legeth, die dortzw guth ſein, vnnd im die odern vnnd geliddern in guther gewer [1]) behalden mogen, als du bey dem wundſsalben wol finden wirſth, szo kumpth tzw vill wetagung vnd hittze tzw denn wunden in die glider vnnd in die odern. vnnd douon wirth das bluth harth in den odern, vnnd bleibeth dor inne ligen, vnnd kan kein news bluth auſs dem leib in die odern komen, vnd die odernn konnenn des newen blotes teglich nicht gerattenn. vnnd wen in das enthgeheth, | szo kan XCIII
das fleiſs nicht gedigenn, [2]) vnd moſs dovon dorrenn vnd schwinden. den die odern mith dem newen bluth behalden das fleiſch in seiner gewer. dorvmb, wiltu im helffen, szo muſtu das thun durch ſolche ding, die vil hittze habenn. du magſt inn auch wol tzw tzeiten mith einem leinen tuch reibenn. das lege vierfach tzw ſsammen, vnd wol gewarmeth, vnd mith dem reib im die schaden niderwartz. vnd wen es nümmer warm iſt, szo mache noch ein solchs dorbei warm, vnnd thu im aber als vor. vnnd wen du das wol geribbenn haſt, szo reib den zceug auch dorein vnnd lege das plaſter dorvber, vnnd alweg wundtrangk dortzw trinckenn, von dem̄ beiuos. vnnd wen du das thuſt, szo biſtu onn zcwiffel, ſie geneſsen alle. wen es wil geerbeith ſein.

Swindt einer ob denn elbogen, ſso ſtreich im alweg vber der achſsell ann ein ſchulter bladt, das das bluth herfür geheth. vnnd los im das plaſter auch vber das ſchulter bladt gehenn, vnnd haw inn auch mith denn neſſseln bis do ſselben hin. das hilfft dem guttenn bludt herfur. |

Wan einer geſchlagen ader gefallen wir. XCIV

Ab auch einer geſchlagen ader gefallen were, das im das bluth dor vnder gelauffen were, ader zcwöſchen fell vnnd fleiſch, das es schwartz were, vnnd beſorgeth ſich, er wurd ſchwinden, szo settze im köpffe dor vnder vnd dor vbber. vnnd haw das vor mith einer flei-

---

[1]) „gewer" = Gewähr, Zustand. [2]) „gedigenn" = gedeihen.

ten, dorvmb das das fselbig blutis ein teil hiraus geheth adder donne bluth. szo hore auff. vnnd dornach sittze im kopffe auff die gantzenn hawth, do es ſwartz iſt, vnnd zceug im das bluth hirfür. alſso magſtu ſunſt einen ieden im bade thun, vor das swindenn, das du im mith kopffenn das bluth hirvor zceugeſt. szo binde im oben vber das plaſter ein szemiſch[1]) ledder, wen du en vor schwindenn gebunden haſt. vnnd binde im das woll dor vbber, das im kein danff dor aus moge komen. das plaſter von den gewortzenn ader meiſter Johan plaſter
XCV mache du tzw | czeitenn, vnnd laſs es fünfft tage dor vber ligenn. vnnd binde es nicht auff, szo wirt es dor vnder grindig. das hilfft vaſt woll, vnnd heilt balde dornach.

Wie man das glide waſſer szal vorſtellenn.

Item das glide waſſer tzw vorſtellenn. vnd wer das nicht recht wol kan, vnnd will im das mith ſeiner kunſt vorſtellen, die doch nicht gerecht iſt, dor mith vorterbbeth her manchen man, ader brengt im mith dem die leme ader den todt. Es kommen etzlich ertzt am irſten vber ein, vnnd wollen im das glide waſſer vff das szelbige mol vorſtellenn, vff ein farth, vnnd ſchut im die wundt gantz voll puluers, als guth er es hath, vnnd dinth villicht nicht dortzw, vnnd legt im ein czege plaſter, ader ein ander plaſter ober dor vbber, vnnd bindt das harth zcw, szo hath das glide waſſer gantz kein lufft. vnd ſein natur iſt, das es ein weil lauffen muſs. wan es iſt vonn heiſser natur, vnnd
XCVI brengt | vil hittze, vnnd gros wetagungk. vnd szo man es szo balde vorſtoppeth vnd vorſteldt, szo leuff es tzw rucke in die arme ader in die pein, vnnd ergrundt, vnnd leuff öm do durch auſs, vnnd mache im allenthalbenn wetagenn, do es hin mag. das erlemt im das geeder, vnnd fawlen im die odernn ab dorvon. auch bringt her mith dem einen das wilde fewr tzw, auch den todt. Dorvmb des andern tages vorſtopfft her im die wunden, aber mith puluer, als vor, ſso had die wunde aber nicht lufft, vnnd kan nich hiraus lauffen. szo laufft es noch feſter tzwruck, den vor. vnnd die weetagenn vnnd schedenn werden aber groſſer, den vor. szo legt er im ein kuelplaſter aber dor vber. do mith vor meinth her im die hittz vnd wetagen benemen. vnd hat villicht das aus dingen gemacht, die nicht dortzu dienen. szo wirth der wetage aber groſſser, szo thuth er im aber, als vor. mith

[1]) „szemiſch" = sämisch, weichgegerbtes Leder.

tempfft er einem das glidewaſſer ztw balde, vnd kan nicht lufft ha-
benn, vnnd leufft tzwrucke, vorbornth | vnnd vorlembt eim die odernn, XCVII
vnnd alles geeder. wen es wirth im inwendig ztw heiſs, vnnd bringt
im groſs wetagenn. dorvmb szo hefft ein keinen hafft vff denn gli-
denn. du bedarffeſt nicht erſchreckenn, das die wunden vff den gliden
weith offen ſtehenn, ſie heilenn wol wider tzw, wen die tzeith kompt.
vnnd das glide waſſer leufft nicht ſso mith groſsenn ſchaden onge-
hefft, als wers gehefft. Auch szo findeſtu vorn in dem buche wol, wie
du es vor ſtellen szalt.

Mit einer nadel tzu hefften, wo vnd an welchenn nicht.

Wiltu einen hefftenn mit einer nadel, szo haſtu wol gehorth, da-
ſtu keinen vff den gliddern hefften ſalt. wiltu in ſunſt an andern en-
den hefften, ader neben denn glidern, szo gedenng, daſtu ein klein
lang nadeln haſt, die dortzw diene. vnnd dorein zceug einen grunen
ſeiden fadenn. vnnd wen du hefften wilt, szo stich durch die hawdt,
vnnd wol tieff durch das fleiſch. | vnnd nim des fleiſch gnug mith ann XCVIII
beiden ſeithenn. vnnd halt mith dem fedderkeel ader mith einem ſil-
bern rorn wol entiegenn, das du ebenn in die nadel ſtecheſt. vnnd
wenn du das zcw beidenn seitten alſso durch ſtochen haſt, szo zceug
es ztw sammen, vnnd mach ein knopff. denn zceug dor zcwir durch,
vnnd dor noch ein ſalchenn dor vbber, vnnd ſchneidt den faden vor
dem knopf abe. alſso heffftu alle wunden. wenn du aber in hefffteſt,
vnnd ſtichſt in newr durch die hawdt, vnnd nicht teiff gnug in das
fleiſch, ſso reiſs es balde aus dem fleiſch mith den adern, vnnd bleibt
aleine die hawth tzw szammenn gehefft. szo leifft das fleiſs mith den
adern der hawth tzw rucke, vnnd kan nicht wol on leme zcw ſsamen,
iſt anderſt der schade vaſt gros. vnnd wer beſſer du hetteſt in nie
gehefft, am erſten, wen du nicht fleiſs gnug nimſt, vnnd hetteſt im
ſunſt czwſammen gefugeth. es were ee vnnd bas an leme geheilt, dan
alſso. wiltu adder ein wunden hefftenn, die vber heupt iſt ader des
gleichen, wo vil odern ſein, szo fleis dich, daſtu nor bei den odern
heffteſt. vnnd ſtich in hinden ee durch die hawth | denn forn am heff- XCIX
ten. vnd las keinen haff vber .vii. tage. ſchneid ſie alle auff. es were
dan der schade szo vberſchwenglich gros, das du konneſt erkennen,
das es etzlicher hefft lenger bedorffet. Ader meiſter Iohan hefft keine
wunden, vnd er vormeinth, es komme vfft, das es ſchedlich vnnd töd-

lich ſei. es wer den, das einer in den bauch ſo weith wundt were, das im das geweide aufsgingk, ader beſorgeth, es wurde im ausgehen, szo muſtu in hefften. dorvmb wo du ön gebunden hetteſt, vnnd wer nit gehefft, szo mocht er ſich leicht vorruckenn, das im das geweide hiraus gingk. wen das geſchöeth gerne, vnd dorvmb szo muſtu in hefften. den szo im das geweide vber nacht hawſzenn blibe, szo worde es harth, vnd kundeſt das nicht woll mehr an ſchadenn hinnein brengen, vnd muſteſt in weidter ſchneidenn.

Warnung, wan einem das geweide aus lip ginge.

Ich wil dich warnenn vnnd lernnenn, ob dir ein gewunter in den C leip tzw queme, das im das geweide aufs ging, | szo eile balde mith im, vnnd lege önn vff ruck. iſt her hoch in den leip wundt, szo lege önn oben mith dem leibe hocher denn vndenn ſo brengſtu öm die derm diſter bas hiniu. Iſt es aber vnden höcher den obenn, szo kompth es dich aber ſenffter an. thu im das geweide hinein, balde, ir es kalt wirth. vnnd binde in von ſtund an, das er nicht ferre gehe, ader die derm lauffen im nach mher heraus.

Wan eim die dermer kaldt worden wirrnn.

Wern einem die darm erkaldt, er her dir zcw queme, szo werm im die mith warmem leinöl, ader baumöl wol warm. vnnd ein zcwifach ader ein vierfach leinen tuch dorinne genatz, vnd im alſo warm vff die aufgelauffen darm gelegt. vnd balde wider in warms an des erſten ſtat wechſſell geleith. vnd wechſel es offt, alweg andern warmen tüchern, alſo lang, biſtu das im erlindeſt. haſtu des öles nicht, ſo nim vngeſaltzen puttern ader zcigen melch, auch warm, aſo geus. Cl haſtu einen bei | dir, der dir helffenn kann, ob es dir noth thuth, ſo laſſe en den gewonten oberhalb des geweides vnd vnderhalb mith beidenn hendenn den leip wol faſſzen. vnnd ob es im wehe thuth, do kere dich nicht an. vnd las den adem wol an ſich zcihen, vnd heiſs den der hilfft im den bauch wol hiraus zcihen. vnnd wen du im die derm alſo gewermt haſt, szo ſein ſie naſs vnnd ſchlipperich, vnnd gehen difter liber wider inn den leip. kanſtu öm der dermer nicht meher in den leip mith denn brengenn, wiltu in bei leben behalden, szo kere dich an niemandt. Es leth ſich dornoch nicht mher weichen, vnnd werden harth als ein holtz, vnnd swartz, vnnd ſtinckt, vnnd muſs

ſterben. so schnide im das loch ader die wunden alſso weith, daſtu die derm wol hinein brengen magſt. vnnd thu das ie ee ie beſſer. vnnd hefft in dornach. vnnd gib im guthen wundtrangk, vnnd die roten ſalbe mith der öl ein. do mitte heile in. Iſt er mitten in den leip wundt, wen du im die derm ein thun wilt, szo lege in vff gleicher [er]den vff den rücken, das er nichs vnder dem heupt habe. vnd wen du im das | geweide in thun wilth, ſso ſie gar eben, das die derm CII
nicht vorwundt ſein, vnd das der dreck hiraus lauffe. wehre es alſso weide wundt,[1]) szo muſte her ſterbenn.

Wan einer weide wundt were, den szelbtigen bei leben tzu behalten.

Wiltu in aber bei dem leben behaltenn, szo muſtu im den szelbigen darm gar abschneiden, gleich in der wunden. vnnd bindt im ein ſilbern rorn in den abgeſchnitten darm. alſso thu den darm an der einenn ſeittenn vber das ror, vnd das ander teils des abgeſchnitten darms an der andern ſeitten vber das ror, alſso das der darm wider tzwſsamen ruren. vnnd das ror muſs tzw beiden seiten einwenig vffgeworffen ſein, doch nicht ſcharff, vnnd muſs ſchir zcwei glid lang ſein. dor vff muſtu öm den darm tzw beyden ſeitten an einander binden mith einem grünen gezcwirten ſeiden fadem. den nim vier ader ſechsfach, ader mehr, | dornach der fadem gros iſt, vnd daraus mache CIII
ein ſchnore.[2]) vnd nim alſso beide darm vff das ror, vnd hebe an der eine ſeiten, inerhalben des vff gewurffenn, am rore an tzw binden, szo komen die derm nicht herab. vnd nim die schnur zcwefach, vnd vmbwinde ſie gegeneinander, vmbſchleſt. ſso knopff alwege zcwene knotten obeinander, vnnde vmbbinde mher, zcwir ader dreimal, vnd mache mher knotten das thu bis [du] das ror niderhalb der offgewurffen orth gar vber bindeſt, vnnd das wol bindeſt. szo konnen die knotten nicht als auff gehen, vnd bleibt an alle ſorge. vnd mache das ror weith gnugk, das der vnfloth wol dor durch moge komen. vnd das ror ſal an den orten wol dicke ſein, vnnd nicht ſcharff, das es im der derm nicht tzw ſchneide. vnd heil in als ander wunden. er mag dennoch dornach XL jar ader L des halben leben. ſuſt kanſtu in nicht anders heilenn.

---

[1]) „weide-wundt“ = Weid-wund, Eingeweide-wund.
[2]) „ſchnore“ = Schnure.

Wie man das bluth aus einem brengt.

Item quem dir einer tzw, vnd hette vil bluttis in im, vnd gewundt
CIV were, | vnnd im der adem zcw kurtz were, vnd were vaſt krangk, szo
mache im das bette tzw den heupten vaſt hoch, alſso das er ſchir
lene. ab es im wer thuth, kere dich nicht an. los in als lange liegen,
biſtu das bluth mith dem getrencke von im brengſt, vnnd mith andern
kunſt. ſuſt bleibth im das bluth bei dem hertzen, wen er nider ligt,
vnnd wurde geleffert. iſt er nicht von ſtarcker natur, ſso stirbet her
balde doruon.

Selbheffte czw machenn, ane naddelnn.

Item szelbhefft czw machen ane nadeln, vnd wo du nicht gerne
narben wilt habenn, alſso die do vonn dem hefften kommen, das be-
warth das. vnd beſsundern an dem antzlitzt, ader wo du dich leme
vorſichſt, do vil adern ſein, do iſt das hefftenn mith der nadelnn beſ-
ſser vnnd gewiſſser. wen das dor vmb. das ſselbhefften faſt newr die
hawth tzwſammen, aber die hefft von der nadel die faſſsen das fleiſch |
CV mith. szo komen die odern diſter nehr ztwſsamen vnd heilen gewiſ-
ſser. ich heil all mein wunden vngehefft, vnnd iſt mir nie keine er-
lemth vnder der roten ſalben. vnd mith der olei vnd mith dem wund-
trangk vonn den biuos lauffenn vnnd wachſsenn mir an den wunden
all adern tzwſsamen onne leme.

Alſso mache selbheffte.

Nim weisen [1]) vnd weiche die körner im gebranten wein, ein nacht. vnnd des morgens ſtos ſie in einem morſser wol. vnnd geus dornach aber ein wenig gebranten weinn doran, vnnd las aber ein nacht ſteen ader zcwue. vnnd dornach ſchlae es mith einem holtz woll, vnnd geus den wein dor von. vnd keuffe in der apteken des allerzceheſten gummi, doch zcweierlei, die du gehaben magſt. du magſt dencken worvmb ich ön nicht nennen kan. aber er hefft mith dem onne nadel. szo hefft ich niemanden, vnd hab mich mith dem nie bekommerth.

Hir szaget der meiſter, das niemanden gehefft habe ꝛc.

Doch szo settze ich das auch mith, darumb. ein hoffmann kunde
CVI die kunſt, vnd wuſt ſunſt nicht | vill. die ſselbigen zcehen gumi ſchneid

---

[1]) „weisen" = Weizen.

er dunne, vnnd swartz bech auch dortzw, gleich vil. vnnd lege es auch ein nacht inn ſcharffenn eſſig, ader in gebranten wein. des morgens geus den wein dorvon, vnnd ſchlae das gummi vnnd pech vaſt wol mith einem holtz. vnnd wen es wol geſchlagen iſt, szo ſchlach den breithgeſchlagen weiſsenn auch dortzv, vnnd dor vnder gemiſcht, vnnd ein wenig geriben zcigel. das iſt die kunſt. das ſtreich vff ein ſchmal .bortlein czw beiden ſeitten eins zcwer dawmen breith, vnnd kleib das ſselbige bortlein ztw beidenn ſeitten vber die wunden. szo klebt es vaſt in der hawth vnnd leth nicht noch, vnd zceug das bortlein vber ſich, vnnd geheth die wunde tzwſsamen. alſso hefft das bortlein tzw ſamen vff der wunden, alſso eng, das die wunden tzw ſsammen kompt. szo binde die wunde obenn dor vber, als andern wunden. wiltu gerne, szo ſchneide breite flecklein, als breith ſchir als ein ſchillingk, dor vff ſtreich die hefftſzalben wol dicke. vnnd mache klein ſchnürlein dor an, vnd kleibe ſie tzw | beiden ſeittenn ferre ader CVII
nohe von der wunden. vnnd zceug die ſchnürlein vber die wunden, vnnd zceug die wunden mith tzw ſsammen, vnnd bindt ſie mith den ſchnürlein tzw ſsamen neben der wunden, alſso ferre, das es das plaſter vff der wunden nicht an rür, vnnd es nicht irre. alſso mache der ſelbhefft vil, ader wenig. vnnd ſtreich das plaſter vff ſchmale burtlein, ader vff ein ſulch tuch, mith ſchnurenn als vben ſteth. doch die ſchnure mith dem tuch duncken mich das beſte. wolde das hefft plaſter tzw harth werden, szo halth es bei dem feur, bis es weich gnug wirt vnd ſtreich es in obgeſchreibner weis vff. es helt hardt. du kanſt das on warm waſſer nicht wol ablofsenn, wen es vber den wunden erharth. ader ſtos den kleiderſwam inn warme laugen ader waſſer, mith dem weiche es abe.

Einen czw meiſſzeln ader wickenn.

Item nun wil ich dich lernen, wie du einen meiſſseln ſsalt, der do geſtochen | ader geſchoſſsenn iſt. dortzw nim einenn kleinen droth CVIII
von meſſing, ie kleiner ie beſſer, der forn vnnd hinden knopff hath. do mith ſuche in den wunden bis vff denn grundt, vnnd mith keinem ſpatell. ſie ſein czw gros, vnd thun vaſt wee. vindeſtu icht[1]) abgebrochenn bein, die hebe mith dem ſselbigen drotte vnnd mith den kneu-

[1]) „icht" = etwas.

ſſel hervff. ader ab icht vonn gewande, ader von hoſsenn futter, ader von holtz von einem pfeil dor ein geſchoſſsenn were, die ſaltu gantz eigentlich dor inne ſuchen. Auch ſaltu der drett vil haben, das ie einer am knopff ader knewffel groſſser ſei denn der ander. auch etlichs an dem drotte ein wenig groſſser. mit dem hebſtu ſolch klein dingk heraus. ader mith einer kleinen zcangen, die wol ſmal, donne vnnd langk iſt. Auch machſtu ſolchs ſuchel[1]) wol von eiſsen machenn, vnnd die zceienn ader ſtill alſso gros laſſzenn, als ein ſpindeln vorn. auch einß teils groſſser vnnd knopff doran gefeilt, ein wenig groſſser dan
CIX ein boen, auch eins teils als groſs als ein boen. vnd viele[2]) ſie | gegen den ſtil breid, das ſie ſchneiden. vnnd feil drei, vier ader fünf kerben gegenn einandern dorein. mith dem hebſtu die kleine gelödt ader kugel hiraus, die von buchſenn hinein geſchoſſsenn ſein, vnnd auch was ſunſt in den wunden iſt. Alſso mache derſelbigen drette auch vil, ie einen en wenig groſſser vnnd breiter an dem heupt, den dan andern. ſie ſein wol tzw nüttzenn. das iſt die form von eiſſsen drettenn.

Ein ander form von meſſenn drettenn.[3])

Szo du in der wunden alſso geſucht haſt, szo mache ein wicken ader meiſſselnn von reinem flachs ader hanff. etzlich ſprechen, das flachs lemſüchtig ſei. do kere dich nicht an. guther flachs iſt beſſer dan hanffe. vnnd wen du denn wicken haſt gemacht vnder das erſte bandt, szo mache in ſso langk, das er ſchir vff den grundt gee, doch nicht gar. vnnd mache inn nicht mith dem groſten, vff das er gern in
CX die wunden | gee. vnnd ſtos den alweg in das roſsen öll ehe du inn in die wunden ſtoſſses. vnnd wen du en mith dem ſselbigen meiſſel ader wicke iii tag gewickt haſt in einer lengk, dor nach meiſsel des dritten teils kurtzer vnd groſſser, das er das loch auch ſolle. bei dem las in bleiben, bis her ſchir an den wicken heilt. szo mache ſie den aber ein dritteil kurtzer. wen es aber nahe dortzw heileth, ſso ſteck im newrr ein wenig fornn in die wunden, von einem nodtwergk, ader waſtu wilt, das es die wunde forn offen halt, bis es hin zcw heilt. vnd wenn die wunde geheilth iſt, szo bornne alawn in welſchen wein, ſtos den, vnd ſtrew im den in die wunde ader vff die narb. vnd lege im

[1]) „ſuchel“ = Sonde. [2]) „viele“ = feile. [3]) „meſſenn drettenn“ = Messing-Drähte. Wahrscheinlich fanden sich hier im Original einige Zeichnungen.

ein zcihe plafter dor vber von der roten falbe. vnnd lafs tag vnnd nacht dor vffe ligen, ader lenger, szo bleibt die wunde defter beftendiger.

Hir pitt der meifter, die wunde nicht tzu meiffseln ader wicken, es fey dann fache &c. |

Ader ich rathe einem ittzlichen, das her keine wunden wicke ader CXI
meifsel. es wer dann, das ein gros beul nahe bei der wunden ftunde, dorvnder ader dorvber ader darnebenn, vnnd wolt nicht aufs fchwern vnd die wunde wolt fchir tzw heilen. szo mochftu die wunden meifseln, als lanngk, vb fich die bewl mit der fwerungk czw der wunden hiraus fchweren wolde. funft bedarffeftu kein meiffeln, bindeftu inn anders mith der roten falb vnnd mith dem öl, vnnd mith dem wundtrangk. fieder ich mith differr falbe geheilt hab, szo hab ich nie keinen gemeiffselt, ader gewickt, vnd hab dach lewte geheilth, die durch den lip aus gewundt worn, des gleich durch die arm vnnd durch die pein. vnd ift newr als wol geroten mir. vnnd hab auch die tzwhawen hende vnnd arm ane meiffzeln vnnd an hefften geheilth, on alle leme.

Pfeil aus zeuzcihenn.

Item nun wil ich dich lernnen, wie du einem die pfeil aus zcihen
falt, der | gefchoffsen ift, ader mith was zceuges, ann zcangen, vnnd CXII
dir funft etzliche lere geben, wie du den pfeil ftecken laffsen faldt, vnnd worumb. das findeftu hir nach gefchreibbenn.

Item kumpt dir einer ztw vnnd ift durch den leip gefchoffsen, alfso durch die hole aus, szo rothe ich dir mith nichte, das du im den pfeil aus zceugft. darvmb, wen du ön alfso balde aufs zcögeft, szo lieff das bludt alvmb von allen endenn tzw der wunden. ift er gantz durch gefchoffsen, szo leufft das bludt hinden vnd forn zew den lochern aus als ein röre, vnnd des blutis ift tzw vill, vnnd leufft im woll halb ader mher inwendig inn den lip. das wirdt den von ftundt ann inn leip gelefferdth. das brengt eim grofs krancheith ader den todt. liefeftu den pfeil acht, zcehn, zwolff tage, weniger ader mehr, vngeuerlich fteckenn, dor nach fich die wunden an leth, vnnd auch die zceichen guth finth ader bofse. dornach muftu dich richtenn. vnnd auch bis die wunde voll eitern wirth, vnnd denn pfeil wol fault. den

CXIII ein wunde fawlt ee dan die ander. vnnd alſso in der fewlung | zceugſtu denn pfeill an ſorge aus, vnnd anne alle wetage, vnnd leufft kein bluth dornoch meher. Auch die weil der pfeil ſteck, ſzo leufft kein bludt inn ön. ſso iſt am erſten in dem ſchus auch nicht zcw vil blutes inn ön gelauffenn. vnnd das ſselbe blud treibt der wundtrangk gering aus, das er im leibe hath vonn dem ſchoſſse, vnnd die groſten wetage auch mith. vnnd zceugſtu im den pfeil dornoch ann all ſsorge aus. vnnd ſtirbt dir vnder hunderthen nicht einer. czeugſtu öm aber den pfeil am erſtenn aus, villicht blibenn dir vnnder hunderth kaum xx ader xxx, nicht ſso vil, lebenn. vnnd wen du denn pfeill alſso ſteckenn wilth laſſsen, ſso behaldt bei dir ein kleine dönne ſagen. do mith ſchneidt vmb den pfeilſchafft auſserhalbe jegen der wunden gegeneinander, vnnd brich im gar ab, das das holtz vff dem leib gnaw eines zcweren fingers hoch bleib ſteckenn. du darffs nicht erſchreckenn. der pfeil gehet ader ſincketh nicht in ön. auch vorquylleth das pfeil eiſsen am ſchafft, vnnd felt nicht herab. wehr im das eiſsenn am ſchafft, vnd were im nicht tieff ferre in dem leib geſchof-
CXIV ſsenn, bis vber das | eiſsenn, szo magſtu ön wol auſzcihenn am erſtenn. vnnd dornoch lege im vff die wunde, vnd las inn wol bluten. wen es nümmer vaſt blut, szo bind ön den zcw als ander wunden. iſt er aber ſso tieff geſchoſſsenn, daſtu den pfeil ſtecken leſt, vnnd im abgeſegt, haſtu als balde kein ſegenn, ſso haw in ein brothmeſſer vil ſcharten, do mith ſchneide den ſchafft ab. vnnd mache ein breithplaſter von der roten ſalben, vnnd ſchneid mitten ein loch dorein, alſso weith, das der pfeil ſchaffth dor durch hiraus gehe. vnnd geus im das roſsen öl vfft in die wunden, czw dem ſchafft vnder plaſter, ader zcum loch hinein. szo weicht die wunde, vnnd der pfeil geheth diſter ee heraus. geht der pfeil gar durch denn leip, ſso thu öm an der ander ſeiten auch alſso. vnnd wue du im in die wunde nicht öll giſſsen magſt, szo vormiſch die roten ſalb wol mith dem roſsen öl, das ſie wol dönne werde. vnnd ſtreich das wol dicke vff ein plaſter, vnd lege im das vber die wunde. vnnd los es dor vnder fawlenn, als lang, bis derr pfeil gernn aus geheth. |

CXV Wan einer jm knie ader elbogen geſchoſſsen würde.

Würde aber einer in ein knye geſchoſſsen, ader in elbogen, ader inn die knochenn vnden an den beinen, vnd das eiſsen ſteckt gar darinne, in den knochen, ader ſchir gar, szo ſchnidd den ſcafft aber ab. vnnd fewl mith den wunden, als vben ſteth. vnd [laſs] in alſso langk ſtecken, bis du ön mith dem öl wol weich machſt, vnd ſich gerne auſs zchien leth. beweg inn tzw czitenn mith einem eiſsen, ſzo fülſtu wol, ab her ſich vaſt wegenn[1]) leth. dornoch richte dich mith dem zoihenn.

Auch ſzo magſtu zcw zceiten mith dem eiſsen hinein greiffenn, vnnd ein wenig do mith heben, ſso fülſtu wol, ab her gern noch er aus gehe wil. wen er gerne volgeth, ſso zceug ön gar hiraus. Auch thuth ein jeder pfeil eim in der wunden nicht lenger wee, dan ein nacht vnnd ein tag, vff das lengſt zcwen, den ob du im den pfeil am aller erſtenn getzogenn haſt. vnnd beſsunder mith der rotenn heil ſsalbe, wenn du das plaſter breith gnugk | machſt, vnnd das plaſter CXVI
mith dem öl gemacht, vnd auch inn den ſchaden, vnd vmb den ſchaden gethon, vnnd den wundtrangk von dem beinos, mith ſwartzwurtz getrunckenn. vnnd bete dich einer, das du öm den pfeil aus zcihen ſalt, haſtu ön leip[2]) aber ab macht an im leidt,[3]) vnnd wiltu ön gewiſs heilenn, ane leme, szo zceugh im des ppheiles nicht als balde.

Was ſchaden dor von kummpt, ſo einem der pfeil balt getzogen wirth.

Ich wil dir szagen worumb, ader was ſchadenn do von kompt, czeugſtu im den pfeil am erſten aus. szo ſtecketh derwil vaſt harth inn den knochen, vnd iſt noch friſch, vnd nicht geſawlt. szo zceugſtu vaſt, vnnd gewinſt inn vber macht hiraus. szo geſchicht es wol tzw czeiten, du zcw reiſt inn mith dem pfeil am aufzcihenn ein knochen ader ein bein zcw drien ſtucken, ader mehr. villicht machſtu inn mith dem lam, ader die beine | bleiben darinn, vnnd ſawlenn langſsam hir- CXVII
aus. szo ſpricht der artzt, ſie ſein enntzwei geſchoſſsenn. ader er hath ſie mith dem aufczihenn tzw riſsen. villicht bleibenn der knochenn ein teil aneinander hanghen, vnd konnen nümmer recht mehr tzw ſsamen wachſsenn. vnnd brengt villicht einem in ſigk,[4]) ader ein kranckheith ann den ſselbigenn ſchaden, das im ſein lebtage werdt. Alſso haſtu, was ſchadens das brengt.

Auch ſaltu keinem ein pfeil zcihenn, wen es ſie in einem guthen

---

[1]) „wegenn" = bewegen. [2]) „leip" = lieb. [3]) „ab macht an im leidt" = ob Macht an ihm liegt (wenn seine Erhaltung wichtig ist). [4]) „ſigk" = Siechthum.

zceichenn. Ich weis beſzunder zceichenn dor zcw, der kommen mehr dan tauſent in einem jare, in nacht vnd tage. vnd wer in den ſselbigenn zceichenn ein geſchoſſsen wirth, ſeicht ader tieff, vnd wer auch in der ſselbigen zceichen ein den pfeil zceucht, der ſtirbeth gewiſslich. ader der ſselbigen zceichen findeth man keins geſchreibben. ich auch nie von keinem meiſter gehorth, der das gekundt hath, wan meiſter Iohan von Birers von Luttringen, der hath mich das gelernth. CXVIII ich muſt im funfzig gulden | dorumb gebenn. vnnd die kunſt habe ich niemandt gelerth, dan zcweygen rittern brodern meines ordens. dorumb geſchicht das vff, das einer geſchoſſsen wirth kaumpt eines glides tieff, ader newr ein wenig in die hawth, das es kawm das fleiſs rurt, vnd do von ſtirbt. szo ſprechenn etzlich lewth, der pfeil ſie vorgifft ader vorlippth[1]) geweſt. aber es geſchith am merer teil von den boſsen czeichen der planeten, als man den in den buchern wol findeth, die do tzw dem ſselbigen komen. ſso genewſt keiner, vnnd wurdth er newr durch die hawth geſchoſſsen, den er wiſſse diſſse kunſt.

Wie man pfeill auſszcienn szall.

Item nun wil ich ſagen vnd dich lernenn, wie du pfeil zcihen ſalt, ſie haben holtz in der tul[2]) ader nicht. kumpth dir einer zcw, vnd ſteckt ein pfeileiſsen in im, szo wil ich dich lernen, wie du das hiraus zceugſt. vnnd bedorffſtu keiner zcangenn dortzw. auch bedarffſtu CXIX keinen mehr ſchneiden. den von dem ſchnidenn | ſtirbt manch mann. Auch ſso iſt das beſſser, vnd thuth weiniger wee, den mith der zcangen. dor vmb ob das pfeil eiſsenn ein teil auſs der wunden iſt, ſso wolt ich dieſſsen zceug vngerne ſehen laſsenn, vnd gewunne inn mith der zcange nicht. vnnd wen du ön ſuche wilt, szo nim ein drot mith einem knopfen, den los vor heinein lauffen, vnd ſuche, ebenn wo der pfeil ſteckt. vnnd ſuch denn mith drot noch der tülle. iſt kein holtz dorinne, ſso muſtu ön mith einem ſolchenn eiſsen gewinnen, als hir noch gemolt ſteth. vnd muſt das eiſsen in die tüll ſteckenn, vff fernſt ſso du kanſt, vnd es gemache vnd ſanffte dorinne vmb dreem, alſso das der ecken ein vom dem eiſsenn dem pfeil inwendigk wol vaſt.

---

1) „vorlippth“ niederdeutsch: „verlüppt“ = vergiftet. 2) „tul“ = Tülle. Die Höhlung des Pfeils, welche zur Aufnahme des hölzernen Schaftes bestimmt ist.

doch ſso dree es alſo vmb, das die ſchneide an dem eiſsen den pfeil innen alſo wol gevaſth hath. vnd dree dornoch baſs, vnd halth das eiſsen ſteth, vnnd hebe des ein teil vber ſich innen in dem pfeil, vnd zceug es am dreen ſchlecht vaſt an dich, ſso zceugſtu denn pfeil mith hiraus. vnnd iſt vil | beſſser den die zcangk. wen kein eiſsenn CXX
czw tieff ſtecken kan, du erlangſt es mith dem eiſsen, vnd bedarffeſt der wunden nicht weiter ſchneidenn. Auch wiltu das eiſsenn nicht gerne forn ſehen loſsenn, szo nim das in die handt, vnnd ſtos in das geſchoſſsen loch, ab es forn in dem loch ein wenig we thuth. das ſchadt nicht. als balde es forne in das loch kumpt, ſso wiſcht es önn nodt hinder inn denn pfeil. vnnd wen du den pfeil do mith hirauſs zceugſth, ſso wiſcht der pfeil von eiſsenn. szo vorſchlach das eiſsenn balde, das es niemandth sehe. Auch las nicht vil leuth tzw ſehen. vnd das eiſsenn muſt vaſth von zcehem guttem eiſsen gemacht ſein, vnd forn an der ſchneiden wol harth, das es vaſt in den pfeil ſchneide, vnnd ſich inn woll halde. vnnd mache der eiſsen vier ader .v. ie eins lenger den das ander, vnd auch eins ader .ii. in der ſchneiden eins weiter dan das ander. vnd ab der pfeil ſso harth ſteckt, das das eiſsen am aufzcihen | ab brech, das doch ſseldenn geſchidt, ſso bricht CXXI
nicht meher dor inne ab, denn die ſchneide. doch ſso las ſie deſter dicker machenn. dor noch nim noch ein eiſsenn, das ein wenig breiter ſei, den das erſt, do mith zceugſtu das eiſsenn heraus inn mos [1]) als mith dem erſtenn. den das lengſte eiſsenn mus einn ſpan vnnd vier zcweer [2]) finger lang ſein.

Das iſt die form dor vonn, vnnd müſſsen alſo gebogenn ſein.

Eins als anderr.

Item queme dir einer czw, vnnd hette ein pfeil inn öm ſteckenn, der vol holtz wehr, vnd de ſcafft vor dem eiſsenn abgebrochen were,

---

1) „inn mos" = inmaſsen, in derselben Weise. 2) „zcweer" = quer.

CXXII ſso [laſs] | dir vff das kleinſte ein ſchraube machen, vnnd mehr noch ein cleiner, die vnbezcwngen in das loch gehe. vnder denn nutze, welche dir am beſten iſt, vnnd forrn am ſchrampffenn ſpitzig vnnd ſchmal. die ſchrawbe ſal keine kolben nicht haben als ander ſchrawenn, vorn gleich gros. denn die ſpitze ſal ſmeler ſein. vnnd ſuche das holtz vor ebenn mith dem droth, das du wiſſseſt, wu du das findeſt. vnnd ſtoſs im die ſchrawbenn inn den ſchuſs bis an das holtz, vnd ſchrawb öm die hubſchlich dorein. vnnd ſmere die ſchrawb vor wol. vnnd ie lenger der pfeil inn einem geſteckct hath, ie lieber die ſchrawb dor inne geheth. wenn das holtz wirth weich inn einem. vnnd wen du öm die ſchrawbe gar wol dor ein gedrehet haſt, ſso zceuch zcwrucke ann dich, ſso geheth der pfeil mith aus, ader das holtz volgeth mith, ſso gewinſt denne pfeil mith dem forderunn eiſsenn. Wolde aber der pfeil nicht gerne aus gehenn, ſso leſtu önn lenger ſtecken. vnnd weich in bas mith dem öl, ſso lang bis her gern aus geheth.

CXXIII Das iſt die form von den schrawbenn.

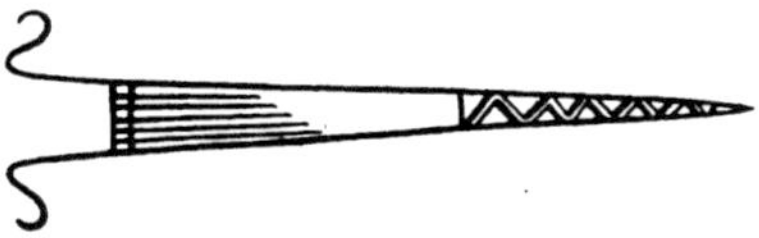

Item wiltu denn pfeil mith der ſchrawbenn nicht aufszcihenn, szo wil dir noch ein zceug dor tzw weiſsenn, do mith man ſie wol aufsgewindt. vnd muſst ſolch eiſsen dor tzw habenn, wie hirnach geſchreibben ſein. Der muſtu drie habenn. vnnd eins muſs enwenigk lenger ſein, den das ander, dorvmb das du ſie wol dorein ſchlaen konſt. du muſt dich eben fleiſsenn, das du das holtz do mith wiſſes tzw treffen. vnnd muſth ein eiſsenn vff das holtz ſettzenn, vnnd gar ebenn mith einem widen holtz dor vff ſchlaen, ſso vil vnnd ſso vſſt, das das eiſzenn tieff gnug in das holtz gehe. Haſtu nicht ein widen holtz, szo nim ein lindenn holtz. das ſchlaen mith dem weiden holtz thuth im
CXXIV nicht vaſt wehe. vnnd ab er nicht | in einem beine ſtecketh, ſso zceug ön mith dem einen eiſsenn aus, ader ſtoſs das ſselben eiſsenn mith dem knopff hinein nebenn den pfeil, vnnd druck das wol an das pfeil eiſsen, ſso hebſtu in auch do mith hiraus. steckt der pfeil aber harth, ſso ſchlae die drei eiſsenn noch einander dorein in obgeſchrebbner moſs, vnd vff das genewſt tzw ſzam, mith dem weidenn holtz. vnnd

vmbwinde die drei eiſsenn mith dem ſchefftenn wol tzw ſammen mith einem rimen ader ſchnüre, vnnd faſſe ſie mith den henden, wol harth, vnnd dree ſie ein wenig vmb. vnd in dem dreen, ſso zceug vaſt ann dich, ſso zceugſtu denn pfeil wol mith aufs, ader das holtz, vnnd gewinſt denne das pfeil eiſsen mith dem krommen eiſsen, das forn ſteth vnnd dor tzw gehorth. vnnd die eiſsenn muſſsenn gar wol ſchneiden.

Item das iſt die form do vonn. Eins ſall lenger ſein den das ander, ſunſt irreth es am ein ſchlaen, wen ſie in gleicherr lengk wern, vnnd die knopff al vmb vnd vmb ſcharff ſein, vnnd wol ſchneidenn, vnnd bei v kerbin in eins gefeilt ſein. | szo greffen ſie wol tzw, vnnd CXXV
voraus zcw gelötenn ſein ſie gantz guth.

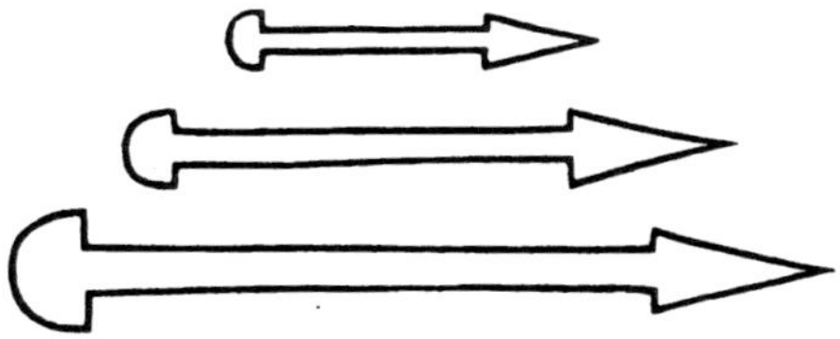

Alſso feile kerbbenn dorein, das ſie innenn bei dem ſtill am ſcharffen gefeilt ſein.

Die bremſzen pfeil aus tzu zcihenn.

Item nun wil ich dich lernen, wie man die bremſzenn pfeil eiſsen aus zceugeth, wen der ſchafft hiraus iſt, vnnd das eiſsenn dor inne bleibenn iſt. kanſtu das eiſsenn mith einer czangen nicht hiraus zcehenn, vngeſchnitten, ſso muſtu das mith einem ſulchen gefugen eiſsen hiraus zcihen, als hir nach volgeth. das mufs auſsen rundt ſein, ader ſimbel, vnnd innen | hol, vnnd vier eckt, vnnd vol kerbenn dor ein CXXVI
gefeilt vber die zcwer.[1]) vnnd das eiſsenn mus innen nicht weiter ſein, wen das der angel ader pfrimen von dem pfeil dor ein gehen mug. vnd wen du das eiſsenn mith der höl hinden an die premſem ſteckeſt, ſso reib das ein wenig vmb, ſso legenn ſich die kerbenn in die premſem. vnd am vmreibenn, szo zceug vaſt an dich, ſso geheth das eiſsenn mith hiraus.

Item nun wil ich dir das eiſsen vnnd die bremſem vor einander molenn, das du ſihſt, wie es tzw gehe mith dem hinan ſteckenn. vnnd wil das eiſsenn fornne weiter machen, den das ſein ſsall an der form,

[1]) „vber die zcwer“ = in die Quere.

dor vmb daſtu dich diſter bas dor noch richten mogſt. Doch ſso ſsal es gleich gros ſein vnnd krump als das. vnder.

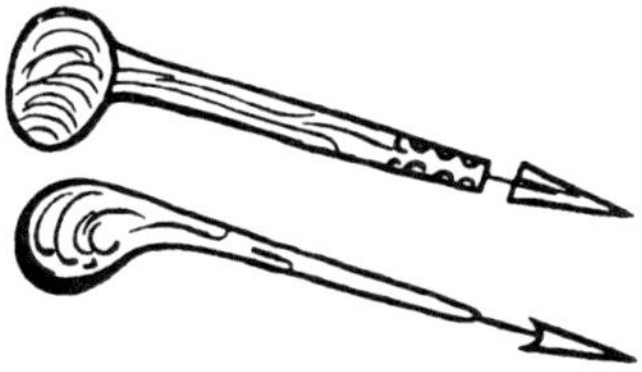

CXXVII Wie man einen itlichen beinbruch binden ſzal.

Item nun wil ich dich eigentlich lernenn, wie du ein itzlichen beinbruch binden ſalt, vnnd wie du es do mith halden ſalt, vnnd wie du önn vor leme vnnd vor andern ſchadenn heilen vnnd bewarenn ſalt, vnnd mith was plaſter du önn binden ſzalt. du findeſt gar guter beinplaſter zcwei hirnach geſchrebben, do mit du alle beine wol heilen ſzalt vnnd kanſt. das erſt iſt von heiſser natur vnnd materien gemacht, das ander von kalder. vnd dornoch findeſtu ein bopolium, die vnder die beinplaſter gehornn. vnnd tzw den beinplaſter gehorn mehr materienn, die do ſterketh, den die do weichen. vnder den weichenn geſteſt [1]) das bein nicht ſso balde, als vnder den, do zceug vnder iſt, der do ſterckt. dor noch wiſſse dich tzw richten.

CXXVIII Ein beinbruch, der tzw | ſchwoln iſt vnd vill hittze hath.

Kumpth dir ein beinbruch vor, der tzw schwollen iſt, etwas gros, vnnd hath vil hittze, binde inn mith denn plaſtern die do von kalden dingen ſein gemacht, als von der swartzwurtz mith anderm tzwſattze. Steth es aber wol vmb das bein, das es nicht geſwollen iſt, ader nicht hittze hath, ſso magſtu önn mith dem heiſsen plaſter wol heilenn. den es iſt [von] ſtarkenn dingen gemacht. vnnd bindeſtu önn mith dem heiſsenn plaſter, vnnd öm queme vber etzlich tzith vil hittze dorein, ſso [nim] das heis plaſter abe, vnnd lege im das kalde an die ſtadt. Queme ader der hittze vberſwenglich vil, als dan vſſt balde geſchith, das vnrath dortzw ſchlecht, szo thu im das ſselbige plaſter auch ab, vnnd mache von den leinkuchenn vnnd mith dem küelwaſſser ein küelplaſter, dor vber geleith, vnd itzliche kleine locher in das plaſter
CXXIX geſchnittenn. vnnd durch alle bende machen | locher, das der dampff

[1]) „geſteſt" = ? Wahrscheinlich die Bezeichnung für den ersten Akt des Heilungsvorganges, die beginnende Bildung des Callus.

vnnd die hittze do durch aus lauffe. vnnd als vfft das plaſter dorre wirth, szo mache im alwege wider ein news an die ſtadt. das treib ſso vfft, bis die hittze gar aus kömpt vnnd der gros wetage. vnnd mache die plaſter wol breith vnnd laug gnugk. vnnd bekömmer dich nicht dor vmb, ab das bein als balde geſteſt. wen die groſſsenn wetagen vorgangen ſein, ſso geſteſt es dor noch balde vnder dem beinplaſter, das du im wider auff legen muſt. vnd theteſtu du das nicht am erſten mith dem küelplaſter, szo würde öm die hittze vnd die geſwulſt das bein gantz vorterben, daſtu öm nicht balde mher helffen kanſt, ader muſs des villicht balde ſterben. vnnd die weil die hittze vnnd gar groſse geſwolſt in dem bein mith dem groſſsen wetagen iſt, szo geſteſt es nicht gerne. dorumb eil balde mith dem küelplaſter vff denn ſchadenn, das nicht vnradt dor zcw ſchlage. vnnd iſt das küelplaſter nicht wol herab zcw brengen vor wetagen, ſso thu das küelplaſter vff vnnd las vnder dem bein | legenn, vnnd thu denn aldenn CXXX zceug herab, vnd ſtreich newenn wider dor vff, vnnd ſchlage im das wider vber das bein zcwſammen, alſso lang bis du öm die hittze do mitte benimſt. mith dem vorrücke im das pein nicht, vnnd bedarffeſt im das nicht vff hebben. haſtu den auch den filtze ader die breter dor vnder, ſso ſchlage ſie alſso mith wider vber, vnnd binde es alſso es ſein fal. Iſt vil hittze dor inne, ſso thu den filtz auch hiraus, vnd binde das mith, all ſso lang, bis die hittze gantz hiraus iſt mith der wetagen. dor noch binde in wider mith der pein plaſter ein.

Czubrochenne bein vnd arme ein zcu richten.

Item kompt dir einer zcw, vnnd hath ein bein ader ein arm abgebrochen ader enzcweigebruchen, szo ſittze in nider vff einen tiſch ader bangk, ader lege ön vff den rucke, das iſt das beſte. vnnd das du tzw beiden ſeitenn wol tzw im komen magſt. vnnd begreiff das bein, vmb | vnnd umb vben, ab es nicht ober einander gegangenn ſei. ſso CXXXI laſs dir tzwen man helffen. mith denn nim dir wol der weil.[1]) vnnd beſtelle, das dir der ein man das bein ober den bruch vaſt ſteth halth, vnnd nicht noch laſſze, vnnd der annder vnder dem bruche im das bein helth. vnnd wen du es im wole begriffenn haſt, iſt es vber

---

[1]) „mith denn nim dir wol der weil" = mit diesen nimm dir Weile [Zeit]; (der Beistand der Gehülfen verstattet, die Einrichtung mit Muſse vorzunehmen.)

einander gegangenn, ſso heiſs denn vbern vaſt ſteth halden, vnnd heis den andern vnden vaſt zcihenn. vnnd halt all die weil dein hende vff die brüche, vnnd fuge im das bein eben tzw ſsammenn, die weil ſie zcihen, als es ſein ſsal. Iſt es aber an der ſeittenn, ader wo das iſt, nicht recht gleich, szo zceug im das gleich zcw ſsammen. vnnd hette ſich ein teil vorrücketh vnd vmb gekerth, szo heiſs dir den, der vnden hälth, das bein wider entgegen kerenn, ſso lang [bis du] ſiheſt, das es wider an ſein rechte ſtat komme. vnd heiſs die zcwen man nicht noch loſsenn, vnnd ſteeth haldenn, das im das bein nicht wider vber einander gehe. vnnd ab her ſchrei, do kere dich nicht ann. es iſt beſſzer CXXXII ſie | zcihenn im das bein ein wenig zcw vill, den tzw wenig. den es geheth wol wider zcwſsamen. noch dem binden do leith die groſte macht ann, daſtu im das ebenn wider zcw ſsammen gefugeth haſt. vnnd heis die zcwen ſteht faſt haldenn, vnnd nicht noch loſſzenn, als lang bis du inn gar gebunden haſt. vnnd gedenck, das du vor dein plaſter vnnd dein gerette als gemacht haſt, alls es ſein ſzal, vnnd inn von ſtunndt ann do mith binden. die bein plaſter wirſtu hir nach wol geſchreibbenn finden, wie du die machenn ſzalth, vff legenn vnnd nüttzenn. vnnd wen du das bein plaſter vber geſchlagen haſt, szo muſtu noch ein plaſter vben dor vber ſchlagen, das du auch hir noch wol finden wirſt. das iſt nicht mehr nutze, wen das es das ſselbige abgebruchenn bein wol tzw ſsammen helt. dor vber magſtu ön binden mith einem geſchmirttenn viltze, der vnnderztogen iſt mith einer ſtarckenn newenn leinbath [1]) die noch der fadem getzogen iſt, das CXXXIII die an dem | ſchnorenn [2]) nicht aus einander gehe möge ader noch laſse. Ader nim papir, do mith iſt auch guth tzw binden. vnnd iſt vaſt küel vnnd guth, vnnd leth nicht nach. Czum filtze bederffeſtu keiner ſchin, den du wolleſth von meher ſicherheith wegen bei vier ader funff ſchien dor vmb binden. doch nicht tzw harth. ader tzw dem papir nim vier ader funff ſchien tzwm bein, das ſie im das tzw ſsammenn haldenn. vnnd nim achtfach bappir ader vier, dornoch der bruch gros iſt. das heft wol vffeinander mith einem fadem, vnnd ſchneide das gleich weith, das es vmb das bein reiche. vnnd hawe vill kleine locher durch vnnd durch auſs, vnnd binde im das vnnder denn ſcheinen vmb das bein. das iſt vorwar das beſte, das küelſte vnnd nutz-

[1]) „leinbath“ = Leinwand. [2]) „an dem ſchnorenn“ = beim Schnüren.

lichſte band, daſtu finden magſt. den es were, das der beinbruch vffenn ader ein loch hette. szo were es woll tzw beſorgeun. das er der eitter nicht lanngk guth lieſs vor der fewle. ſso magſtu den es mith einem filtze bindenn. als du hirnach wol finden wirſt. vnnd der | filtz ſsal vonn guter wolle gemacht ſein. vnnd nich tzw dicke. den CXXXIV ſchnide im vmb das bein. vnnd das er nicht gar tzw gehe. vnnd vffen ſtehe, wol tzween finger weith. den laſs vnnder zcihen mith einer gutem leimbadt nach der fadem richte. zcwer vmb das bein durch den filtz aus. vnnd las die leimbath auſsen ztwerenn finger weith vber den filtz geen, vnnd ſnurlücher dorein tzw beiden ſeiten neehen, vnnd ein latz dor vnder geſatzt, als vnder ein koller. den ſchnürſtu vber den bruch, weith ader enge. vnnd in den filtz haw auch locher, als in das papir, mit einem haweiſsen, als die ſchuſter haben. vnnd vnden durch die leimbath nicht. denn do durch leufft die hittze vnnd der dampff aus. du magſt auch der filtze vill, alſso gemacht, bei dir habenn, ie einen groſſser ader weiter, den den andern. dor vmb, die bein ſein nicht gleich gros. Auch iſt etzlich beinbruch geſwollen. vber itzliche tag iſt es wider klein. ſso muſtu den ein engern filtz haben. Alſso muſtu der gemachtenn | filtz tzw denn beinen vnnd armen itzwas vil CXXXV habenn, daſtu nicht geſzeunet biſt. Auch vngemachter filtz haben ein nodtorff bei dir, ab du ir bedurffen wirſt. vnd ob dir ein beinbruch tzwqueme, der do vffenn vnnd wundt were, ſso ſchneidt in den filtz ader ein gerawm loch, das wol weiter ſei, den die wunden. vnnd vnderm dem filtz ſchneid auch durch die leimbeth. vnnd los das wol zcum loche vorhefftenn, das es nicht weiter werdt. vnnd wenn du in binden wilt, ſso ſchneidt vnndenn in das ander plaſter auch ein loch ſso weith. vnnd wen du önn gantz gebunden haſt vnd geſchnittenn, ſso lege die locher all vff einander vff die wunden, das die locher alſso weith ſein, das du ön alle tage dor durch binden mögſt als ein ander wunden. ſso bedorffeſtu der ſchin ader andern bande nicht vff thun. ſso magk das bein bindes halbenn mit rue geſtoſſsen. vnnd theteſtu das nicht, vnnd ſchnitteſt kein loch durchs plaſter | bis CXXXVI auf die wunden, vnnd liſſeſt das plaſter an der gebein gantz, ſso glewb vorwar, er bedarff gros glückes, das im am erſten die hittze vnnd dornoch das wilde fewr nicht dor ein komme, ader villeicht von dem gar ſtirbth, ich hab es geſehenn, ſso hath er gros glucke. Auch muſtu beſsundern wunden beinbruch zcwuor aufs ii. filtz haben. wen ſie werden mith eitter ſtinkenn. ſso muſtu den waſchenn, vnnd die weil ein anderu vff des ſtadt legenn. auch ſso geſteſt das bein vnder friſchn viltzen deſter ehr.

So einem das bein ader arm tzw brochen vnd tzw ſpreiffselt[1]) wer.

Item quem dir einer tzw, vnnd hette ein bein, das öm harth tzw brochen wer, vnnd tzwſpreiffselt ader tzw queſcheltt, ſso kanſtu im das nicht bas binden, den mith dem filtz. der helth es am beſtenn |
CXXXVII tzw ſammen. vnnd du muſt aber das bein vor mith den hendenn wol tzwſzammen fügen vnnd dornoch den filtz vber plaſter geſchnurth ꝛc.

Einem das bein vberhalp dem kny tzubrochen.

Item iſt einem ein bein vberhalp den knie ab ader entzwei gebrochenn, szo muſtu in gar wol vorſorgen mith dem binden, ader im wirdt das pein tzw kurtz. vnd wen du önn im aller irſtenn bindeſt, ſso las öm das bein wol reckenn, als lang, biſtu in gantz bindeſt, vnd nicht ee noch leszt loſzen den dir helffenn. vnnd wan her gantz gebunden iſt, ſzo muſtu ein dönne laden von holtz machen, gleich geformerth noch dem bein. das muſs ſso lang ſein, das es wol an den ars gehen. vnd die lade muſs vnden ein gerundt loch habenn, dor durch muſs her die verſsenn ſittzenn. vnnd hindern dem loch ein breth dorein gemacht, das muſs vber ſich ſtehen. vnd in die laden lege im das bein alſso gebunden bis an den lip, vnnd ſettze im vndenn die verſsen in
CXXXVIII das loch, vnnd | binde im den fuſs tzw dem brette mith ſsalbendernn,[2]) vnnd das bein vnden bei dem fuſs tzw der laden gebunden, vnnd vnder dem knie vnd oben mitten vff dem bein, vnnd obenn bei dem leibe, ſso wirth im das bein nicht tzw kurtz. du ſsalt dich fleiſsenn, das du alwege vier ader ſechs breite laden haſt, ie einer groſſser denn die ander. vnnd muſsen vaſt donne vnnd geringe ſein. haſtu der laden nicht, szo nim ein breth do vor, auch mith einem loch tzw der verſsenn, vnnd ein brethlein dorhinder tzw dem fuſſsc. vnnd binde ön do mith, gleich als mith der laden. vnnd las im das als lange, bis im das bein wol geſteſt. ane das kanſtu nicht wol heilenn, im wer dan das bein czw kurtz. ader vnnder den knie bedarffes der laden nicht, wen

---

[1]) „tzw ſpreiſselt" = zersplittert. [2]) „ſsalbender" = Saalbänder, Saal-Leiste.

es wirth nicht tzw kurtz, den du nutzt die laden vmb meher ſicherheyt willen. doch ſso muſtu öm die lade offt vber ein küſſsen hengen laſſsen, das ſie nicht alweg vff lege, ie lengerr ie beſſser, bis das er vaſt möde dor inne würth. den es hilfft den adern ſer, das ſie nicht tzw kurtz werdenn. |

Wie vfft man einen binden sal: dem das bein enzcwei iſt. CXXXIX

Item nun wil ich dich leren, wie offt du önn binden ſalt, vnnd wie haſtu einem die plaſter vbergeſchlagenn, als du hirnachmals wol finden wirſt, vnd dor vber gebunden mith dem papir, ader filtze, ader mith denn ſchinen. vnnd hetteſtu en tzw vaſt gebunden, das im wetagen brecht, das iſt nit guth. den du muchteſt öm das wilde fewr, ader den todt, ader die leheme brengen. eile balde, vnnd laſs im die bandt ein teil weiter. den tzw veſt gebunden iſt vaſt ſchedellich. vnde bindeſtu einen geſsunden tzw harth, öm geſchwöl das bein dor von, vnnd mochte des nicht leidenn. vnnd wen du in am aller erſtenn gebunden haſt, ader geſcheneth, ſso las das ſselbige bandt fünff ader sechs ader .vii. tage vngeuerlich legenn, denne [1]) du ſeheſt, das groſſse hittze ader vnradt ſunſt tzw dem bruch geſchlagenn were, das du in mith küelplaſter binden muſt, ſunſt bedarſſtu ön nicht | bindenn. vnnd CXL
wen du öm noch den funff tagen, ader an dem funfften tag tzum andern mall binden wilth, vnnd in mith dem plaſter vonn der ſchwartzwurtz, ader boymwolle binden, ſso gedenk, daſtu den ſselbigen zceug alſso bereith bei dir ſtehen haſt. vnnd vonn ſtundt an ein new plaſter von den dor auff gebunden, das wol vmb das bein tzuſsammen reiche, vnnd auch lang gnug ſei. vnnd als offt du ön dor mith bindeſt, ſso muſtu alweg denn alden zceug vom plaſter thun, vnd wider ein newen dor vff ſchlaen. vnnd vmb den bruch gelegeth vnd gebunden, als vor vnnd hirnoch wol vornemen wirſt. bindeſtu ön aber mith roten ſtarckenn beinplaſter, ader mith meiſter Johan von Bires beinplaſter, das bedorffeſtu nicht alweg vornewen. es werth eins viertzenn tage, iii ader iiii wochenn, als langk der zceug dorvff bleibt. doch als vff du die plaſter vonn dem bruch thuſt, als vff ſtreich ſie mith der ſpatel aus. wiltu ſie nach beſſer machen nach dem aufsſtreichenn, gewiſs das es |
vester heilt, ſso vber zceug es alwege am dritten tag mith boloferme- CXLI

---

[1]) „denne“ = es sei denn.

nes vnnd mith dem rofsenn öl. das werth vaft, das nicht ander onrath dor tzwfchleth, vnnd heilt auch. vnnd ob du in mith der popolium heileft, die dor vnnder tzw dem beinbruch gehorth, vnd in do mith fsalbeft, vnnd der szelbigenn fsalben blibe vil an dem plafter klebenn vnd dor an vor altet, fso mocheftu die fselbigen alde falben herab fchabenn. dor vmb das die pein plafter dem bruch vnnd der hawdth defter genawer ligenn, unnd auch defter ee heile. szalbeftu in mith der popolium, fso ftreich dennach die öl vff das plafter. vnnd haftu den fselbenn popolium nicht, fso fsalbe in mith dem öl das bein, leith das heifs plafter, vonn den wurtzenn gemacht, dor auff, fso machftu in wol mith der alden fsalben falben, haftu anderft der popolium nicht. ader vnnder die ander zcwei plafter nim nicht dialdia, den fie nicht heifs, vnnd wurde dor vnder tzw binde, vnd geftis nicht gerne. vnd falbe dor vnnder die popolium, ader das öl. die fin auch vnder das heifs plafter beffser, den dialdia. den es were, das das bein
CXLII geftoffsenn were vnd etzwas wol ftarckt, fso möchteftu das | bein mith dialdia ader mith andern linden fsalbenn wol fchmeren vnnd falben. funft, wen es nicht geftoffsenn hath, fso huth dich vor vil linder falbenn ader weicher, den dor vnnder geftoft das bein nicht als balde, als vnnder dem heifsen plafter mith den wurtzenn gemacht, do ginges dennoch zcw. aber vnnder den andern zcweien plafter fteft das bein nicht balde. szo haftu eigentlich, was vnderfcheyth vnnder den bein plaftern ift, vnd wie es do mith zcw gehe.

Item wen du önn noch dem erften bande mehr binden wilt, als am funfftenn, fechften ader fibindenn tag, szo las dir aber tzwene menner helffen das bein oben vnd vnnden fteth haldenn, das fie es ninderth[1]) wanncken lofsenn, auch nicht vester zcihen, auch nicht noch lafsenn, dor vmb, ab es ein wenig geftoffsenn heth ader nicht, das fie dor an keinen fchaden theten, auch dir mith dem binden das bein vnuorruckt bleib. vnnd binde ön den als vor. dor noch binde ön am dritten, ader vierdenn tage abe mehr, dor noch all tag eins. denn es were, daftu eigentlich konneft fülenn ader griffenn, das das bein noch
CXLIII nicht geftoffsen hette, vnnd ftunde in guten rathe, vnnd | kein vnradt dor zcw gefchlagenn wer, szo lafs in am xv ader xvi tage, ader vmb die mafs[2]) in das bad gehen. dor noch alle wochenn eins, ader tzwier.

---

[1]) „ninderth" = nach keiner Richtung. [2]) „ader vmb die mafs" = oder um die Zeit.

vnnd vorforge öhn wol tzw dem bade vnnd vom bade[1]) mith binden, das im kein fchade vff dem wege entftee. vnnd in dem bade lafs ön vff keinen bangk fteigenn. vnnd vnderlege im das bein tzw beiden fseitten, das es nicht vmb gehe. 'vnnd wafche im das bein wol mith einer lauge die fsalbe herab, vnd nicht mit fseuffen. las an ftehen bis im das bein ftargk werde vnnd wol dorauff treten möge. vnnd bindt inn im bade mith dem filtz, ader mit den fchinen, bis hein vff, das im nicht vnradt dor tzw fchlage. ader mehr ficherheit wegenn, szo lafs en in einem troge ader vff einem brete ins badt vnnd wider heim tragenn. auch fso balde öm das bein wol geftoeft, fso bedorff er der ladenn nummer ader eins langen bretes, fso er eins gehabt hat, als forne fteth. |

Ein bein tzu weichen, das gerne brechen wolleft. CXLIV

Nun wil ich dich ein guthe meifterliche kunft lerenn, die bewerth vnnd vaft nütz ift. ab dir einer tzw queme, vnnd hette ein tzw brochenn bein, ader ein arm gehabt, wer im mith vnradt heileth, szo das es im tzw kurtz ader krumpt were, vnnd der fchade were vnnder dem iar newe geweft, fso wil ich dich lernen, daftu denfselben fchadenn mith weychen vnnd mith linden an wetag ab brechen fsalt. vnnd heil im den dornoch noch dem beften, als andere beinbruche, als obenn gefchribben fteeth.

Item nim ein guthe naw leinen tuch, vnnd tzw lafs hartz vnnd wachs gleich vil. vnnd es nicht vaft mehr heis ift, fso zceüg das tuch dor durch, fso wirth einn farat dor aus. das fchnide im wol gerawme vmb das bein ader vmb denn arm, das obereinander gehe. vnnd ein fsemifch ledder, das auch alfso breith fei vnnd langk vb den fchadenn, das fchlae auffsen vff das farat, vnnd vff das farath eine falbenn. | Nim ein ℔ terpentin. haftu des nicht, szo nim des lauternn CXV peuelhartz douor, vnnd j ℔ leinöll, vnnd fso vil lor öl. magftu wacholdern öll haben, des nim auch ein firdungk von einem ℔. das las alle durch einander tzw gehenn. vnnd drucke das durch einn tuche, vnnd dornoch mache die fsalbe roth mith bolofermenes. die fsalbe röre wol, bis fie gefteth. vnnd der fsalbenn eben dick vff das farat. vnnd lege das vff das tzubruchenn bein gleich vff denn fchaden, das es lang

---

[1]) „tzw dem bade vnd vom bade" = vor und nach dem Bade.

gnug iſt. vnnd ſchlae das ſarat vber den bruch vmb das bein. vnd vff den bruch ſchneid gleiche mitten ein loch in das ſarat, eines ſchillinges breith. szo ſchneid das alſso, das es nicht gar er rab ſeige, vnnd bleib ann der einen ſeitenn an dem ſarat ſteen, vnnd thu das loch alſso wider, vnnd ſchlae den anndern teil vonn dem ſarat vber gens. vnd ſchneid auch ein loch in das ober, gleich vff das erſte loch, das es ein weinig weiter ſei, den gens. vnnd las den ſselben lappen auch dor ann henckenn, das du ön auch vff vnnd tzw magſt thunn.
CXLVI vnnd das leder winde obenn | dor vber. das ſsal kein loch habenn. vnnd wen du in gebunden haſt mith dem ſarat, vnd die locher gleich vbereinander ſtehn, szo thu die ſselbenn locher vff, vnnd geus das hirnoch geſchribenn offt den tag dor ein, vnnd hilff im, das es im wol heinein lauffenn möge. vnd thu die locher wider vbernander tzw, vnd das gantze leder dor vber. vnnd binde das vnnden wol, das es nicht durch aus rinnen magk. alſso muſtu den tag offt hinein giſſsenn, vnnd vnden vnd obenn binden, das es nicht aus lauffen möge. das geus im den tag tzweimal ader dreimal hinein. ader wiltu gern, ſso laſs im das vnderſte bandt gebunden, vnnd thu im newr das ober vff, vnnd laſs das ſarat vonn der hawth, vnnd geus öm das öll dor ein. ſso bedarffeſtu der locher keins in das ſarat ſchneiden, vnnd bleibt gantz. vnnd binde das wider tzw, als vor, mith dem ledder, vnnd beware ie das vnder bandt woll, das es nicht aus lauff. das iſt villeicht beſſer, den daſtu locher dor ein ſchnitteſt. vnnd muſt auch ſunſt das plaſter
CXLVII alltage eins | abe thun vnnd mith dem öl alſso wol ſchmirenn vnnd dorein reiben, vaſt wol, ie mehr ie beſſer. vnnd dor noch das plaſter wider aufsſtreichenn, vnnd dor vmb gebvnden als vor. vnnd dor noch den tagk zcwir ader driemal dorein gegoſſsen, inn maſs als vor. wil das ol ie vnnden heraus rinnen, ſso ſettze ader lege ſtille, bis es deſter baſs in dem ſarat bleibe. wen du muſt das behe xiiii tage treiben. in dem iſt das bein gewiſslich geweichet. vnnd auch all tage inn der werm die ſsalbe wol dorin geribenn, als obenn ſteth. vnnd das öl muſs auch vſs etzlichenn materienn gemacht ſein, das es deſter bas binde. vnd muſs lein öll ſein. vnnd das lein öl muſs vor mith linden blüth, vnnd mith moſs, anders genanth miſs, das ann denn ſchleenndorn gewachſsenn iſt, vnnd mith ebiſswurtz geſtoſſsenn, vnnd mit femigrecum, auch geſtoſſsenn, vnnd dor inne laſſsen wei-
CXLVIII chenn vnnd ſiedenn. vnnd maches gleich | ander öll. das iſt das

linde öl, das dartzu gehörth, gleich gemacht als roſsenn öl. vnnd wen
du das xiiii tage getrieben haſt, szo iſt es weich gnug. denne wehr
alſso vaſt harth am erſten erſtarth, szo muſtu das bei drienn wochenn
weichenn. Auch mocht es ſich fugen, es breiche im inn dem bette
abe, im vmbkerenn, das her nicht dor vonn wuſte. geſchege es nicht,
szo nim im das bein des morgens in dem bette alſso warm, vnnd thu
die wunde am bein all vff, vnnd recke im das bein wol, vnnd reib im
das ein wenig. wil es von dem nicht von einander gehen, ſo czeug
öm das bas, vnnd reib öm das bein auch bas vmb, ſo bricht es en-
tzwei. woldes aber von dem nicht brechen, ſo mache im ein bade.

Item nim singrün, anders genandt berminck. vnnd haſtu eibes-
krawth, das nim auch dortzw, vnnd ſchleen moſs ader miſs. haſtu fe-
migrecum, nim auch dor tzw. vnnd das ſewd iii ſtunden. haſtu auch |
rümey, anders genandt kamilben, die nim auch. vnnd las nicht einſie- CXLIX
denn. als vill waſſers einſewd, als vil geus al die wiell dor an, alſso
das es alweg am ſieden vol bleibe. vnnd das thu in ein geſeſs, das
es wol vber denn ſchadenn gehe. dor inne bade ön nach dem abenth
eſſenn ein ſtundt. vnnd dorauff von ſtundt an wider geſsalbeth vnd
wol geſchmerth, vnnd gebunden, vnnd das öl dor ein gegoſſsenn, vnd
wol tzw gebunden. das treib iii tage vnnd iiii nacht. vnnd iiii tage
frw, ſo er erſt aus dem bette geheth, ſo ſetzze im den fuſs alſso
balde in das bade, vnnd las in wol warm ein ſtunde dor inne ſetzen.
vnnd dor noch ſo greiff das bein kunlichenn[1]) an, vnnd zceug im das
zcw guther moſs, vnnd reib im das all die wil vmb hin vnnd her, szo
geheth es önn zcweifel aus einander, vnnd geſchith im en weinig[2]) wehe.
ader verſuche das des morgens ane bade. wil es das nicht thun, szo
bade ön als vorgeſchribbenn iſt. vnnd fuge öm das wider zcw ſam-
men, als es ſein ſsal. vnnd vorware im das mit allen ſachen als einen
friſchen beinbruch. |

Szo einem ein vorlempter ader vordorbener ſchade tzu quem. CL

Item quem dir ſunſt ein vorlempterr ader ein vordorbenner ſchade
tzw, vnnd were krumpth, es wer arm ader bein, die vnnder dem iar
erlempth ader erkrumpth ſein, es wer geſchenn von wunden ader andern

---

1) „kunlichenn" = kühnlich, dreist. 2) „en wenig" = ein wenig, nur wenig.

dingenn, die muſtu weichen, als bein das du abbrechen wilth, gleich mith den ſelbigen zceug. vnnd muſt die mith ſulchenn eiſſenn richtenn, als dor tzw gehorth. ich wolte dir ſie gerne molen. ſo ich dir der bunde nicht eigentlich dor tzw molenn, vnnd iſt doch guth, vnnd nuttze, vnnd theth das gerne, ſo forchte ich, du kunneſt dich nicht dor aus richtenn. Doch do wil ich dir dor von enthwerffen. kanſtu dich dor noch richten, das ſehe ich gerne. das irſte gehorth tzw dem beine vnnd tzw den kromen knien. das iſt, das der eiſen tzwei ſein, itzlich gehorth neben an das bein, auſſen vnnd innen vnnd vff den
CLI knie ein ledder dor vber annen | beidenn eiſsenn ſein. vnnd vnnden muſs am bein, des gleichenn oben an beiden eiſsen, ein ledder ſein. vnnd vnden muſtu öm ein rimen vnnder bein herdurch zcihen, derr durch ein wellen laüfft. das zceugeſtu tzw tage ie lenger ie meher ann, biſtu das bein richteſt. das iſt der ſelben eiſsenn form, do mith man krumbe bein richt vnd krumbe arm ann dem eiſsen.

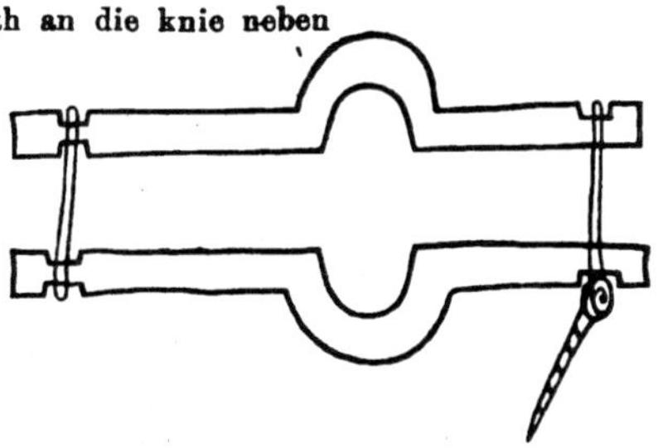

Item obenn vber die bogenn, iſt im der getzogenn als breith die bogen ſein, der leith vff dem knie.

Item das ſein auch tzwei eiſsenn mith bogen neben dem knie,
CLII vnd muſſen vnder | czogenn ſein, auch vber zcogenn mith parchgam,[1] noch dem faddem, vnnd obenn vnnd vnnden bein wol geſchinerth, das ſie vaſt an ligenn. vnnd mith dieſſem eiſsen bigenn vnd das bein mith tzwrucke zcihenn.

Die leitter ſpanne dor tzw rucke ie lenger ie beſſer.

[1]) „parchgam" = Parchent.

Item der eiſsenn müſſzen tzwei ſein, innen vnnd auſſsenn an dem bein. vnnd ein klein eiſsenn, als ein letter.[1]) das iſt oben am hochſtenn ein genith, vnd gehet neben dem bein ab. mith dem ſpanſtu das bein all tag ein loch hindersich, mith dem henngſtu es. vnnd mith der fordern lindunng weichen, das die adern tzw ſsammen gerumpffenn ſein, vnnd im das bein nicht entzwei geweſt iſt. Ader wiltu im das bein nicht brechen, newr die oder vnd das geeder do mith weichenn, ſso muſtu | tzw dem lind öl, mith anndern das dorztu gehörth, drei loth CLIII
ader mehr geſtoſſsenn langer pfeffer ſiedenn. vnnd szo vil bibergeill, vnnd ſso vil neſſsel ſsamen, auch geſtoſſsen. das hilfft vaſt mith denn vordorbbennen odern. noch dem ſieden tzwing es durch ein tuch. du magſt auch mith dem vnnd mit denn lindenn blüdt, vnnd mit ſchleen dornn, als moſt, als den forne ſteheth, vol roſsenn mith ſiedenn. vnd tzw dem gibt das deſter beſſsernn ruch.

Wie du dich iegen gar harth gewünten leuten ſolſt halden.

Item kumpt dir einer tzw, vnnd iſt szo harth wundt in ein knie, oder in ein elbogenn, das du erkennen kannſt, ader beſorgeſt, das er nicht wol mehr gerade werde, ſso ſage öm tzw, du wolleſt das beſte bei im thun. doch ſso wolleſtu im nicht dor vor gelobbenn, daſtu inn geradt wider kundeſt machen. Auch alſso vil du dich dor vff vorſteheſt, szo kundeſtu nicht anders erkennen, den das es nutzlich ſei, vnd vonn mher ſchadens weghen, den dor mith | czw vorkommenn. szo CLIV
frage öhnn, ab er das bein liber geſtrackt ader gebogenn wil habenn, dor vmb vff vorſorge, ab er nicht mehr gerade worde, als vor, vnnd auch der gelengk nicht wider gewonne, als vor. vnnd wolde her das bein gerade haben, das geſtrackt vnnd ein teil krumpt blieb, ſso wolleſtu im das alſso heilen, dach das beſte bei öm thun. frageth her dich rates, es ſie beſſer ein wenig krump, dan gantz geſtrackt. den mann ſtoeſs ſich gantz harth an die bein am gehen, ader am reiten mith geſtrackten bein, wers nicht gebogenn kann. vnnd iſt im beſſser enwenig gebogen, vnd krump. vnnd wen ers krump habenn wil, ſso böges im das im heilenn enwenig, vnnd las im das nicht ſchlecht ligenn, szo heilt es enwenig krump. Auch thu ſunſt auch allen wundenn,

[1]) „als ein letter" = von der Form einer Leiter.

die in die glider ſein, alſso mith dem bighen. wenn krump ſein beſſer CLV gerade tzw machen, den geſtrackte bein, das ſie ſich bögen loſseun.

Wie du die hende | vnd finger binden vnd heilen ſalt, die wundt ſein.

Item kompt dir einer tzw, vnnd iſt harth wundt vber die finger, ader vber die handt, ader hinder die handt in den arm, auſſsen ader innen das geeder, szo lege im kein plaſter dor vber, das do zceugeth als ..nu zciheplaſter, ader des gleichenn, we[nn] es zcüheth im tzw vil eiters tzw, vnnd wer tzw lang. wen die odernn funſt vonn natur vil eiters tzw brengen. vnnd vnder dem zcihe plaſter erfawlenn im die odernn, vnnd wirth dor von lam. wiltu ön vor leme bewarenn, szo lege im die roten heilſsalben dor vber. vnnd das roſsenöll, vonn dem leinöl gemacht, in die wunde vnnd vmb die wunde geſtrichen. vnnd gib öm den wundtrangk. haſtu der roten ſsalben nicht, szo lege im ein brawn zcogk dor vber, der nicht vaſt zceügth. den findeſtu in dem buche hirnach geſchrebbenn. vnnd lege im die finger nicht vber .x. tage vff das richt bret. dornoch binde öm ein groſſsen ball in die CLVI handt | das ſich die finger enwenig bigenn dor vber, vnnd loſs im die dor vff ligenn bis ſie ſchir geheilenn. ader lege im die finger vff ein ſolch gericht breth, in maſs als der ball. szo thu im denne das breth ader den pall vonn der handt. Auch szo lege im hinder der handt, do er wundt iſt, vff den arm ader vff das bein, ein ſtarckes plaſter, das czw den bruchen gehorth, ader hinder die wunden, als du hirnach wol finden wirſt. Iſt der ſchade vmb die handt nohn ader in der handt, szo laſs das plaſter ann den elböghen gehen. Iſt der ſchade vaſt gros, szo las das plaſter aber an den leip gehen. des gleich thu das denn beinen. Auch iſt e— ber vaſt geſwollenn, szo wirſt du aber wol findenn hindenn im buch, was plaſter dor tzw dieneth. die lege vber ſso lange, das die hittze vorgeheth. Auch als vff du ön bindeſt, ſso szalbe im die odernn wol mith dem leinöle, vnnd lege im die ſtarken plaſter hinder denn wunden vff die adernn. du CLVII magſt in auch wol vnder die plaſter, die ſtarck ſein, mit dia | aldia ſchmerenn, die vonn heiſsenn dingen gemacht, doromb das im die odernn nicht erſtarrenn. vnnd als vff du ön bindeſt, szo richte im die finger alwegen. vnnd halth ſie im veſt mith dem ſmerenn. vnnd dor nach binde im ſie wider vff den ball, ader vff das holtz. alſso magſtu die ſtarckenn plaſter hinder alle wunden legen, dorumb das die ſucht vnnd andere wetage vnnd vnradt nicht dor tzw ſchlagenn moge.

Ein gebrochen achſzelbein zcu binden vnd heilenn.

Item nun wil ich dich lernenn, wie du ein gebrochenn achſselbein binden vnd heilenn ſsalt. du muſt in gleich mith dem zceug binden, als ein ander beinbruch. das starck plaſter vonn den gewurtzenn iſt das beſte dor tzw. die andernn beinplaſter ſein auch gueth. vnnd dor vnder geſsalbeth, als ein andern beinbruch. vnnd auch den wundtrang tzw dem vnd andern allen wunden trincken. vnnd wen du in binden | wilth, szo muſtu öm das achſselbein gar eben tzw ſsammen fugen, vnd CLVIII ein holtz obenn vff das plaſter legenn, das muſs ein wenig aufsgenommen ſein, vnnd muſs mith leder vber zcoghenn ſein, vnnd aufsgefolleth mith rehen hoer [1]) ader mith nodtwergk, dor vmb das es nicht drucke. vnnd moſt öm mith einer smalen langenn binden dor vber binden. die binde ſsal nicht gar drier finger breidt ſein. vnd ich kan dich von fern des bindes nicht anders vnder richtenn, den du wirſt bei mir. vnnd wen du im das holtz vff die gebrochenn bein gelegeth haſt vff den bruch, do das holtz vnnden aufgefülleth iſt, ſso lege öm die binden mit dem einen ende vff die achſselnn, vnnd loſs öm die vber das holtz gehenn, vnnd vber die bruſt, vnnd vnnder dem geſunden arm hindurch, vnnd hinder dem halſse vff dem rücke wider hervor, vber denn bruch, vnder dem kranken arm hindurch. alſs muſtu das vfft vnnder dem arm vnnd vber die bruſt vnnd vff der achſsel vmb den | ruck gehen laſſsenn, vnnd albeg [2]) das es das holtz wol be- CLIX decke vnnd nider drucke. das treib ſso vil, daſtu öhn wol gebunden haſt. das die binde auch langk gnug ſein. ſso druckt das holtz den bruch gleich nider vnnd heilt, das kein knorre wirth. ſunſt one das holtz, ſso gewinth es vff dem bruche ein knorrenn. vnnd wen du ön alſso gebunden haſt, wiltu öhn wol bewaren vor vnradt, das er wol gebunden bleib, ſso ſtiche im vnder dem bruche, driefach ader mehr, durch die binden mith einer neſtel, vnnd vbenn des gleich. thu im hindenn auch. ader nee öm das mith einer nadel vnnd fadem in ſolcher moſs, als mith der neſtel hindenn vnnd fornn, szo kan sich der bruch nicht vor ruckenn. vnnd mochte alſso reitenn an nöten ein tag

---

[1]) „rehen hoer" = Reh-Haare. [2]) „albeg" = allweg, überall.

ader tzwen, das im das nicht ſchad. vnnd muſt öm ein küſs ader des gleich ſso groſs vnnder denn arm legen, ſso lange bis das im das geſteſt. du magſt im auch den erſten bundt vi ader vii tage laſſsen ligen. dor noch bind es als vff, als denn beinbruch. |

CLX Item das iſt nun das muſter vom holtz. vnden muſs es holer ſein noch lengs, vnnd mith eim leder vberr czoghenn, do rehen hor ader nodtwergk inn iſt von einem lein geweb.

Das muſter iſt ongeuerlich.
mache es noch der handt.

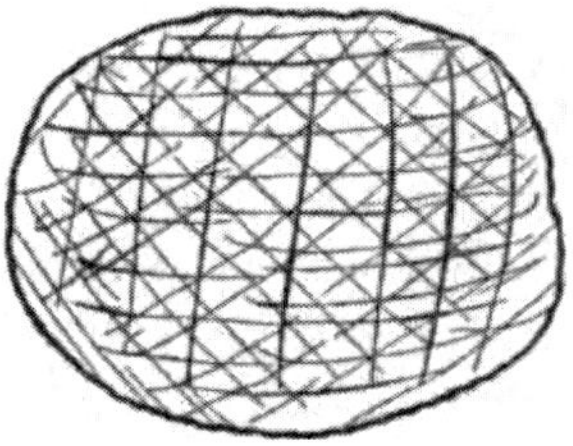

Wie du achſsel bein einn richten ſalth.

Item nun wil ich dich lernen, wie du achſsel bein ſsalt einrichten, die einer aufsgefallenn hath, ader wie ſie aufskomenn wernn. vnd ſalt dich fleiſsenn, wue du das gethun kanſt, szo las du im die achſselnn nicht erkalten, vnnd eil balde mith dem einzcihenn. vnd bleib
CLXI es an ſtehenn bis es erkalth, ſso ge- | ſchicht im vaſt wehe. Queme dir einer tzw, vnnd hette ein achſseln aus gefallen, vnnd were vber drei ader vi tage vor geſcheenn, ſso kanſtu im die on gros ſchadenn vnnd weetagenn nich innrichtenn, den mith diſſsem zceuge hir noch gemalth. du muſt auch einen mith guthenn kreuten vor baden, ein tag ader ii, ir du öm das achſsell bein ein zceugeſt, szo fern der ſchade vor ſechs ader inn vi tagen geſchehenn iſt, vnnd nicht gantz friſch iſt. vnnd des ſselbenn tags geſcheen, vonn ſtundann noch dem bade innzcihen. wer im aber das vor alth, vnnd villeicht vor funff wochenn ader lengher geſcheen, ader kurtzer, szo iſt es miſslich, daſtu önn wider gantz helffenn mogeſt. doch wiltu ſso vill erbeith mith im haben, ſso ſtet es dor vff, das du im mith dieſſsem zceug helffen mogeſt. doch ſolche alde ſchadenn, die vor dorbbenn ſein, vnnd alſso alt ſein, ee du die angeheſt mit dem inn zcihenn, szo muſt du vor ein vi, x ader
CLXII xii tagen baden mit | gutenn kreuten in einer wannen. Iſt der ſchade

gros, ie lenger du in weichst vnnd badest, dester weniger geschith im wee. vnnd must inn vast albegen den gantzenn tag badenn lossenn. vnnd were auch wol gueth, das eer im bade eess, vnnd alsso den gantzen tag dor inne blibbe. kan er das nicht thun, sso los in vor aus vff die nacht im bade essenn, vnnd balde dor noch im bade binden mith dem zceug, do du im das bein mith weichest, das du abbrechen wilt, als den forne geschribben steheth. vnnd las ön sso lang gebunden, bis er wider in das bad sittzt. vnnd darfffst inn nicht mher binden bis vff die nacht. vnnd las die plaster gantz vnnd schneide kein loch dor ein. Auch in das ssemisch ledder kein loch. vnnde weil er im bade sittzeth, sso mustu im albeg die krewter, singrun, anders berwingk, warm vff den schaden legenn. vnnd als vff die kalth werden, sso mustu im ander warm krewter an der stadt vff den schaden legen, vnnd die weil die ersten wider wermen. alsso mustu das den tag treiben. |

Ditte sint die kreuter. CLXIII

Item das sein die kreuter. singrün, bappel, ebiskrawth, semigrecum, strosmaw, wolgemuth, eppe ader ebich, betonienn, samke, auch bülich ader königkertzenn. diessser krewter sein guth tzw dem bade. der nim das meist der du gehabenn magst. [— —] sie derrenn vnd vber winter behalten. vnnd das bade mith gesottenn, vnnd alsso vber gelegeth vff denn schadenn. wer es aber im winter, das du der krewter nicht hettest, szo findestu albeg inn denn gertten singrun ader bermingk, vnnd im holz eppe ader ebich. die sint den winter grün. dar tzw nim haberstro vnnd hewblumen ader hewbsott. das alles seud vnnd bade inn do mith. Auch ist es vast nutz, als baldt er aus dem bade kumpt, das er sich von stundt ann dor noch vff die nacht nider legt. sso wirckt das bad wol vnnd die glidder bleiben warm. vnnd kunde der krangk das erleiden, sso lisest | in am lestenn tag, szo du öm den arm CLXIV ein zcihenn wilth, gantz badenn, vnnd auch die nacht gantz. vnnd vff denn morgen frwe, ader wen es dir gefelt, ader ebenn ist, vnnd auch messe gehorth hast, szo heis inn aus dem bade, vnnd richt im denn arm alsso warm ein. vnnd gedencke, das du im die krewter die gantz nacht mith sampt dem tage, wol warm, vff denn schadenn legst. vnnd gib im die wundtrangk szo langk, bis du öm die achssell eingerichtet hast, vnnd getzogenn hast. vnnd thustu dem gantz alsso, vnnd fleissch

dich gantz des, szo zceugſtu ſso ſulche alde ſchadenn alle mith yn.
doch das ſie vnnder dem iar ſein. wen die ſchadenn alſso langk ge-
werth hettenn, szo bade ön .v. tag deſter lenger, vnnd las inn die
zceith, weil du ön badeſt, inn keine kelde gehen, alſso lang biſtu öm
die achſsell inzceugſt. vnnd wen du öm helffenn wilt, szo ſetzze ön
noch dem bade ann die werm vff die erde ader vff dem bodem nider,
vnnd sittze im den zceugh, hirnach gemaldt, vnnder den arm. vnnd ſal
nicht lennger den von dem arm bis vff die erde. vnnd der ſselbe zceug
CLXV hath noch ein | holtz, das geheth inn diſſsem auff. das sal nicht lenger
ſein denn der arm. vnnd iſt hinden geſtaldt als ein loffell. das holtz
thuſtu vff, ſso geht im der loffel harth hindenn vff denn arm bis an
den leip. szo hebe forne an tzw binden, vnnd vmb binde öm die arm
tzw dem holtze mith einem rimen ader ſalbandt bis zcw der achſseln,
ader als hoch du magſt. vnnd das das holtz alſso breith ſei, das der
arm wol dor auff lighenn möge. vnnd las dir zcwenne man helffenn,
die heiſs hinder ön ſtehenn, zcw ittzlicher achſsell einer. vnnd heiſs ſie
vaſt nider druckenn, alſso das er ſich nicht von der erdenn erhebenn
möge. doch das im der boſse achſsel nicht ann rüre, das er im dor
ob ader dor nebenn, ader dor vnnder faſſse, vnnd do helffe, das er
dich nicht hinder, ſso ſtehe do ein wenig ruck halbenn nebenn dem
arm. vnnd faſſse den arm mith der eine handt ein wenig vnnder der
achſsel, das die achſsel frei ſei. vnnd mith der andern handt zcwi-
ſchen dem elbogenn, vnnder ſich tzw druckenn. am erſtenn ſamfft ann
tzw hebenn. doch szo drücke all die weil mith ſtarcker krafft vaſt
CLXVI nidder, ſso geheth das achſsel bein wider an ſein | rechte ſtadt. vnnd
hetteſtu das nicht gantz hinein gehoben, ſso hebe mehr ſtarck vnnder
ſich, als lang, bis es gantz ein iſt. wen du nicht gantz weiſt, wennes
yhn iſt in ſeiner rechten ſtadt, szo lege im dein handt gerade an die
ende, do es aus iſt, vnnd nim im ſein handt mith deiner andern handt,
die du im vff den ſchadenn haſt, szo wirſtu wol innen, ab es wider
recht innen iſt. iſt es recht innen, szo mache im einen groſſsen pall,
ader ein kugel, ader ein klotz, wie du das nennen wilt, vnnd bindt im
die wol vnnder der armenn, harth obenn an den leip. der von lei[n]-
tuch ſei. vnnd lege im ein gerings küſsenn auch vnder denn arm an
den leip, vnnd henghe im den arm in eine binde, ſso bleibt er ſtette.
vnd do er auſs was, vff dem ſselbenn ſchaden lege im ein heiſs bein-
plaſter, das aus den gewurtzen gemacht iſt. vnnd binde im das achſsel

bein vnnd die achfsel wol mith einer langenn bindenn. vnnd binde öm denn pall wol mith hinn zcw. vnnd las die binden auch vfft vnnder dem arm vmb den leip gehen, fso kan die | achfsell nicht mehr CLXVII aufseinander gehen. vnnd in welchem arm in die binde fchneid, fso lege im einen filtz ader ein tuch dor vnnder vff die hawth. vnnd am dritten tage fso reibe öm dialdia vnnd öl vff den fchadenn, vnnd wider das heifs plafter dor vber geleith. dornoch binde inn alle tage eins, viii tage noch einander. vnnd dornoch darffeftu nümmer harth binden. lege öm newr fchlecht das plafter dor vber, vnnd falbe inn mith dialdia ader mith der öle, vnnd binde ön newr mith einem fchlechtenn tuch, alfso lang bis öm die groften wetagenn vorgehe. vnnd gib innen wundtrangk alle tage zcwir tzw trincken. vnnd wen du öm den einzcihenn wilth, fso las im nur ein hembde vnnd trenne im die ermel abe. thufte das nicht, fso erth es dich[1]) am zcihenn.

Item das ift das mufter vom holtz, do mith du die achfsel inzcihen muft. vnnd fein zcwey holtzer, die gehen in einander, vnd hat obenn ein gelengk, vnnd gehet ein nagel dor durch. vnnd ein holtz ift lenger den das ander.

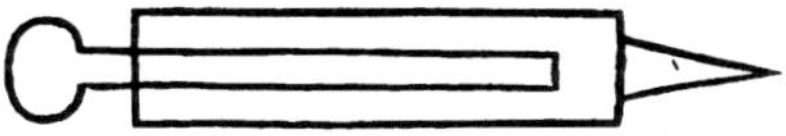

Ein odern, ader bein, ader ein elbogen ein tzw richten. CLXVIII

Item nun wil ich dich lernen, wie du knie vnnd elbogenn inrichten falt. kumpt dir einer vnnd hath ein knie aufs gefallen, ader ein elbogenn, szo nim ein kugell ader ein kewl, die wol rundt fei, vnnd ein teil grofser fei, den ein honer eye, in folcher mafs gros, das fie einem tzwifchen dem knie vnnd dem bein bleibe moge. vnnd wen die kugel vnnder dem knie leidt, fso fchlae ein handtuch vnden dor vber, vnd halt das handtuch mith beiden enden ein fpanne vber dem knie tzw fammen. das las dir einen alfso tzw fsammen halden, vnnd heifs innen vaft ann fich zcihen, das die kugel wol vnden mith dem handttuch an das bein getzogenn werde. vnnd heifs in fteeth halden. vnnd faffse öm das bein vber dem handtuch vber all des knies vff dem bein. vnnd mith der andern handt faffse im das bein vnder dem

[1]) „fso erth es dich" = so irrt (hindert) es dich.

handtuch vff der ſchinne, vnd beuge öm das vber die kugel friſch tzw CLXIX ſammenn | gegen den ars, als ſso mith ſterckt,[1]) ſso wüſcht[2]) das knie wider an ſein rechte ſtadth. dor noch ſmir es mith dialdia ader mith dem öl, vnnd ein ſtark bein plaſter dor vber, do mith du beinbruch heileſth. vnnd binde öm das mith einer ſchmalenn langen binden. das treib ſso langk biſs her geneuſt. vnd gib im wundtrangk. alſso richt vnnd zceug die elbogenn auch ein, ader ein handt, ader ein fuſs. zceugh einem ſchlecht vnnd zceug vaſt. vnnd wo er hiraus iſt, szo reib ön hin vnd her, vnd tzwvoraufs vff die andern ſeitenn. vnnd am zcien ſso reichſtu im denn hinwider ein an ſein ſtadt. vnnd binde önn auch mith ſtarcken beinplaſter. das plaſter von der ſwartzwurtz iſt vaſt guth tzw ausgefallen bein. doch .x. tage, vnnd dornoch nim die andern. doch ſso ſein die beinplaſter alle gueth dor czw.

Das iſt das muſter der kugel ader ball.

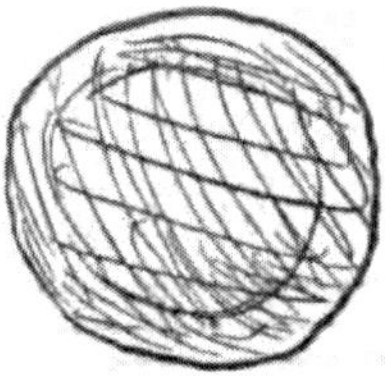

CLXX Wie du einem denn kinbackenn in richtenn | szalt, wen der mundt vffen bleibt ſtehenn.

Greiff öm mith der einen hand in denn mundt, vnnd mith der andern hand greiff heraus entiegenn. mith der inner handt druck heraus, vnnd mith der auſsernn hinnein. vnnd reib öm alle die weil das heubt ein wenig. mith vmb geheth es wider recht an ſein ſtadt. vnnd dornoch es hiraus iſt, einwartz ader auſswartz, dor noch muſstu dich mith dem druckenn vnnd mith dem heupt vmwenden vnnd richten, von dir ader iegen dir, richtenn.

Ein tzwbrochen menſchen, der am gemechte tzwbrochen ader tzwrüffsen, wie man den heilen fal.

Item einen menſchenn tzw heilenn der an ſeinem gemechte tzw riſſsenn aber gebrochenn iſt, das iſt wen die derm tzw den nirn[3]) gehenn, wie du öm helffenn vnd | gantz heilenn ſalt. iſt er aber nicht CLXXI

[1]) „mith ſterckt" = mit Stärke, kräftig. [2]) „wüſcht" = wischt, gleitet. [3]) „nirn" = Nieren. Hier für Hoden.

vber viertzig iar. du magſt auch wol ein elternn do mith heilen, aber es iſt miſslich. szunder vonn viertzig iarenn heiln ſie alle mith diſſer kunſt.

Nim lein öl ſso vil du wilth, ader als vil du es ein iar nuttzen wilth, xxv ader xx pfundt. vnnd thu das inn einen gleſſsen topf, vnnd ſewt das alſso langk, bis der dritte teil einſiede. dor noch thu ön vom fewr, vnnd los das öl im topff. vnnd thu ein ſtortze dor vff, vnnd vor grabe den topff vnder der erde, vff die kein vber doch [1]) ſei, vnnd eins knies tieff. vnnd las das dor vnnder xiiii tage ader mehr ſtehe. dor noch grabe inn wider auſs, vnnd thu die ſturtze dor vonn. vnnd nim ſpringkrawth [2]) ein gueth teil, noch du des öls vill haſt, vnnd hawe das kleine, vnnd dornoch ſtos es. vnnd ſewdt das in dem öl vff koln ein guthe weil, ſchir bey einer halben ſtunde. vnnd dor noch drucke das durch ein tuch, vnnd würff das krawth wegk. haſtu meherr friſch springkkrawth, ſso ſewde es mehr dor inne als vor, vnnd aber durch gedruckt. | vnnd dor noch haſtu aber springkrawth, das friſch CLXXII
iſt, das thu ein teil in das öll. vnnd los es das gantze iar dor inne, ader alſso lanngk, bis es ſewlen wil. thuſtu das, wirth der zceug vaſt guth, vnnd vil beſſser, den daſtus nuer ein mol geſotten hetteſt. vnnd behalth das in einem glas, vnnd vormache das obenn wol. vnnd settze das an die ſonne iiii wochen. haſtu kein glaſs, ſso vor mache das obenn wol ſunſt in einem gleſsenn topff ader gleſsenn krawſsenn, das es nicht do durch lauff.

Hie hebt der meiſter [an] die kunſt tzw lernenn.

Alſso szalt du einen heilenn. leg ön das er nicht hoch vber der erden lege, ader gar dor auffen. vnnd muſs xv tage am meiſten vff rucke ligenn. vnnd wen er mude wirth, ſso magk er wol ein weil ann der ſeitten, do im der ſchade nicht iſt, ligenn. Auch ſso tar [3]) er nicht vom bette ſchreiten, vnnd die bein nicht weid vonn einander thun, als langk er leith. vnnd wen er tzw | stole gehen wil, ſso ſettze im ein niderig ſtülein zcwm bette, das mitten en loch habe, dor vnnder ſettze CLXXIII
im waſſer, ader an dem bette ein peck mith waſſer. vnd wen er vom betthe vff den ſtull ſittzen wolt, ſso muſs er die füſse tzw gleich neben einander herab ſettzenn. vnnd las in vff den heben. vnnd wenn

[1]) „vber doch“ = Ueberdach. [2]) „ſpringkrawth“ = Euphorbia Lathyris. [3]) „tar“ = darf.

er ſeines gemaches thun wil, szo ſal er mith dem odem nicht vaſt ſer
druckenn. vnnd hilff im hubſlich wider ann das bette, das im die bein
wol bei einander bleibenn. vnnd wen er alſso ſein ſchondt, ſso heilt
er balde. vnnd muſt in alle tage tzwir binden. des morgens, ſso ſchmire
ön wol mith dem öl vmb den bruch vnnd vff den bruch. vnnd nettze
ein rein leinen tuch, das lege iiii fach wol genetzt vff denn bruch, das
itwas wol weitter vnnd breitter denn der bruch ſei. vnd oben dor auff
ein linde hundes leder ader ſunſt einn ſsemiſch leder. vnnd binde im
den bundt woll ebben dor auff. nettze das leder innen ieghen dem
bruche auch inn dem öll. vnnd das io der bundt wol vff dem bruche
CLXXIV lege, in ſolcher mas, das die | derm do nebenn nicht heraus in die
ſecke tzw den niren gehen mogen. vnnd nim ein hundes hawth, ader
ſunſt ein ſsemiſch ledder, das ſchneidt einer ſpannen langk, vnnd ſchir
ſso weith. das ſselbige ledder ſchmir wol mith dachs ſmaltz. vnnd als
vff du ön bindeſt, als vfft ſchmir ön hinden vff den lenden bis harth
an den ars. vnnd lege öm das geſchmert leder vbenn dor vber. vnnd
binde önn das es nicht abfalle. wiltu gerne, ſso ferb das dachs ſmaltz
rodt. das ſtedt meiſterlich. denn bruch vnnd die lenden muſtu altag
zwir binden, morgens vnnd obendes, vnnd als vff guthen wundtrang
tzw trincken gebenn, als hir nach geſchreibben ſteheth. vnnd in den
xxiiii tagen muſtu öm den bruch tzw drie ader viermalen mith ſanickel[1])
behenn. den ſseudt im waſſer. vnd hawe in vor klein, ſso kenneth man
in nicht. vnnd am ſieden decke den topff wol tzw. vnnd settze ön vff
das ſtüllein, do er tzw ſtull vffen geheth, vnnd settze den topff gleich
CLXXV vnnder das loch, vnd | settze ön obenn dor auff. vnnd vor mache ön
wol mith tuch, das kein dampff vonn öm moge. vnnd tzw zceittenn
rüre denn ſanickel im topff mith einem holtz, vff das der dampff wol
heraufs moge. vnnd los en ein guthe weil dor vbber ſittzenn. du be-
dorffeſt ön nicht vff binden am been. vnnd noch dem behen, szo
lege ön wider nidder vnnd binde ön vff das new. Am erſten muſtu
om das geweide gantz wol inn den leib thun, ehe du öm den bundt
am erſtenn vmb bindeſt. vnnd wen du öm die derm am erſten nicht
wol in den leib brengen kanſt, ſso bee öm vff die nacht ſpete mith
ſanickel. vnnd nach dem behenn szo lege inn nidder, mith dem ars
hoer dan mith dem heupt, ſso ſinckenn die derm wider inn den leip.
wil das nicht helffenn, ſso ſewdt ſenickel vnnd bappeln vnd betonien,

---

[1]) „ſanickel" = Sanicula europaea.

vnd adermenig.[1]) haſtu des ebis krawts, vnnd ſemigrecum ſtro, vnnd königkertzen ader bulich, vnd kamilben ader rumey, der krewtter ſewdt ſſo meyſt du ör gehaben kanſt. vnd nach | der obenndt moltzeith, szo CLXXVI
bade inn mith den krewtenn inn ein waſſer bad. vnnd wenn er auſs dem bade geheth, ſſo bee ön aber mith ſanickel, vnnd zceuch die haut vber ſich ob dem bruch, vnnd vorſuche ab du ſie hinein kanſt nötenn,[2]) vnnd lege ön vonn ſtundth nieder. vnnd des morgens, ſein ſie nicht inn dem leibe, szo ſettze en frwe wider in das bad vonn den krewternn, vnnd vff die nacht las önn aus gehen. vnnd von ſtund an mehr mith ſanickel gebeeth. vnnd dor noch balde wider dor auff nider gelegeth, aber mith dem ars hocher denn mith dem heupth, szo geheth das geweide die nacht gewis wider inn den leip. vnnd bind ön denne dor noch des morgens wol mith dem bunde, das im das geweide nicht mehr herauſs gehe, vnnd [— —] ön als forne ſteeth. iſt es im ſummer vnnd haſt friſch ſpring krawth, szo ſtoſs des tzw zceitenn ein wenig. vnnd noch dem ſmirenn, szo lege öm des geſtoſſenn krawts ein wenig vff den bruch, vnnd mache das wol naſs inn dem öl. vnnd binde ön oben dor vbber inn maſs als vor. vnnd wenn er die xiiii ader xv tage gelegen hath, szo | las ön vff ſtehen, vnnd melich vmb CLXXVII
gehenn. vnnd ſage im, das er im nicht wehe thu, vff das er nicht wider zcw reiſse. denn das fell ader der ſchlim iſt vaſt dönne, vnd das wil nach dem heilenn geſchondt ſein vnnd ſage im, das er in iiii wochenn vor aus ſein ſchone vnd im ſselbeſt keine ſchwe ann lege ader abzcie, vnnd nicht ſpring, ring, noch ſtein werff, ader des gleichenn nichs thu. vnnd muſs auch denn bundt tragenn, vnnd ſich albeg vber den anndern tag einſt mith dem öl binden. vnnd nach den iiii wochen darff er ſich nicht mehr bindenn. Aber den bund muſs er dornoch auch iiii wochen tragen, das öm nicht vnradt dor zcw ſchlac. auch ſſo ſall er die ſselbige zceith nicht reitten.

Ein gar guten wundtrang.

Ich wil dich einenn guthenn wundtrangk lernen machenn, der treibt das geleberth bludt zcw guter maſs aus einem gewunten manne, wen es nicht zcw alth iſt. vnnd treibt das buchſsenn puluer aus den wunden | wie die ſein geſchoſſsenn, vnnd wehrt dem glidwaſſser auch CLXXVIII
zcw guther maſs mitte, vnnd leſt das nicht gerne vber viii tage

[1]) „adermenig" = Agrimonia Eupatorium. [2]) „nötenn" = nöthigen, drängen.

lauffen. den es wer, das es ſso gros vber macht genommen hette, szo nuttz das puluer dor zcw. vnnd dor zcw gehorth daz vorne im buche ſteheth. vnnd diſſser wundtrang ſteet inn meiſter Johan von Birers kunſt. aber ich vor mein inn do mith beſſser zcw machen vnd ſettzen, denn er vorn ſteht. denn ich öm zcw ſattz gethon habe.

Item nim beiuos den man an ſancti Joannes obendt vmb gurdt, vnnd nim büchſpitz, mich dunck es [heiſse] an ertzlichen ennden rechkrawth. das muſtu derrenn. doch das es nicht zcw vil ſonne ader ander hittze habenn. vnnd derre das langſsam inn halber ſonnen, des gleichenn inn der ſtobbenn, auch ferne vom offenn. des gleichenn swartzwurtz. der bedarfſſtu nicht szo vill, als der krewter eins. vnd ſtoſs vnd miſche das alles zcwſsammen, vnnd behalde das in einem ſacke vber winter. vnnd hengk das nicht an die mawer, ader in kein gewelbe, alſso als
CLXXIX du des vortragenn ſein kanſt, es benimpt im der | krafft ein teils. behalth das ſunſt in holtz kammer. Auch magſtu das krawth vff brettern dorren. iſt auch beſſser, den vff der erdenn. kanſt du das auffhengenn vnnd derren, iſt noch beſſzer. vnnd wen du das nuttzenn wilth, szo binde das in ein tuch ader in ein ſecklein, als gros als i[illegible] fewſtht ader mehr. dor nach du des trangs vil ſieden wilth, szo vil fewteſt du mith iiii ſtoff, ader ſso vil maſs. vnd las dir ein gleſsenn topff machenn, gleich weith vff, als ein rure, vnnd der hoch gnug ſei. vnnd wen du den topff tzw dir genommen haſt, szo lege gleich als ein groſſsenn bundt dor ein, als gros du des puluers dorein legenn wilth. vnnd thu das bier dor ein inn den topff, ader wein bei tzweien teil. vnnd als hoch das vff geheth inn den topff, alſso hoch boer awſsenn ein loch. dor fur ſtoſs einen zcapffenn vnnd geus den dritteil des getrencks auch dor ein. vnnd vor kleib den topff eben wol mith vngeredem mel.[1] vnnd los den topff obenn ein teil lere, das er nicht
CLXXX vber lauffe. vnnd laſs önn machenn, das ſich die | stortz wol hinein fuge, szo iſt gueth tzw vor kleibbenn. vnnd wen du önn vor kleibt haſt, kanſtu das auſs moſsen thun, szo las inn vber nacht ſtehen, szo wirth der teig wol dorre vmb den topff. vnnd des morgens ſewth inn den vff kolenn, szo kan der dampff nicht alſso wol hiraus gehen als ſunſt. vnnd reib önn vfft vmb, ſso ſewth er gleich. vnnd wen er ein weil geſotten hath, ſso zceug den zcapffen en wenig aus dem topff. leufft der trangk hiraus, ſso ſtos in wider vor. vnnd los ſso langk

[1]) „vngeredes mel“ = nicht gebeuteltes Mehl?

ſiedenn, bis tzw dem zcapff, szo hath her des ſiedens gnugk. vnnd los den zcapffenn wol vorſteckenn, vnnd alſso oben vorkleiben. vnnd geus im tzw dem loch hiraus, ſso vil du im vff ein mal tzw trinckenn geben wilth. das mache wol warm. vnnd gib das einem tzw trinckenn des morgens, vnnd alſso auch vff den abent.

Wan sich eyner ym leibe het erbrochenn.

Item quem dir ein man tzw, vnd wer in wendig vaſt wundt ader heth ſich erbrochenn | das er vaſt krangk were, du wilth öhn gewiſs CLXXXI vnnd balde heilenn, szo brich den topff nach dem ſiedenn vff. doch vber zcwen tag druck das krawth in dem topf wol aus, vnnd thu in denn ſselbig wundtrangk iſt bei zcwen ſtöſſen ader maſſsen vier ader vi loth terpentin, vnnd ii ader iii loth krebſs augenn, ader meher, vnd ein loth kampffer. das alles geſtoſſsenn. vnnd vor kleibe das wider in dem topff tzw, vnd ſewd das noch ein wenig. vnd gib im des trancks tzw trinckenn. das heilth alle wunden in wendig vnnd auſswendigk.

Wiltu gerne, du magſt die materie am erſtenn mith dem krawth ſiedenn. ader ſunſt iſt es beſſser ane das krawth. vnnd ie mehr du des krawtes [nimmst] ie ſterker der trangk wirth. vnnd wen du das geſtoſſsen krawth ein bindeſt, ſso binde ein blei dortzw, das wol ſwer iſt. szo zceugt das blei das gebunden vff den bodem, vnd ſewt das gar eben gleich.

Ein tranck aus gronen krewtern im ſommer zcw ſieden.

Wiltu aber ein tranck im sommer aus grunen krewtern ſiedenn, CLXXXII szo haw die krewter vor klein. haſtu ſso vil weil, szo reib ſie vor in einem reib topff, ader ſtos ſie in einem morſser noch dem hawen. vnnd geus wein aber bier dor an, vnnd decke das wol tzw, vnnd las es vber nacht wol tzw gedecketh ſtehenn. des morgens reib es ader ſtoſs wider. vnnd dor noch bindt es in ein tuch vnnd geus mehr dor an. Wiltu gern, szo thu der krewter ein teil vngehawen dor an. vnnd ſewth es vor kleibt, als oben ſteth. kanſtu aber ſso vil weil nicht habbenn, szo binde das gehawen krawth alſso balde noch dem ſieden, gerieben ader geſtoſſsenn, ein vnnder der gantzen krewtern dor tzw. vor kleib es vnnd sewth es aber, alſs obenn ſteeth. das gepuluerth krawth im ſacke los nicht vff der erden ligenn, alſso du vornne gehorth haſt.

Wan man die krewter zcum wundtrenkenn brechenn szall.

CLXXXIII Item wiltu die krewter brechen, szo | muſtu dich nach den landen richtenn, dor inne du biſt. den ein landt iſt vil heiſser den das ander. vnnd beſsunder do vil waſſer ſein, als zcw Prewſsen, do ſind kalde landt, do haben die krewter nicht ſso balde macht im meihenn. szo muſtu beitenn [1]) bis in den bruchmondt. ader mith ittzlichen krewtern im neſten monden dor noch, wen ein itzlichs auſs wechſt, vnnd itzwas wol gewachſsen ſein. ſie ſein ſunſt tzw iungk. vnd wen ſie der ſonnen nicht wol gehath haben, ſso ſein ſie nicht wol krefftigk dor noch etc.

Wan man den beifos brechen vnd ihn tragen ſal.

Du magſt auch wol den beiuos am meiſtenn im herbſt zcwiſchen den tzweienn frawen tagenn [2]) brechenn, szo iſt die zceith vaſt natürlich, vnnd guth tzw brechen vnd tzw behaldenn tzw dem wundtrangk Auch brich des in Prewſsen ein teil im hewmond. vnnd wo du den CLXXXIV beiuos derren wilth, ſso binde ön zcw puſcheln. vnd henge vff, | das er lufft habe, vnnd nicht in mauren, wo du das gethun kanſt. vnnd alle krewter ſein krefftiger tzw brechenn, wen der mondt czw nimpth, den das er abbe nimpth. vnnd was du vber winter behalten wilth, das dorre langſsam. vnnd gib im nicht czw vill hittze, widder an der ſonnen, noch in der stoben. denn czw vill hittze benimpth in der krafft ein teil. vnnd wen du die dorren krewter nüttzen wilth, beſunder den biuos, ſso muſtu vor den ſtawb dor von ſchlaen, vnd dor noch durch ein kalth waſſer zcihenn. den du nüttzeſt die ſselben krewter den winter tzw dem [—] vnnd tzwm baden, tzw behen vnnd vor die geſwolſt vnnd magſt auch vom gantzenn krawth wundtrangk ſiedenn. des tzw ſtoſſsenn krawts aus dem ſacke darfſſtu nicht waſchenn.

Aber ein guth wundtranck.

Item nun wil ich dir mir einen guten gemeinen wundtrangk ſet-CLXXXV tzenn vonn mancherlei krewtern vnnd wurtzenn, | der vaſt ſtargk iſt. vnnd habe auch vill leuth do mith geheileth. vnnd habe den vff das beſte geſattz. vnnd ab du der krewter nicht alle dor tzw gehaben

---

[1]) „beitenn" (englisch: „wait") = warten. [2]) „zcwiſchen den tzweienn frawen tagenn" = zwischen Mariae Himmelfahrt und Geburt (15. August und 8. September).

kanſt, szo iſt er dennacht guth. vnnd ſew ön gleich inn maſs als den anndern. wiltu ſso magſtu ön auch wol beſſern mith dem terpentin, anderſt genandt gloriet, vnnd mith dem andern tzwſattze, als forne ſtetht.

Die krewter.

Das ſein die krewter tzw dieſſsem wundtrangk. fuchs krawth,[1]) hat geele blumen, geſtalth mith der form, alſso die glockenn. heideniſch wundtkrawth mith den gelen blumen.[2]) vnnd hat bletter als die weiden bletter geſtalt ſein. moſslieb,[3]) anders genandt die kleinen beinwel. vnd die blumen wachſzen frwe mith denn erſtenn blumen, vnnd ſeint klein, vnnd behalbirth brawn vnnd weiſs, vnnd vorgehen balde. meuſsor,[4]) anders genandt nagel krawth, die tzwey ſind ſchir gleich gros: winter grün: sanickel: swalben wurtz: errber krawth, adermenig, in itzlichen enden heiſs es man auch eiſsenn krawth. beiuoſs, | zcamlotenn wurtz, CLXXXVI termanntilwurtz, ſpittz wegebreith, betonie,[5]) mith den bloen blumen. die krewter derre alle als forne ſteeth, vnnd [ſto]ſs ſie vngeuerlich tzw ſammen. vnd behalth ſie inn einem newen faſſe vber winter. vnnd die wurtz behalt beſunder. die ſtoſs auch tzw puluer, ader ſchneide ſie klein. vnnd dornoch ſtos ſie vngeuerde tzw ſammen mit dem trangk, dorinne du es ſieden wilth. vnnd bindé das mith krawte ein, vnnd ſewd das als oben ſteeth. wiltu die krewter grün ſieden, ſso haw ſie vor kleine, vnnd ſtoſs ſie vnnd ſewd ſie, als fornne ſteeth. wiltu aber ſie dorre ſiedenn, vnnd gantz loſsen, vnnd nicht zwſtoſſsen noch tzw hawen, ſso ſtos den topff oben voll, wen du es ſieden wilth du magſt auch wol den wundtrangk alein von der winter grün ſieden, vnd von der ſchwartzwurtz. die tzwei haben allein vil macht. es leith vaſt am ſiedenn, vmb alle wundtrangk, das du ſie lang vff kolnn ſiedenn leſt, vnnd vfft vmbwendeſt, vnnd lang gnug ſiedenn leſt, bis vff ir ſtadt, vnnd ſie oben wol vormacht. wolleſtu gern, ſso mochſtu oben durch die ſturtz ein loch machenn, vnnd das | getrencke mith einem ſtoff CLXXXVII meſſsen. ader vff der ſeittenn iſt das loch beſſser inn den topff.

---

[1]) „fuchs krawth“ = Solidago Virga aurea. [2]) „heideniſch wundtkrawth“ = Senecio saracenicus. [3]) „moſslieb“ = Bellis perennis. [4]) „meuſsor“ = Mäuseohr, Myosotis palustris. [5]) „swalben wurtz“ = Cynanchum Vincetoxicum —, „errber krawth“ = Erdbeer-Kraut (Fragaria Vesca) —, „termantillwurtz“ = Radix Tormentillae, — „spitz wegebreith“ = Plantago lanceolata, — „betonie“ = Veronica vulgaris.

Ein guth bad tzw alden schaden vnd vor die gefchwulft tzw machenn.

Item ein guth bad, vnnd hilfft zw vil fachenn. vnnd queme dir einer tzw vnd hette ein fawl bein, ader ein ander glid, vnd ftunck vbel, wen du ön alle tage dor inne badeft, ein ftunde, fso lang bis im der ftang vorging, das gefchidt balde. den es benimpt im den ftangk, vnnd fawl, vnd der wetagenn, vnd auch der gefchulft vil, vnd fawlth nicht weitter, al die weil du einen mith badeft. wer der fchade vnnd ftanck fso vaft gros, szo muftu das badt defterr ftercker machenn mith dem als mith der alawnn vnnd kopper waffser. vnd ab im das bein inne vaft hoel wehr, das im das badt dor ein gelouffenn were, vnnd were nach dem bade dorinnen bleiben, fso muftu om das bad
CLXXXVIII wider aus ftreichenn | vnnd truckenn, ader es erfewleth im die odern, vnnd frefs im das guthe fleifch vaft. funft ift est vaft guth, vnnd das befte tzw den dingen. vnnd wue gefwulft leith, die nicht neher wil,[1]) die treibt das nehr vnnd zceugt fie vaft aufs. vnnd befsunder wen das nochgefchribbenn plafter, von dem wiroch mith andern ftucken, das tzw der gefchwulft dieneth, noch dem bade doruff leid, vnnden vff mith einer fchmalen binden wol dor vber gebunden wirth. vnnd thu das fso langk, bis die gefchwulft vnnd der ftangk weg ift mith der fewle. Ift es aber vaft fawl, fso muftu mith etzpuluer helffenn. wehr im das bad tzw ftarck, vnnd mochte das nicht leidenn, szo mache im eins, das nicht als fso ftarck ift, vonn zceug, als das erfte, ader bade ön mith dem erftenn doch am dritten ader iiii. tagen eins. du muft die vornumfft vaft mith nuttzen. du magft wol der bad eins fünff ader vier wochen behalden, ader fso lang, die weil es nicht ftinckt ader vnrein wirth. vnnd behalth das inn einem keffsel, ader es
CLXXXIX trewgeth funft in holtzen | geuefse ein. vnnd wen du das nuttzen wilt, fso mache das wol warm, vnnd las in alle tage ein ftunde dor inne baden, fso lang er das bedorff. ift aber der fchade eim am arm, szo bade ön in einer mulde.

Item quem dir ein fchade tzw vnnd hette vil hittze, fso bade ön mith dem kalden bade, es hilffeth dennacht wol. wehr ader der fchade roth vnnd hette nicht vil hittze, fso bade ön in diffsem bade, das es

[1]) „gefwulft, die nicht neher wil“ = Geschwulst die sich nicht der Haut nähern, nicht einen Abscefs bilden will.

wol loelich ader ein wenig warmerlich ſei. ader ſunſt gemeine ſchadenn bade wol warm.

Alſso mache das badt.

Item nim alſso vil waſſers als du bedarfft, dor ein thu tzwee handt vol wintergerſten ader ſummergerſten. vnnd haſtu roſsenn ader roſsenn kuchen, thu auch dor tzw. vnnd winter grün, vnnd ſingrün, anders genandt bermingk, vnnd kamilben ader romey. haſtu eibis krawth, das thu auch dor tzw, vonn denn krewtern ein teil dor tzw, welche du gehaben kanſt. vnnd laſs das alles mith einander | ſiedenn, CXC ſo lang bis das die gerſte vff keime. dor noch ſo thw die gerſte mith den krewtern heraus, vnnd drück das krawth wol vber den keſſel aus. vnnd al die weil die krewter ſieden, ſo las des bades nicht weniger werden. als vil ein ſewd, als vil geuſs dor tzw. alſso das der keſſel alweg in einer moſse vol bleibe, bis es gantz geſotten iſt. vnnd wen das krawth alſso heraus iſt, ſo thu dor noch aber in den keſſel inn das ſelbige bad ein fierdung von einem pfund allawen. ſo vil kupper waſſer. wiltu das bad ſtarck haben, ader wilt des vil machen, das der ſchade hoch an einem beine iſt, ader vaſt ſawl iſt, szo muſtu ittzlichs ein halp pfund nemen. vnnd wen du nicht ein enges geueſse hetteſt, das du vil bades dortzw haben muſt. vnnd nim alwege tzwier ſo vil ſaltz, als der ſtucke eins. heileſtu aber einen an eim arm, ſo bedurffs du des zceugs nicht ſo vil. dor noch richt dich. das alles ſewd aber ſo lang als gennſs ongeuerlich. tzw der ſchwulſt iſt guth, do vil zceuges innen iſt, vnnd auch guth der gar groſsen ſeule. vnd wen die fawl den ſtanck vorloer vom bade, los dornoch | ein tag ader CXCI vier ann ſteen mith dem bade, bis es wider ſtinckenn wirth.

Ein guth bad tzw allerlei krancheith vnd ſeuch, die ein menſch an ſeinem leib hath.

Item nun wil ich dich ein kunſt vnnd ein bad lernen, wen ein menſch ſiech iſt an alle ſeinem leibe, vnnd ſchleth öm die kranckheith aus dem leibe durch die hawth, das er alle vmb grindig wirth, vnnd ſied gleich ſo wer er auſsſettzig. wiltu öm helffenn, szo nim wacholdern holtz, vier handvol neſſel wurtz, vnnd tzwe handtvol wermudt, vnd ein pfundt ader ii alawen, vnnd iiii ℔ ſaltz. vnnd thu das in ei-

nen keſſel von éiner halben thonnen ader einer thon. vnnd beſtelle, das du vor einen ſacke mith ömeſsen[1]) vnnd mith der erdenn ein gefaſt haſt. das alein in einen groſſsen keſſel ader in tzweigen. dor noch thu die omeiſſsen ſack heraus, vnnd thu die vorgenanten ſtücke alle
CXCII dor ein, vnnd las dorinne | ſiedenn. als vil waſſer einſewdt, alſso vil geuſs du des wider tzw, das der keſſel nicht wann bleib. vnnd das waſſer ſsal vonn weichenn waſſser ſein, vnnd nicht von hartem born.[2]) vnd nach dem ſieden ſso thu das herauſs in ein vaſs von einer thonne, vnd ſetzze das in ein butte[3]) ader wannen. vnd ſetz denn menſchen in die wannen, vnd vordecke ſie oben wol, das der ſselbige brodem dar aus wol in den ſichen menſchenn gehe. vnnd las den menſchen ſso lang dor innen ſittzen, bis er swach vnnd müd wirdt. dor noch ſchabe peterſilgen die wurtz kleine, vnnd das krawth haw kleine. das koche mith reinem pergenn ſchmaltz, vnnd gib im das im bade, nicht tzw trincken, ſsunder tzw eſſsen. vnd loſs ön nicht vff das eſſsen trincken, vnd geüs auch kein waſſer dor noch vff ön. dornach laſs ön auſs gehen. vnnd winde önn in ein blaw wollen tuch, vnd lege ön von ſtund an in ein bette, vnnd decke ön warm tzw, ſso wirth er ſchwittzenn.
CXCIII noch dem ſchweiſs, ſso magſtu öm wol tzw trincken | geben vnnd tzw eſſsen. vnnd das bad ſaltu im vff die nacht thun, das er dornoch ligen bleibe. szo hilfft es mehr vnnd wirckt baſs den ſunſt. hath er alſso gar vaſt geſchwitzt, ſso magſtu öm den ſweiſs wol abwüſchenn vnnd wider in das blaw tuch winden ader binden, vnnd ön dor ein loſſsen legen bis des morgens. mag er das bad leiden, ſso bade ön iiii. ader v. tage noch einander, als vor. iſt er aber ſso ſwach, ſso bade önn am drittenn tag eins ſso lang, bis es hilfft. vnd behald das bad inn einem keſſel drie ader iiii wochen, als vor angetzeiget iſt, vnnd als das forder.

Ein ander badt vnd tranck inwendig dem menſchen.

Item queme dir ein menſch zcw vnnde were in wenig[4]) im liebe krangk, unnd heth itzwas lang gewerdt, ſso ſewt im diſſsenn trangk inn ſolcher maſs als ein wundtrangk.

---

[1]) „ömeſsen" = Ameisen. Noch jetzt in Thüringen und Schlesien allgemein gebräuchlich. [2]) „born" = Quellwasser. Desgl. „Born trinken" = Quellwasser trinken. [3]) „butte," ein hohes, flaches und oben offenes Gefäſs. [4]) „in wenig" = inwendig.

Nim ii loth bibennel krawth,[1]) wermudt. das muftu alles puluern,
ader die wurtzeln kleine fchnidenn. dor tzw nim auch niffsellwurtz,
salbey: biuofs, vnd ein loth neglein | des itzlichs. fso vil langen pfef- CXCIV
fer, czennetrorn,[2]) zcitwer, kalmos, entzien, alles gepuluerth. vnnd
dor zcw thu iii loth zcuckers, adder es wirth anders tzw pitter. vnnd
binde das inn ein tuch mith einem blei, vnnd fewd das mith wein,
ader bier. wein ift beffser den bier. vnnd gib im das tzw trincken,
als einen wundtrangk. ein tag x. ader xii. magftu das thun vor dem
bade vnnd noch dem bade, als lang bis es hilffeth. vnnd muft in vff
die nacht auch noch effens badenn, vnnd dor noch von ftundt an ni-
der legenn vnnd warm zcw gedecketh. noch dem bade fsal er nicht
mehr effsenn, noch trinckenn, vnnd mufs die fselbe nacht ftille liegen.
vnd wen er baden wil, fso muftu im aber einen andern trangk gefot-
tenn hab, vonn dem gib öm in dem bade ein guthen trunck ader ii.
vnnd dor noch von ftundan in das bette gelegeth, vnnd dor noch
nicht mehr trincken. den ön dorfte harth, fso gib im von dem noch
ein trungk.

Der ander tranck. |

Item ift ein ander trangk. Nim der rinden ader fchalenn von den CXCV
iungen weiden, die des fselbenn jars gewachfsenn fein. die roten fein
die beftenn. vonn dem thu die obberften hawth, vnnd nim das grune
dor vnder. das fchneid ader haw klein. dornoch ftos mith einem wein,
vnnd nim des ein handvol vnd dortzu bei LXXX öppel, anders genandt
iuden kirfchenn, die ftos auch. vnnd ii loth langpfeffer auch geftof-
fsenn. das alles bind in ein weis tuch, vnnd ein blei dor zcw. vnnd
geufs ein ftoff ader mehr malmofir dor ann, ader anderthalp mofs vff
deutfch. vorkleibe das vnnd fewd das als ein wundtrangk das es vor
dem bade gefottenn fei, vnnd wen der trangk aufs gehe wil, fso gib
im das tzw trincken, als oben fteht. ift er bitter, fso vor füfs inn auch
mith zcucker. vnnd den erften trangk gib im dor noch des morgens,
wider an tzw trinckenn als oben fteht, vnnd des obendis. wen nüm-
mer wein dor an ift, szo mache mehr an, vnnd fseuth es als vor. des
gleichenn den wundtrangk vnnd denn andern auch, vnnd nuttze fie
wider als vor. dor nach kanftu nümmer dor von fiedenn. |

---

[1]) „bibennel" = Pimpinella Saxifraga. [2]) „czennetrorn" = Citrone.

CXCVI **Alſso mache das badt.**

Item nim einen omeiſs hauffenn mith den omeiſsenn, mith erden, mith alle, in einem ſack ader zcween, vnnd binde die zcw, vnd wurff ſie in ein braw pfannen, ader ſunſt in einen groſſsen keſſsel, vnnd vorſewd die wol mith waſſser, ſso vil das du tzw dem bade gnug haſt. vnnd ſsewt do mith die nach geſchreibenn krewter. pappelnn, wolgemud,[1]) betonien mith der bloen blumen, eppe, marrubium, anders genandt gots vorgeſſsenn,[2]) ebis, singrün, beiuoſs, sinaw,[3]) rodweidenn, das habe ich vff das beſte geſatzt. haſtu der krewter nicht aller, szo nim er szo vill du ehr gehabenn magſt. das alles ſsewd mith denn omeiſsenn. vnnd los auch nicht ihen ſiedenn, das du alle die wile mir zcw geuſt, das der keſſsel albege vol bleibe. vnnd nach dem ſiedenn szo thu denn ſack mith denn omeiſsenn auſs dem keſſsel, vnnd las das wol in denn keſſsel auſs treiffenn. druck es en wenig auſs, vnnd
CXCVII thu die krewter mith dem waſſser inn ein | wannen ader butten, vnnd las en dor noch ein ſtunde aber ii baden, szo lang er mag. vnd dor bei ſzewt noch einen keſſsel mith pappelnn vnnd sinaw, vnnd alſso warm in ein tuch geſchlagenn. vnnd wo er die groſſsen weetagung hath, do lege öm es vff den leip. vnnd ſso balde ſie kaldt werden, ſso nim der warmen wider auſs dem keſſsel an die ſtadt, vnnd die kalden thu wider in den keſſsel. das wechſseln muſtu alſso lang treiben, ſso lang du ön badeſt. vnnd muſs ſich nach dem bade halden als oben ſteth. Iſt er aber ſso ſchwach, vnnd kan des badens nicht wol leidenn, szo mache öm das bad nicht tieffer, bis an den nabel, das öm der mage vnnd das hertz heraufsenn bleibe, ſso kan er iſs deſter bas erliedenn. vnnd her neme ein naſs tuch im bade, dor mith bedeckt er ſich obenn, vnnd nettze das tuch vfft vnd wen er ee wider erliden magk, szo mache öm das bad wider tieff, vnnd bade ön ſso langk, bis er beſſserungk fülth, als oben ſtehet. kan er aber das nicht erleidenn, szo bade ön am andern ader am dritten tag ein mol.
CXCVIII vnnd das bad behalth als die andern in einem keſſsel iiii | wochenn. wen er sich nach dem bade geleith hath, ſso las im in ein glas den erſten ader den dritten tag den harm fahnn, vnnd laſs öm den alle

---

1) „**wolgemud**" = Origanum vulgare.

2) „**marrubium, anders genandt gots vergeſſsenn**" = Marrubium album.

3) „**sinaw**" = Sinnau, Alchemilla vulgaris.

beſchawenn, was das bad gewürckt hath. Haſtu aber keinen ſulchen meiſter, ſso bade ön im namen gottes vngeuerlich ſso lang bis es beſſser wirth.

Ein ander guth nütz badt.

Item ein bad, das hab ich vonn meiſter Iohan von Birers, das hab ich vil vorſucht tzw verturbbenn krancken ſchaden vnnd glidder, vnnd vor die ſucht vnnd vor alle wetagen inwenig im leib. vnd vor triebeth auch den ſchwinden mith. vnnd, wo ſulche weetagen ligenn, ald ader new, die bad er do mith, die arm in einer mulden, die bein in einem feſslein. Ist im in dem rücke wee, ader iſt öm inwenig wee, szo bad er ön in einer wannen mith gantzem leibe. vnnd ſein ſtarcke plaſter, als vorne in ſeiner kunſt ſteht, legt [er] obenn dor vber. do mith vortreibt er die wetagen gantz, vnnd mit ſeinem wundtrangk vom beinoſs, iſt es anderſt mögelich, das einem zcw helffen ſtehth. |

Alſso mache das bad. CXCIX

Nim singrün, eppe vnnd ein handvol gerſtenn ader tzwue, camilbenn vnnd neſseln, dorre ader grün. magſtu nicht mehr habenn, szo nim den singrün inn waſſer. laſs auch nicht inſseidenn, geus am ſieden mehr tzw. die neſſselnn bindt mith der gerſtenn in ein tuch, die thu nach dem ſieden hierauſs. du muſt ſie auch am ſieden beſchweren mith einem blei, das ſie nicht ſchwym. das bath behalt ſso langk es nicht ſtinckt. vnnd nach dem bade lege meiſters Ioannes von Birers ſtarcke plaſter von wachs vnnd hartz vben dor vber. mith dem heilth er alle inwendige ſchaden. auch iſt das ſtarcke bein plaſter von den gewurtzen vaſt guth dor vber, vnnd vber alle leme vnnd geſchwulſt. das weiſs ich.

Ein vor rede der beinplaſter.

Item nun wil ich ſettzen tzwei guthe | bein plaſter. vnnd beſsundern das erſt iſt tzw vil ſachenn guth. vnnd iſt von gemecht hitziger vnnd ſtercker natur. vnnd iſt guth vber alle krangk vnnd vordorbbene adern vnnd vber alle glider, die einer vor rencketh hath, vnnd vor die gicht mith ſeiner zcw behorunngk, als im buch wol geſchreibben ſteheth. vnnd hilfft auch wol mith vor das ſchwinnden. vnnd iſt tzw alle denen, das hitze bedarff. vortribeth vnnd tzw trenneth die wetagen. CC

wenn einer tzw vill hittze hath, ſso lege im das plaſter nicht vber. vnd ſso ſie vorgeth, ſso lege öm wider vber, iſt anders das er das bedarff. vnnd wen du öm das vber geleyth haſt, ist es tzw vil hittze, das es im wehe theth, ſso lege om vber, das do küelt, alſtu du auch wol findeſt, das zcw itzlichen ſchaden dieneth. vnnd mith dem einem plaſter ader mith zcweien heileſtu einem ein beinbruch. vnnd alſso lang der zceugk vff dem bruch bleibth, szo iſt es alſso ſtarck, als were er new vff geſtrichen. vnnd als vfft du einen bindeſt, ſso ſtreichs
CCI mith der | spatel auſs. das plaſter iſt zcw vor auſs aldenn leuthen guth, den die natürlich hitze entgangen iſt. tzw den iſt kein plaſter guth, das von kalter materien gemacht iſt. vnd wiltu heilen, ſso muſtu heiſs plaſter vnd guthe ſsalbe dor tzw haben, als du in diſſsem buch wol finden wirſt, vnnd mith öl. wiltu dich mith wundterznei nerenn, ſso muſtu die vornufft auch vaſt mith gebrauchen. alſso ein aldenn mach das öl etzwas hittzig, des gleichenn die plaſter. auch zcw brochen bein vnnd zcw vor vordorbenn ſchadenn vnnd zcw der wundtheyl die ſsalbe auch itzwas hittziger den ſuſt, iſt er anders alt, vnnd hath vaſt abgenommen, als ein alder bawm.

Ein heiſs guth beinplaſter.

Nunn wil ich dich lernen gar ein guth nutz beinplaſter machenn. nim 1 ℔ wachs, ie newr ie beſſser, vnnd ein ℔ glorieth, anders genandt terpentin. haſtu der nicht, szo nim reyn hartz dor vor. vnd zcw loſs das beideſs vff koln, vnnd dring es durch ein tuch, iſt es anders
CCII von nöten. vnnd dor noch thu die hirnochgeſchribbenn ſtuck | vaſt klein gepuluerth dor ein. vnd ror es wol dorcheinander, vnnd loſs es nicht mehr ſieden. alſso balde es ſiedenn wil, ſso heb es vom fewr. vnnd wiltu das vaſt ſtarck vnnd nutze machenn, vnd voraufs vor das ſchwinden, szo geus das alſso balde es vom fewr kumpt vff gebranten wein, ader vff guthen eſſig. haſtu des nicht, szo geus vff wein. haſtu des auch nicht, ſso geus vff ein kalth waſſser. alſso iſt ie eins beſſer den das. vnnd bere das mith den henden darauſs als wachs vnnd zcw druck es wol, das es nicht knodeth bleib. vnnd mache zcapffenn dar auſs, alſso gros du wilth, die behalth.

Ein puluer das dorein gehörth.

Saffrann, langphfeffer, zcenetrorn, muſcaten, muſcaten blumen, neilickenn, czitwer, galgenn,[1]) ingwer, bariſskörner, kellershalſskörner, maſtix, weis weiroch, kampffer, neſſel ſsamen, aniſs, galbanum, des itzlichs nim ein loth, vnd nim ii loth alawn. das als ſtoſs vaſt klein vnnd durch ein sip, vnnd thu es in das ober. wen du es vom fewr thun wilth, ſso rör dorein geſtoſſen bolofermenes, szo vil das es wol roth wirth. doch ſso thu es vom fewr vnd | rür es dor noch auch ein CCIII wil dorein, ader es verbrente vnnd wurde nicht ſso roth. haſtu nicht bolofermenes, ſso ferb es ſunſt mith einem andern roth. ader bolofermenes iſt vaſt guth vnnd nütz dor zcw. dor noch geus es erſt wor vff du wilt, vff gebranten wein, eſſig ader waſſer.

Ein ander guth kül beinplaſter, vnd heilt vaſt wol, vnd iſt nicht heiſs.

Item nim klein gepuluerth ſwartzwurtz, anders beinwel gnandt, die derre langſsam, das ſie nicht zcw heiſs habe. ee daſtu ſie ſtöſt ſchneyde ſie, donne reihe ſie ann einen fadem vnd henge ſie vff, nicht altzw heiſs, ſso derreth ſie gar wol, vnnd bleibt auch krefftigk. vnnd viole ader roſsen öl gemacht, vnnd kloſchmaltz[2]) vonn ochſsenn ader von küen, vnnd gebrantten offen leim, bolofermenes auch geſtoſſenn, wegebreith waſſer, hirſchenn vnſchlot. das als nim vngeuerlich zcw ſsammen, das ſseud köle ab vff koln. vnnd nach dem ſieden, ſso es nicht heiſs iſt, ſso rür | gereinigeth eier weiſs dor vnder. vnd rür das CCIV als langk bis es geſteeth, vnnd ſchlae es dor noch mith einem holtz ein weile. darauſs mache ein plaſter. vnd ſchlae das vff ein nawe leinen tuch einem vbber den bruch. vnnd das plaſter ſsall wol vmb das bein gehenn, vnnd ſsall langk vnnd breith gnug ſein. vber das mache ein ander plaſter. das hilfft nicht mehr, denn das es das bein ſtarck zcw ſsammen helth, vnnd bedorffeſt deſter weniger harth mith den ſchynnen ader mith dem filtze binden.

Item nim weiſsen mel, das woll ſchone ſey, vnnd gereinigeth eier weiſs, vnnd en wenig geribben zcigel ſtein dor vnnder. dor auſs mache ein plaſter, vff ein ſtarcke leinen tuch, ſso groſs als das erſt. vnnd

---

[1]) „galgenn" = Galgant, Rad. Galangae.
[2]) „kloſchmaltz" = Klau-Schmalz, Klauen-Fett.

wenn du das erſt vber den bruch gelegt haſt, ſso lege das vber genſs vff den bruch, vnnd binde ön dor vber mith dem filtze ader mith dem pappir. vnnd haw lufft locher mith einem eiſsen, als die ſuſter haben, durch ſie alle, auſsgenommen durch denn vnnder zceug, vnnder dem filtz, nicht, denn du wolleſt gleich harth vff den bruch iii nicht ferne CCV voneinander hawen | alſtu in das ober plaſter auch. denn es iſt dem bruch vaſt guth, der tampff vnnd die hittze geht wol dor durch auſs, vnnd der wetagung wirth deſter weniger. Das las vi ader vii tage dor vff legenn. dor noch binde önn wider mith newenn zceug vff die aldenn plaſter. dach die alde ſalbe thu wol herab, vnnd [newe] ann die ſtad, dornoch ſich der bruch ann leſt. alſso richte dich mith dem binden. vnnd wen der bruch itwas ſtarck wirth, ſso füre önn zcwm bade, als vornn im buche geſchribbenn ſteht. vnnd ab du keinen filtz ader kein pappir hetteſt, szo binde ön ſunſt mith einem wullen tuch vber die plaſter, vnnd die ſchin vber das tuch. ader wor vber du ön ſchineſt, szo mache lufft locher dorein, vnnd auch ſie im vfft dor tzw, das die ſchinen in nicht wund freſſsenn. vnnd lege ſie öm dornoch, ader vnnderlege ims, das ſie öm nicht [wehe] thun. kanſtu nicht baſs, ſso laſs ee die ſchin ein wenig noch, vnnd vorkere ſie. dor noch wiſſse dich zcw richtenn. vnnd als vfft du ön mith dem plaſter bindeſt, als vfft muſtu ein news vff ſchlaenn.

Auch queme dir ein beinbruch zcw, es ſei obenn ader vnndenn | CCVI dem knie ann dem bein, wiltu den for den ſchwulſt bewarenn, das ſie ſich öm nicht in das knie ader vnnden in den fuſs ſettze, das brengt einem groſſsenn ſchadenn, do von vorlampt offt einer, ader muſs ein jar ader zcwei hincken, ader ſein lebtage, ader es findeth ſich öm tzw zceitenn vber itzlich moneth inn das bein, wen er vaſt inn der hittze erbeith, ader reith. Wiltu das bewaren, als balde du önn am erſten bindeſt. Iſt der beinbruch hoch ader nidder, ſso hebe vorn bei den zceen an tzw binden mith einer ſchmalen langen bindenn, die nicht vber iii finger breith iſt. vnnd bind im vber ſich bis ſchir tzw dem plaſter bei dem bruch, szo ſincketh öm die geſchwulſt nicht hirabe, biſt des ſicher, daſtu ön do mith bewarſt. gereitte öm der ſchade vaſt vbel vnnd ie geſwellenn, szo were inn bei zceittenn mith den ſtarken geſchwulſt plaſternn. die ſtreich nicht dicke vff. vnnd ſsalbe ön mith dem öl ader mith dialdia dor vnnder, vnnd bind ön mith den langen binden dor vber. das treib als langk, biſtu ſiheſt das öm die geſwulſt keinenn | ſchadenn mer thun kan. wehr im aber das bein geſtoſſsenn, vnnd der wer noch geſwullenn, szo nimm das badt zcw hulffe mith alawen, als vornn ſteth, das hilfft zcwm mall wol. vnnd dornoch wider mith dem plaſter wol binden als vor. CCVII

Ein ſtarck plaſter hinder die wunden.

Ein plaſter tzw machen, das iſt vaſt guth hinder die wunden, vnd dor auff tzw leegenn, vff die arm ader bein. vnnd werth dem geſüchte, vnnd ſterckt die odern, vnnd werth allem vnradt, den heilt es, vff das er nicht tzw dem wunden kan. vnnd heilth auch alde ſchadenn do mith, vnnd iſt vaſt nuttz. Nim goldt ader ſilber glet, trachenblueth, koreln,[1]) bolofermenes, zandelroth, ides ii loth, vnnd der koreln i loth. camilben vnnd roſen öl, auch itzlichs ii loth. wachs, terpentin, schweinenſchmalz, vngeſaltzen, ittzlichs ein halp pfundt. cupperwaſſser, alawn, weinſtein, toryan itzlichs i loth. das alles gepuluerth vnnd in dem | andern zceug geſotten, doch nicht lang, vff kollen. Iſt es nicht roth gnug, ſso nim bolofermenes dor vnder, vnnd ſchlae das ein weil mith einem holtz, ſso iſt es gerecht. haſtu nicht terpentin, ſso nim guth hartz do vor. iſt auch gueth. CCVIII

Mer ein guth plaſter zcw alden ſchedenn.

Dieſſse ſzalbe heilth all alde ſchadenn vnnd iſt vaſt guth. Nim iii ℔ des eldeſtenn ſmers daſtu gehabenn magſt, i ℔ wachs, ſso vil hartz, ſzo vil bucken vnſchloth,[2]) das tzw laſs tzw ſzammen. vnnd nim hirnoch geſchribenn krewter. ein pfundt heideniſch mangolt[3]) vnnd i ℔ heideniſch wundkrawth, vil braunkres[4]) mith denn roten ſtengelnn, szo vil ſanickel, i ℔ hawfswurtz krawth, szo vil steinkrawth mith den vetten blettern, ſicht der hauſwurtz gantz gleich. die krewter in einen mörſserr geſtoſſsenn. geus ee ein wenig lein öl dor an, szo leſt es ſich gerne ſtoſsen. doch ſso hawe | die krewter, ee du ſie ſtöſt, vor kleine. vnd thu auch i ℔ honig dor tzw am ſtoſzenn, ſo ſie ſich diſter lieber ſtoſſsenn. vnnd ſtos das ſchmer auch vor, ee du es tzwſammen thuſt, ader ſtoſs die krewter do mith. iſt das beſt. szo bedarffeſtu der andern keins. vnnd ſewd das alles mith denn krewtter in einem keſſel, als lang, biſtu irkennen kanſt, das die krewtter wol weich geſot- CCIX

[1]) „koreln" = Korallen. [2]) „bucken unſchloth" = Bock-Unschlitt, Hammel-Talg. [3]) „heideniſch mangolt" = Lapathum acutum? [4]) „braunkres" = Brunnenkresse, Nasturtium aquaticum.

ten ſein. dor noch druck das durch ein tuch vnnd würff das krawth weg. vnnd settze die ſsalbe wider vber das ſewr, vnnd. geuſs ein halben ſtouff wein eſſig dor an. vnnd die hirnoch geſchribbenn puluer klein geſtoſſsen, die auch dor an. gebrandt alawn, kupperwaſſer, wein ſtein, galittzennſtein, itzlich wolgewegen i loth. das las ein wenig dor innen ſiedenn. vnnd wen du ſie vom ſewr thuſt, szo ferbe ſie mith ſpañſgrün, das ſie wol grün werde, vnnd rür ſie bis ſie geſteheth. dornoch ſchlach ſie mith einem holtz ein weil durch einander.

Ein schade der nicht vaſt fawl iſt.

CCX Kumpt dir ein schade tzw, der nicht vaſt | fawl iſt, vnnd das menſch iſt auch vaſth ſubtil vnnd vaſte weiſs, szo mache die ſsalbe nicht tzw ſcharff. Iſt es aber ein groſs ſtarck menſche, vnnd hath ein dicke ſwartz hawth, ader der ſchade iſt vaſt fawl, szo thu der ſcharffen materien deſter mehr dorein. Alſso muſt du dich nach des menſchen complexion richten, vnnd auch nach dem ſchaden mith.

Ein ſtarck plaſter czw aldenn schaden.

Ein ſtarck plaſter czw aldenn schadenn. auch machſtu an einer nodt wunden mith heilenn, die friſch ſein. Nim iii ℔ hartz vnnd ii ℔ wachs, szo vil hirſchen ader bucken vnſchluth, ader rindern: ein viertel wein eſſig, das alles durch einandere geſottenn, vnnd durch ein tuch gedrucketh. vnnd thu die hirnochgeſchribben ſtucke vnnd puluer dor ein. iii loth mirre, ſso vil weiſs weiroch, szo vil maſtix, szo vil alwen vnd v loth bleiweiſs. das alles ſewdt in denn obern nur ein
CCXI mol vff, nicht lange, ader | es vorbornet. doch ee du es durch das tuch gedrückt haſt, szo las es ſso lange ſte, bis es harth gnug wirth. das vorſuche vff einem eiſsenn. vnnd wen es harth gnug iſt, ſso thu die puluer dorein, vnnd ſewth ſie als obenn ſteht. wen du ſie vom ſewr nimſt, szo ferbe ſie. wiltu ſie vaſt meiſterlich haben, ſso ferbbe ſie mith bleiweiſs. das thu alſso vil dorein, das ſie weiſs gnug iſt. doch szo muſtu vil bleiweis dor zcw haben. ferbbe ſie roth mith rötel ſtein. wiltu das beſſer vnnd nuttzer werde, ſso ferbbe ſie mith grun ſpanngrün, ader mith der farbbe aus den bloſsenn,[1]) alſtu wol finden wirſt. vnnd wen ſie geſteth, szo ſchlach ſie eine weile.

---

[1]) „mith der farbbe aus den bloſsenn," Wahrscheinlich ist die in kupfernen Ofen-Blasen, welche noch jetzt vielfach gebräuchlich sind, sich bildende grüne Farbe gemeint.

Ein ander salbe tzw alden ſchaden vnd was offen iſt.

Item nim ein halp ℔ terpentin ader peul hartz, vnnd i ℔ hirſchen ader ochſsenn vnſchlett, i ℔ vngeſaltzenn ſchmer, i ℔ wachs, szo vil honigs. das all czw laſs zcw ſsammen, vnnd durch ein tuch gedruckt | vnd dor noch wider vber das fewr. vnnd rür die hirnach geſchribenn CCXII
puluer doran, vnnd las einſt do mith vff ſiedenn. dor noch thu es vom fewr, vnd rür grünſpan dor vnder, bis ſie wol grün wirth. vnnd rürs bis ſie geſteth, dor noch ſchlage ſie wol.

Ein walth plaſter.

Eynn waltplaſter genandt, do mith heyleth man alde ſchadenn, vnnd auch beinbruch. vnnd wen du der beiſſsenden materien nicht dor ein tuſt, szo iſt es vaſt ein guth zcihenplaſter tzw friſchen wunden. dornoch wiſſse dich tzw richtenn. Wiltu gerne, szo mach es zcweierlei. nimn. hartz, wachs, hirſchen ader bucken vnſchloeth, der drier gleich vil, vnnd geus von nachtſchatenn ein guth teil, vnnd von pappeln, vnnd von gutem heinrich,[1]) vnnd von ſanickel, von wintergrün, von adermenig, von betonien, von iungen holunder, von ſchaffgarbben, von vettenn ſtein krawth, von fuchs krawth, vngeuerlich durch einander. vnd ſewdt das alles | zcwſsamen, vnnd ſeige es durch ein tuch, CCXIII
als vfft vor mith denn obern ſtücken. vnnd geuſs das vff eſſig ader vff waſſer, vnnd los ein nacht dor vff ſtehen, szo wirth es herth dor noch. nim es vom waſſser, ſso bleibt das kodt[2]) vndenn am bodem im waſſer. wiltu ſie machenn das ſie tzw aldenn ſchaden beſſser iſt, den ſunſt, szo haw ſie von nander, vnnd tzw las das halbe teil vff koln inn einem becken ader keſſsel, vnnd thu diſſse puluer dor ein. alawn, kupper waſſser, weinſtein, ſpanſsgrün, galittzenſtein, maſtix, weis weiroch, itzlichs ein loth. vnnd las ein wenig dor innen ſieden. vnd geus es wider vff waſſser inn ein becke, ader inn ein ſchüſſsel, ader auff eſſig, ſso iſt ſie gericht.

Wie man alde ſchaden heilenn szal.

Nun wil ich dich lernen, wie du alde ſchadenn heilenn ſsalth, die wundſein, vnnd fawl, ader wilthfleiſch dor innen iſt. ſselbige fawl fleiſch muſtu vor herauſs beihiſsenn.[3]) vnnd dor noch ſsalbe | denn ſchadenn CCXIV

---

[1]) „guter heinrich" = Chenopodium bonus Henricus. [2]) „das kodt" = der Koth, Bodensatz. [3]) „beihiſsenn" = beitzen, ätzen.

mith roſsenn öl, das von leinöl gemacht iſt. vnnd nim gereinigeth eier weis, roſsenn öl, wegebreyth waſſer vnnd guten ſchonen flachs, ader hanff. dor auſs mache ein plaſter, das lege einem vber denn ſchaden. vnnd mache mehr ein plaſter dor vber. nim weiſsen mel, wol ſchone, vnnd gutten weiſſsen wein, dor auſs mache ein plaſter, vnnd öm oben vber genſs gelegeth. schnidt ein loch doreinn. das vber plaſter ſal barcham ſein, der new iſt. vnnd iſt es an einem, ſso binde ön mith einer ſchmalenn langen bindenn, vnden vber ſich, hoch vber den bruch, ſzo kan das geſucht nich dor tzw.

Ein grün herth trackentieff[1]), iſt guth.

Ein grün trackenteiff, vnnd herth vnnd heilth auch alde ſchedenn vnnd blottern geſchwer, vnnd waſs offenn iſt, vnd tzw gemeyne ſchaden, vnnd wo ſich einer an die bein geſtoſſsen heth. dor tzw hab ich ſie offt genützt, vnnd iſt vaſt guth. nim ein ℔ wachs, ſso vil terpen-
CCXV tinn. magſtu | jn nicht gehabenn, szo nim in nöten guth lewtter hartz dor fur, iiii loth alawn, szo vil lewtters weirachs, vnnd ii loth weinſteinn, ſso vill kupper waſſer, ii loth muſcaten, ii loth galbann. wiltu friſch ſchadenn do mith heilenn, nim der ſawrin ding nicht ſso vil dor tzw, auch ichs ſunſt vſſs beſte geſatzt. wiltu gerne, szo mache ſie zcweyerlei, einn ſcherſſer den die andern. vnnd die obern tzwei ſtücke tzwloſſsenn, vnnd das ander kleingepuluerth vnnd dorinne geſsottenn, gar ein wenig. vnd am abe thun vom fewr szo mache das wol grün. vnnd geuſs es vff eſſig ader vff waſſer, vnnd beres mith den henden doraus, vnnd mache zcapſſen dor von. wiltu auch, ſso mache der ſalben mith dem zceug mehr. Alſso wenn du ſie nicht tzw ſtarck haben wilth, szo nim tzw dem ein ℔ wachs noch j ℔, ader i ℔ des gleichen hartz ader terpentin tzw einem gemeinen plaſter. szo hath es dennach des vnndern zceugs, als von dem maſtix vnnd der alawn mith ander materie gnug dorein. vnnd mache alſso vornne geſchreyben ſteht. |

CCXVI Ein lere, wie du salben machen ſzalt.

Item nun wil ich dich leren noch ſchlechter weyſse, dorvmb daſtu dich diſter bas vorweiſt, die ſsalbe vnnd plaſter tzw machenn tzw gemeynen nuttze. wen du sie rechtfertigk machen wilth, nach ſchlettem

---

[1]) „trackentieff;“ wahrscheinlich corrumpirt aus Attractiv.

aufs fettzenn als vff du ein ℔ wachs, vnfchloth ader hartz, honig, öll, der eins ader des gleichenn, dor tzw nimftu funft auch der gumi als vff i ℔, dor tzw als maftix, weirach, galbanum ader des gleichen, es fei was es fei, fso gehorth tzw ittzlichen ℔ i loth von dem, von allen stuckenn. auch oben tzw allen pfunden, den aufsgenommen, was do beift, als alawn vnnd des gleichenn. des nim nicht fso vil, nur als vil dor tzw gehorth. wiltu das aber tzw aldenn ader fawlenn fchadenn habenn, szo muftu villeicht der fcharffen ftück mehr haben, den tzw itzlichen pfunde i loth, vnnd villeicht des gummi weniger ader mehr, als du im buch wol | findeft, vnnd dich der fchade dein vornufft wol CCXVII etwas lernen wirth. den mith guthen gummi, als von terpentin vnnd maftix vnnd galbann vnnd des gleichenn, kanftu nicht wol tzw vil ein heilfsalbe thu vngeuerlich. kanftu auch inn faul alde fchedenn auch nicht vil fcharffer materien thun, den du wolleft ön mith willen gantz vil dorein thun Ich mein noch rod vngeuerlich. auch faltu alle szalbe vff kolnn fidenn, vnnd fie wol fchlaen vnnd rüren. den die erbeith hilfft vaft fere vnd wol, vnnd ift notlich ann den falben. Auch faltu alle ftarke beinplafter, zcieplafter vnnd funft falbenn, die du gerne ein wenig harth hetteft, vff ein beil ader ander eifsenn vorfuchen mith einem tropffen. den tzw reib. das treib fso lang, bis es wol warth wirth. das vorfuche vfft. wen es wol vorbornt balde, ader vortirbt funft, das es tzw weich ader tzw harth wirdt.

Ein gute zcugkfalbe.

Ein zcugk szalbe do mith ich szelbefth geerbbeith hab. nim iii ℔ wachs, iii ℔ hartz, | ii ℔ hirfchenn ader buckenn vnfchloeth, ader rin- CCXVIII dern. das als tzw hauffe gefottenn, szo lang bis es harth gnug wirth. das vor fuche auch mith einem troppen als genns. dornoch druck es durch ein tuch. vnnd thu dor czw v loth alaune, iiii loth weifsenn weiroch, szo vil mirre, iiii loth bleiweifs. die fewth auch nicht lange, vnd rüre bis es gefteheth, vnnd fchlae fie auch vaft lange. die zcwue falben fein guth.

Aber ein gute zcihfalbe.

Nim buchfpitz, heidenifch wundkrawth, sanickel, nachfchadt vnd wintergrün, steinkrawth, haufswurtzkrawth, wegebreith, auch den fpittzigen wegreich, erperkrawth, die haw kleine vnnd stofs fie kleine

mith einem gutem weiſſsen wein. vnnd dor noch geus ſso vil wins dor
tzw, das ſie wol naſs bleibbenn. vnnd settze ſie beiſeith, vnnd decke
ſie wol tzw, das der dampff nicht doruon gee. alſso vormache ſie, vnnd
las ſie xiiii tage ſtehenn. auch geſtoſſsen golthgleth thu auch dorzcw
CCXIX mith dem erſtenn dor vnnder. vnnd nach denn xiiii tagen | szo ſewth
ſie ſso lang bis ſie ör macht vonn ön gebenn. dor noch thu ſie in ein
ander gefeſse, vnnd thu dor tzw ein guth teil beuelhartz vnnd wachs,
ſso vil hirſchen vnſchloth, als der andern ſtück eins. haſtu des nicht,
ſso nim bucken vnſchloth dorfür. vnd thu ein guth teil terpentin dor
tzw. das als ſewd bis es dicke gnugk wirth. das vor ſuche auch vff
einem beile. dor noch druck es durch ein tuch, vnnd rürs bis es ge-
ſteheth vnnd ſchlages dor noch lang. Wiltu gern, wen du die krewter
mit der glet am erſten geſotten haſt, szo zcwing ſso durch. vnnd die
aufsgezcwungen materien thu zcwm wachs, bewlhartz, terpentin, vn-
ſchloth, vnnd ſewth als oben ſteheth. Iſt ſie tzw donne, ſso thu mher
wachs dor tzw.

Aber ein hartte czogk salbenn.

Ich wil dich eine guthe herth zcug ſalbe lernnen machenn, die
du vber landt fürſt in einem köcher ader wo innen du wilth. Nim
CCXX ½ ℔ terpentin. haſtu der nicht, ſso nim | beulhartz vnnd ſunſt hartz
dor vor. vnnd i ℔ wachs, das etwas new iſt, vnnd vonn iungen bie-
nenn beſſer den von alden, ½ ℔ hirſchenn vnſchloth, ½ firding boumöl,
ſso vil dialdia. das alles durch einander gemengt vnd geſottenn, vnd
durch ein tuch gedrückt. dor noch thu die puluer dorein. iiii loth weiſs
weiroch, iii loth bleiweis, ii loth alawn, ii loth mirre. vnnd las das ein
wenig ſieden. dor noch geus es vff wein ader vff waſſer ader vff eſ-
ſig, vnnd bere es dor aus, vnnd mache zcapffen dor von. iſt ein guth
zcug plaſter vnnde heiſt ein rewter plaſter.

Ein guth braun zcug plaſter.

Nun wil ich dich lernen ein guth brawn zcugplaſter machenn,
vnnd das derreth vnnd heilt, vnnd iſt guth vber boſse blottern vnnd
vber geſchwehr, die ein weil gewerth haben vnnd nicht new ſein. tzw
den iſt es beſſser, denn ein ſchlecht tzwgk. vnnd beſsunder vff die
CCXXI wunden do vil odern bei ſein ader vil roth dor bei | iſt, als vff denn
henden ader nohen dor bei vff den armen, ader in die füſſse, do iſt

das plaſter nuttze, vnnd noch der rotenn ſalben das beſte dor vber tzw legenn. den es brengt nicht vil eitters. alle vierteill iar ſso mache ein newen. der iſt beſſser denn der alde.

Alſso mache es.

Nim i ℔ baumöll vnnd ¼ ℔ goldgledt. vnnd haſtu der nicht, ſso nim ſilberglet dor vor. die ſtos vaſt klein vnnd durch ein enge ſip. vnnd nim am erſtenn das baumöl‸ ½ ℔ vngeuerlich, vnnd rür das langſam dor ein in das j ℔ baumöl. vnnd settze es vff koln, vnnd los das ſieden. vnnd rüre es vaſt wol, vnnd mache öm nicht tzw heiſs. dor nach rür das ander teil von dem öl vnnd der gledt mith anndern ſtücken langſsam dor ein, itzt das, [itzt] yens, ſso vorbornth es nicht. vnnd wen es tzw vaſt ſiedenn wil, ſso thu es vom fewr, vnnd rür es wol. vnnd dornoch ſittze es wider vber das fewr vnnd ſewth es, das es gnug wirth. vnnde muſt das offt vor ſuchenn mith einer ſpatel. do mith ſettze ein tropffenn vff ein beil vnd | laſs dor vff geſtehenn, vnd CCXXII
tzw reibe das, ſso ſiheſt du wol, wen es harth gnug iſt. vnnd thu das vfft. vnnd wen es ſiedens gnug hath, ſso rür es ſso lang, bis es geſteheth. dornach ſchlage ſie mith einem holtz ſso langk, biſs ſie wol harth wirth. dor noch ſalbe die hennde mith oel, ader ſunſt mith vetten, vnnd zceug die ſsalbe durch die hende, vnnd tzw reib die knoten dor inne, vnnd mache zcapffen dor auſs. wo du ſie hin legſt, vff holtz, das ſchmer vor auch, ſso leth ſie ſich deſter bas vff heben. vnnd behalth ſie denne. vnnd das ſein die ſtücke, die auch mher mith denn fordernn ſtucken vnnd dor ein gehörenn. viii loth wachs, wol ſchöne, vnd ii loth maſtix, ſso vil leutters weiroch, i loth galban, i loth terpentin, j loth kupperſclag. des alles mach als oben ſteeth.

Item wuldeſtu vil friſcher wundenn mith heilen, ſso muſtu ſie etwas ſtercker machenn. denn etlich lewtte habenn gernne ſsalbe, die vaſt zcehe ſein vnnd vaſt kleben. wiltu den lewten die awgen füllen, vnnde wilt ſie machen, das ſie vehſt zceug, ſso thu tzw diſſsem zceuge mer als v loth terpentin | vnnd iii loth wachs. ader die ober die iſt CCXXIII
beſſer, vnnd gewiſſser mith heilenn.

Hartte geſchwlſt linde czw machenn.

Item hertte geſchwulſt linde tzw machenn, vnnd werth auch dem geſüchte, vnnd tzw trendt die von einander, vnnd vortreibeth auch die

weetagenn tzw guter maſs, vnnd iſt auch guth hinder die wunde tzw legenn vff die arm vnnd bein. ich halde vil dor von, vnnd albeg guth, die weil der zceug vff dem tuch bleibth. Nim i ℔ wachs, i firdungk weiroch, des weiſſsen, ½ firdungk leinöl, i ℔ terpentin, ader hartz, i firdungk ſchwartzpech, iiii loth alawn, iii loth weinſtein. das tzw loſs küel. vnnd wen es ſchir geſtehenn wil, ſso ſtreich das vff ein leinen tuch, ſso ſchleth die ſsalbe nicht durch. ſunſt wen du ſie heiſs vf ſtreichſt, ſso ſchledt ſie durch. wiltu das plaſter vaſt ſtarck machen das es ſere wirckt, szo zceug es gar durch tzw laſſsenn ſalbe. vnnd
CCXXIV ſtreichs dornoch | mith der ſpatel aus, vnnd behaldt das. wen du [illegible] nüttzen wilth, szo ſchneidt von dem plaſter ſso vil du des bedarff[illegible] das lege einem vber. vnnd thu öm das alle tage eins ader zcwier a vom ſchadenn. vnd ſtreich das aber aus mith dem ſpattel. vnd ſa[illegible]b öm denn ſchadenn mith linde ſsalbe ader mith dem öl. das bad von gerſten vnnd alawn, als forne ſteeth, dienen wol tzw ſammen vaſt gebundenn.

Nach ein anders plaſter vor geſchwulſt.

Nim geſtoſſsenn roten diſtel ſafft, ader grüne von wermuth, vnnd schone mel von winter gerſten ader sommer gerſtenn, vnnd nim i firdung ſilbergleth, klein geſtoſſsenn, vnnd nim rawten ſafft. vnnde ſewt das in romenei [1]) ader ſunſt inn guthem wein, ader inn weineſſig. las mer danne den drittenteil ein ſieden. vnnd wen du das nuttzen wilth,
CCXXV ſso geus des ſso vil von der gleth mith dem andern zceugk, | vnnd mache das mith dem gerſtenn mel tzw als ein brey, vnnd sewd das. vnnd ſchlae es eim ein tag wol warm zcwir ober, alſso lange bis es hilfft. wiltu das es noch vehſter derre, szo ſewdt geſtoſſsen ſchweffel dor tzw vnnd weinſteinn.

Ein guth ſchweb bandt.

Ein guth schwebe bandt vnnd plaſter. das iſt guth vber der wunden, oben vber die plaſter, die vff den wunden ligenn. vnnde mache ſie vaſt breydt, vnnd mitten ein loch dor durch, ſchir als weyth, als das vnder plaſter vff der wunden iſt. alſso thu allenn ſtarck plaſter [die du] vff die wunden legſt. vnnd iſt auch hinder alle wunden tzw legenn,

---

1) „romenei," eine Weinsorte?

vnnd dor vber wol mith einer ſchmalen binden, die langt iſt, gebunden. das wehrt, das eim das geſsüchte vnnd ander vnrad nicht tzw der wunde ſchlecht. vnnd zceugt das geſucht auſs, vnnd vortreibth auch die wetagungk tzw guther maſs, vnnd auch das geeder nicht | gernne CCXXVI vorſtarreth. auch külth tzw gutter maſs, vnnd ſchwind nicht gernne lor vnnder. das alles muſtu bei zceitenn mith dem plaſtere bewarenn, weil der ſchade new iſt. Ich habe es vaſt genutzt, vnnd hath mir vil guttis gethonn. es iſt auch ſso lang guth ober den wunden, szo lange es zceug hath. vnnd als vfft du einen bindeſt, als vfft ſtreich das plaſter mith einer ſpatel auſs. ader leith es ſunſt vff gantzen ſchaden, die nicht vffenn ſein, ſso ſtreich doch das alle tage tzw tzwei mal auſs.

Item i ℔ wachs, ſso vil honig, ſso vill terpentin ader hartz, ſso vil hirſchenn ader buckenn vnſchleeth, j ℔ leinöl vnnd ein firdungk vom öll, vnnd v loth weiſs weiroch, szo vil alawn. vnnd wen du das vber durch einander tzwloſsenn haſt, vnnd durch ein tuch gedrucket, szo thu die vnder zcwei ſtück cleine gepuluerth dor ein, als den alawn vnd denn weiroch. vnnd do mith loſs es einſt vff ſiedenn. vnnd am letztenn ſso thu ſie herab, vnnd ferbe ſie mith bolofermenes ader ſuſt mith rotelſtein. vnd rürs bis es geſteeth. | CCXXVII

Ein guthe salbe tzw dem hewbth.

Ein guthe szalbe tzw dem hewbt vnnd tzw allenn glidern, ader wue kranckeith. Nim i ℔ baumöl in einen becken ader in einen keſſel, vnnd thu ½ ℔ lorber dorein, clein geſtoffsen, vnnd das ſewth wol vnnd wirff den ſchaum dor von. dor noch drück das durch ein tuch vnnd geus ½ ſtoffen weiffsen wein dor ann. dortzw nim gepuluerth ſpicknary[1]) vnd ertper krawth, betonien mith den brunen blumen, auch gepuluerth. vnnd binde das in ein tuch. Iſt es aber im szommer, haw die kreutter kleine, vnnd binde ſie dennoch in ein tuch, vnnd ſewd ſie dorinne. vnnd noch dem ſiedenn, szo drück das tuch wol auſs vnnd thu das weck. vnnd mehr dor tzw i ℔ hirſchenn vnſchloth, szo vil vngeſaltzenn butter, vnnd v loth wachs, ſso vil terpentin ader guth hartz, vnd ein ſtouff welſch wein ader ſunſt gutten wein. vnnd | laſs CCXXVIII das wider wol tzw ſammen ſiedenn, vnd ſcheum es wol. dor noch thu es vom fewr vnnd thu mer dorein. alſso iii loth maſtix, ſso weiſs wei-

---

[1]) „ſpicknary" = Spica Nardi, Lavandula Spica.

roch. das rür wol dorein vnnd loſs es gſteen. dornoch ſchlae ſie mith einem holtz ein guthe weil, ſso wirth es vaſt nutz vnnd guth.

Ein grüne ſalbe, genant bopolium.

Item ein popolium tzw machen, die küelt vnnd heilt. vnnd vil guther meyſter nüttzen ſie tzw allen friſchenn wunden am meiſten. die ſtreich auſsen vmb die wundenn, vnnd loſs ir nicht vil dorein kommen. Nim pappel knoſpeln, anderſt genandt alwerbroſt, ee das ſie laub habenn, vnnde vngeſaltzenn ſchmeer von einem reinen borgel ſchwein, szo vil du des bedorffeſt. das ſchneid klein. vnnd ſtoſs die pappeln knoſpen in einem mörſser. dor noch das ſchmeer. vnnd nim der pappeln knoſpen vil dor vnder. haſtu des ſchmeres nicht, ſso nim
CCXXIX vngeſaltzenn puttern, ader nim die | beide. vnnd thu das inn ein geſeſs das weith gnug iſt, vnd vor mache das oben wol mith brette. das thu obenn dor vff, beſchwert mith ſteinenn, das ſie das vaſt nider drucken. vnnd neben denn brette vor mache es wol mith einem tuch, das der tampff nicht wol dor von gehen möge. vnnd vor ware das in einem keller ader ſunſt in einem külen gemache, das nicht vaſt demffig iſt. vnnd dor noch, wen die krawtter krefftig ſein, noch dem meihen, inn dem brochmonden, szo brich ſie, vnnd haw ſie kleine, vnnd ſtos ſie dornoch in einem mörſſser, vnnd kümpt ſie den vnder die knoſpenn, itzt das krawth, vber ein tag ein ander krawth, als lang als ſie noch einander wachſsenn. wen eins wechſt vil ee, den das annder. alſso magſtu die ſalbe den gantzen ſommer mith den krewten meheren, bis an den herbſt, balde nach vnſser lieben frawenn tag wurtze wei. kanſtu ör nicht geratenn, ſso mache ſie denne ee aus.

Item das sein die nochgeſchrebenn krewtter, die tzw der szalben
CCXXX gehorn. sanickel, spitz wegebreith, auch ſuſt wegebreith, | adermenig, anders genandt groſs eyſsenn krawth mith gelen blumen, fuchs krawth, hath geele glockenn blumen, weiſſse ſehe blumen mith denn groſſsen kolbenn, lilium conualium, jungkholunderbletter, nachtſchattenbletter, garbkrawth, erperkrawth, buchſpittz, jung beiuos, pappeln, guthheyrig,[1]) betonien mit den bloen brawnen blumen, wegetrit, das vette steinkrawth, das iſt auch guth. vnnd meuſs or, kreſſsen, auch braunkreſſsenn, vnnd was krewtter vber winter grün ſein, die ſugen nicht wol

[1]) „gutheyrig" = guter Heinrich (s. S. 105).

tzw dieſſer ſalbe vff friſche wunden, den die ſint von heyſser natur, vnnd ſint dor tzw tzw hittzig. aber was krewtter kulen, die ſein guth dor tzw. dor noch wyſſse dich tzw richtenn. vnnd wen du die ſalbe am herbſt auſs machenn wilth, ader wen es dir nod thuth, szo ſewth ſie mith den krewttern vaſt wol, biſs ſie wol erwarmeth ſein. das muſtu in nachſchadten grus [1]) ſiedenn, der muſtu vaſt vil habenn, ie mehr ie beſſser. den dor von wirth die ſsalbe grün vnd külť deſter baſs. vnnd nach dem ſiedenn, ſso nim ſie vom fewr vnd druck ſie durch ein tuch in eiñ geſeſſse, dor | in ein wenig waſſser iſt. vnnd do mit ſettze die CCXXXI
ſsalbenn in ein keller ader an eine kalde ſtad, vnnd laſs ſie ein tag ader ii vnnd nacht dornoch ſteen. dor noch ſso ſchneide die obern ſalbe oben mith einem krommen meſſer, ader mith einem breitten eiſsen. die iſt ſchoner den die vnder. die behalth beſsunder. dor noch ſso thu die andern ſsalb auch auſſsem keſſsel, szo bleibt das waſſer mith dem koeth vnden an dem bodem. vnnd ſchlage die ſalben all beide vaſt lang vnd wol. ie lenger ie beſſser ſie wirth. ſso nützt du ſie dornoch das ſelb iar vber alſso lang, biſtu wider eine newe magſt, als die was. ſie heilt wol.

Ein weiſſse ſsalbe tzw machen, die iſt guth.

Alſso saltu die weiſſse ſsalbe machenn. ſie heyleth vnnd dörret, vnnd vortreibeth die röte vmb die wunden, vnnd die rotten flecken die aldt ſein. wo die ſtehen, die ſelben rottenn ſtad muſtu mith einer flitten laſſsen hawen, gleich als du kopff wolleſt ſettzen. dor ein tzw reib klein tzw ſtoſſsen glas, vnnd mache ein zcihe plaſter, das lege obenn dor vbber, alle tage ein | news, ſso lang, das es wol ſchwierth CCXXXII
vnd vaſt eitterth. ſso reib den tag tzwier ader drei ſtundt ſchone weyſſse ſsalben dor ein, als lang bis es auſs ſchwierth vnd gantz heileth. vnd muſt ön vſſt baden. vnnd nach dem bade reib inn vaſt wol mith der weiſſsen ſalben. iſt es dennoch roth, ſso [thu] im aber xiiii tage mer alſso mit dem hawen, vnnd aber geſtoſſsen glas dorein gereiben. das treibe ſso lang, bis es weis vnd leib farbbe wirth, als die ander hawth weis am leibe. alſso mache die ſalbe.

Nim weis venediſch ader ſunſt vaſt weyſsen bleiweis. ie weiſſser, ie ſchoner die salbe wirth. den ſtos kleyne, vnnd los en durch ein

[1]) „grus“ = grober Sand; der staubartige Rückstand von längere Zeit hindurch aufbewahrten trocknen Pflanzen.

enge ·ſip lauffenn. das nim ſso vil du der ſsalben machen wilth. vnnd thu das in ein becken, vnnd geuſs roſsen öl von bom öl dor ann, das ſchlae mith einem runden holtz wol durch einander. iſt es tzw dicke, szo geus mehr roſsenn öl dor an, iſt es tzw dönne, ſso thu mer blei weis dor tzw. vnnd ſchlag ſie mith dem holtz lange, ie lenger ie beſſer, szo wirth ſie vaſt weiſs. wiltu ſie aber beſſser machenn, ader ſie iſt
CCXXXIII nicht ſso weiſs, alſso vor, szo thu [dazu] ii ℔ bleiweis, iiii [℔ ?] | maſtix, vnnd szo vil weiſs weiroch vnnd ein quartir roſsen waſſser. vnnd auch von vil eiern das weis, wol gereynigeth mith einem bade ſchwam. vnnd nim $\frac{1}{2}$ ℔ ader i ℔ ſilber glet. vnnd geus doran ein wenig mehr denn $\frac{1}{2}$ ſtoff wein eſſig ader i ſtouff, vnnd feud das in einem vorgleſten topff, als lang, das es nicht mehr bleibe, den ein quartir. dor noch vngeverde settze das vom fewr, vnnd las ſichs settzen, bis es leutter wirth. szo geus es vonn der gled, vnd thu das auch in die ſsalbe. vnd die gled loſs hiraufsenn, szo wirth es en wenig ſcharff von dem eſſig. wiltu gernne, ſso nim des eſſiges deſter weniger. ader ſzewd die gled mith roſsen waſſer vnnd las den eſſig herauſſsen. das iſt villeicht beſſer, dar vmb, das er nicht beiſt. vnnd nim ein loth kampffer, den tzw reib mith einem holtze inn einer ſchoſſseln. vnnd das holtz reibe vor mith einem mandel kern, ſunſt leth ſich der kampffer nicht tzw reibben, den alſso. das thu auch inn die ſalben. auch die ober genanten
CCXXXIV auch dorein, als denn maſtix | vnnd weiroch. vnnd ſchlage vnnd erbeyth das mith einem holtz drei tage, all tag ein gutte weil, ſso lengſt du magſt, szo wirth ſie vaſt guth. vnnd mache ſie dicker vnnd dönner mith dem bleiweis vnnd mith dem öl, inn moſs als du ſie habenn wilth. die groſſsen meyſter, die den lewten die augen fullen, die machenn ſie nicht von zcweien ſtuckenn ader von iii, von bleiweis vnnd öl. etlich nemen den kampffer dor tzw, dor vmb das ſie vaſt weis bleibe. vnnd duncketh[1]) ſie meiſterlich. ader die vber iſt beſſser. dornoch richte dich. vnnd ich habe ſie vff das beſte geſattzt.

Ein ander gute weiſſalb.

Ein ander weiſſse ſzalbe. die heilth dennoch tzw guter maſs wol. vnd wo einer nicht beſſsern zceug gehaben möcht, szo heylth er mith der ſalben dennach wol. ich habe tzw Marienburgk inn der belegungk[2]) mir dan vier hunderth menſchen do mith geheylt, vff die zceyt als der

[1]) Die Handschrift hat „drucketh." [2]) „belegungk" = Belagerung.

polniſch könig dor vor lage. die ſselbige zceyth was mir zceuges tzw runnen[1]) vnnd hatte do ſselbeſt nicht vil anders den das. dorumb ſso ſchreyb ichs, ab einer benötigeth were, | vnnd kunde nicht bas,[2]) denn das er an die ſalbe gedöchte. auch hatte ich einen wundtrangk dortzw. die krewter fand ich im ſchloſſse. das was beiuos vnnd erthperkrawth, das fandt ich vff der mauren ſteen. das ſoet ich mith bier. vnnd das iſt di ſsalbe. CCXXXV

Item nim schön buckenn vnſchlot, das ſchneid in einen morſſser, vnnd geus boum öll dorann. haſtu des nicht, szo nim lein öl. haſtu weigebreitten waſſser, ader roſsen waſſser, geus auch ein weenig dorann. das ſtos durch einander ein guthe weil alſso lang. ſso wirth es ſchöne vnnd vaſt weiſs. iſt ſie tzw dicke, szo geus mer öll dor tzw. iſt ſie tzw dönne, szo thu mehr vnſchloth dortzw. vnnd ie lenger du ſie ſtöſt, ie weiſſser ſie wirth, vnnd auch beſſser, vnd gewinneth ein guthe geſtalth. ader du muſt eer nicht tzw vil machen, den ſie bleibt nicht vaſt lang recht ſchon weyſs. mache ir diſter weniger vnd offt

Ein nodt plaſter vor die hittz vnd schwulſt, vnd iſt guth.

Item nun muſs ich noch ein plaſter | von ebentewr[3]) wegen settzen, do mith ich auch manchem manne geholffen habe, vnnd mith holffe gottes bey leben behalten. Auch tzw Marienburgk in der beleegungk tzw zceitenn quam einer tzw mir, vnnd was geſchoſſsenn vnnd villeicht gewundt dor tzw, vnnd was vaſt geſwollenn, alſso gros als tzwue feuſt hoch. vnnd hath vil hittze vnnd vil vnradt dor inne. do nam ich ſtein krauth vff der maurenn, vnnd iſt gleich geſtaldt als hauſwurtz. das ſelbige krawth were auch gueth dor tzw. vnnd ertperthkrawth, vnnd ein wenig des iüngſten beiuoſs. das alles hip ich kleine, vnnd ſtiſs es in einem mörſſser mith guthem honnig vnnd mith bom öl, vnd mith eier weiſs, wol gereinigeth. das alles tzwſammen. doraufs machte ich ein dicke plaſter vff ein tuch, das ſchlug ich im vff die ſchwulſt ader vff die hittze. szo auſs denn wundenn das plaſter voll hittze was geczogen, szo nam ich das herab, vnnd macht im ein news an die ſtadt. das treibe ich ein tag ader mehr. von dem ſoſſsenn[4]) vnd CCXXXVI

[1]) „die ſselbige zceyth was mir zceuges tzw runnen" = dieselbige Zeit war mir das Zeug zerronnen, d. h. mein Vorrath an Salben etc. war erschöpft [2]) „vnnd kunde nicht bas" = und konnte nicht weiter, hatte sonst keine Hülfsmittel. [3]) „von ebentewr wegen" = eines Abenteuers, besondern Ereignisses, wegen. [4]) „ſoſsenn" = ſaſs ihm.

ſchwandt alle geſchwulſt nider. vnnd zcogen alſso die hittze mith auſs.
CCXXXVII Alſso heyleth ich mith | einem ſchlechten zcieheplaſter vnnd mith der vorgeſchribben weyſsen ſsalben. auch hab ich mith dem szelbigen plaſter do ſselbſt das wilde fewr geleſchet. vnd iſt vor war vaſt guth.

Ein gute grün heil salben.

Gar ein guthe heil szalbe, die grüne iſt, vnd iſt vaſt guth, vnd nützt vnnd heilt vaſt wol, vnnd beſsunder die friſchenn wunden. Nim i ℔ terpentin vnnd wol gereinigeth eier weiſs, szo vil, das abenn vber dem terpentin gee. das alles thu in ein becken, vnnd ſetzz an die werme ader vff ein vffen, ader an die ſonnen, vnnd las das ein ſtundt ader drey ſtehe. dor nach ſchlae ſie mith einem holtz in dem beckenn wol durch einander, bis ſie linde wirth. hath ſich das eier klar nicht gar dor ein geczogenn, szo geus ſie dor von. vnnd nim ii ℔ lor öl, das thu auch dor tzw. vnd ſchlage ſie ein guthe weil dor noch mit einem holtz durcheinander, ſso iſt die ſalbe gerecht.

Ein salbe genand foſcho.

CCXXXVIII Ein szalbe, genandt foſcho.[1]) von der ſalben | wechſt das fleiſch, vnnd iſt den frawen guth tzw den brüſtenn. vnnd do mith heylth man haſsenn ſchartten noch dem ſchneiden.

Alſso mache ſie.

Nim i ℔ boum öll, szo vil schwartzbech, szo vil hartz, hundes ſchmer, dachs ſchmaltz, bernſchmaltz, ittzlichs ein firdungk von einem pfunde, durch ein tuch gedruckt, vnnd tzw loſs es beim fewr, vnnd dor noch durch das tuch gedrucket. dor noch thu dorein klein gepuluerth maſtix, weiſs weiroch, galbanum. das loſs als in der szalben ein ſift vff ſiedenn. iſt ſie tzw weich, szo thu mehr ſwartzbech dor ein, iſt ſie tzw dicke, szo thu mehr hundes ſchmaltz dorein. vnnd dornoch thu es vom fewr, vnnd rürs wol, bis es geſteeth.

Haſsen scharttenn czw heylenn.

Die szalbe nehſt ittzundt angezceygeth, genandt foſcho, hir vor
CCXXXIX geſchreybben am blathe, | dor mith heilt man haſsenn ſcharttenn etc.

---

[1]) „Ein salbe genand foſcho" = italienische Benennung des Unguentum fuscum.

Kumpt dir eyner tzw mith haſsennſcharten, wiltu öm die heilenn, szo gedenck dir[1]) vmb ein wolſchneidenn ſchermeſſser ader ſchir,[2]) die forme vbereinander falle vnnd wol ſcharff ſie. do mith ſchneid öm die haſſen ſcharte tzw beidenn ſeittenn gantz vnnd gar herauſs, vnnd des fleiſch gnug mith, alſso das du erkennen, das die kerbbe gantz wol hirauſs ſie geſchnittenn. vnnd ob es ſichs nicht gar ebenn vnnd gerade am hefftenn tzwſammen fügen wolde, szo machſtu es öm wol hocher vber ſich vff ſchniden, szo leth es ſichs one zcweiffel wol tzw ſsammen hefftenn. vnnd wen du es hefften wilt, szo ſtich im durch die hawth vnnd tieff in das fleyſs, alſso daſtu fleiſch gnug mith dem hefftenn nimſt, das es genaw inn der dicke des fleiſch mitten herauſser gehe. des gleichen vff der ander ſeytten entiegenn. Auch thuſtu des nicht vnnd nimſt nicht vil fleiſs mith, szo reyſſsenn die heffte | balde CCXL auſs. vnnd thu öm innen in den mundt auch ein hafft von auſsen wegen, szo heilth es diſter genawer tzwſammen. vnd ſalbe im den ſchadenn mith der foſcho ſsalbe, in die wunden vnd auſsen dorumb. vnd lege ein plaſter von der rotenn heilſalbe dorvber. alſso binde ön alle tage tzwier. vnnd gibb öm wundtrangk tzw trincken. szo iſt er innen drien wochen gantz heyl.

Ein salbe heiſt dialdia, vnd iſt linde.

Alſso mache dialdia. nim i ℔ ebiswurtz,[3]) geſtoſſsenn. haſtu der nicht, szo nim swartzwurtz. vnnd ein halp ℔ leinöll ader geſtoſſsenn leinſsamenn, i ℔ ader ½ ℔ fenumgrecum, geſtoſſsenn, v firdungk wachs, szo vil hartz, ii ℔ meiſse ader meihiſſse botter, das iſt botter die im meien gemacht iſt, ader ſunſt vngeſaltzenne botter. szo vil boumöl. das alles ſsewth ein kleine weil. dor noch durch ein tuch gedrucketh. vnnd rür ſie als langk biſs ſie geſteeth. diſſe dialdia habe ich gemeinlich alltag vor die andern genüttzet. |

Szo einer hette ein vorstarth[4]) ader krump gleid. CCXLI

Item quem dir einer tzw vnnd hette ein vorſtarth glid ader krump, es were an handen ader an füſsenn, ader im die adern ſunſt vortorbben weeren, ader ſchwunden, vnnd du wilt ön ſsalben mith dialdia, ader mith andern linden ſsalbenn, die gemacht ſein von hundesſchmer,

[1]) „gedenck dir“ = denke an, sei bedacht. [2]) „ſchir“ = Scheere.
[3]) „ebiswurtz“ = Eibisch-Wurzel, Rad. Althaeae. [4]) „vorſtarth“ = erstarrt, gelähmt, steif.

ader von bernſchmaltz, oder des gleichen, do mith thuſtu öm keinen fromen.[1]) die kelden ſolche gebrechen. vnnd dieſse ſchedenn vnnd gebrechenn bedorffen alle hitzſalbe. vnnd du muſt ein beſsunder dialdia ader ander lĩde ſalbenn dor tzw haben vnnd machenn, die do hittzig ſein. vnnd wen du die dialdia aufs gemacht haſt, das alles oben ſtehet, szo nim iii loth langen pfeffer, szo vil baris korrner, szo vil kellershals, szo vil neſſsel fsamen, fso vil fsenffmel, vnnd fso vil bibergeil. das alles ſtos clein, vnnd ſewd das in der linden ſalbenn. vnnd dor noch drück es durch ein tuch, vnnd rür es, bis geſteeth. von dem wirth die fsalbe hittzig. vnd was erlembt iſt, dor tzw iſt ſie vaſt guth,
CCXLII vnnd ſunſt nicht. den tzw der geſchwulſt | iſt die kalde guth, ader tzw vor dorbenn odernn nicht nüttze, fsunder ſchadenn brengt. den du machſt ſie alfso hittzig.

Ein ander dialdia.

Item ein ander dialdia. ein linde salbe tzw machenn. nim leinöl, baumöl, hundes ſchmaltz, bernſchmaltz, hirſchenn vnſchlot, dachs ſchmaltz, itzlichs i ℔, iii ℔ wachs, szo vil hartz, fenumgrecum, ebis wurtz, leinſsamen, itlichs i ℔, cleine geſtoſſsen. das ſewd in wein ader in weineſſig, ader inn waſſser. vnnd wen du das inn den keſſel ader beckenn gethon haſt, dor inne du es ſiedenn wilt, szo ſchneidt ein kerbenn in ein holtz, als tief das iin iſt, vnnd thu die vorgeſchrebben ſtucke alle dorein, vnnd laſs tzw gehen. dor noch miſs es aber mith dem holtz, vnnd alſso tieff es iſt, als hoch ſchneid inn das holtz aber ein kerbbe. vnnd dor noch miſs die erſte kerbbe, wie hoch vnnd tieff die ſei. alſso tieff die iſt, alſso tieff miſs vonn der letztenn kerbbenn hin ab an dem holtz, do ſchneid aber ein kerbe. das iſt erſt das recht
CCXLIII maſs, vnnd die andernn kerbenn | sein dor noch nicht mehr. dor noch ſewd die ſalbenn als lange, bis das ſie vff die letzte kerbe ſewd. vnnd wen ſie vff die letzte kerb geſotten iſt, szo verſuche die ſalbe mith einem troppenn vff einem beile, vnnd los dornoch ſso lange ſiedenn, bis es harth gnug wirth. wolde ſie aber nicht hertte gnug werdenn, szo loſs dor noch nicht mehr vil ein ſiedenn. thu mer ſso vil wachs dor tzw, das wole ſchöne ſey, vnnd das ſie von dem dicke gnug werde. dor noch zcwing ſie durch ein tuch vnnd ſettze ſie inn ein keller viii

[1]) „do mith thuſtu öm keinen fromen" = damit bringst du ihm keinen Nutzen.

tag. doch rür ſie vor bis ſie geſteth. dornoch szo nim die obern ſsalbe herab mith einem krummen meſſser, ader mith einem eiſsenn, die iſt ſchoner denn die vnndern. vnnd behalt die vndern auch allein. wilche knoticht iſt, die ſchlac mith einem holtz. iſt ſie nicht knotig, ſso ſchlae ir nicht. vnnd wen du ſie einem vmb einen ſchadenn ſsalben wilt, der im vaſt wee thuth, szo thu die ſsalbe vor hinenn[1] in die hawth, vnnd ſteich ſie mith einer ſpatel hin vnnd her, szo wirth ſie vaſt linde vnd milde. dor noch ſsalbe inn dor mith. alſso thu mith allenn ſalben. die CCXLIV dialdia iſt ſeere | guth. vnnd ich lobe ſie alſso tzw machen. heth ſie nicht rouchs[2] gnug vnnd were auſs geſottenn, szo thu im siedenn mehr geſtoſſsenn ſemigrecum dor tzw. Alſso muſtu es mith allen ſalbenn halden. die tzw dicke iſt, die mache dünner. iſt szei tzw dünne, szo mache ſie dicker mith irem zceuge.

Aber ein dialdia.

Aber ein dialdia tzw machen. Nim zcwei ℔ geſtoſsenn ebiswurtz, i ℔ leinſom,[3] szo vil krigespechs,[4] ½ ℔ zcwebel, alls geſtoſſsenn. vnnd ſewd das in vii ℔ wein ader waſſser, szo lang bis ſchir eins eingeſiede. vnnd druck das durch ein tuch mith heiſſsem waſſser. vnnd des auſsgedruckten nim ii ℔ vnnd ſewd das in iiii ℔ baumöl, szo lang bis der ſafft vaſt eingeſottenn ſei von dem erſten. vnnd das alles gemeſſsenn mith einem ſtabe vnnd ein kerbbe dor ein geſchnitten, alſso das der wein, ader wor in du das ſewdts, wheth geſotten ſei. vnnd thu dor noch mehr dor tzw kreichbech, weiſshartz, itzlichs ½ ℔, vnnd i ℔ wachs. vnnd ſewd es aber do mith, vnnd | druck das aber durch ein tuch. CCXLV vnnd dor zw thu maſtix, weis weiroch, galbanum, terpentin ader glo-riet, itlichs iii loth. vnnd los einſt do mith vff ſiedenn. vnnd rürs alſo ang bis geſteeth. die ſalbe iſt guth zcwm heubt vnnd tzw der bruſt, vnnd tzw allenn dingenn, die von kelden kommen. vnnd waſs du erlampter vnnd erſtarter odern, gliddern adder ander ald ſchadenn do mith ſalben wilt, ſo muſtu das ſtarck bein plaſter von den gewurtzen machenn, vnnd obenn dor vber gelegt. szo heilt die ſsalbe woll.

Ein gutte lindung tzw aller leme.

Ein lindung tzw aller leme vnnd tzw erſtartten geedder. Nim

---

[1]) „vor hinenn“ = vorher. [2]) „rouchs“ = Geruchs. [3]) „leinſom“ = Lein-Samen. [4]) „krigespechs“ (weiter unten Z. 23 „kreichbech“) = griechisehes Pech, Colophonium.

iunge hunde, die xii tage alth ſein, das ſie erſt ſehenig[1]) werdenn, die vorſewd gantz in einem keſſsel mith hawt vnd mith haer, vnnd vngeweidet. vnnd decke denn keſſsel mith einem brette tzw. vnnd wen ſie wol vorſottenn ſein, szo nim ein noch dem ander hiraus vnnd ſtos ön in einem mörſer mith bein vnnd knotten vnnd mith allem. vnnd
CCXLVI zcwing es denne alſso heis | durch ein tuch mith dem waſſer, szo bleiben die hoer vnd was vnrein iſt in dem tuche. daſs würff weg. vnnd thu in allenn alſso. vnnd ſettze das durch gedrungen in ein keller, alſso mith dem waſſser, vnnd laſs iiii tage dor innen ſtehn. das ſmaltz vff dem waſſer das nim hirab. das iſt allein vaſt ein gute lindung. vnnd hüte dich vor den aldenn hunden. ſie ſein nicht alle guth, vnnd itlich gantz ſchedlich. Wiltu die lunden[2]) beſſer habe zcwm hunde ſchmaltz, dor tzw nim lor öl, wacholder öll, lein öll, vnnd gebranten wein. das als ſchlag durcheinander, vnnd reib das inn die leme. das iſt vaſt guth dortzw. vnd das ſtarck heis beinplaſter obenn dor vber mith den gewurtzenn gemacht, zcum zceittenn am dritten tage, tzw zceitten auch alle tage. szo ſewd singrün, vnnd eppe, vnnd weiſſse ſchleen dorn moeſs[3]) ader mues in bier. doch ſso haw vor die krewtter alle cleine. vnnde das alles in eim topffe geſotten. vnd deck önn vben wol tzw, vnnd los nicht ein ſiedenn. geus al die weil es ſewdt mehr tzw, das es alweg vol bleibe. vnnd las am erſtenn vaſt langk ſiedenn, ein ſtund ader zcwue. dor noch decke den topff vff vnnd laſs denn
CCXLVII dampff | im wol ann denn ſchadenn gehen, vnd bee öm den wol dorinne. vnnd wen er es dor noch vor hittze erleiden mag, szo bade im denn ſchadenn do mith ein guthe weil. kanſtu es nicht, ſzo erweiche öm das alſso do mith. lege im die warm kreutter offt vnnd lang dor vff. vnnd noch dem bade, das thu vff die nacht, szo ſchmire im die hawth wol mith der lindung. vnnde binde öm krewtter vff das wermſt dor vber in einen tuch. vnnd dor noch von ſtundt an nider gelegt, ſso bleibenn die glied warm. Wiltu gernne des morgens frwe, ſso werm das bad wider vnnd behe önn mehr. dor noch ſchmier inn widder, vnnd lege öm das ſtarck plaſter dor vbber, vonn den gewurtzenn gemacht. vorwar das iſt ein gutte kunſt.

---

1) „ſehenig" = sehend (Thüringisch). 2) „lunden" = lindung?
3) „weiſse ſchleen dorn moeſs" = Moos von weiſsem Schlehdorn?

Ein ander lindung tzw machenn.

Item nim vngeuerlich ein guth teil leinöll vnnd des fchmaltz von den aufsgebrantten iungen hunden, hünerfchmaltz, bernfchmaltz, dachs fchmaltz, wachs vnnd hartz, ebis wurtz, fwartzwurtz, | weifs lilgenn CCXLVIII wurtz vnnd lein faed.[1]) das alles kleine gepuluerth. sein wurtz grün,[2]) fso fchneidt fie kleine, vnnd ftofs fie dor noch in eim mörffer. vnnd das alles fewd tzwfsammen, vnnd noch dem fiedenn durch ein tuch gedruckt. vnnd weifs fchleen dornn mofs auch am erften mith gefottenn vnnd kleine gehawen. vnnd noch dem du es aufsgedrucketh haft, szo thu mehr dor tzw ein guth teil loer öl, vnnd wachelder öll ader kametpher öll,[3]) ader ein pehr öll,[4]) aufs dem felbigenn dorren holtze gebranndt. die iii namen ift ein holtz.[5]) vnnd terpentin vnnd gebrannten wein. vor war es ift eine guthe lindungk. du magft fie wol ftette vnd tzw vil fchadenn nuttzenn.

Ein derre puluer.

Nim honig vnnd kalck gleich vil. das fewd in einem topff, als lang bis es gar ein fiede. vnnd tzw puluere gebrandt. das ftos vnnd las durch ein fiep lauffenn. vor muftu den topff vben wol vorkleibenn am fiedenn. wiltu gerne, fso magftu am erften ein kuchen von honig machen | vnnd von dem kalck, als ein broth. vnd backe das in einem CCXLIX backofenn mith anderm broth, szo lange bis es fich ftoffsen left. das ift auch guth. das trewgeth vnnd dorret vaft vnnd wehrt ein wenig dem wildem fewr vnd fleifch, vnnd beift nicht, vnd trüget[6]) das fremde geile fleifch ein teil nidder. Ich habe auch in einer nod das glidewaffser mith vorftopfft. Auch do mith derftu[7]) eim pferde denn kern[8]) wider in den fufs ann fein rechte ftadt.

Ein salbe vor denn eitterflus.

Ein salbe vor den eiterflofs der wunden. vnnd lege funft kein plafter dor vbber den das, fso lange bis es hilfft. vnnd wen es nicht

---

[1]) „lein faed" = Lein-Saat, Lein-Samen. [2]) „sein wurtz grün" = sind die Wurzeln grün (frisch). [3]) „kametpher öll" = Kampfer-Oel. [4]) „ein pehr öll" = Einbeer-Oel, corrumpirt aus Oleum Iuniperi. [5]) „die iii namen ist ein holtz" = Alle drei Namen (Wachholder-, Kametpher- und Einbeer-Oel) kommen von einem und demselben Holze, sind gleichbedeutend. [6]) „trüget" = drücket. [7]) „derftu" = dörrest du, bringst du vermittelst der austrocknenden Wirkung wieder zurück. [8]) „kern" (des Hufes) = die Weichtheile unter der Hornsohle.

von eitter laſsenn wil, szo nuttze die ſsalbe. Nim ein firdung terpentin, szo vil wachs, ½ firdung loröll. haſtu des nicht, szo nim boumöll. vnnd des vorniges puluers, [das] vonn dem honig vnnd kalck gemacht iſt. vnnd ein firdung geſtoſſsen ſilberthgledt, ein quartir ader viertel wein eſſig, vnnd ein virdungk wachs. das alles tzw ſammen geſotten |
CCL vnnd durch ein tuch gedruckt. vnnd wenn ſie ſchir geſteenn will, ſso von fünff eiernn das weiſs, wol gereinigeth, in die salbe, vnnd rür rür ſie dor noch, bis ſie geſteeth, szo iſt ſie gantz guth.

Ein ander salbe vor den eitterfluſs.

Die salbe habe ich vfft genuttzt. Nim ein firdung auſsgeloſſsenn ſpeck von einem reynen bürgellſchwein,[1] ½ ℔ wachs, iiii loth weinſtein, iii loth bleiweis, iii loth gebrandt alawn, iii loth ſwartzpech, ii loth des puluers gebranth von dem honig vnnde von dem kalck. das einweinig tzw ſsammenn geſzottenn, vnnd vff eſſig, ader vff wein, adder vff waſſer gegoſſsenn, vnnd darauſs mith denn hendenn geberth,[2] vnnd zcapffenn dor auſs gemacht.

Ein salb vor die gicht.

Item ein salbe vor die gicht, alle tage do mith tzw schmiren, eins ader zcwir, vnnd als abartz[3] geſchmirth vnnd geribbenn, vnnd ein
CCLI ſtarck beinplaſter, von | denn gewurtzenn gemacht, dor vber gelegeth, vnnd tzw zceittenn gebad aus dem bade, das von singrün vnnd eppe gemacht iſt, vnnd denn wundtrang von dem biuoſs dor tzw getrunckeu, das treib ſsò lang bis es hilfft. Die salbe mache alſso. Nim ii ℔ baum öll, ſso vil meihiſche potter. haſtu der nicht, ſso nim ſunſt vngefalttzenne potter. i firdung wachs, szo vil terpentin. haſtu nicht, nim guth hartz. i ℔ singrün vnd i ℔ eppe. iſt es grün, szo haw es klein. iſt es dörre, ſso ſtos es tzw puluer. vnnd binde die krewtter inn ein tuch, vnnd dor tzw ½ firdung neſſel ſomen. Dor noch druck das auſs dem tuch, vnnd drucke das ander auch dorch ein tuch, vnnd wirff das krawth hin, vnd thu dor noch die nochgeſchrebbener puluer wol klein dor an. i halp pfhundt lorber, iii loth langpfeffer, szo vil ingwer, ſso vil nelkenn, szo vil kellers hals kornner. das alles ſewd auch do mith.

---

[1]) „bürgellſchwein" [oben S. 102. 8] „borgel schwein" = ein männliches junges Schwein. [2]) „geberth" vielleicht Schreibfehler für „geerbeith." [3]) „als abartz" = alles abwärts, immer von oben nach unten.

vnnd nicht am erſtenn. vnnd dor noch rürs biſs geſteeth. ſo ſchlag ſie ſo lang wol mith einem holtz. wiltu die salbe vaſt reyne habenn, | szo druck ſie noch dem andern ſiedenn aber durch ein tuch, szo wurdt CCLII ſie linde vnnd geheth gernne in den liep. das gehorth ſubtilen lewten tzw. ſunſt bedarffeſtu ſie nümmer durch druckenn, den die materie iſt nuttz dorinnen. vnnd rürs aber bis ſie geſteheth, vnnd ſchlae ſie wol. das iſt vor war vaſt ein gutte ſalbe dor tzw, vnnd auch tzw dem ſchwindenn. vnnd alles abartz do mith geribbenn, vnnd tzw vorn den ſchadenn woll mith heyſſsem leinenn tücherun gereibben, vnnd dor noch mit der ſalbenn.

Ein plaſter hinder die wunden tzų legen.

Ein plaſter hinder die wunden tzw legenn, wenn einer groſs wetagenn dor inne hath. ader wiltu ſolchs vorſorgenn, szo lege das plaſter am erſtenn bei zceithe, das wehrt der wetagenn vnnd der ſucht. Nim pappel roſsenn vnnd ſunſt roſsenn waſſer, wegebreyth vnnd wegetrit waſſer, vnnd lilium convallium vnnd nacht ſchaten waſſer, vnnd des vetten ſtein krawts waſſer. nim ir ſo vil du gehaben magſt. der | geus ein wenig tzw ſammen. vnnd nim bolofermenes vnnd zcan- CCLIII delholtz, vnd wein eſſig vnd ein loth kampffer, vnnd trachenbludt. das alles rür durcheinander. vnnd lege das einem vff ein leinen tuch, das nettze vor in der waſſer eyn, die der ſchade vunde hittze ſo gros von wetagenn. vnnd wen das plaſter vaſt dörre vnd ader hittzig iſt, szo lege ein news an die ſtadt, vnd thu den alden zceug dor von, vnd loſs wider kaldt werdenn. szo erfriſch es wider mith denn waſſsernn, vnnd lege öm das dor noch wider vber, vnd los aber tag vnnd nacht dor vber ligenn, ader szo lange bis es dörre vnnd vaſt hittzig iſt. ſo mache wider ein friſch. wiltu es vber die wunden laſsenn gehn, szo ſchneidt mitten ein loch do durch, das der brodem vnnd dampff do vonn gehe. vnnd hinder der wunden binde vber das plaſter wol vn- [illegible] [daſs] die ſucht nicht dor tzw möge. Auch magſtu tzw zceit- [illegible] diſſen kuelplaſter einen külenn. das lege vff leinen tüchern vber, als vfft ſie dörre werden.

Ein plaſter vor die geſchwulſt der wunden. |

Ein plaſter vff die wunden tzw legen, wen ſie geſchwollenn ſein. CCLIV nim wermudt, diſtel, rawttenn ſafft, vnnd ein wenig gutten wein ader effig, vnnd gerften mel. das fewd ein wenig inn, vnnd ftreich das vff ein tuch, vnnd lege das vbber die wunden vff die gefchwulft. wer es gefchwullen, vnnd nicht wund, tzw den allen fewd geftoffsen fchweffel, vnnd das fchlage vff die gefchwulft. es hilfft woll.

Ein popolium tzwm beinbruche.

Ein popolium tzw machen, tzw beinbruch, vnnder die plafter tzw salbenn. Nim schwinnen fchmeer, vnnd das vnder der faw am buche[1]) gelegen ift, bei den niren gleich, als es aufs dem fchwein kompt, des nim ii ℔. ein ℔ geloffsen fpeck vonn einem re nen bürgelle fchwein, i ℔ wachs, szo vil boum öll, ½ ℔ hartz, iiii ℔ rindern onfchloeth, ein halb ftouff haufwurtz grus, szo vill nachtfchadten grus, ift auch geftalt als die hawfwurtz, i viertel kraufsementz grus, szo vill polei. das
CCLV alles fewd ein | wenig dorcheinander, vnnd tzwing es durch ein tuch, vnnd rürs bis gefteheth. vnd dor noch fso fchlae es wol.

Ein gute falb vor feule blater ader fchwemme im arfz.

Wiltu die vor trebben, szo nim feiel ader rofsen öll. haftu des nicht, szo nim funften boumöll vnnd huner fchmaltz, vnnd reger fchmaltz.[2]) fzo du ör beider nicht gehaben magft, szo nim ir eins hunerfchmaltz. ift vaft guth. vnnd nim bolofermenes. das alles fchlae mith einem holtz doreinander, das fso fchlae ein wenig kampffer dor vnnder. vnnd woll dicke vff ein boum wol[3]) vff die blotter geleid ader die fchwem. vnnd vorforge das wol mith binden, das es einem nicht abfalle. vnnd binde önn alle tage einft mith einem newen plafter, als lang bis es hilfft Ich habe fie alle in drienn tagen do mith vortrieben.

Ein plafter vor denn karoffel der nierenn.

CCLVI Item ein plafter vor dem karoffel,[4]) das ift | wen ein nier in die ander wechft, das thuth vaft wee. vnnd hilfft auch vor die gefchwulft der nierenn. nim gepuluerth fchwalben wurtz vnnd geftoffsen fsenn, grün [oder] dörre, vnd i loth repuntica,[5]) vnd bolofermen gepuluerth. vnnd wen du das einem vber ligen wilth, szo nim der pul-

---

[1]) „am buche" = am Bauche. [2]) „reger fchmaltz" = Reiher-Schmalz. [3]) „boum wol" = Baumwolle. [4]) „karoffel der nieren" = Hoden-Entzündung, Orchitis, auch Wasserbruch des Hodens, Hydrocele. [5]) „repuntica" = Rhapontica; die Wurzel von Campanula Rapunculus L.

ner mit dem geſtoſſsenn roſsenn ſso vil, das du tzw einem plaſter bedarffeſt. vnnd thu dor tzw geſtoſſsenn rawten vnnd wermudt, dörre ader grün, vnnd geus welſchenn wein dor an, ader romenei, ader ſunſt guthen wein. vnnd ſewd das ein wenig, vnnd mache darauſs ein plaſter. vnnd ſchlae das einem wol warm vber, vnnd binde es wol vff die nieren, alle tage tzwir. vnnd wiltu gerne, szo thu tzw zceitten das alde plaſter auch tzw dem newen, vnnd vormenge das vnnder einander, vnnd binde es wider vber. das thw ſso lang bis es hilfft.

Ein gute salbe, einem feinen zceugk [1]) do mit tzw heilen, wu das locher hath. |

Item nim ½ ℔ kattzenn ſchmer, von einer wildenn kattzenn. haſtu CCLVII
des nicht, szo nim das vonn einer zcamen. wiltu der szalben vil machenn, szo nim des mehr. vnnd guth weihſsen kleien, vff das kleinſt geſtoſſsenn vnnd durch gebeuttelt, vnnd roſsenn ader fiell öl, vnnd eier todter öl,[2]) vnnd bolofermenes. vnnd das alles ein wenig durch einander geſottenn. vnnd lege das wol warm vff ein leinen tuch vmb das gemecht.[3]) vnnd iſt im vaſt wee, vnnd gros geſwollenn, vnnd hath auch vill locher, ſso werm im das wider ſchir, vnnd binde es im wider vber. ader binde im ein eiweis vff, allwege wol warm, tag vnd nacht tzw iiii mol. hath er locher dor ein, ſso nim das lawtter vnder der ſalbe am bodem, das loſs hirfür rinnen. das ſtreich inn die locher, vnnd das plaſter oben dor vmb geſchlagenn. do mith heilſt du die locher vnnd vortreibſt die ſchwulſt. iſt aber vill hittze dor inne, ſso lege öm die kuelplaſter vber, das vber wunden gelegt wirth, ader ſunſt kuelplaſter ader kuelwaſſser, do mith du das wilde fewr leſcht. vnnd ſewd in denn ſselbenn waſſsernn friſchenn alawnn, | vnnd las ſie CCLVIII
denn wider kalt werden, vnd ſchlae im vmb gemechte. vnnd alſso vfft das tuch truckenn wirth, ſzo ſchlage im alwege wider ein naſſes vber. das treib ſso langk, bis die hittze wider auſs kumpt vnnd die tücher naſs dor vff bleibenn. sein aber die locher dorin, szo nim die kuelplaſter on den alawn. Auch wirſtu hir noch wol findenn, was tzwr faul guth iſt.

[1]) „zceugk“ = Penis. [2]) „eier todter öl“ = Eidotter-Oel.
[3]) „gemecht“ = die männlichen Geschlechtstheile.

Ein kunſt vor die geſchwulſt des gemechtes ann dem mann.

Item iſt nicht vil hittze inn dem gemechte, ader kein faul, sso nim rawtten vnnd wermudt, das haw klein. Iſt es im winter, szo puluer das. vnnd dor tzw geſtoſſsen zcwobel,[1]) dor ann geus welſch wein, ader romenei, vnnd leinöll, vnnd honig. das alles ſewd durch einander. vnnd ſchlae öm das vff einen barchen ader vff ein bloe tuch, das wollenn iſt, woll warm vber, vnnd binde ön den tag tzwiren ader iii
CCLIX ſtundt. vnnd wen du öm das | alde ab nimſt, szo thu das wider tzw dem friſchenn zceug, vnnd werm das wider. vnnd wen es tzw dicke wirth, ſso geus mehr wein doran vnnd werm das wider. vnnd binde öm das geſcheffte vbber ſich an den bauch, das es nicht hange. das vortreibt auch die geſchwulſt der nieren, ader wue ſie iſt. aber wue fewl dor inne iſt, dor tzw nim nicht heiſs ding. den es iſt ſchedlichen.

Ein ander kunſt tzwm gemecht des mans.

Das plaſter, das fornn im buch ſteth, iſt auch guth für die geſchwulſt. vnnd auch das ſchwebbandt. vnnd dor vnnder ſchmir im das gemecht mith dem öll ader mith dialdia. die vor miſche mith gutter weiſſser ſalbe. vnnd allweg wundtrangk dor tzw gedruncken.

Aber ein salbe vor die geſchwulſt des gemechtes an den man.

Item nim lor öl vnd album vngentum, des weiſsen ſalbenn, vnnd
CCLX dialdia, vnd durch | einander geſchlagenn, vff ein zcieplaſter, vber die geſchwulſt gelegt. vnnd alle tage tzwir aufs geſtrichenn. vnnd am ander tage mach öm wider ein news. vnnd ſalb ön offt mith dem öll dor vnnder.

Ein ander ſalb des gleichen.

Nim putter, do offt vnd vil inne gebackenn iſt, als eier ader kuchenn, ie mehr ie beſſser. dor tzw nim hirſchenn vnſchloth, roſsen öll, wegebreith waſſser, vnnd ein loth ader tzwei weiſs weirauch, dor noch du ſiel der ſalbenn machen wilth. das ſewdt als tzw ſsammen ein wenig. vnnd wen du es vonn fewr thunn wilt, szo ferbbe ſie mith bolo-

---

[1]) „szwobel" = Schwefel? Zwiebeln?

fermenes, vnnd rürs bis ſie geſteeth. vnnd wen du einem den kern[1]) do mith geſalbeth haſt, szo leyge nod wergk von einem leinwebber tzwiſchen die hawth vnnd dem kern vmb vnnd vmb. das wehrt der hittze vnnd kann nicht tzwſsammen adder vff einander kommen, vnnd helt das friſch. Alſo heylt es vaſt ſeere. |

Wem ſein zceugk vaſt fauleth. CCLXI

Kumpt dir einer czw, dem ſein zceug vaſt fauleth, szo bade ön vor auſs. adder mith keynem heiſsenn bade, ader byndt ön mith keinem heyſsem plaſter, all die weil die hittz dor innen iſt, ader du brengſt im mith dem mehr feule tzw, ader das wilde fewr. dor noch wiſſe dich tzw richtenn. den die hittze brengt öm mehr fewle. wiltu das vorkommen, ſso bade vnde bind ön, als ich dich lerenn wil. Nim das waſſer das forn ſteth, genandt korbite, das man von denn boenn blütenn,[2]) vnnd von korbes blüten vnd von wein auſs bornth, mith andernn dingen. Ich erfur nie beſſers dor tzw. vnnd ab du der ſtück dor tzw nicht aller haſt, ſso nim ir szo vil du ir gehaben magſt. vnd ein wenig kupper waſſser, vnnd ſso vil alawn. vnnd ſeud das inn einem wegebreitten waſſer, vnd laſs wider kaldt werdenn. vnnd ſewdts auch ſunſt in einem kuelwaſſser, mith dem wegebreithen waſſer. vnnd thu des ein wenig in das korbite waſſer. das geus im wol in die | feule CCLXII in den ſchafft.[3]) vnnd nim ſchone nodwergk, das nettze dor inne, vnnd ſtoſs öm [in] die haudt ader hülſsenn[4]) vorn am geſchefft ebenn wol, vnnd binde ön vber ſich an dem bauch. vnd wen das trwckenn wirth, szo nim wider ein friſch nodwergk, vnnd nettzs im wider inn dem waſſer. iſt das waſſser tzw ſcharff, ſso thu der alaun vnnd des kupper waſſers nicht vil dorein mith den andern waſſernn. Iſt es aber tzw linde, szo thu das mehr dor tzw, ab es tzw vil faulen wolde. do mith hab ich ein geheiligeth,[5]) dem ſein zceug vorn gantz abgefawleth was. vnnd ich wuſte öm nicht tzw thon.[6]) vnnd ſtieſs öm die hülſsen vorn vol nodwergk mith diſſsem waſſer. ſso wuchs öm der kern wider hirnoch, vnnd warth als lang vnnd gros als vor. Ich wuſte es ſelbs nicht, das

---

[1]) „kern" = die Eichel. Gleich darauf „tzwiſchen die hawth vnnd dem kern" = zwischen Vorhaut und Eichel. [2]) „boenn blütenn" = Bohnen-Blüthen. — „korbes blüten" = Kürbis-Blüthen.

[3]) „ſchafft" = Penis. [4]) „hülſsen" = Vorhaut [5]) „geheiligeth" = geheilt. [6]) „ich wuſte öm nicht tzw thon" = ich wufste ihm nicht zu thun, nicht zu helfen.

es ſso guth tzw deme waſs. hetteſtu des alles nicht, szo nim pappelnn roſsenn waſſer vnnd lilium conuallium waſſser. haſtu hawſwurtz waſſer, vnnd des vetten ſtein krawts waſſser, das mengk tzw ſsammen. ader kanſtu denne nicht bas,[1]) ſso nim ir eins vnnd vormeng ſie auch | CCLXIII mith kupper waſſer vnnd mith alawnn. des ſewd in diſſser waſſer ein, vnd miſch auch ein wenig vnder das. vnnd thu im mith dem binden als dem obernn. haſtu des waſſer aber keins, szo nim ſunſt der beſtenn kuellwaſſer dor für, die du gehabenn magſt. du magſt öm die waſſer auſsenn auch wol vmbe ſchlaenn, das hilfft auch vaſt wol. vnd huth dich vor allenn dingenn, die hittzig ſein, tzw der fawl. vnnd ob es öm vorſchwullenn wer, szo sprüttze om diſſse materie auch dorein. vnnd bade ön, als hirnoch geſchrebbenn ſteheth.

Ein bad tzu dem geſcheffte.

Nim eichenn iungſchöſling ader sommer latten,[2]) des gleich erlenn. von den ſcheele die rinden. vnnd dor tzw nim ſchleendorn moſs, wermudt, kwütten,[3]) erper krawth, ebis krawth vnnd fenumgrecum ſtro ader krawth, sanickel, pappeln. die ſtücke alle klein gehawenn, vnnd in einem mörſſser geſtoſſsenn, ader in einem reibe topff geribbenn. vnnd CCLXIV das alles in bier, ader kouenth, | ader in waſſer geſottenn. vnnd deck das am ſieden wol tzw, vnnd loſs auch nicht einſiedenn. geus albege tzw, das es voll bleibe, vnd dornoch die geſchwulſt mith dem dampff wol beeſt.[4]) vnnd wen er es dor noch hittz halbenn erleidenn mag, szo waſch öm das geſchefft wol do mith, vnnd hengk öm das dorein, vnd ſchlae die krewtter wol dor vmb, vnnd bade öm das wol dorinnen warm, vff ein ſtunde. vnnd dor noch wider gebunden mith den plaſtern, als fornne ſteeth, vnnd dor vnnder geſalbeth. Iſt aber hittze dorinne, szo bade ön mith diſſsem bad, kalt ader loelich, ader treib öm vor die hittze darauſs, als forne ſteeth. Iſt auch vil fawl dorinne, szo bade ön mith diſſsem bade, ader mith einem andern, alweg kalth. Auch magſtu des bades nemen, vnnd ſewd alaun dorinnenn, vnnd bade ön kalth tzw der feul. das alles hilfft wol. vnnd haſt nun drei meinung, wie du einen heilen ſalth. Auch magſtu ſunſt einen do mith been, der

---

[1]) „kanſtu denne nicht bas" = kannst du aber nicht wohl, stehen dir nicht alle genannten Mittel zu Gebote. [2]) „sommer latten" = Sommer-Latten, junge zarte Weiden vom ersten Wuchse. [3]) „kwütten" = Quitten. [4]) „beest" = bähest.

vil geſchwulſt hath, vnnd nicht vil hittze. szo nim ſinter ſtein.[1]) die mache wol heiſs, vnnd geus dieſſses bades ¦ dor vff, ader wein eſſig. CCLXV
vnnd laſs denn dampff wol an in gehenn. vnnd vormachs, das der dampff nicht auſs möge, den tzw der geſchwulſt. das hilfft auch einem dortzw. vnnd was du badenn ader been wilt, das thu vff die nacht, noch eſſens, vnnd dor auff nider gelegt. das hilfft zcwier ſso wol, alſso ſunſt in dem tage. wen er erkaldt wider. szo kan das bad nicht wol helffenn, vnnd muſt das deſter lenger treibbenn.

Ein ander bad tzw den geſcheffte.

Item nim alaun, ader kupperwaſſser, ader ſie beide tzwſammen, in wegebreyth waſſser geſottenn. das iſt auch ein guth badt tzw deme geſchefften. hat er hittz dor inne, szo bade önn do mith kalth. vnnde ſtos im offt nodtwergk, in dem kaldenn bade genetzt, hein ein[2]) in die hülſsen. vnnd als vfft es heis ader treuge wirth, szo mache es wider naſs. iſt es vorſchwollenn, szo brich[3]) im das heinein, vnnd bindes im vber auſsenn dor vmb. Iſt aber kein hittze | dor innen, szo mache CCLXVI
das badt warm, vnnd bade ön als oben ſteeth. iſt es vaſt faul, szo mache das bad ein teil diſter ſcherffer, ſunſt darfftu ſein gar nicht.[4])

Aber vor die geſchwulſt des gemechts.

Item nim den ſafft von tzitunten krawth,[5]) vnd lor öl, honigſseim, eſſigk rawtten, wermt,[6]) vnd kerſſsenn,[7]) dialdia, vnd das ſchwebband. das ſchlage vaſt tzw szammen. Iſt es im ſummer, ſso haw die krewtere vaſt klein, vnnd ſtos ſie wol. dor noch ſtos es als tzw ſammen. gutten wein magſtu auch wol dor tzw nemen. vnnd bind du das einem alſso kalth vber. iſt aber nicht hittze dor innen, szo ſewd das ein wenig, vnnd binde das einem warm vber. wiltu gern, ſso thu geſtoſſsenn ſchwefelln auch dor vnder.

Vor die leuſse ein vngenth.

Vor die leuſse ein vngenth[8]), iſt guth. | Nim alt ſchmer, putter, CCLXVII
wachs, hartz, lein öl vnnd ein firdung encian, szo vil kellershals korner,

---

1) „ſinter ſtein" = Kalk-Sinter, Tropf-Stein? 2) „hein ein" = hinein. 3) „brich" = pflücke. 4) „ſunſt darfftu ſein gar nicht" = sonst bedarfst du desselben gar nicht (es ist ohne Wirkung). 5) „tzitunten krawth" = ? 6) „wermt" (noch jetzt in Thüringen „Wermte") = Wermuth. 7) „kerſſsenn" = Kresse. 8) „vngenth" = unguentum, Salbe.

ader die ſchale, ½ firdingk geſtoſſsen lorper,[1]) i firdung wulffswurtz.[2]) Wiltu gernn, szo nim der materien von pulner nawr halp ſso vil. auſsgenommen die wulffswurtz muſtu gar nemen als oben ſteeth. das thuth es dennoch wol. ein loth ader zcwei queckſilber, das ſaltu vor in einem gebrotten apffel todtenn. das alles ſeud tzwſsammen. vnnd durch ein tuch gedrückt vnd gerürth, bis es geſteeth. Haſtu der ſtucke nicht, szo nim ir als meiſt du gehabenn kanſt, ſie iſt dennacht guth. vnnd wo du dich mith der ſalbe ſchmirſt, es ſei am heupt, ader am beine, ader am liebe, do ſselbeſt kümpt keine lauſs hin, die weil du dich nicht badeſt. werſtu ader an ſalchen enden,[3]) do ſso vil leuſs wirnn, szo ſchmire dich vber viii tage ader vber xiiii tage einſt, ader wen es dir noth thuth.

Ein gutte salbe vor den böſsen grindt.

Vor den böſsenn grindt vff dem heupt, wenn du ön heilenn wilth,
CCLXVIII ſso beſchier[4]) | öm vor das heupt vnnd waſche öm das alle tage tzwir mith kaldem waſſser, ader mith ſeinem harm, des morgens vnnd des obenndes: vnnd dor noch alweg trucken laſſsen. vnnd dor noch ſso ſchmir im es altag tzw zcweimoll mith diſſser ſalbe, vnnd rieb im die wol hynein in einer werm[5]) ader in der ſonnen. vnnd treib ſso lang bis im der grundt aller erauſs dorreth. vnnd wen das hoer[6]) die weile lang wachſsenn wil, ſso ſalt du im das widder kal abſcherenn. vnnd hindennoch wen du ſieſt, das er ſchir gantz geheylth iſt, szo los öm das hoer enwenig wachſsenn, das du es begriffenn magſt.[7]) vnnd wue du boſse hoer ſihſt, die kolben[8]) vnndenn zceug hiraus, ader es heilth nicht gern, die wiel die ſselbigenn boſsenn hoer mith den kolbenn dorinnen ſein. kenneſtu du der nicht wol, ſso zceug öm das hoer vaſt vber ſich, ſso gehn die ſselbenn kolbenn hoer ſselbern mith denn zcien heraus. dor noch heilth es balde. vnnd dor noch ſchir öm das hoer vfft abe, vnnd ſsalbe önn alſso langk er wol heil wirth. vnnd mache die ſsalben alſso.
CCLXIX Nim i ℔ putter, alſso vil auch alde ſchmeer, | ¼ ℔ hartz, szo vil wachs, i firdung geſtoſſsenn ſchweffel, iiii loth latich wurtz, szo vil

---

1) „lorper" = Lorbeeren. 2) „wulffswurtz" = Wolfswurz, Akonit.
3) „enden" = Orten. 4) „beſchier öm vor das heupt" = scheere ihm (dem Kranken) zuerst das Haupt. 5) „in einer werm" = in einer Wärme, an einer warmen Stelle. 6) „hoer" = Haar.
7) „das du es begriffenn magſt" = daſs du es zu begreifen, zu fassen vermagst. 8) „kolben" = die kolbigen Haarwurzeln.

schelwurtz,[1]) szo vil encian. des alles sewd alſso lang als ſiſch. vnnd gederre wermuth gepuluerth ſeud auch mith. ader grün die ſtos vor. noch dem ſiedenn druck das durch ein tuch. dor noch ſetzt das wider vber das fewr. vnd thu mehr dor ein ein ſiertel von einem ℔ gebrantten alaun, iiii loth kupper waſſer, ii loth gallittzenn ſtein, szo vil weinſtein, i loth ader ii queckſilber, das töde vor in einem gebrotten appel, vnnd ſunſt wie du wilt, ein viertel wein eſſig. das ſewd durch einander ein klein weil. wiltu gernn, ſso ſerbbe ſie grün mith ſpanſsgrün. vnnd dor noch ſchlae ſie vaſt, szo wirth ſie diſter beſſer.

Ein salbe vor den brandt.

Item ein salbe vor denn brandt, do mith ich vil leute geheylth habe. kompt dir einer tzw vnnd hath ſich vorbrandt, vnnd iſt der brandt noch dor inne, szo nim kleine gehawen haſsenn hoer, vnd gepuluerth bulichwurtz[2]) vnnd linden kolen. vnnd das alles tzw ſammen gemengt vnnd in denn brandt geſeeth.[3]) vnnd | nim buckenn vnſchloth, CCLXX
vnnd ein waſſer in ein beckenn ader in ein ſchüſſel. vnnd breite ein leinen tuch vff das waſſer, das es dor vff ſchwim. vnnd mache ein ſtachel ader eiſsenn wol heyſs gleuend, vnnd halde das alſso heyſs ann das vnſchlot, vnnd ſmeltz das alſso vff das tuch, das vff dem waſſer leith vmb vnd vmb. dor noch ſtreich das mith einer ſpatel wol auſs, vnnd lege öm das obenn vff denn brand. das thu alle tage einſt ader zcwir. vnd das puluerth alwege dorein geſeeth. vnd wenn der brandt aus, szo heyl denn mith der hirnochgeſchrebbenen ſalbenn. die ſtreich vff ein tuch, vnd lege das alle tage einſt adder zcwir vbber, szo lang bis es geheilth iſt.

Alſso mache ſie.

Nim vngeſalttzenn ſpeck, den tzw ſchmeltz. haſtu des nicht, szo nim geſaltzenn ſpeck vnnd geus den vff waſſer, dor noch las inn geſteenn. vnnd tzw loſs önn noch eins vnnd geus önn wider vff kaldt waſſer, vnnd loſs önn wider dor vff geſtehenn, szo bleibt das ſaltz | am bodem des ſpecks. nim ſso vil du der ſalben machenn wilt. vnnd CCLXXI

---

[1]) „ſchelwurtz“ = Schöllkraut-Wurzel (Radix Chelidonii majoris).
[2]) „bulichwurtz“ = Polei-Wurzel, Radix Menthae Pulegii? [3]) „in den brandt geſeeth“ = in den Brand (die brandige Stelle) gesäet, gestreut.

geus dor tzw melchrom.[1]) vnd nim holunder rinder, vnd thu die obernn ſchael dor vonn, vnnd nim die neſtenn grün bei dem ſtam. vnnd lein öl, vnnd linden kolenn, vnnd geſtoſſsenn bulichwurtz. wiltu es nòch beſſernn, ſso ſseud geſtoſſsenn ſilbergledt auch mith. vnnd zcwing das durch ein tuch. haſtu der ſtück nicht aller, szo nim ir ſso meiſt du magſt. vǹnd wiltu ſie aber beſſser machenn, szo thu ėin loth ader zcwei galbann dor tzw vnnd laſs dor vnnder tzw gehn. vnnd wenn es ſchir geſteen wil, szo nim gereinigeth eier weis, vonn v ader von ſechs eiernn, vnnd ſchlach das dor vnnder. die holunder ſchale ſall am erſten klein gehawen ſein vnnd geſtoſſsenn in einem mörſser. das ſtreych vff ein tuch, vnd lege öm das vber denn brandt, szo lang bis es heilt. haſtu des ſpecks nicht tzw der ſalben, szo nim dor fur hirſchenn ader buckenn vnſchloth. ein krawth heiſt hunerkrauth,[2]) hauſwurtzkrawth vnd das vette ſteinkrawth, kanſtu das gehaben, ſso muſs auch dortzu. ich habe es vff das beſte geſatzt. |

CCLXXII

Noch ein salbe vor brand.

Auf das kürtzt ein salbe vor den brandt. Nim denn ſpeck, haſtu des nicht, nim das vnſchlot, vnnd das roſsenn öl, ader ſunſt lein öl vnnd milrom[3]) vngeuerde. haſtu der obern krewttern, szo nim ſie auch dortzw. haſtu ör nicht, ſso mache ſie ſunſt aus als obeǹ ſteeth. vnnd am letztenn gereinigeth eierſs weiſs auch dortzw. vnnd ſalbe denn brandt vor mith roſsenn öl von lein öl gemacht. vnnd gib im wundtrang von beiuoſs gemacht.

Ein gute salbe vor denn froſt.

Item nim ½ ℔ wilt kattzenſchmaltz ader ſso vil du ſalben machen
CCLXXIII wilt. haſtu | de wildenn nicht, szo nim das von einer zcamenn, aufgeloſſsenn. vnnd ein firdung eins ℔ eier todter öl, vnnd funff loth terpentin, szo vil roſsenn öl, vonn lein öl gemacht, vnnd ein wenig ſchwartzpechs. das alles los durch einander eins ader zcwir vff ſiedenn. vnnd wen du das herab thun wilth, szo rore bolofermenes dor vnder. wen die ſsalbe ſchir geſteen will, szo rür fünff ader ſechs eier weis dor vnnder. vnnd behalth das in einem glaſs, ader inn einem ſolchen geſeſſse, das es nicht ein treuge. mith dem ſalb öm denn fruſt,

---

[1]) „melchrom" = Milch-Rahm. [2]) „hunerkrawth" = Hühner-Klee, Thymus Serpyllum? Hühner-Raute, Veronica verna?

[3]) „milrom" = Milch-Rahm.

vnnd ſchlae öm das vff ein tuch vber, den tag eins ader zcwir. vnnd wer der froſt noch dorinne vnnd der groſs wetagenn, vnnd wolleſt in gern hiraus zcienn, szo lege öm das hir nochgeſchreibben plaſter dor vber, szo lang bis es öm denn froſt aus zceugeth. Auch szo heilth das plaſter für ſich ſzelbeſt den froſt gar. das ſchlae öm all tage wol warm zcwir vber.

Item nim ſchone rucken mel, das sewd inn waſſser als ein brei. vnnd nim denn dritten teill ſso vil hartz als des mels, das tzw laſs beſsundern. vnnd mache ein becken ader ein keſſsel ader mörſser wol heis, vnnd | thu den brei mith dem hartz dorein, vnnd ſchlae das ſtets CCLXXIV
wol tzw ſammen. vnd binde einem das wol warm vber, des tages einſt ader zcwier, vnd das vberig behalde. vnnd wenn du es nuttzen wilth, szo mache es warm. das treib ſso lang bis das der froſt gar hirauſs iſt. szo heile es mith dem obern ader mith diſſsem. Ader die obern ſalbe heilth dornoch veſter den die. Iſt es vaſt rod vnnd ferig, szo würff öm guth dorre puluer dorein. wiltu ön mith der vnder ſalbe heilenn, ſso wirff dorre puluer dorein, vnnd salbe das vor mith denn öl, vnnd gib im wundtrangk tzw trinckenn.

Ein salbe vor die kalden flüſſse.

N̄im fauel kwütten ader quitten vnnd mal maſiehr, die zcwei durch einander geſtoſſsenn, vnnd abartz offt dor ein gereibenn.

Ein kunſt, die iſt guth wer nicht hoerth.

Item wer nicht hörth ader öm das geſücht ſich vor die orenn leid, vnnd öm | die orenn offt gellenn vnnd ſommen, ader ſunſt groſs CCLXXV
wetaggen im heubt hath, wiltu öm hellffenn, szo muſtu öm das hoer abſcherenn. vnnd stoſs polei, vnnd eppe, hawſwurtz, ader das vette ſteinkrawth, das alles ſtos, vnnd zcwingk denn grus dor vonn. vnnd thu das in eine kannen, in ein keſſsell mith waſſer, vnnd thu das in ein wenig vff, vnnd los ein moll ader zcwien ſiedenn, als roſsen öll. dornoch laſs vber nacht ſteen, bis es wol gefelleth vnnd leutter wirth. szo geus es aus der kannen von dem treuben.[1]) das laſ vndenn in der kanne am bodem, vnd thu es wegk. vnnd vormiſch das lawtter mith roſzenn öl, vnnd behalth es vber iar als annder küelwaſſser. Auch

---

[1]) „von dem treuben" = von dem Trüben.

haſtu der aufs gebranten waſſer nicht, szo mache von der krewtter grus alſso waſſer mith dem ſieden. das iſt gleich als guth, als wehr es gebranth. vnnd mith dieſſsem waſſer, mith dem roſsenn öll vormiſcht, szalbe öm das hewbt, das nettze vfft dorinne, vnnd lege öm das mith einem tuch vber das heupth. vnnd als vfft es truckenn wirth,
CCLXXVI szo nettze öm das heupt wider. das thu des tages tzw ſechs | moln, ader tzw viii moln. vnnd dorzcwiſchenn wen du bindeſt, ſso reib öm das heupt offt mith warm zcigenn milch ader mith eins widers ader ſchoffbocks lebber. dor noch szo [nimm] iiii ader vi ſchwartz hennen, vnd altage reiſſse eine vff vnnd würff das ingeweide hiraus. vnnd ſchlae öm die alſso warm vff das heupt. reiſse ſie mitten woll vff. iſt er ſso vaſt thöricht ader tulle, szo mache öm vff die nacht ein ander henne vff das heubt, vnnd binde öm die wol dor vff, das ſie nicht abfallen. warlich es hilfft vaſt wol. vnnd ſalbe öm die naſse vnnd orenn innen mith roſsen öll, dor vmb das öm die geſucht nicht dorinnenn bleiben, ader szo balde nicht her wider kommen.

Ein ander kunſt dor tzw.

Hath einer lang nicht gehorth, vnnde haſt im diſſse kunſt gethonn, szo mache im die hirnochgeſchrebbnne kpnſt auch. vnnd von d[illegible] thu im alle tage vier tropffenn in itzlichs ore, szo lang bis er wider wol horende wirth. Nim die gallenn von einem widder ader ſchaffsbocke,
CCLXXVII ein | gallen von einem oll,[1]) vnnd vormiſch die mith weibes milch, vnnd mith roſsenn ader viol öll, vnnd mith omeyſsen eiern. das alles ſchlae wol durcheinander, vnd drucke das durch ein tuch. das trieff im in die wunden ader in die orenn, als vorn ſteeth. auch iſt rautten ſafft, vnd margram appelſafft[2]) guth tzw dem obern, haſtu das anders. auch iſt es alleine guth in die orenn getraüfft.

Ein kunſt vor die oer worm.

Item quem dir ein or worm ader ſunſt ein ander worm in ein or, wiltu ön herauſs brengenn, szo mache öl von bilſsenn krawth ader vonn ſchell krawth. vnnd das muſtu alſso machenn. Nim des ſselben krawts einen topff vol, ader itzlichs krawts einen topff vol, vnnd vor kleib ön obenn woll. vnnd vnnden am bodem bore önn voll löcher,

[1]) „oll" = Aal? [2]) „margram appelſafft;" „margram" = Majoran, Origanum Majorana.

vnnd ſettze ön in einen gleſſsen topff, alſso das er oben nicht tieff
dor ein gehe, vnd das der vnder topff wol leer bleibe, vnnd vorkleib
önn oben wol in den gleſſsen topff. vnnd grabe ein grube vff das feld
wol tieff, | vnnd vor grabe ſie beide vff einander, vnnd las vi wochen CCLXXVIII
dor vnder vorgraben. dor noch ſso grabe ſie aus, szo findeſtu das öll
in dem vndern topff. wiltu gern, ſso grabe die topff vmb ſant Iohannis tag tzw ſsübentenn.[1]) das öll iſt auch guth vor alle geſchwulſt, vnd
vortreibt denn gründt vnd rüdenn am menſchenn vnnd ſihe. vnnd behalde das öll alle vber iar vnd mehr. nim die ſchleedorn wurtzel, die
weil ſie ſafft gibt, ſtos die vnnde nim den ſafft dor vonn. ader nim
die ſchleen ee ſie zceitig werdenn, weil ſie dennoch wol grün ſein.
vnnd ſtos die vnnd ringk denn ſafft dorvonn. das behalt auch in einem
glaſse vber iar. vnnd wen dir ein menſch kümpt vnnd hath einen
worm in den oren, szo geus die obern zcwei tzw ſsammen. haſtu
denne das ſchell krawth auch alſso auſs gebranndt, das thu auch dor
tzw. vnnd geus mher dor tzw leinöll. das alles ſchlage wol durcheinander, vnnd triffe einem das in das ore, do der worm innen iſt. vnnd
lege das menſch vff die ander ſeitten, das es wol dor ein rinnen. das
thu den tag zcwir | ader drei ſtundt, szo geht der worm herauſs ader CCLXXIX
muſs ſterbbenn. szo fawlth er vnnd ſchwirth mith dem oer ſchmer[2]) hirauſs. haſtu der öll nicht mehr, szo nim ir eins ader zcwe.

Büchſſsen puluer aus wunden tzw brengen.

Item nim frawenn milch vnnd zcihen milch, ader ir eins, kanſtu nicht bas. nim hauſwurtzkrawth vnnd des vettenn ſteinkrawts, ader nim ir eins, kanſtu nicht bas. vnnd nim auch boum öll, ader leinöll, ader roſsen öll, von boumöl ader leinöl gemacht, vnnd biuos. das alles ſtos tzw ſsammen vnnd zcwings durch ein tuch. das ſprüttz im in die wunden. iſt ſie ſso weith, szo nettze nodwergk dor inne vnnd ſcheub im das in die wunde. vnnd ein plaſter vorauſs dor vber, vnnd den wundtrang vonn dem beiuoſs vnd von der buchſpitz getrunckenn. das treib ſso lang, bis das puluer auſs kompt. haſtu der dinge nicht aller dortzw, szo nim ir ſso meiſt du ör gehaben magſt. der wundtrangk von biuos vnnd von der buchſpitz ader rechkrawt treibt das auch auſs. |

[1]) „ſant Iohannis tag tzw ſsübentenn" (ſibenten, ſunwenden, ſunbenden u. s. w.) = St. Johannis Tag zur Sonnenwende (24. Juni).
[2]) „oer ſchmer" = Ohren-Schmalz.

CCLXXX
Wilchem menfchen sein sprach vorleith.

Wem fein fproch vonn fallenn vnnd kranckheyt vorleith[1]) der wunden, der ftofs tzwibbel mith waffser, vnnd trinck das. drück es vor durch ein tuch. vnnd ftofs polei mith effig vnnd bind es in ein tuch, vnnd haltte öm das vor die nafsen locher, vnnd zcie mith dem athem an fich, szo wirth er balde wider fprechen.

Vor das grimmen vnd reiffen in dem leibe.

Vor das grimmen vnnd reyffsen im leibbe. szo einer das bath, vnnd du wilt im helffen, szo nim vngeftampfften hirfche[2]) vnnd garten kömel. ift dir der menfs fso lieb, szo haftu fenchel, vnnd welfchenn kömel, nim auch dor tzw. vnnd thu das alles inn ein pfannen, ader in ein kleinen keffsel ader beckenn, vnnd fettze vff einen dreiuofs vff ein fewr. mache das wol warm, vnd das es nicht vorbornne. vnnd wens
CCLXXXI wol | ift, das er es kaum erleidenn mag, szo thues in ein weittis fecklein ader in ein tzwifachs tuch, das es öm den leip wol bedecke, do im wee ift, vnd lege im das alfso warm auff den leip. vnd los es fso lang dor vff ligenn, bis es kalt wil werden. szo mache die weil ein ander fecklein ader tuch, vnnd lege öm das vber, aber fso lange. vnd thu gennfs, das du herab genommen haft, in die pfannen ader keffsel, vnd aber wol gewermt, vnd genfs abe genommen, vnnd das wider vber geleyth. das treib fso langk, bis es wol hilfft vnnd vorgeht. vnnd were der wetage fso ftarck, das es ie nicht vor gehe wolde, szo mache öm, das er tzw ftuel geen möge, vnd thu im aber alfso vor mith dem vbern legen, fso hilfft es an tzwiffel. Ift es aber die darm gicht, vnnd wolde den nicht helffenn, szo finndeftu hinden was guth dor vor ift. auch vor gehet es von dem.

Czw dem stulgange.

Item nun wil ich settzenn schlecht armmans kunft,[3]) wenn einer
CCLXXXII nicht bas kan thun, do mith öm tzw helffen wan. | Nim ii loth fenethbletter, iii loth chriftwurtz.[4]) haftu der nicht, nim schwartz meifterwurtz[5]) dorfür. vnnd ii loth lackrittzenn, das ift fuffse holtz. das alles ftos in einem mörfser, fchneid es für klein, ader reibe es in einem reibe topffe.

---

[1]) „vorleith" = verleidet, erkrankt? [2]) „hirfche" = Hirse.
[3]) „armmans kunft" = armen Mannes Kunst, armer Leute Heilmittel.
[4]) „chriftwurtz" = Helleborus hyemalis, auch H. viridis. [5]) „meifterwurtz" = Imperatoria Ostruthium.

vnnde binde das in ein tuch vnd gewſs ein halb ſtöbffen guth weiſs wein dor an. haſtu des nicht, szo nim guth bier. vnnd seud das in einem topff als ein wundtrang. das trinck des morgens vnd vff die nacht. hilfft es von dem erſtenn nicht, szo mache im ein zcapffenn, den ſtos im hinden in den ars. gib öm wider den tranck. ſso hilfft es. vnd ein geröſt broth vor den mundt.

Ein stercker kunſt vor den stulgangk.

Nim von holunder wurtz die vndern grünen rinden ader ſchael, die ſtoſs mith bier vnnd laſs ein tag tzw ſsammen ſteen. vff die nacht zcwinges durch ein tuch. vnd vff die nacht gib das einem tzw trinckenn, einen guten trunck. vnd hald geröſt brod vor denn mundt vnd die naſsen vor das ſpeienn.[1]) | hilfft das nicht, szo mache öm auch ei- CCLXXXIII
nen zcapffenn, vnnd gib öm mehr tzw trincken als vor.

Noch ein ſtarck stulgangk.

Nim eſſula[2]) die einander hanier wurtzel vnnd kellershals wurtz, vnd lackrittzenn, das alles tzw ſammen, ½ ℔ gleich vil. das ſchneid klein vnnd ſtoſs ader reibes in einem reib topff. vnnd geus waſſer doran, vnnd do mith reibeſs auch. das alles thu in einem topff, den vorkleib obenn. vnnd ſeud es als einen wundtrangk, vnnd trinck es als das obern. vnnde wenn einer die worm im magen hath, das treibt öm die auch erauſs. ader der leip wer öm geſchwollenn, do vor iſt der trangk auch guth. vnnd geröſtet brodt vor den mundt vnnd vor die naſsenn. niſsewurtz, springkörner, haſsel, do vonn macht man auch ſtulgeng, die do guth ſein.

Vor denn krampff.

Nim gerſten mell, rawtten, polei, iſap, die krewtter haw vaſt kleine. iſt es im dem winter, ſtos ſie tzw puluer. vnnd nim koriander kornner vnd ſaltz. das alles ſtos mith wein vnnd honig, vnnd mache em plaſter. |

Vor die mundt feull. CCLXXXIV

Iſt einer innen inn dem mundt fawel, willttu öm helffenn, szo nim ein loth gebranth alawn, vnnd ſso vil bolofermenes. die zcwei puluer

---

[1]) „vor das ſpeienn" = für das Speien (Erbrechen); um Erbrechen zu verhüten. [2]) „Eſsula" = „Esula minor" Euphorbia Cypariſsias, Wolfsmilch.

miſch tzwſammen, vnnd vff die fewel geſattzt mith einer finger, szo weith die fewl iſt. das thu alle tage zcwir bis es hilfft. vnnd gib öm wundtrangk. wiltu gernne, ſso ſewd im ſilbergled vnnd weinſtein in eſſig, vnnd gib öm das tzw trincken in den mundt, das hilfft dor tzw. vnd ſchir szo laſs es auſs dem mundt vnnd nim ein anders dorein, als lang bis es hilfft.

Vor die feul blotter denn frawen.

Wiltu inn helffen, szo nim pfeffer körnner vnnd krabenthber,[1]) einper, genanth walcholder ber, weiſſsen körneth,[2]) vnnde ſtos das klein, vnnd nim hunerſchmaltz, vnnd boumöl, vnnd wein, vnnd ſtoſs das vndereinander. vnnd mache kuchelein aus der materienn, alſso gros als die haſelnuſs. vnnd gib der frawen alltag iii trunck nüchternn, drie ader iiii tag, vnd wundtrangk. es hilff. |

CCLXXXV

Vor die hittz der frawen brüſte.

Wiltu die leſchenn, ſso mach den leinkuchen tzw mith dem beſtenn külwaſſernn, vnd ſchlae ir das vfft vber, als vff es dörre wirth, bis die hittze vorgeht, alwege ein news. vnnd vnnden ein loch in das plaſter. auch magſtu mith denn kuellwaſſernn wol der hittze weerenn. dor inne nettze ein tuch, vnnd lege es vfft vber. als vfft es trewge wirth, szo nettzs widder, bis die hittze gantz aus geeth. wiltu gerne, ſso ſchlae gereinigeth eier weis vnder die waſſser, vnnd nith vff gelegt.

Vor bruſt ſchweerenn.

Wiltu im helffenn, szo nim die mittel rinden, die do grün iſt, von holunder holtz vnnd hawe die kleine. vnnd nim milchrom, baumöll, leinöll, gleich vil. vnnd ſtos die rindenn klein. vnnd ſeud das als durch einander, vnnd zcwing es durch ein tuch. vnnd wen es ſchir geſteen wil, ſso thu das weis von eiern wol gereinigeth dor ein. vnd wen du
CCLXXXVI es nüttzenn wilth, szo mache es warm, vnd | ſchlae das vff ein plaſter, das wol breith ſei vnd die ſchwulſt wol decke, vnnd lege das dor vbberr, wol warm, vnnd binde es tag vnd nacht tzw dreimall. das thu ſso lang, bis die geſchulſt gar vorgeht. haſtu des zceuges nicht

---

[1]) „krabenthber“ = Kranwitbeeren, Wachholderbeeren.
[2]) „weiſsen körneth“ = Weizen-Körner?

vil, vnnd ift das plafter nicht vnrein, das vor vff der bruft gelegenn
hath, szo thu es wider vnder den andern zceug. do mith vor new es
vnd mache ein anders warm, vnnd lege es wider auff. vnd mehr muftu
dor tzw habenn. Nim rofsen öl. haftu feyoll öl, das nim auch dor-
tzw. vnnd firnnifs gleich vil. vnnd thu bolofermenes dor vnnder, bis
es roth gnug wirth. das alles fchlae mith einem holtz tzw fammenn.
vnd wen du das erft plafter dor vff ligen wilth warm, szo beftreich
das plafter auch mith diffsem, vnnd auch die bruft, vnnd lege es dan
alfso warm vber die bruft. vor dem kann die fchwulft vnnd der we-
tage nicht langk bleibenn. vnnd wen die fchwulft vnd wetagung vor-
ging, vnnd bleiben löcher in die bruft, szo heil fie alfso. Nim des
elben öles, dor vnder der firnis ift mith dem bolofermenes. wiltu ger-
nne, szo thu am erften terpentin auch dor | vnnder. das ift vaft guth CCLXXXVII
mitte.[1]) das ftreich wol vmb die locher. auch lege das rote heilplafter
dor vber, mith dem du funft alle frifche wunden heylft, ader die falbe,
genand fosco. vnnd mache die plafter breith gnugk. vnnd gib im auch
wundtrangk.

Hoer vortreiben wuhe du wilt das keins nit mehr wechft.

Item nim auripigmentum, das ftos klein, vnnd huth dich, das es
dir nicht inn die nafsenn ftibe.[2]) nim fledermaufs bludt vnnd swalbenn
gall, schweffel, vnd weinftein, geftoffsenn filbergled, kalck, vnnd das
fewd in einer laugenn, die vonn weidt afchen vnnd kalcke gemacht
ift, vnd vaft fzere fcharff fei. dor noch wen die lauge leutter wirth,
szo geus fie dor vonn, vnnd nim den die obern ftucke vnnd rür fie in
die laugen, vnnd die gallen auch mith, vnd [lafs] tzw fammen wol | heifs CCLXXXVIII
werdenn. czum erftenn szo es fiedenn wil, szo thu es vom fewr. vnnd
wen es fchir gefteen wil, szo thu dor tzw gereinigeth eier weis vonn
dreien eiernn, vnnd gepuluerth maulwörffs. das fein die thier, die in
denn wifsenn die hauffenn vff werffenn. die bornne tzw puluer, vnder
das vbern. do mith beftreich dich, wo du nich hoer habben wilth.
vnnd befchir vor die fselbige ftadt mith ein fchermeffer ader fchier.
vnd lege auff die nacht das szelbige puluer vff einem tuch vber, vnd
des tages, szo beftreich es offt, szo dorreth der bodem des hores aufs,

[1]) „mitte“ = mit (schlesisch), „das ift vaft guth mitte“ = der Zusatz von Terpentin ist sehr gut. [2]) „ftibe“ = stäube. (Stib und stiben für Staub und stäuben noch jetzt in Thüringen und Schlesien.)

vnnd wechſt keins mehr. auch muſtu dich offt beſcherenn. Wiltu auch einem die augenbron do mith abezcigenn, vnnd die ſchmall machenn, das kein hoer nicht mehr wechſt, szo ſettze es mith einer nadeln beſsunder vff ittzlich hoer. ader vff drei mith einander ein tropffen. das thu vfft, ſso dorreth es auſs. desgleichenn an der ſtirnenn. das hoer do ſelbeſt ſchier abe. vnnd thu öm alſso obenn ſteeth. es hilfft worhafftig. |

.XXXIX Wem ein nagel an einer zceen ein wechſt.

Wem die negell ein wachſsenn an finger ader an zcienn in das fleiſch, das thuth vaſt wee. szo nim auripigmentum, vnd temperier es mith newen wachs wol tzw szammen, doraufs do mache ein plaſter. vnnd ſchneid ader ſchabe den nagel vor vff das aller dunſte als du kanſt, das das plueth ſchir er durch dringeth. szo nim loröl, dialdia, vnnd roſsen öll durch einander. vnd mache vor ein ſcheide aus hunden ader aus ſemiſchenn leder, die ſso lang ſie, als der finger ader zcienn. die ſtos der obernn linde ſalbe vol, vnnd zcühe im die ober die zcihenn. das treib funff tage, alle tage mith newer ſalbenn. Dor noch ſso binde öm das vber plaſter mith auripigmentum dor vber, vnnd las das auch v tag dor vff liegenn. wiltu gernne, szo vor newes dor innen einn mol, szo felt dor noch der nagel abe. dornoch szo heile es. vnnd lege ein guth plaſter dor vber. |

CCXC Ein ander kunſt.

Wem der nagel einwechſt, szo weiche önn mith der linde ſalben, gleich als inn erſtenn kunſt geſchriebbenn ſteeth, funf tag. vnnd bedarffeſt öm den nagel nicht dönne ſchniedenn. vnnd noch dem weichen, ſso nim ein loch eiſsenn ader ſcharff meſſer, vnnd reiſs öm hinden, do der nagel wend inn die hawth, vnnd in das fleiſs ein riſs vmb vnnd vmb, als tief der nagel im fleiſch ſtecketh. vnnd nim dor nach ein zcangenn. vnnd faſs öm denn nagel fornne wol vnnd zceug friſch, ſso folgeth er, vnnd gehet gernn hirauſs. alſso magſtu auch einem thun, der denn worm vnder dem nagel hath.

Aber ein kunſt dor tzw.

Wem der nagel ein wechſt, ſso ſchabe öm denn dönne, als forn ſteeth. vnnd wenn du öm denn dönne geſchabth haſt, vnnd vorm

ann denn endenn, do er im in das fleifch gewachfsenn ift, do löfs
önn | vonn dem fleifche ebenn do er gewachfsenn ift. vnnd ftos öm CCXCI
ein donne glath holtz dorein, ader gar vnder. vnnd das es in folcher
dicke fein, das es öm den nagel wol empoer halt, alfso hoch, das er
öm vber die hawth eraufs wachfsen moge. vnnd wenn er eraufs ge-
wachfsen ift, szo thu das holtz heraufs, fso fticht er öm fordt hin
nümmer in das fleifch. ader wiltu gernne, fso ftoefs im den nagel
ader fchneid ann der feyttenn gantz weck, do er im in das fleifch
wechft. vnnd nim ein holtzlein, das vmbbinnde mith einem leinen
tuch, vnnd fchmere das alle tage mith dem rofsen öl, vnnd bindt
öm das fleifch do mith nider, szo wechft der nagel hir nach vber das
fleifs. vnnd wenn ön das holtz irren[1]) wil, fso rück das holtz ein wenig
vom nagel, szo hath er aber frei tzw wachfsenn. das treib fso, bis her
hirnoch vber das fleifch wechffet. das ift auch ein gute kunft dor tzw.
dornach fso mache öm ein plafter von wachffse | vnnd hartz, gleich- CCXCII
vill, vnnd ftreich das dönne vff, vnnd vber zceuge das mith bolofer-
menes, vnnd mith rofsenn öl. do mith heil das, szo wechft ein guter
nagel wider dorvnnder. Alfso nüttze das plafter tzw der erften kunft
auch. vnd ob du öm ein holtz vnder den nagel thuft, das fchmere vor
mith rofsenn öl, vnnd funft am binden alle tage einft do mith ge-
fchmirth, vnd das plafter dor vber gelegth.

Ein wolrichende feiff, dem heupt gefunth, do mith auch tzw wafchen.

Nim venedifch feiffen dor tzw, fso vill du ör machenn wilth, die
tzw lafs. vnnd lafs fie wol heifs werdenn, vnnd nicht fiedenn. vnnd
thu die hir nachgefchrebbenne puluer dor ein. vnnd dor noch haldt
fie wider vber das fewr, vnnd lafs es woll heis werden. vnnd thu es
vom fewr vnnd rürs bis es gefteeth, szo ift fie gerecht. ader | wiltu CCXCIII
gernne, fso fsewd die puluer einft vff mith der feuffenn, vnnd druck
die feuffe mit dem puluer durch ein tuch, szo reucht fie dennacht wol.
das fein die puluer, die oben dorein gehornn. bloeliligenn wurtz, spich-
nardy vnnd haffsel wurtz,[2]) wellifch fewlwurtz.[3]) haftu der nicht, szo
nim die im lande hie wechft. vnnd kamilbenn knöpff aus den blumen,

---

[1]) „vnd wenn ön das holtz irren wil" = wenn das Holz den Nagel aus der geraden Richtung drängen will. [2]) „haffsel wurtz" = Haselwurz, Rad. Asari europaei. [3]) „wellifch fewlwurtz" = wälsche Veilchen-Wurzel, Rad. Iridis Florentinae.

ader romei, vnnd titomknopff,[1]) ee ſie gantz plüen. vnd nim auch der wurtz. vnnd nim ſchwalbenn wurtz, bibeneln wurtz, vnnd ein wenig neglein, vnnd ein wenig kampffer, vnd roſsen vnd polei waſſer auch ein wenig. haſtu der ſtuck nicht aller, szo nim ir ſso meyſt du magſt. es iſt vor war ein geſund ding. vnnd gehorth auch groſſen hern tzw.[2]) szo waſche dich denne mith der wunden laugenn, vnnd nim der ſeuffen ein wenig dor tzw.

Ein geſunde gute wol richende laugen tzu heubt.

Item nim die hir noch geſchrebbner puluer vnnd binde die in ein
CCXCIV tuch, vnd beſchwir | das tuch das es tzw grunde falle. vnnd ſewd das in einer guthe laugen, vnnd vorkleibe denn topff obenn als ein wundtrangk, vnd ſeud es durch dornoch ein guthe weil. vnd dornoch loſs es alſso vorcleibt ſteen, bis es kaldt wirth. dornoch laſs auſs dem topffe durch ein loch obenn durch die ſtortzenn, dor vor ſteck ein zcapffenn. vnnd mache die lauge ein wenig warm, vnnd waſche dich mith. vnnd heiſs iſt ſie nicht geſunt. vnnd das iſt das puluer, das du in der laugen muſt.

Nim bloe lilgenn wurtz, benedicten ader karoffel wurtz,[3]) spicknardy, kamilben ader romei, haſselwurtz, felt kömel krawth ader kundel krawth,[4]) vnnd winterblumenn, betonie, titam knopff, ee das ſie tzw blumen komenn ader werden. das alles in ein tuch gebundenn, ſso gros als ein honer ei. vnnd ſeud das obe ſtehet in einem groſſen topff, ſso gros, das du der lawgen ein gantz wochen gnug haſt, wen du dich alle tage einſt do mith weſcht. haſtu der blumen nicht aller, ſso nim ir ſso vil du ir gehaben kanſt. iſt es im ſommer, das die
CCXCV wurtz | vnnd die krewtter grün ſein, szo haw ſie klein, vnnd ſtos ſie dor noch inn einem mörſer. vnnd dor noch ſso binde ſie in ein tuch, das es ſso gros ader groſſer ſei, den ein fauſt. wen es ergibt nicht alſso vil als das puluer.

---

[1]) „titomknopff" = Diptam-Knöpfe, Knospen von Dictamnus albus.
[2]) „vnnd gehorth auch groſſen hern tzw" = gehört, eignet sich auch für vornehme Herren [3]) „karoffel" = karnöffel, Sarcocele.
[4]) „felt kömel krawth ader kundel krawth" = Feldkümmel- oder Quendel-Kraut, Thymus Serpyllum.

Ein gute kunſt vor die peſtelentz, wer das bei öm treith,[1]) vnd dor an reucht.

Nim wachs, szo vil du des machenn wilt, vnnd das fierdeteil szo vil ſchwartzpechs, ader szo vil, das das wachs wol herth do mithen wirth. wiltu szo nim auch ein wenig hartz dor tzw. vnnd tzw laſs das, vnnd geuſs ein wenig roſsenn öl dortzw. vnnd hir nochgeſchribbenn puluer rür auch gnug wol dicke dor vnnder, vnnd loſs ein wenigk do mith geſottenn. ader wen es an hebenn wil tzw ſiedenn, szo thu es herab. dor noch thu das vom fewr, vnnd rürs bis es geſteeth. vnnd wenn es kalth vnnd harth wirth, ſso mache küchellein dorauſs, als groſs als eine welſche nuſs, cleiner vnnd groſſser, dor noch du ſie habenn wilth. die vberzceuge mith ſamith,[2]) | ader tamaſchkenn,[3]) ader CCXCVI
ſeiden, ader mith leinwandt. vnnd henge ſie an ein pater noſter vnnd reuch dor an. vnnd das ſein die puluer. welſch fewlwurtz vnnd titam wurtz, muſcaten, auch muſcaten blumen, nelckenn, tiriackel,[4]) kampffer, kamilbenn knopff aus denn blumen, spicknary, bibenel, haſselwurtz, schwalben wurtz, maſtix, krauſementz. das alles langſsam gederreth, gepuluerth vnd gemacht als obenn ſteeth.

Ein waſſer der togent tzw allenn gebrechenn.

Ein waſſser der togundt, vnnd heiſst das lebennde waſſser. das iſt guth vor allenn gebrechenn, innen vnnd auſſsenn an dem menſchenn. vnnd werth der fawl, vnnd was ſchadenn man do mith ſalbt vnd weſcht, die fawlenn nicht. es iſt auch guth tzw den augenn vnnd tzw allen wunden. vnd wer indewendigk gebrechenhafftig iſt, der muſs des vff den abenndt vnnd vff denn morgenn, alweg ein löffell voll, trincken.

Alſso mache es | das lebendige waſſer. CCXCVII

Alſso mache es. Nim i ℔ saluia bletter, denn brich die spitz vorn ab, zcimmeth rörn, galgenn, czitwar, muſcaten, muſcatenn blumen, lang pfeffer, nelckenn, ingwer, koweben, bariſs kornner, aniſs, koriannder, terpentin, kampffer. des nim itzlich ½ ℔. vnnd alles klein geſtoſſsenn. vnnd die ſalbei auch klein geſtoſſsenn vnnd gehawenn,

---

[1]) „wer das bei öm treith" = wer das bei sich trägt. [2]) „samith" = Sammet. [3]) „tamaſchkenn" = Damast. [4]) „tiriackel" = Theriak.

vnnd thu das alles tzw ſammen vnnd wige es als vil als an der woge iſt. vnnd nim tzw ſechsmol ſso vil des beſten weins, alſso malmoſier. vnnd thu des alles tzw ſzamen in eine zcinne kanne ader flaſchenn, vnnd vor mache das oben, das der broddem nicht darauſs gehe möge. vnnd laſs das xv tage in der werm ader an der ſzonne ſteen. dornoch ſeige den wein do vonn. vnnd erſt ſtos die ſaluia vnnd die gewürtz, vnnd vor nicht. ich habe fornne vnrecht geſchribben. vnnd thu ſie den wider in den wein. vnnd bronne es auſs in einem roſsen hutte ader CCXCVIII helm [1]) als ander waſſser. vnnd mache der koln nicht | czw vil dor vnnder, das es nicht vor bornne. vor mache das oben wol, wen du es in ein glaſs gethonn haſt, das der rauch nicht dor auſs möge komen. das iſt guth.

Ein plaſter vber den magen.

Dor zcw nim pappelnn, marubium ader gotsvorgeſſsen, ebbe ader eppe, ebis krawth, bulich ader konnigskerttzen, vnnd moſs von ſchlendorn, vnnd vonn einer thanne ader fichten. das ſselbige hangt oben dor an, als ein langk bardt an einem manne. gerſten meel, honig. das meng mith roſsenn öl, vnnd viol öll, vnd mith wacholdern beren. vnd haw die krewtter vnnd den moſs clein, vnd ſewd das ein wenig. vnnd ſchlae das alſso warm vff ein borcham,[2]) ader ſunſt vff ein ſtarck tuch vber vff den mogenn. vnnd thu das oft. wiltu gerne, ſso geus deſter mehr lein öll dor ann, dor inne du es ſeudeſt. vnnd gib öm den wundtrangk vonn dem beinoſs vnnd buchſpitz vnnd ſchwartzwurtz ader bein well. |

CCXCIX Ein guten tranck tzv dem magenn.

Ein guten trangk tzw dem magen. das trinck wen du das forder plaſter vberlegeſt ader ſunſt. nim muſcaten, muſcaten blumen, nelcken, kawebin,[3]) ingwer, czitwer, galgenn, cordomum, fenchel ſomen, aniſs, koriander, kalmis, entzian, maſtix, spicknardy. das alles gepuluerth, vnnd ein wenig in wein geſottenn, vnnd oben wol vormacht. vnnd durch ein loch hirauſs gegoſſsenn, vnnd warm getruncken, morgens, mittag vnnd vff den abent, allewege ein trungk. vnnd iſt es tzw

---

[1]) „in einem roſsen hutte ader helm“ = in einem Hut oder Helm, wie er zur Destillation von Rosenwasser dient. [2]) „borcham“ = Barchent, Parchent. [3]) „kawebin“ = Kubeben (Fructus Piperis Cubebae).

pitter, ſo ſeudt czucker dor vnder, ader vor ſüſſes, daſtu es trinckenn kanſt.

Ein ander gutter tranck czw magen.

Item nim rawten, wermudt, iſop vnd lübſtück wurtz,[1]) bloe lilgenn wurtzenn, lang pfeffer. das alles gederret vnd gepuluerth vnnd geſotten in wein, als das ober, vnd auch alſſo getruncken. |

Ein plaſter das die peſtilentz an einer ſtadt ernacher zceugt, wo du hin wilt. CCC

Nim storchſchnabel,[2]) das iſt ein krawth, vnnd magneth, geſtoſſen, vnd bon blüeth, vnnd rinder gallenn, holunder bletter, centaurio,[3]) thurmentill, titam, benedicten wurtz ader karoffel wurtz,[4]) vnnd gereinigeth eier weis. vnnd das als gepuluerth vnd ein plaſter dor von gemacht. vnnd das vff flachs ader hampff ader vff ein barcham geſchlagenn, vnnd neben die peſtelentz[5]) gelegt. szo zceugt es die peſtelentz an ſich. Dor noch nacher mehr ein friſchs. vnnd lege aber dor vnnder ader neben, wo du ſie hin haben wilth, szo zceugt es aber an ſich. das treib ſo lang, bis du ſie hin brengeſt, do du ſie haben wilth. vnd es do ſelbſt auſs ſchweren laſſen, szo brengt ſie dir keyn ſchadenn. mehr krebs[6]) alſſo roe, ſtos auch dor tzw. haſtu der ſtucke nicht aller, es iſt dennacht guth. vnnd wen ſie nicht ſchweren will, ſo lege vorrige dinhafftige[7]) plaſter dor vber. vnd heile ſie als andern bruch.[8]) |

Ein plaſter, das zceuget aus, was in wunden iſt, als eiſſen, blei, holtz, tuch ꝛc. CCCI

Was in einer geſchoſſenn wundenn iſt, ader ſunſt in einer wundenn, es ſie holtz, eiſſenn, blei, bein ader tuch, das zceugeth es alles auſs, alſſo fernne, das es nicht harth in dem beine ſtecketh. szo weiche ſie mith dem öl x tag, ader alſſo lang, bis ſie wol erweicht ſein. vnnd wen es alſſo wol vmbe ſich geweicht vnnd gefawlt iſt, szo lege

---

[1]) „lübſtück wurtz“ = Liebstöckel-Wurzel (Levisticum officinale).
[2]) „storchſchnabel“ = Geranium. [3]) „centaurio“ = Centaurium minus. [4]) „karoffel wurtz“ = ? [5]) „peſtelentz“ = hier der Pest-Bubo. [6]) „mehr krebs“ = Meer-Krebse. [7]) „dinhafftige“ = dienliche, nützliche. [8]) „heile ſie als andern bruch“ = „Bruch“ für Hernie im weitesten Sinne, jede Geschwulst in der Leistengegend.

das plaſter wider dor vber, den tag einſt, vff die nacht auch einſt. das vor ſuche drie tage, es zceugt es mith gewalth hiraufs.

Item nim ochſsen gallenn, vnnd roe krebis,[1]) vnnd haſsenn ſchmaltz, beinblöth, vnd hanff ſomen, vnnd das krawth, vnd rothwurtz, die im waſſser wechſt, garthenn holunder bletter, termantill krawth vnd wurtz, eier weis wolgereinigeth. vnnd haſtu des ſchleims von einem ſchwein-mogen, den magſtu auch dor tzw nemen. das alles ſtos mith honig,
CCCII vnnd mache ein plaſter dor von vff ein | hanff ader flachs, der wol donne iſt. Vnnd mache das plaſter wol dicke. iſt eiſsen dor vnder, ſtos magneth ader zcigel ſtein clein, vnnd ſtraw das vff das plaſter. das hilfft wol.

Vor die gifft inwendig in dem leibe.

Hath einer die gifft in wendig im leibe, szo nim rautten, vnnd auch denn ſomen, desgleichen titam mith dem ſomen, erper krawth, criſtwurtz, ader meiſter wurtz. haſtu der nicht, szo nim der vnndern rinden von der holunder wurtz, ader die bloe lilgen wurtz, ſchwalben wurtz. vnd ſewth das mith wein ader mith bier, als ein wundtrangk. im ſommer haw die krewtter kleine vnd ſtos ſie. dornoch ſewt es mith dem ſomen, den ſtos auch. im winter ſso puluer ſie. vnd ſewd das aber mith dem ſamen, als den wundtrangk. wiltu es beſſsernn, szo drucke es durch ein tuch. vnd thu inn den trangk tiriack, saltz vnd ein wenigk kupper waſſer, vnnd rettich, des alles nicht vil. vnnd ſewd das
CCCIII ein mol als | vor, vor macht, vnnd gib öm das tzw trincken als vfft er wil, vnd als vfft er das vordawen mag. das treibt die gifft alle von öm. Iſt er aufswendig vor gifft, szo gib im dennach den tranck. vnd ſso weith er vorgifft iſt vnd geſchwollenn, szo weith ſchneid ein loch in ein tuch, parchan ader leinen, das auſsen vmb das loch einer zcweren hand weith vnd breith ſie. vnd vff das ſselbige tuch mache ein plaſter von boloſermenes, vnnd von gereinigeth eier weiſs, vnnd von terpentin, von weineſſig, ader ſunſt von guthem bier eſſig. das lege öm vff die geſchwulſt. nicht weitter. vnd vff die gifft mache noch ein plaſter.

---

[1]) „roe krebis" = rohe Krebse.

Ein ander plaſter.

Nim rittigk gepuluerth. haſtu des nicht, ſso ſtos grünen rittig,
vnnd gereinigeth eier weis, vnnd gepuluerth thormantill wurtz, gepul-
uerth schwartzwurtz, vnnd gepuluerth lein ſomen. haſtu wegebreith,
ader pappeln roſsen, ader lilium conuallium waſſer, vnnd des waſſers
zcwei thu auch dor tzw. vnnd bolofermenes, vnnd ein wenig eſſig.
vnnd haſtu die wurtz titam, nim auch dor tzw. | das ſtos durcheinan- CCCIV
der. vnnd mach ein plaſter wol dicke. vnnd lege das oben vff den
ſchaden vnder das vber, nicht weitter dan die geſchulſt iſt, vnnd als
weith, als das loch in das ober plaſter iſt. Iſt die gifft szo gros, szo
lege das erſte plaſter auch do mith vff, tag vnd nacht iiii ader vi mall,
vnnd alwege ein friſches. das hilfft ane zcweiffel. haſtu der ſtück nicht
aller tzw beiden plaſternn, nim ſso vil du haſt.

Ein lacquerge tzv dem boſsen magen, der nicht wol dawen mag.

Eine lacquerge tzw machen tzw dem magenn. vnnd hilfft auch
wol vor das ſtechen in der ſeitten. vnnd iſt auch guth tzw der tebing
bruſt, vnd tzw der lungen. vnd reynigeth dem menſchen den magen
von dem böſsen ſchleim, vnd vortreibeth die vnreinikeyth.

Nim venediſch ader ſunſt guth glas, vnnd klein geſtoſſsenn, vnnd
durch ein — ader sip gebeuttelt. vnnd nim criſtwurtz, ader ſenet blet-
ter, ader die ſchwartz meiſter wurtz, der eins ader zcwei, auch gepul-
uerth. vnd lang | pfeffer, czimetror,[1]) vnnd rautten, rittich, kalmes, en- CCCV
cian, als gepuluerth, vnnd honig. das alles ſewth in guthem wein, das
es wol dick werde. Wiltu es vor ſüſſsenn mith zcucker, machſt du es
auch thon. vnd iſs dor von des morgens vnd vff denn abendt. das
treibth die vnreynickeith vnnd wetagung von dannen.

Vor den stein ein kunſt.

Item nim gedertten tawben dreck. den ſtoſs klein. vnnd lege den
in eſſig iii tag. vnnd nimm[2]) rawtten szamen, vnd wilde rawtten, wach-
ſsen in den ſtein, vnnd ſteinfaren krawth mith der wurtz, vnnd ſtein
pfeffer, ader genandt blatloſs, das alles klein gehawen. vnd noch denn
iii tagen, szo bornne es tzw waſſser in einem roſsen hute, als ander

[1]) „czimetror" = Zimmt-Rohr, Cinnamomum Cassia. [2]) Die Handschrift hat „lege."

waſſer. das gib öm des morgens vnd vff die nacht tzw trincken, szo bricht der ſtein, vnd geeth geringlich[1]) von öm. Wiltu es beweren, ſso lege clein kiſsellig ſtein in das waſſer. drei tage, ſso brechen ſie.

Ein gewiſſse chriſtier vor denn stein. |

CCCVI Ein gautz gewiſſse criſter vor den ſtein, in das gemechte tzw criſterenn.[2]) Nim ein ſtuff regen waſſer, ader ſunſt weichwaſſer, vnnd iſop. des nim ein cleine handvol, ader ein halb. vnnd zcwene ſtengel lackrittzen, ader ſunſt holtz. dor von thu die obern hawth, vnd tzw ſpalt das ander, vnnd ſchneid es klein. vnd das alles ſewd in dem waſſer ſchir halb ihn, vnnd wirff den ſchawmen dor von. vnnde nim vi loth roſsen honig. das muſtu auch reinigen ob dem ſewr. dor noch geus als tzwſammen vnnd los es einſt vff ſieden. vnnd reiniges durch ii tucher, eines wollenn vnnd das ander leinen. vnnd las das wollenn obenn legen, daſtu zcwir mith dem durch lauffen. dor noch loſs ein tag ſteen. vnd nüttz es ein quartir vff ein mall, vnnd loſs wol warm werden. Iſt der menſche nicht vaſt grop vnnd groſs vnnd ſtarcker natur, ſso nim auff ein mal ½ quartir ader minner. dor noch chriſter einem in die rorenn in den ſchafft. vnnd halt öm den ſchafft wol vber ſich, das er ſchlecht her dan ſteeth. vnnd lege ön vff den rucken,
CCCVII vnnde mith dem arſse hocher den mith dem heupt. | vnd dree öm ein ſilbernne röre durch denn ſchafft hinnen bis in den leip, das es öm wol in dem bauch geen moge. vnnd moſs vornne weid ſein an dem einen ende, das hirauſsenn bleibt, ſam ein ror vff einem leuchter, do man ein licht ein ſteckt. vnnd muſs das ſelbſt ann dem weitten forne ein wenig vber ſich vff gewurffenn ſein, vnnd alſso geformireth, das man ein ſecklein dor vberbinden möge, dor inne die criſtir. vnd wen die rür in dem ſchafft iſt, szo binde dor noch das ſecklein mith der criſtir forne dor vber, vnd heb öm den ſchafft gleich vber ſich vff, die weile er am rücken leith. vnnd wen du die criſter mith der handt hinein ſtreichen wilt, ſso heis ön den odem vnnd den lufft vaſt an ſich zcien. vnnd die weil er den adem an ſich zceugt, szo ſtreich die criſter im ſacke hinein. dor noch heis den odem aber an ſich zcienn, vnnd ſtreich mehr hinein. das treib ſso lang, bis es gantz hinein kumpt.

---

[1]) „geringlich" = in geringen (kleinen) Stücken. [2]) „ein criſter in das gemechte tzw criſterenn" = eine Einspritzung in die Geschlechtstheile, d. h. in die Harnröhre, zu machen.

ſunſt wan einer den adem nicht an ſich zceugt, szo kanſtu es nicht
einſtreichenn. das thu drei tage noch einander, alle tage eins. | vnnd CCCVIII
dor noch loſs es iii tage ann ſteen. vnnde dornoch treib es wider, ſso
lang bis es hilffet. vnnd trinck den vor geſchribben trangk, von dem
tawben miſt gebrandt, alle die weil obendis vnd des morgens mith, ſso
lang bis es hilfft. vnnd ob das were, das im der ſtein ſso wee theth,
vnd ſich vor die rörenn des gemechtes gelegeth hette, szo machſtu öm
ein ſchlechte rör loſſsen machen, vnnd das öm in den ſchafft dreen,
vnnd das rör mith roſsen öll ſchmiren. vnd ſteck im das wol hinein,
bis in den bauch. vnnd loſs es alſso ſtecken einen tag ii ader mehr.
es thu öm nicht wee. vnd bedarffeſt dich nicht dor vor forchten. im
geſchith kein ſchade dor von. Ader wiltu gernne, ſso bedarffſtu des
rores nicht dor inne ſtecken laſſsenn. alſso wen er das waſſer laſsenn
wil, vn̄nd hath ſich der ſtein vor die rören des geſcheffts gelegt, vnd
thut öm das waſſser vaſt wee, vnd kan nicht von öm, ſso ſtoſse öm
die roren in den ſchafft, ſso geeth es geringlich aus im, vnd thu nicht
ſere wee. dor noch zceuge die roren wider aus. wen er das waſſer
mehr loſsen will, ſso | ſteck ſie öm wieder ein. das treib alſsȣ lanng CCCIX
im das nod iſt. vnnd ab der ſtein in der rorenn ſteckt, das das waſ-
ſer nicht hiraus magk, ſso treibſtu in mith der rören wider tzwrück,
vnnd das waſſer geeth ſamfft ann nodt von öm. vnnd iſt vaſt guth.

Vor die wundtſucht ein kunſt.

Nim buchſpittze, anders genandt rechkrawth, vnnd beiuoſs. das
ſeud mith wein ader mith bier. vnnd oben wol vormacht. dornoch
trück das durch ein tuch, vnnd wirff das krauth weck. vnnd nim cit-
wer, galgen, muſcaten blumen. vnd auch nelckenn gleich vil. ſtos das
cleine vnd binde das in ein tuch. vnd ein blei dor ann, das es nicht
oben ſchwimmen moge. vnd thu das wider inn den trangk, von der
buchſpittzenn vnnd biuoſs geſzotten, vnnd vor mache das aber oben,
vnd loſs einſt do mith vff ſiedenn. vnd behalth das alſso im topff vor-
cleibt. vnd wen einen die wundſucht beſteen wil, vnnde hath ön be-
ſtandenn, szo gib öm dor von tzw | trinckenn. es hilfft. wiltu den CCCX
trangk vber landt füren, szo vor mache ön wol in einer flaſchen, das
kein dampff dor von gehe.

Ein geſchoſſsen ader geſtochen loch ader wunden weitter tzv machenn, vngeſchnittenn.

Iſt einer geſchoſſsenn ader geſtochen vnd öm iſt die wunde tzw enge, ader öm ſteckt der pfeil ader das eiſsen noch dorinne. Wiltu öm die weiter machen, ſso thu öm alſso. nim ein padſchwam. iſt er gros, ſso ſchneid ön tzw ſtückenn. die mache wol naſs innen vnd auſsenn. vnd trück ſie tzw ſamen, alſso langk du ön in die wunden ſtoſsen wilt, vnd auch alſso dicke. vnnd vmbwindt das alſso mith einem fadem harth tzw ſamen. alſso mache ſie gros, vnnd noch groſſser, vnnd mitler, vnnd klein ein ader xv. vnnd heng die in die werm, das ſie treuge vnd wol herth werden. ader heng ſie vber das fewr, ader in ein backofenn vnd wen ſie wol harth ſein, ſso behalt ſei. vnnd wen du eins nuttzen wilth, szo ſchneide denn fadem forne ein wenig ſpitzig, CCCXI vnnd | ſchmer ön mith dem öl, vnd binde hinden ein ſtarcken fadem dor an. vnnd ſtos einem in das loch, das der fadem hirauſem bleibe, vnnde loſs ön vber nacht dor innen. des andern tages ſso zceuge inn mith dem fadem hiraus, ſso hath er das loch vaſt weiter gemacht. wiltu das loch noch weiter habenn, szo ſtos dor noch ein groſſser dor ein, ſso macht es noch weitter. das treibe ſso lang, bis es weith gnugk wirth. Item mehr quell wickenn, do mith du die locher weitter machſt. Nim vaſt treuge encien, den ſchneid in ſolcher gros vnd weitte, daſtu in das loch bringenn magſt. vnnd bind hinden auch ein ſtarckenn fadem doran, den ſchmir auch mith öll. vnnd ſtos ön in das loch, vnnd thu öme gleich als dem erſten. auch magſtu in nötten[1]) gedertten holundern kern dor ein ſtoſsen, ader dorre röbenn. aber wo bein in einer wunden iſt, do iſt der ſchwam im aller beſten, den er zceugt die bein mith auſs. vnnd hangen dor an vnnde gehn mith auſs. noch iſt der encian der beſt quell meiſell.

Ein kunſt vor das vngenant. iſt guth. |

CCCXII Vor das selbe nim deſs vngeferbte plaſter vonn dem ſtowpmell, das ſchlach öm vff ein tuch dorvber. vnnd ſewd ein tranck von bibeneln vnd vonn waſſer, als ein wundtrang. vnd gib öm den des tages offt kalt tzw trincken. kanſtu des ſichtum nicht erkennen, szo merck du. wü einem ſihſt vil kleiner blottern am leibe vff ſchiffsen, vnd dor bei iſt vil roth, vnnd thut vaſt wee, das iſt dieſter ſichtum.

---

[1]) „in nötten" = im Nothfalle.

Wem vmb das hertz wee ift.

Wiltu öm helffenn, szo nim möretich, alantwurtz, hirfchwurtz, auch wirth es weyfs encien genandt, kalmofs, zeitber, encion, kobeben, berwurtz,[1]) vnd zcanloth wurtz, bibeneln, lübftückel wurtz, bier pönnen,[2]) mifpel, vnnd die grofs hertz wurtz.[3]) das alles gepuluerth, vnd mith czucker vor füft vnd tzw szammen gemifcht. vnnd vff den morgen vnd obendt vff einem geröften ader gebeeten brotte geffsen, das vor in wein ader mete geweicht ift, ader inn bier. vnnd nuttze des vff eine farth fso vil, als ein tawben eie grofs. vnnde ifs vnnd trinck vor vnd noch nicht balde dorauff. Auch magftu das puluer mith wein fleden vnd trincke. es hilfft vor war. |

Vor der augen gefchwulft ein plafter. CCCXIII

Item [nimm] rofsen öl, von leinöl vnd von boumöl gemacht, vnnd wegebreith waffer gleich vil, vnnd mache das wol heis. vnnd wenn du es vom fewr thuft, fso gedencke daftu vorbereith habft von einem ele, wol gereinigeth, das weifse, vnnd ein wenig faffran dor vnder gerebbenn, er fei geftoffsen ader nicht. vnnd nim das eier weifs nicht mer, denn der obern ftück eins. vnnd thu das alles tzwfsammen. vnnd nim ein fchonn flachs, ader hamff, dor aufs mache ein plafter vber das auge. das vormifch mith dem vor genanten zceuge. vnnd fchlae öm das alfso warm vber das auge, vnnd binde das dor vber. Als offt es dorre dor vffe wirth, als offt fchlae öm wider ein nawes an die ftadt. das treib als langk, bis es vor geet. vnd mache des vff ein mol nicht mehr denn tzw einem plafter. Ich habe vil lewten do mith geholffen, vnd ift vaft guth.

Ein guth bewerte waffer tzw kranncken augen. |

Item nim weifs cupper rauch[4]), als vil, als drei wurffel gros vngeuerlich. wiltu aber des waffers ein quartir machen, szo nim tzw drei mal szo vil. vnnd nim guthen frifchen ingwer, vnnd thu die oberin rinden do von, vnd schneid den auch clein. vnnd nim frifch nelcken auch dor tzw, bei viii vnd bei xi [illegible], das ftos alles clein vnd binde es in ein weifs tuchelein, vnd thu das in ein clein glefzenn ge- CCCXIV

---

[1]) „berwurtz" = Bär-Wurtz. Diesen Namen führen Heracleum Spondylium, Vinca, Peucedanum und Athamanta Meum. [2]) „bier pönnen" = ? [3]) „grofs hertz wurtz" [illegible]

[4]) „weifs cupper rauch" = Kupfer-Rauch.

fefse, ader wor ein du wilth, vnd geus leuchten waffer, ader [illegible] weich waffer, ader regen waffer dor an. vnd vor mache das glefslein vben wol. vnd los es iii tag fteen. vnnd wurff es wenig in die augen des tages drey mal. wen es tzw fcharff ift, fso thu das fzecklein wider hiraufs. wer aber tzw vil waffers dor inne, vnnde wulde nicht fcharff werden, szo thu mehr zceug dor ein.

Das einem das hor balde wechft, menfchen ader pferden.

Bornne einen igel tzw puluer vnd ftos das kleine, vnd vormifche
CCCXV es mith | honig vnnd mith leinöll. vnnd szewd das ein wenig, vnnd rür es bis geftehet. wo du hoer haben wilt, do fchmer die ftat vfft.

Vor das fiber ein kunft.

Item nim ein loth fenet bletter, ii loth criftwurtz, eifsen krawth, ifop, eppe, wegebreit, vermoth, rautten, pappelnn, ittlichs ii loth, vnnd alles gepuluerth, vnd ii teil wein, vnd den dritten teil honig, vngeuerlich bei einem ftauff, ader ein viertel mos vol, mehr ader weniger. bindt die puluer in ein tuch, vnnd befchwere es kegen boddem, vnd few das als ein wundtrangk. gib es einem des morgens, vnnd vff die nacht, vnd auch des mittags tzw trincken ein guten trunck. vnd auch in der nacht iii ader iiii truncke, wol warm. vnnd werm das puluer mitte, das er es mith trincket. es hilffet gewyfslichenn.

Ein guth augen waffer.

Nim rawten, vnnd leuchtenn,[1]) vnnd fenichel, fchelwurtz, das vette ftein krawth, vnnd die bloen blomen, vnnde wegebreith. die ftos alle
CCCXVI tzw famnen mith | einem halbenn ftauffen ader quartir guth weis wein, vnnd szo vil honig feim. druck es durch ein tuch, vnnd behalt es in einem gefeffse, wol vor macht. das treuffe einem in die augen des abendes vnd des morgens. vnnd ob einer fell hette vff den augenn, szo vor mifch des waffers ein teil mith cupper rauch vnnd weifsen ingwer, vnnd mith gebrantten alawn. vnnd feut das durch einander. vnd drucks durch ein tuch, vnnd troff es yn die augen. das thu vfft. es ift guth.

---

[1]) „leuchtenn“ = Leuchel, Läuchel, Erysimum Alliaria?

Baumöll tzv reinigen.

Baum öll zcw reinigen, das es beffer wirth tzw allen fachen. Nim weineffig ein quartir, weniger ader mehr, dornoch des ölls vil ift, vnd thu es mith dem öl in einen keffsel ader in ein becken. vnd fewt das vff der weitte vff kolnn. vnd ftee du nicht na do bei, das es dich nicht treffe. den es fpringt dem menfchen die vnreinikeith weith hiraus vnder die augen. vnd wen es nümmer fpringk vnnd gleich fewdt, hath es gnug des fiedens. |

Grün farbe tzv machen, do mith man die heilfalben auch ferbenn mag. CCCXVII

Wie du grüne farbbe machen falt, die du vber wintter behalden wilt. vnnd wen du wilt, szo thu du die inn falbenn, vnd lafs fie dor inne tzw gehenn, vnnd ferbbe fie do mith. Wiltu gerne, fso lafs die farbe vor ein nacht weychen, in öll, in potter, in wein, in effig. vnnd dor noch thu fie zcu der fsalbenn. vnnd thu ör fso vil dor in, das fie wol grün werde. Alfso mache fie: Nim die gruffs von nachtfchatenn tzv rechter zceith, die er nicht tzw alth wirth. den nachfchatten den ftos in einem mörfer, vnnd druck gruffs mith den hendenn aus, ader durch ein tuch, fso vil du er bedarffeft, vnnd vber winter behalten wilth. die thu in kue blofsen,[1]) ader in andere gros blofsenn eben vol, vnnd binde fie oben wol tzw. vnnd heng fie vff, do fie ein wenig fonne haben, vnd auch lufft. szo finckt die bofse materie vnnd das leutter waffer | als durch, vnnd bleibt nur die farbe dorinne. die wirth CCCVIII
harth. die behalde, vnnd nüttz als fornne fteeth. alfso machftu korn fomen, auch thu die weil es iungk ift, vnnde magft do mitte molen. du muft die farbe vor tzw reibenn ader tzw fchlaen in einem becken, wen du fie nüttzenn wilt.

Ein kunft vor böfse blotter.

Item vber denn fpring born, die aufs dem felffsenn ader fteinen entfpringenn, dor vber wechft ein zcinleth krawth.[2]) das ftos mith rofsenn ader feiel öll. vnnd binde das vber die blotter, fso vorfchwinden fie do von. Auch die fawl blotter in dem gefeffse vor gehenn dor vonn.

---

1) „kue blofsen“ = Kuh-Blase, Harnblase einer Kuh.
2) „zcinleth krawth“ = zcirleth krawth? ein zierliches Kraut?

Ein gute kunſt, wenn einer ſicht als auſſetzig vnder den augen, tzv helffen.

Wilttu einem helffenn, der vil röth vnnd roter fleck vnder den augenn hath, vnnd iſt doch nicht auffsetzigk, szo muſtu öm alle monden
CCCXIX forn ann der naſse laſsenn vnnd vnder dem kein | backenn,[1]) vnd muſt eine ſalbe alſso machen. Nim iii ℔ friſch potter, ½ ℔ kloſhmaltz, ſso vil hartz, ½ ℔ ſilber glet, szo vil ſchwefel, i firdung ſchelwurtz, ſso vil ochſsen zcungen ader ſtrupffen wurtz genand, i ℔ louch,[2]) i firdung kalck, szo vil ſchleen dorn wurtz, i firdung ader ½ ℔ wermt, weinſtein, gebrandt alaun, galittzenſtein, bleiweis, itlichs iii loth. vnnd im ſommer tzw haw die kreuter klein, im winter ſso puluer ſie. des gleichen thu den wurtzen auch. das ander ſtos kleine. vnd ein ſtauff gut wein eſſig. iſt der beſt. vnd das alles tzw ſammen wol ſieden laſſsen, vnd dor noch durch ein tuch gedruckt. wen es ſchir geſtehn wil, szo thu dor vnder wol gereinigeth eier weis von x ader mehr eiern. dornoch rür die ſalbe, bis ſie geſteht. do mith ſchmir ein offt, in der werm. vnd des nachts lege ſie einem vff ein tuch vber, als lang öm das vorgehet. vnd das hir nachgeſchreiben gehorth auch dor tzw.

Die roth vnd blotter der augen tzw vortreiben. |

CCCXX Item nim i ℔ ſilber glet vnnd i firdung weinſtein, ½ ſchwefell, i ℔ lauch. haſtu des nicht, szo nim knobloch. domith das krawth auch am loch ader knobloch. i ℔ wermuth, ½ ℔ ſchelwurtz, ader das krawth, i firdungk ochſsen zcungenn wurtz, i firdungk kalck. im ſommer haw die krewter kleine, im winter puluer ſie. vnd thu ſie dor noch mith der wurtz in einen morſser, vnnd ſewd das in iiii ader funff ſtouff wein eſſig, ader ſunſt in guthem eſſig, ein guth weil. vnnd druck das durch ein tuch. das reibt offt vnder das antlittz, noch ader vor der ſalbenn. vnnd vff die nacht, ſso lege das waſſser vff tüchern oft vff. alſso thu der ſalbenn auch. die zcwei vor treibenns an zcweiffell.

Ein krebs ſalbe. iſt guth, wen ſich einer vorbrochen hat im liebe, vnd ſtulgang dor von hat.

Ein guthe krebs ſalbe tzw machenn. wen sich einer vorbruchen
CCCXXI hath | inwendig im liebe, szo nim friſche potter, szo vil du der ſal-

---

[1]) „kein backenn“ = Kinnbacken, Unterkiefer.

[2]) „louch“ = Lauch, Allium-Arten.

benn machenn wilth, doch v ader viii ℔. dor zcw nim i β[1]) ader ii vngeuerlich krebs alſso roe, vnd ſchneid in ſchwartze ſtinken ding aus bei den augen, vnnd ſtos ſie mith den ſchalen, vnnd gar wol in eim morſser, alſso das mith der potter woll geſottenn werde, ſam du ſie eiſsen[2]) wolleſt. dornoch druck ſie durch ein tuch. vnd was im tuch bleibt, das wurff weck. vnd thu mir tzw der ſalben geſchnitten bibergeill vnnd ein guth teil regen worm. die ſtos vor. vnnd weiſsen hundes dreck, auch wol dorre, vnd geſtoſſsen. das loſs nach einſt vff ſiedenn. vnnd druck die ſalbe aber durch ein tuch. vnd ferbbe ſie mith den roten wurtzen, ſtehn in dem korn, vnd auch ſunſt mith wurtzenn, findeſtu vnder denn zcuenen[3]) ſtehn, do man das roſs hoer mith ferbeth. ader ferb ſie noch dem ſieden mith boloſermenes, ader ſunſt mith roter farb.

Wiltu das die ſalbe wol ſtulgengee bringt, vnd das gerunnen bluth auſs einem mith hirauſs treibt, ſso thu am | erſtenn mith denn krebiſſsenn CCCXXII holunder wurtz ſchael vnnd kellershals ſchael ein guth teil dor vnnder, vnd loſs ſie mith ſieden. doch ſso ſtos ſie vor. wiltu gerne, ſso mache der ſalbenn zcweierlei, als die ober, vnnd auch die hirnoch volgeth, wie man gute krewdter ein machenn ſall.

Czum ingwer ein zw machenn..

Item nim i ℔ ingwer ader ſso vil du es machenn wilth. den lege in eine warme lauge, vnnd los ön tag vnd nacht dor inne ligenn. vnd am tage, als vfft die lauge kalth wirth, als ſso vfft geus ſie hirab. vnd geus alweg ein warme wider an die ſtadt. das treib ſso langk, bis ſich die haudt do von leth zcien, szo hat es des weichens gnugk. dor noch ſchlach ön mith einem holtz, vnd thu ön in ein gleſsen topff. vnnd nim dor tzw i ℔ honig, i ſtauff welſchen wein, ader malmoſier, ader des gleichenn guthen wein, vnnd ein halp ℔ zcucker. szeud den wein vnnd zcucker wol durch einander. vnnd | nim funff loth nelcken, CCCXXIII die ſtos kleine, vnd ſtraw ſie vnder den ingwer. vnd geus das ober alſso warm dor auff. vnnd vor mache das obenn wol tzw. vnnd las es alſso viii tage ſtehenn, szo magſtu es nüttzen, wen du wilth. Auch mehr, wen du den ingwer aus der laugen nimſt, ſso waſche önn wol auſs einem reinen waſſer zcwier ader mehr. dor noch los ön enwenig

[1]) Das Zeichen β der Handschrift bedeutet wahrscheinlich Schock (sechzig Stück). [2]) „eiſsen“ = essen. [3]) „vnder den zcuenen“ = unter den Zäunen.

drewgenn, vnnd mache es als obenn ſteeth. Wilttu ön geringe machen, ſso nim des weins vnnd zcucker minder, vnnd thu guth honig an des ſtath. auch machſtu den ingwer noch der lawgen auch in einem waſſser ſieden, vnnd dornoch wol auſstrückenn, vnnd dor noch aber plewenn[1]) vnnd waſchenn. auch ſein ſie guth wer ein kaldenn magen hath, vnd vor böſse dempff.

Kalmes ein tzw machen ader tzw sulltzenn.[2])

Kalmes ein zcw machen. iſt guth tzw den krancken magen, vnnd
CCCXXIV daweth wol. | Nim i ℔ kalmes, ader ſso vil du wilth, vnnd weich es in in der heiſsen laug, als das ober, ſso lang bis die hawth abgehet. dor noch ſso ſewth önn in einem waſſer, als den ingwer. dor noch druck ön wol auſs vnnd waſs önn auch auſs kaldem waſſer tzw drien mall vnnd alweg vaſt wol auſsgedrucketh. vnnd dor noch ein wenig trewgenn laſſsenn. bedarff es ſchlaens, ſso ſchlae ön. vnnd durch ſtich önn oft. vnd tzw einem ℔ nim i ſtauff honig, vnd ii loth kanel ader zcimethrinden, szo vil nelckenn vnnd szo vil ingwer, cleine geſtoſſsenn. das thu am letzten in das honig, wen es ſchir geſotten iſt. vnd geus alles vber den kalmes alſso heis. vnnd den gleſſsern topff oben wol vor macht, vnnd vff xiiii tage ſtehen laſſsenn. wiltu es beſſern vnnd ſtercker machenn, ſso thu des ſtarckenn weins vnnd des zcuckers dor tzw.

Czucker roſsenn tzw machenn.

CCCXXV Wiltu zcucker roſsenn machenn, | szo nim guth weis roſsen, vnd haw die cleine, vnnd miſch zcucker gnug dor vnder. vnnd thu das in eine kanne, vnnd ſewdt das in waſſer, als man roſsen öll pfleith[3]) tzw ſiedenn, das ſteeth vorn im buch, als lang, bis der zcucker tzw geeth. vnnd thu es dornoch das wol durch einander gemiſcht, vnnd ſetz es an die ſonne, ſso lang bis es tzw geeth. dor noch thu es dor vonn vnd behalth das. ſso geſteeth es wider vnnd wirth hertte. wiltu das in der kann nicht ſiedenn, szo laſs deſter lenger an die ſonnen ſtee. wiltu das beſſern, szo las geſtoſſsenn zcimetroren vnd geribben muſcaten blumen do mith ſiedenn. wiltu gerne, ſso laſs die roſsenn vor ein wenig dörre werdenn, ader wol vber treugenn. doch nicht ann der

---

1) „plewenn" = pläuen, bläuen, schlagen. 2) „sultzenn" = einmachen. 3) „pfleith" = pflegt.

ſonnenn. dor noch haw ſie cleine. das iſt geſundt vor die dorre, vnnd man würfft wol dor vonn auſs, vnnd reinigeth vnnd labt denn menſchenn, vnnd iſt guth vor die tempff.

Roſzen kuchen ein tzw machenn.

Item roſsenn ein tzw machen. Nim | die vnnd haw ſie clein vnnd CCCXXVI
vor miſch ſie vnnder honig. vnnd nim vil roſsenn vnnd miſch das tzw ſsammen, als ein dick teich, vnnd knedt ſie wol tzw ſammen. vnnd nim ii loth geſtoſſsenn nelckenn, ader mehr, dor noch du wilt vil machen. vnnd nim ſso vil zcimetrorenn, vnnd muſcaten blumen, vnd kobeben, zitwer, ingwer. vnd las die roſsenn mith dem honig alſso lang ſiedenn, bis es wol dicke wirth. vnnd wen du es vom fewr thon wilt, szo thu das ober als gepuluerth auch dortzw, vnnde rür es wol dor vnnder. vnnd von ſtund ann von dem fewr genommen, das die krewtter nicht vorbornnen. das forder vnnd das alles ſewdt auff koln. vnnd behalt das in einem gefeſse wol vor dackt. das krefftigeth das heupt vnnd den magen vnnd auch den krancken menſchenn

Roſsen honig tzu machen.

Wilttu roſsenn honig machenn, szo ſeud das honig vor allem, vnnd druck das durch ein tuch. alſso thu dem obern auch. dor noch thu auch kleine gehawenn | roſsenn dorein, vnnd ſewd das tzw ſam- CCCXXVII
men, bis es ſichs ferbt, vnnd dick gnug. du magſt es auch wol inn einer kannen ſiedenn, als das roſsenn öl. wilttu es beſſsern, szo magſt du auch wol gewurtz dorein thun, als in das ober. Alle wurtz thu am erſtenn dorein, das ſie nicht vor bornnen. das thu ſalbenn, ader tzw was es ſei.

Welſch nüſse ein tzw machenn.

Wiltu welſche nuſs ein machenn, ſso brich ſie ab vngeuerlich ix tagenn vor ſant Margarethen tage,[1]) ehr ſie gar reiff werdenn. werſtu aber in welchſsenn lanndenn, szo brich ſie ehr ab. biſtu aber in Preuſzenn, do iſt es auch kalth, szo brich ſie dor noch ab, die weil ſie nicht zceittig vnnd noch grün ſein. vnnd ſchneid die nuſs vorne vnnd hinden ein wenig ab. vnd durch ſtich itztlichs nuſs tzw v mal mith

[1]) „ſant Margarethen tage" = St. Margarethen-Tag, 13. Juli.

einem meſſer, ader ſüſt mith einer pfrimmen iſt es beſſer. vnnd geus kalt waſſer dor an, vnnd alle tage zcwier ader drei mall, das do friſch
CCCXXVIII iſt, vnnd | das alde dor vonn. das thu x tage, ader ſo lange, bis ſie innen wol ſchwartz werden. vnnd ſchneid tzw tzceittenn ein auff, ſo ſiheſtu wol, wen ſie das gnug habenn. dor noch loſs ſie enwenig trügenn. lege ſie vff ein breth. dornoch ſo ſewth ſie inn einem waſſer gar wol. vnnd vor ſuche das waſſer in dem munde. iſt es bitter, ſo geus es dor vonn, vnd ſewdt ſie aber in einem friſchenn waſſer, vnnd vor ſuche es aber. vnd als vfft es bitter iſt, szo geus ein anders dor an. das treib ſo lang, bis das die waſſer nümmer bitter ſein. dor noch ſo los ſie wol vff brette drucken. dor noch ſo beſtecke die nüſs mith zcemetrörnn, vnnd mith nelckenn, vnd mit ingwer. vnd zcw ſtos ingwer, vnd nelcken, vnd pfeffer. vnd wen du ſie inn legenn wilt, szo beſtrawe ſie aldieweil mitte, vnnd mith guthem honigſseim. den mache warm, vnd geus in oben, doch nicht das es ſeide. vnnd decke es wol tzv vnd los es xiiii tage ſteen. wilttu, ſo beſſser es mith zcucker. es iſt guth.

Küten ader quitten ein tzu machenn. |

CCCXXIX Wiltu küttenn ader quitten ein machen, szo broth ſie in einem backoffen, alſso weich du ſie haben wilth, ader brote ſie inn dem dunſt inn dem topffe. wen ſie werden nicht weicher noch hertter in dem gemacht bleiben, gleich alſso. ſchneide ſie halp ader tzw vierteiln, wie du ſie haben wilth. vnnd beſtecke ſie mit den noch geſchreibbennen wurtzen. do mith du die nus beſteckeſt, vnd geus warm honigſeim ader ſunſt guth honig dor vber. decke das wol tzw. vnd wilttu ſie beſſernn, szo nim auch zcucker dor tzw. das iſt die kunſt.

Ein sere gut recept vor die peſtelentz.

Szo die peſtelentz regirth, vnd einem auff stiſs, szo ſsal diſſses nachgeſchreibenn lackquergenn vor einen vor wachſsen menſchen[1]), eines ducaten ſchwer, gebrauchen. wer es aber ein iunges, ader ein fraw, ſo nim der ſselbigen eines reiniſchenn gulden ſchwer vngeuerlich. kumpt es einen menſchen an mith kelde, szo gib im die lacquergen |
CCCXXX in weiſsem wein, vnnd tzwreyb ſie dorinne, vnd gib im des ein eier

[1]) „vor einen vor wachſsen menſchen" = für einen erwachsenen Menschen.

ſchal voll. Kumpt es aber denn menſchen an mith hitz, szo gib ym die lacquergen in wegebreitenn waſſser. machſtu des nicht haben, szo nim eſſig vnd halb friſchenn brun.[1] dor noch lege ön nider yn ein bette, deck yn warm tzw, vnd las ön iiii ader v ſtundt ſchwittzen. den der gifft gehet im ſchwittzen hyn weck. Mocht er aber nicht schwittzen, szo nim iii ader iiii zcigel ſteine. warm ſie. vnnde ſchlach ein nas leinen tuch dar vmb, vnd leg ſie dem krancken an das beth, an ſein ſeitten ader tzwuſchen die bein. der kranck ſal die lackquergenn x ader xii ſtunden nach dem er krangk worden iſt nemenn. vnnd ſsunderlich er[2] dan er ſchlieſſt. dar nach hilfft es ſchwerlich ader gar nicht.

Item man sal sich vor dem damp ader adem des kranckenn hütten.

Man sal auch dem inn iiii ader in v tagenn kein fleiſch tzw eſſenn gebe, ader wein tzw trincken gebbenn.

Wer tzw einem krancken gehenn wil, ſal vor der lackquergenn eyner arbeyſsen[3] | groſs yn den mundt nemenn, vnnd dor inne laſsenn CCCXXXI
tzw gehen. iſt xxiiii ſtund ſicher vor der peſtelenntz.

Die lackwergen tzw machen.

Nim eyn hüner eie, vnnd mache an der ſpittzen ein cleine löchlein dar ein, vnd thu das weis ſso vil du magſt gar hiraus, vnd las den todter dorine. dor noch nim vngeſtoſſsen guten ſaffran vnd ſolle das eie dor mith, szo ſol du magſt. vnd nim den nach ein ander eier ſchale, die kleibe vff das lochlein, szo bleibeth ſie hangenn. dor noch lege das eie tzw deme fewr, vnnd las lanckſam brotten, bis die ſchale alenthalbenn gantz braun wirt, vnnde wol gebrothenn. den nim das eie vnnd tzw ſtos in einem morſer, szo lang das man der ſchalenn nymmer erkennen kan ader geſehe. dor noch nym, szo ſchwer das geſtoſſsen eye weget, weyſsen ſenff ſsamen. stos denn auch kleine in eynem morſser tzw meele. Dor noch nim ein loth wiſſsen dipton, i loth tormetil, eyn quentin cröaugen.[4] die drei ſtück ittzlichs in ſsunderheyth klein geſtoſſsenn | tzw meele. vnd temperire die gemeltten pulner alle CCCXXXII
tzw ſsammen. vnnd nim dor noch ſso ſchweren guthen tyriack, als die

[1] „friſchen brun" = frisches Brunnen-Wasser. [2] „er" = eher.
[3] „arbeyſsen" = Erbse. [4] „cröaugen" = Krähen-Augen, Semen Strychnos Nucis vomicae.

vorgemeltten puluer alle ſynt. den ſtos die gemelten puluer vnd den tyriack vnnder ein nander, ii ſtunde ader lenger, bis es an den ſtoſſel hanget, vnnd tzw einer lackwergenn wirt. die behalth önn in einer buchſsenn. wert vnd iſt xx ader xʟ iar gwth. ie eher ie beſſser.

Volget ein ſere gut pulfer, viler tugent, auch vor die peſtlentz, vnd vff die lackquergen.

Tugennt des puluers. ſterckt die natur vnnd das hertz, vnnd iſt guth tzw der lungen, miltzenn, vnnd der gallenn, reumet den weck[1]) des adems vnd der bloſsenn. iſt guth tzwm magen vnnd tzwm hirn, vor den schwintel. reynigeth das bluth, vor treibt die giſſt in eſſsen vnd yn trincken, iſt guth vor die geſchwulſt vnnd szunderlich vor die peſtelentz. szo die regirth, szal man das ſselbtigenn frw vnd des abendes [nehmen], szo vil als mith ii fingernn tzw begriffenn iſt. das puluer macht auch guth ſtulgenngk, vertreibt auch denn ſtanck boſses addems. |

CCCXXXIII

Ditte sint die stuck dor tzv.

Nim vi loth senat bletter, ii loth zetber, ii loth welchs komel, ii loth fenchel ſamen, ii loth pitterſiligen ſamen, ii loth tillſamen,[2]) i loth weis ingwer, ½ loth nelcken, ½ loth moſcatenn, ½ loth kalmes, ½ loth galgen, ½ bibennel, ½ loth ſaluan,[3]) ½ loth baldrian, ½ loth annis, x ader xi loth zcucker. iſt mith tzw brauchen vor die pitterkeyt der krewter. vnnd diſſse krewtter vnnd ſtucke ſollen alle gepuluerth ſein, vnd geſtoſſsen werde, vnd gebraucht wie obenn. tzw diſsenn ſtückenn szall man nach neemen dipton, termentil, boloſermenes, terra ſigillata.

Vor die peſtelentz.

Wan einem vff gefarnn were, szo sall man nemen ein gedertte krothen[4]) vff das apoſtem legenn, vnnd mith einem handtuch feſt binde, das ſie nicht abfalle, vnnd vngeuerlich eine ſtunde ader lenger dar laſſse ligen. zceugt die giſſt auſs gar vnd gantz.

Ein ander dor vor.

Vngenüttz bech,[5]) bey dem fewr weych gemacht vnd vff das apoſtem gelegt, ſal auch die giſſt auszcihenn. |

---

[1]) „weck" = Weg. [2]) „tillſamen" = Dill-Samen, Samen von Anethum graveolens. [3]) „ſaluan" = wahrscheinlich für Saluia, Salvia, Salbei. [4]) „krothen" = Kröte. [5]) „vngenüttz bech" = ungenütztes, noch nicht benutztes, frisches Pech.

Aber ein anders vor peſtlentz. CCCXXXIV

Ein zcwibell, die selbigenn innen wenig auſs gelocht, vnd guten tyriack dor ein gethon, in einer heyſsen aſchenn gebroten. vnd dor noch, szo heiſs es der menſche erliden kan, ehr der menſch ſchliefft, vff das apoſtem, das iſt vff die poltz [1]) der peſtlentz, gelegt. szal die gifft auſs zcihen vnnd wol helffenn.

Ein anders sal man trincken vnd den die zcwibel gebrauch.

Nim ein quentin rothe mirre, guthen tyriack, szo gros ein haſsel noſs, mith holwurtzel im wein ader bier geſzottenn, vnnd des szelbtigenn getruncken, dar auff geſchwittzt. szall die gifft vor trieben vnd ſeer wol helffenn.

Die peſtlentz, wen ſie aufgebrochen iſt, tzu heilen.

Knobloch geſchelth in reinborgen ſchmer, weiſſsenn cleyen geſtoſſsenn, ein kuchen dar aus gemacht, vnd vff einem herde gebacken. szo heis der menſch erleiden kan, dor auff gebundenn. trewget vnnd heilth. |

Ein sere vber bewerth koſtlich puluer vor die peſtelentz. CCCXXXV

Item bornne armenium, ein vnzs terram sigillatam, iiii vnzs diptamum, pipinellam, enulam campanam,[2]) tormentillam, valerianam, wacholter behr, rothen ſandel, lorber, zcitwer, encian, ides ein halb vnzs, zcimetrinden anderhalp vntzes, zcucker, szo vil als der ander alen. mache ein puluer. do mag man all morgen von genyſſsen nach gedunckenn. vnnd ſso im was worre baldt dor vff gelaſſsenn.

Ein an[d]er vor die peſtlentz.

Nim haer von haſsen, vor miſche ſie mith warmen waſſer vnnd honnige, das es werde als ein plaſter, vnd lege das dor auff. alſso reiſs es vff. das ſelbyge iſt vber die tuſenth malen vorſucht vnd bewerth.

---

[1]) „poltz,' zusammenhängend mit Polster, Wulst, bedeutet eine Erhabenheit, eine Anschwellung; hier die Pestbeule, den Pest-Bubo.

[2]) „enula campana" = Inula Helenium, Alant-Wurzel.

In der zceitt der peſtlentz ein szunderlich edele ertzney.

Nim rauten vnd waſche die ein guthe weil vnd gar wol in eſſig.
CCCXXXVI dor noch beſprenge | ſie gar wol mith eſſig. dor noch beſprenge ſie gar wol mith ſaltze. vnd nim die denne vnd kue ſie wol, eer du ſy yn iſt.[1]) dor noch nym den eſſig vnd die rute vnd drinck das, szo wirſtu ſicher ſeyn on allen zcweiffel. Auch ſso du werſt vorgifft bis in den todt. das ſelbige iſt offt vorſucht.

Vor die peſtelentz.

Nim ffygen,[2]) wacholderber, rauten, lorbernn, welſche nuſs, betonie, angelica, encian, vnnd ſtos es vndereinander, vnnd vormenge es mith honnige. vnnd is do von des morgens vnd obendens, als vil als ein welſche nuſs groſs. das ſselbige iſt ſunderlich guth vor die vorgiffte lufft der peſtelentz genuttze.

Ein regement vor die peſtelentz.

Szo der menſch die peſtelentz hat, als balde her die ſselbyge rorth ader fülth, szal her nemen von dem confect electuarium imperatores genandt, in eynem wyſſsen wein ader in wein eſſig eins gulden ſchwär. vnd trinck das auſs im druncke. dor noch vber iii ader iiii ſtunden, szo her im beth leyth wol tzw gedacketh, vnd wol geſchwithzceth hath, szal er im die ader laſsenn. In solcher weis szo ſie iſt |
CCCXXXVII am halſs ader hinder denn orenn, ader wo ſie iſt, szal her loſſsen die median am arm. ader szo ſie iſt vnder dem arm ader am beyne vnden szal her die gicht odern ſchlaenn laſſsenn vff füſs. szo ſie aber iſt in der lincken ſeitten, des gleichen. szo ſsincketh ſich die gifft in den fuſs, iſt tzw vorwindenn als mith den recepten etc.

Vor das stechen im leibe.

Kumpt aber der stechen in die ſeitten, szo ſsal her laſsenn an dem arme der ander seyttenn, dor vm, das es das ſtechen vonn dem hertzenn treibe. ader szo das ſtechenn were am hertzenn, szal er an der rechten ſeytten odern loſſsen, die median. szo aber in der rechte ſeitten das ſtechen were, szal er die lung odern laſſsen an beiden

[1]) „vnd kue ſie wol, eer du ſie yn iſt“ = und kaue sie wohl, ehe du sie ein issest (verschluckst). [2]) „ffygen“ = Feigen.

ſeyten auff dem kleinen finger. szo vor schwind das stechen. vnnd trinck gerſten waſſer adder mandel melch, adder dunne bier, wirth im als balde one tzweiffel das ſtechen geſchanfftmottiget vnnd geſtylth.

Szo dir wehe wirth vmb das hertz. CCCXXXVIII

Szo dir wehe wyrt vmb das hertz, das du schwilleſt, szo szalbe dich mith poley vnnd mith fenckel ſsamen, peterſiligen ſamen, roſsen ſsamen, czenemenn,[1]) lacricien ſafft. vnd male das als tzw ſamenn, vnd das temperire mith honigſeyme, vnd yſs das alle tage.

Das ende der bündes artzney meiſter Iohannis von Bires: mith fleiſs kortzlichen beſchloſſsenn :c.

Finis.

---

[1]) „czenemenn," soll wahrscheinlich heissen cinamomum: czimetror = Zimmt-Rohr.

Uebersicht

der in der Schrift vorkommenden Heilmittel.

---

adermenig, (an itzlichen enden heiſs es man auch eiſsenkrawth) Agrimonia Eupatorium. Noch jetzt unter demselben Namen eins der angesehensten Volksmittel in Thüringen.

alantwurtz, enula campana, Alant-Wurzel, Rad. Inulae Helenii.

allawn, Alaun, Alumen.

alpaticum, Aloë hepatica?

alrawenbletter, Alraun-Blätter. S. aran wurtz.

angelica, Rad. Angelicae Archangelicae.

anis, Anis, Fructus Anisi vulgaris.

antify, Endivien, Cichorium Endivia.

armenium, Bolus armeniaca, armenischer Bolus.

aran wurtz, Alraun-Wurzel, Rad. Atropae Mandragorae.

arſenicum, Arsenik.

auripigmentum, Auripigment, Schwefel-Arsen.

baldrian, Baldrian, Rad. Valerianae officinalis.

bappel, Pappel, Schwarzpappel, Populus nigra.

bariſs korner, Paris-Körner, Semen Paridis quadrifoliae.

batonig, S. betonien.

beinwel, S. ſwartzwurtz.

benedicten ader karoffel wurtz, Radix Gei urbani oder Caryophyllatae.

beren smaltz, Bären-Fett.

berminck, S. moſslieb.

bertram, Bertram-Wurzel, Rad. Anthemidis Pyrethri und die davon wahrscheinlich abstammende in Thüringen angebaute Anacyclus officinarum.

berwurtz, Bär-Wurzel, wahrscheinlich Athamantha Meum. Denselben Namen führen Heraclium Spondylium, Vinca und Peucedanum.

betonien, Betonie, Betonica officinalis.

bibenell, Pimpinella Saxifraga.

bier pönnen?

bilſsenn krawth, Bilsen-Kraut, Hyoscamus niger.

bir, Bier.

biwergeil, Bibergeil, Castoreum.

blaw kornblumen, Blaue Kornblumen, Centaurea Cyanus.

blawlilgen, swertell, Blaue Lilien, Iris germanica.

bleiweiſs, Bleiweiss, Plumbum carbonicum.

boenn blütenn, Bohnen-Blüthen, die Blüthen von Vicia Faba.

bolofermenes, bolosermenes, S. **armenium.**

bomöl, Baumöl.

braunkres (noch jetzt in Thüringen „Braun-Kersch") Brunnenkresse, Nasturtium aquaticum.

brofsem, Brosam, Brod-Krume.

brunellen, Prunellen, Prunella vulgaris.

buchfen pulner, Büchsen-Pulver, Schiess-Pulver.

buchfpitz, (mich dunk es heifse an ertzlichen orten rechkrawth) Buchkohl, Röhrkraut, Habichkraut, Hieracium murorum.

bucken unfchloth, Bock-Unschlitt, Hammel-Talg.

bulich ader königskertzen, Verbascum Thapsus. und thapsiforme.

butter (potter) Butter.

butzerlingk, S. **schirbingk.**

centaurio, Erythraea Centaurium.

chrift wurtz, Helleborus niger.

couendt, Kofent, Nachbier.

criftallen die aus fschne in dem berge gewachfsenn fein, Bergkrystall.

cröaugen, Krähen-Augen, Semen Strychnos Nucis vomicae.

czitwar, Zittwer, Rad. Curcumae Zedoariae.

dachs fchmaltz, Dachs-Fett.

deplymya?

dialdia, (von dia und Althaea) eine aus Althaea bereitete Salbe.

diftel, Distel; wahrscheinlich Carduus marianus.

dunnebier, Dünnbier.

eber wurtz, Eber-Wurz, Carlina acaulis.

ebich, eppe, eppich, Eppich, Apium graveolens.

ebifs wurtz, Eibisch-Wurzel, Rad Althaeae.

eichen jungfchöfsling, Junge Eichen-Schösslinge.

eichopffer, Eich-Aepfel, Glandes Quercus.

eier todter öl, Eidotter-Oel.

eiers weifs, Eiweiss.

eier fchall, Eierschalen.

einbir, (einper, wacholder) Iuniperus communis.

encian, Enzian, Gentiana.

electuarium imperatores, Electuarium imperatoris.

enula campana S. **alantwurtz.**

epaticum, Aloë hepatica?

errber (ertper) krawth, Erdbeer-Kraut, Herba Fragariae Vescae.

efsel dreck, Esels-Koth.

efsig, Essig.

efsula, Esula minor, Euphorbia Esula oder Cyparissias.

feld kömel krawth ader kundel krawth, Feld-Kümmel oder Quendelkraut, Herba Thymi Serpylli.

feldtrofsen, Feldrosen, Rosa canina.

femigrecum, fenum grecum, Trigonella Foenum graecum.

fenichel, Fenchel, Semen Anethi Foeniculi.

ffygen, Feigen.

flachs, Flachs.

fledermaufs blut, Fledermaus-Blut.

fuchs krawth, Fuchs-Kraut (Solidago Virga aurea?).

galbanum, Galbanum, Gummi-Resina Galbanum.

galittzenstein, Zinkvitriol, Zincum sulphuricum.

gallen von einem oll, Galle von einem Aal.

gallu°s, Galläpfel, gallae.

garbkrawth, S. ſchaffgarbben.

garten kömel, Garten-Kümmel, Carum Carvi.

garten roſsenn, Gartenrosen, Rosa centifolia.

gebranth alawn, Gebrannter Alaun, Alumen ustum.

gebrant weyn, Branntwein.

gerstenn, Gerste, Hordeum sativum.

gerteun waſser, Gersten-Wasser.

groſs eyſenkrawth mit gelen blumen, Grosses Eisenkraut mit gelben Blumen (Crepis tectorum?).

grünſpan (spansgrün), Grünspan, Cuprum aceticum.

gold gledt, Gold-Glätte, Blei-Oxyd.

guter heinrich, gut heyrig, Guter Heinrich, Chenopodium bonus Henricus.

haber ſtro, Hafer-Stroh.

hew blumen, Heublumen; vielleicht Heide-Blumen, Erica vulgaris.

hain butten, hiffen, Hainbutten, Hagebutten, Fructus Rosae caninae vel Cynosbati.

hanff, Hanf.

hartzt, Harz.

haſsel, Haselwurz, Rad. Asari europaei.

haſsen hoer, Hasen-Haare.

hauſs wurtz, Hauswurz, Sempervicum tectorum?

hecht kinbacken, Hecht-Kinnbacken, früher als „Mandibulae Lucii" officinell.

heffern mel, Hafer-Mehl.

heideniſch mangolt; jedenfalls eine der Ampfer-Arten, welche Radix Lapathi liefern; Rumex crispus, sanguineus, obtusifolius etc.

heideniſch wundtkrawth, Heiden-Wundkraut, Senecio saracenicus, auch wohl Solidago virga aurea,

hertz wurtz, Herz-Wurz. Diesen Namen führen Aethusa Meum, Aconitum Napellus und Aristolochia rotunda.

hewbſott, Heu-Saat, Heu-Samen.

hirſche, Hirse, Milium sativum.

hirſchen vnſloth, Hirsch-Unschlitt, Hirsch-Talg.

hirſchhornn, Hirsch-Horn, Cornu cervi.

hirſchwurtz, auch wirth es weyſs encien genandt, Hirschwurz, weiſser Enzian, Rad. Gentianae albae, Laserpitium latifolium.

holünder, Hollunder (Thüringisch) für Flieder, Sambucus nigra.

holunder bletter, Hollunder-Blätter, Folia Sambuci nigrae.

holunder blüth, Hollunder-Blüthen.

holunder wurtz, Hollunder-Wurzel, Rad. Sambuci nigrae.

huner krawth, Hühner-Kraut, Hühner-Klee, Alsine media (Thymus Serpyllum?)

igel, Igel.

ingwer, Ingwer, Rad. Zingiberis officinalis.

juden kirſchen, Juden-Kirschen, Fructus Physalidis Alkekengi.

kalmis, kalmos, Kalmus, Radix Acori Calami.

kametpher öl (= einpehr öl = wacholder öl.)

kamilben (romer, romey), Chamillen.

kampffer, Kampher, Camphora.

kanell ader zcimethrinden, Kanehl oder Zimmet-Rinde, Canella, Cinnamomum Cassia und ceylanicum.

kattzen ſchmer, Katzen-Schmeer, Katzen-Fett.

kellerhals korner, Kellerhals-Körner, Semen Daphnes Mezerei.

keſse waſser, Käse-Wasser, Molken.

kloſchmaltz, Klauen-Schmalz, Fett aus Rinderfüssen.

knobloch, Knoblauch, Allium sativum.

königskertzen S. bulich.

kopper ſchlack, Kupferschlacke.

korbes blütenn, Kürbis-Blüthen.

korbite, ein aus Bohnen-Blüthen, Kürbis-Blüthen mit Wein destillirtes Wasser.

korn ſomen, Korn-Samen.

krabbeth öl, (einpir öl) Wacholder-Oel, Oleum Iuniperi communis.

krabenth ber, Kranwit-Beeren, Wachholder-Beeren, Baccae Juniperi communis.

krauſsementz, krauſsmintz, Krause-Minze, Mentha crispa.

krebs, krebis, krebiſse, Krebse, Astacus fluviatilis.

krebs augenn, Krebs-Augen. Lapides Cancrorum.

krichiſch bech (kreigs bech), Griechisches Pech, Colophonium.

kröten, Kröten.

kupper waſser, Kupfer-Wasser.

kütten, kwütten oder quitten, Quitten, Fructus Pyri Cydoniae.

lackritzen, das iſt ſuſse holtz, Lakritzen, das ist Süſsholz, Rad. Liquiritiae (Glycyrrhizae):

lactuken samen, Lattich-Samen, Semen Lactucae virosae.

latich wurtz, Lattich-Wurzel, Rad. Lactucae.

langpfeffer, Langer Pfeffer, Piper longum.

lauch, Lauch, S. knobloch.

leinkochenn, leinkuchen, Leinkuchen, Placenta Seminis Lini.

lein ſaed, Lein-Saat, Lein-Samen, Semen Lini usitatissimi.

leuchtenn, Leuchel, Läuchel, Erysimum Alliaria? oder Marrubium vulgare (Marien-Nessel)?

lilium conuallium, Lilium Convallium, Maiblumen, Convallaria majalis.

linden blüth, Linden-Blüthe, Flores Tiliae.

linden koln, Linden-Kohle.

lorber, Lorbeeren, Baccae Lauri, Fructus Lauri nobilis.

lor öl, Lorbeer-Oel, Oleum laurinum.

lübſtückblüth, Liebstöckel-Blüthe, Flores Ligustici Levistici.

magneth, Magnet.

malmasir, mal masiehr, Malvasier. Ein bekannter süsser Wein.

mandel melch, Mandel-Milch.

margram appelſafft, Saft von Granat-Aepfeln (Malum granatum), Marganten-Aepfeln.

marrubium, anders genant gotsvergeſsen (Thüringisch), Marrubium vulgare.

maſslib S. moſslieb.

maſtig, maſtice, Mastix.

mater, Mutterkraut, Matricaria Parthenium.

meihiſche (meiſse) botter, Mai-Butter.

meiſter wurtz, Meister-Wurz, Radix Imperatoriae Ostruthii.

melch rom (mil rom), Milch-Rahm.

meth, Meth.

meuſsor, (anders genandt nagel krawth) Mäuse-Or, Mausohr, Habichtskraut, Hieracium Pilosella.

mirre, rote mirre, Myrrhe, Gummi-Resina Myrrhae.

mispel, Mispel, Mespilus germanica.

mörettig, Meerrettig, Armoracia rusticana.

mofs der vff den toten beinen wechst, Moos das auf Todten-Gebein wächst, Parmelia saxatilis, eine Flechte, früher als „Muscus cranii humani“ officinell.

mofs von buchen holtz, Moos von Buchen-Holz.

mofs von einer thanne ader fichten, Moos von einer Tanne oder Fichte.

mofs von erlenn holtz, Moos von Erlen-Holz.

mofslib (anders genant die kleinen beinwel), Masslieb, Bellis perennis.

mumia, Mumie.

mufcaten, Muskat-Nüsse, Semen Myristicae moschatae.

muscaten blüde, Muskatblüthe, Macis, Arillus Fructus Myristicae moschatae.

mufcheln, Muscheln (Auster-Schalen?).

nachtfchadten blüth, Nachtschatten-Blüthe, Flores Solani Dulcamarae.

neglein, (neilickenn) Gewürz-Nägelein, Gewürz-Nelken, Alabastri Caryophylli aromatici.

nefsel samen, Nessel-Samen, Semen Urticae urentis.

nefsel wurtz, Nessel-Wurzel, Rad. Urticae urentis.

nifse wurtz, Nieswurz, Helleborus niger, oder, wenn dieser „Christwurz“ heifst, Veratrum album.

nodtwergk, Abfall der Leinwand beim Weben, Charpie.

ochfsenn tzungen wurtz, (anders genanth strupffen wurtz) Ochsenzungen-Wurzel, Rad. Anchusae officinalis.

ochfsenn zcahell, Ochsen-Zagel, Penis des Ochsen.

offen leim, Ofen-Leim, Ofen-Lehm.

ömefsen, Ameisen.

omeyfsen eier, Ameisen-Eier.

painpes, Bimsstein.?

pappel knospeln, anders genant alwerbroft, Pappel-Knospen, von Populus nigra.

pappel rofsenn, Pappel-Rosen, Flores Althaeae roseae.

pergen fchmaltz?

petersilgen, Petersilie, Petroselinum sativum.

peuel hartz?

pfeffer, Pfeffer.

pfirfch kern, Pfirsich-Kerne.

pilfenfsamen, Bilsenkraut-Samen, Semen Hyoscyami nigri.

pittersiligen fsomen, Petersilien-Samen, Semen Petroselini sativi.

polei, Poley, Mentha Pulegium.

popolium, Unguentum populeum, Pappelsalbe.

quecksilber, Quecksilber, Hydrargyrum.

rawtten, Raute, Ruta graveolens.

rawten knoff, Rauten-Knospen, Ruta graveolens.

rebarbaram, „Rhabarber,“ vor dem Jahre 1550 wohl stets „Rad. Rhei monachorum,“ Rumex alpinus.

rechkrawth, S. buchspitz.

regen worm, Regenwurm, Lumbricus terrestris.

repuntica, Rhapontika, Rad. Campanulae Rapunculi.

rinder galle, Rinds-Galle.

rindern unſchloeth, Rinder Unschlitt, Rinder-Talg.

ritterſporn, Rittersporn, Delphinium Consolida.

rittig, rittigk, Rettig, Raphanus sativus.

rötel ſtein, Röthel.

romenei, eine Weinsorte, (**Romanet**, ein Burgunder Wein?)

romer, S. **kamilben**.

romey, S. **kamilben**.

romey knöff, Kamillen-Knospen.

roſsen waſser, Rosen-Wasser.

rote wurtzen, stehn in dem korn, Lithospermum arvense; nach alter Bezeichnung: Bauernschminke.

roth korn roſsen, Rothe Korn-Rosen, Papaver Rhoeas.

roſsen öl, Rosen-Oel.

roten diſtel ſafft, Rother Distel-Saft.

rucken broth, Roggen-Brot.

rucken mel, Roggen-Mehl.

ſaluia bletter, Salbei-Blätter, Folia Salviae.

ſaffrann, Safran, Crocus sativus.

ſalarnacken, Salmiak?

ſalbey, Salbei, Salvia.

ſaltz, Salz, Kochsalz.

ſamke? — Sesamum?

ſanickel, (**ſenickel**) Sanicula europaea.

ſanthstein, Sandstein.

ſarat, Leinwand, mit geschmolzenem Harz und Wachs zu gleichen Theilen getränkt; ähnlich unserm Wachstaffent.

ſchaffgarbben, Schafgarbe, Achillea Millefolium.

ſchal von kellerhals, Schale vom Kellerhals, Cortex Daphnes Mezerei.

ſchell krawth, Schöll-Kraut, Chelidonium majus.

ſchirbingk (**butzerlingk**), Schierling, Conium maculatum.

ſchleen wurtz, Schlehen-Wurzel, Rad. Pruni spinosae.

ſchmer, Schmeer, Schweinefett.

ſchwartz bech, Schwarzes Pech.

ſchwartz hennen, Schwarze Hennen.

ſeiffe, Seife.

ſekann, Seekannen, Nymphaea alba et lutea.

ſeneth blätter, Sennes-Blätter, Folia Sennae.

ſenft mel, Senf-Mehl.

ſenff öl, Senf-Oel.

ſew miſt, Sau-Mist, Schweine-Koth.

ſigrin, singrün, anders genandt bermingk, Sinngrün, Vinca minor.

ſilbern ſchawm, Silber-Schaum.

ſinaw, Sinnau, Alchemilla vulgaris.

ſommer latten, Sommer-Latten, Weiden-Schösslinge.

ſpanſgrün, S. **grünſpan**.

ſpicknary, Spica Nardi, Andropogon Nardus, Herba Spicae indicae oder Nardi indici.

ſpiz wegebreith, Spitzes Wegebreit, Plantago lanceolata.

spräuſgrün, Grünspan?

ſpringkrawth, Spring-Kraut, Euphorbia Lathyris.

springkörner, die Samen des vorigen.

ſsalpeter, ſalpitter, Salpeter.

ſsandelnn, Sandel-Holz.

ſteinfarn krawth mit der wurtz, Steinfarrn-Kraut mit der Wurzel.

ſtein krawth, ſteyn kraut, Steinkraut, Polynodium vulgare, auch Erysimum Barbarea.

ſtein pfeffer ader blatloſs, Steinpfeffer, Sedum acre.

ſtaub mel, Staub-Mehl.

ſtorchſchnabel, Geranium Robertianum.

ſummer gerſten, Sommer-Gerste.

ſwalben gall, Schwalben-Galle.

ſwalben wurtz, Schwalben-Wurz, Cynanche Vincetoxicum.

ſwartzer mohen, (olemag) Mohnsaft, Opium.

ſwartz wurtz = beinwel, Symphytum officinale.

ſweffel, Schwefel.

ſwein dreck, Schweins-Koth.

ſzalmiackel, Salmiak, Ammoniacum hydrochloratum.

tannen opfell, (fichtenn opfell, thanzcapfenn), Tannen-Zapfen.

tawben dreck, Taubenmist.

termentill, thormantill, Tormentill, Tormentilla.

terra ſigillata, Siegelerde, verschiedene Arten farbigen Thones.

terpentin, Terpenthin.

teſselkrawth, Täschel-Kraut, Herba Thlaspeos Bursae Pastoris.

thalm krawth?

till ſamen, Dill-Samen, Semen Anethi graveolentis.

titam, Diptam, Dictamnus albus.

titomknopff, Diptam-Knöpfe, Knospen des vorigen.

torian, toryan, Theriak.

toſt, Dost, Origanum vulgare.

tracken bluth, Drachenbluth, Sanguis Draconis (Succus Dracaenae Draconis.)

tramilben blumen (romer), (Römische) Kamillen-Blumen, Flores Anthemidis nobilis.

tzitunten krawth?

tzwibbel, Zwiebel.

tzwſtoſsen glas, zerstossenes Glas.

vngeleſchten kalck, vngelest kalck, ungelöschter Kalk, Calcium-Oxyd.

vngeredes mel, nicht gebeuteltes Mehl.

vech ſtein krawth; vielleicht dasselbe wie vettes steinkrawth.

veill öl, Veilchen-Oel.

venediſch glas, Venetianisches Glas.

vettes steinkrawth, Fettes Steinkraut. Vielleicht Sedum Telephium („fette Henne").

violen blumen, Veilchen, (Viola odorata) Stiefmütterchen, (Viola tricolor).

wachs, Wachs.

wacholder (wachelder, einper) Wachholder, Juniperus communis.

wacholdern holtz, Wachholder-Holz, Lignum Iuniperi communis.

waſser gallen, Stalaktiten.

wegetreth, (wegebreith?) Wegebreit, Plantago major.

wegebreyth-waſser, Wegebreit-Wasser.

weibes milch (frawen milch), Frauen-Milch.

weiden, Weide.

weisen, Weizen.

weihſsen kleien, Weizen-Kleie.

weidt aſchenn, Weiden-Asche.

wein eſsig, Wein-Essig.

weiſs cupper rauch, Weiſser Kupfer-Rauch. Kupferrauch ist unreines Schwefel-Arsen.

weis roſsen, Weiſse Rosen.

welſchen kömel, Welscher Kümmel.

welſche nuſs, Welsche Nüsse, Fructus Iuglandis regiae.

welliſch fewlwurtz, Welsche Veilchen-Wurzel, Radix Iridis Florentinae.

wermudt (wermte), Wermuth, Artemisia Absinthium.

wierauch, Weihrauch, Olibanum.

weyſsen senfsamen, Weiſser Senfsamen, Semen Sinapeos albae.

widers ader ſchoffbocks lebber, die Leber eines Widders oder Schafbocks.

wilder kres, Wilde Kresse, Lepidium ruderale.

wilde rawten, wachsen in dem stein, Asplenium Ruta muraria.

winſtein, Weinstein, Cremor Tartari.

winter blumen, Winterblumen, Gnaphalium arenarium.

winter gerſten, Winter-Gerste.

wolgemud (wohlgemuth), Origanum vulgare.

wolrot, Wallrath, Cetaceum.

wulfswurtz, Wolfswurz, Rad. Aconiti.

wurtzen, findestu vnder den zcuenen ſtehn, do man das roſs hoer mith ferbeth, Wurzeln welche man unter den Zäunen findet, mit denen man das Roſs-Haar färbt. ?

zandelroth, Sandel-Roth, Sandel-Holz, Lignum Santali rubri.

zcamloten wurtz, Schalotten? (Allium ascalonicum).

zcetber, S. **czitwar**.

zcigel stein, Ziegel-Stein.

zcihen milch, Ziegen-Milch.

zcimmeth rörn, Zimmt-Röhren, Cinnamomum Cassia.

zcwebel, zcwöbel, Schwefel.

zcwöbeln, Zwiebeln, Allium Cepa.

Inhalts-Verzeichniss.

Druckfehler.

Seite	6	Zeile	15	statt hinder lies hende.
-	26	-	1	statt nette lies hette.
-	26	-	15	statt kellerhals, hals öl korner lies kellerhals-öl, korner
-	26	-	27	fehlt nach blüth ein Komma.
-	51	-	7	statt ſtuck lies ſtunck.
-	51	-	21	nach wunden streiche das Komma.
-	79	-	13	statt moſt lies moſs.
-	80	-	8	statt ..nn lies [ei]nn.
-	80	-	32	statt dia lies di.
-	92	-	25	fehlt nach geswolſt ein Punkt.
-	94	-	8	statt geſulſt lies geſchwulſt.
-	97	-	28	nach ſei fehlt ein Punkt.
-	105	-	15	statt geus lies grus.
-	111	-	34	nach ſso schalte ein [viel]
-	112	-	34	nach braunkreſsen fehlt ein Punkt.
-	124	-	9	statt re nen lies reinen.
-	129	-	21	nach essigk fehlt ein Komma.
-	139	-	11	statt des elben lies deſselben.